FIORA
ET LE TÉMÉRAIRE

JULIETTE BENZONI

La Florentine

**

FIORA ET LE TÉMÉRAIRE

Roman

FRANCE LOISIRS
123, boulevard de Grenelle, Paris

Édition du Club France Loisirs, Paris,
avec l'autorisation des Éditions Plon

ISBN : 2-7242-4447-8

Première partie

CEUX DE BRÉVAILLES

CHAPITRE I

UNE TOMBE ABANDONNÉE...

Fiora regardait l'échafaud.

Les yeux durs et secs, les mains nouées ensemble et serrées si fort que les jointures en blanchissaient, elle détaillait du regard le vieux bâti de pierre et de bois. Dépouillé du dérisoire habit de drap noir qu'il revêtait pour les exécutions importantes, il montrait sa carcasse, de poutrelles et de planches écaillées brunies par le sang, dont aucun lavage à grande eau n'effacerait jamais les traces, tachées et brûlées par le contact du fer rouge ou de l'huile bouillante, et témoignait ainsi de la cruauté humaine...

Sous la plate-forme, la jeune femme pouvait même voir les coffres où le « carnacier » rangeait ses outils de travail et la grande marmite dans laquelle il arrivait que l'on mît des faux-monnayeurs à bouillir cependant que, sur le plancher, s'érigeaient la potence, la roue et, au pied d'une haute croix, signe de l'ultime miséricorde, le billot de bois rugueux, verni, noirci, révélant des traces de coups d'épée ou de doloire anciennes. C'était, en vérité, une parfaite image de l'enfer qu'offrait cet échafaud de la prévôté de Dijon et, pourtant, c'était là qu'un matin d'hiver étaient tombées les têtes de Marie et de Jean de Brévailles, les jeunes parents de Fiora, exécutés pour crimes d'inceste et d'adultère, cinq jours après sa naissance... Au prochain mois de décembre, le dramatique épilogue de cet amour condamné serait vieux de dix-huit années. Tout comme Fiora elle-même...

Le dégoût, l'horreur et la colère gonflaient son cœur en face de cette machine à supplicier où s'étaient brisés ces parents inconnus dont le miroir seul pouvait lui donner un reflet. Elle eût aimé y porter le feu purificateur. Pourtant, le vieil échafaud exerçait sur elle un attrait morbide, une sorte de fascination dont elle ne pouvait se déprendre. Son esprit recréait l'affreuse scène. Elle entendait monter en elle le glas et les murmures de la foule. Le ciel azuré de cette belle journée de juin s'effaçait devant un autre chargé de neige, gris comme la robe de Marie et le pourpoint de Jean, gris comme leurs yeux et le seul froid soleil de ce jour de malédiction brillait alors dans les cheveux blonds de la condamnée... Dans un coin de la place, il y avait aussi un jeune homme venu de Florence dont le cœur s'était élancé vers cette belle jeune femme qui allait mourir et ne s'était jamais repris. Francesco Beltrami, à cet instant suprême, avait voué sa vie à celle qui allait la perdre, qui ne le connaîtrait jamais et à l'enfant qu'elle venait de mettre au monde. La petite fille abandonnée avait été par lui sauvée d'un assassinat, recueillie, adoptée, élevée comme si elle était née sur les marches d'un trône et non d'un échafaud...

Dans ce même coin du Morimont, il y avait des mules chargées de riches étoffes, des valets qui en prenaient soin et leur chef, ce Marino Betti qui, en dépit d'un vœu de silence juré sur un autel, avait, au début de ce printemps 1475, trahi son serment, tué le maître qui s'était fié à lui et arraché de la sorte Fiora au doux paradis de sa jeunesse pour la réduire, proscrite, et privée de sa fortune à fuir la ville de son enfance. Aujourd'hui, Marino Betti, massacré par un ordre de Lorenzo de Médicis, avait payé d'un juste prix son parjure et son crime mais sa complice, celle pour laquelle il s'était damné, Hieronyma Pazzi, courait encore, enfuie vers on ne savait quel horizon...

Contrainte elle-même à l'exil, Fiora avait dû laisser cette femme disparaître, mais sans perdre l'espoir de la retrouver un jour et de lui faire enfin payer ses crimes.

Cependant, il y avait pour elle, dans ce pays de Bourgogne où elle venait d'arriver, une tâche sacrée à accomplir : tirer vengeance de ceux qui avaient conduit ses parents à cet échafaud. Et ils étaient trois : d'abord Regnault du Hamel, l'époux de Marie qui, par ses mauvais traitements, l'avait contrainte à s'échapper avec le frère qu'elle aimait trop, et qui avait poursuivi le couple d'une haine impitoyable. Puis Pierre de Brévailles, le père qui, pour une sordide question d'argent, avait obligé sa fille à un mariage dont elle avait horreur et qui, le drame venu, n'avait rien fait pour tenter de sauver ses enfants. Enfin, le duc Charles de Bourgogne dont Jean de Brévailles était l'écuyer au temps où celui-ci n'était que comte de Charolais et qui, par orgueil blessé et parce que le jeune homme avait quitté son service sans autorisation, ne sut pas accorder la clémence qui sied à un prince, surtout envers un compagnon d'armes...

Ces trois hommes, Fiora les avait condamnés à mort, de compte à demi, pour le Téméraire, avec son vieil ami Démétrios Lascaris, le mage-médecin de Byzance qui tenait, de son côté, à venger la mort de son jeune frère Théodose, exécuté par les Turcs pour avoir cru ingénument au serment de ce prince... Et l'heure était venue, à présent, de se mettre à l'œuvre.

S'arrachant soudain à son amère réflexion, la jeune femme tourna les talons et fit face au trio silencieux que formaient, avec Démétrios et son serviteur Esteban, dame Léonarde Mercet, la vieille fille que Francesco Beltrami avait jadis emmenée, de cette même ville de Dijon, pour servir de seconde mère au bébé abandonné. Ce fut à elle que Fiora s'adressa :

– Où se trouve la maison du bourreau ?

– Pourquoi cette question ?

– Ne m'avez-vous pas dit que mon père, avant de quitter cette ville, avait remis à cet homme de l'or pour qu'il donne une sépulture décente à ma mère et... à son frère ?

– Ce frère était votre vrai père, reprocha doucement Léonarde.

– Je ne le considérerai jamais comme tel. Il m'a seulement donné le souffle de la vie mais mon père véritable sera toujours et à jamais celui qui repose sous les dalles de l'église d'Or San Michele, à Florence. Néanmoins, je veux voir cette tombe.

– Ce pourrait être difficile, voire impossible. L'exécuteur de l'époque, Arny Signart, était un homme déjà âgé. Il n'est peut-être plus de ce monde et, de toute façon, il n'exercerait certainement plus...

– Eh bien, son successeur nous apprendra ce qu'il en est. Allons le voir!

Sans attendre d'autre réponse, elle se dirigeait vers les chevaux qu'Esteban avait attachés à l'anneau de fer d'une maison mais Démétrios arrêta son élan :

– Laisse-moi y aller! Ta place n'est pas dans ce genre d'endroit. L'homme, le tourmenteur qui manie ces instruments, ajouta-t-il en désignant l'échafaud et ses accessoires, est tenu à l'écart par tous les autres. Il est une sorte de lépreux que l'on évite...

– Et lorsqu'il se rend au marché, car il faut bien qu'il vive, renchérit Léonarde, il est muni d'une baguette à l'aide de laquelle il doit désigner ce qu'il veut acheter.

– Et son argent? On n'en veut pas? demanda Fiora, sarcastique.

– Il est tenu de porter des gants. Mais beaucoup préfèrent lui donner plutôt que d'accepter des pièces qui sont le prix du sang. Jadis, le duc Jean de Bourgogne que l'on disait Sans Peur, a causé un scandale à Paris, lors des troubles de 1413, en serrant la main de Capeluche, le bourreau de la ville.

– Tout ceci ne me concerne pas, coupa Fiora. Merci de ta sollicitude, Démétrios, mais cette visite fait partie de la tâche que je me suis imposée et je dois l'accomplir tout comme j'accomplirai encore bien d'autres choses déplaisantes. Où habite cet homme?

– Comme vous voudrez! soupira Léonarde, sachant bien qu'il était inutile d'insister. Suivez-moi! Ce n'est pas loin d'ici. Inutile de prendre les chevaux...

Laissant les montures à la garde d'Esteban, Léonarde guida sa compagne et le médecin grec vers le fond de la place où coulait un ruisseau, le Suzon, près duquel s'élevait le moulin des Carmes. Une maison apparut sur l'arrière de ce dernier, appuyée au rempart et sans qu'aucune autre lui fît face ou se tînt à ses côtés; une maison solide et solitaire dont la porte rouge était peinte de neuf. Un guichet grillagé permettait aux habitants de reconnaître le visiteur avant de lui ouvrir.

A l'appel du marteau de fer, un visage barbu apparut derrière les minces barreaux :

– Que voulez-vous ? fit une voix sèche.

– Êtes-vous le bourreau de cette ville ? demanda Fiora, je voudrais vous parler.

– Qui êtes-vous ?

– Une voyageuse, une étrangère et mon nom ne vous dirait rien. Mais je paierai si vous répondez à mes questions.

– Chez moi, on paie plus volontiers pour que je n'en pose pas.

Le guichet se referma mais la porte s'ouvrit. Un homme vêtu de cuir et qui devait être d'une force peu commune se montra. Il pouvait avoir quarante ans mais, de sa figure envahie par des moustaches et une barbe brune, on ne distinguait qu'un nez court et des yeux sombres profondément enfoncés sous d'épais sourcils qui se rejoignaient. Il tenait un livre à la main.

Sans prier ses visiteurs d'entrer plus avant que le couloir sur lequel ouvrait sa porte, le bourreau croisa les bras :

– Écoutons vos questions en attendant de voir votre argent.

– Je voudrais vous parler de votre devancier, maître...

– Arny Signart, souffla Léonarde.

– Maître Signart n'est pas mon devancier. Celui-là se nommait Jean Larmite et, avant lui, c'était Étienne Poisson. Et moi, je suis Jehan du Poix. Il y a dix ans que

Signart a reposé l'épée de justice. Après trente-cinq ans de service!

– Il est mort?

– Pas encore que je sache mais il est fort âgé...

– Sauriez-vous me dire où je peux le trouver? s'enquit Fiora en portant la main à l'escarcelle retenue par une châtelaine à sa ceinture.

Les yeux de l'homme suivirent son geste avec intérêt :

– Il avait amassé quelque bien qui lui a permis d'acheter un petit clos, hors les murs, près du prieuré de Larrey. On dit qu'il s'entend avec les moines qui seront ses héritiers... Si vous voulez le voir, c'est là que vous le trouverez... à moins qu'il ne soit mort dans la nuit.

– Ce qu'à Dieu ne plaise! Merci de m'avoir répondu...

Elle tendit trois pièces d'argent et il avança la main pour les recevoir sans quitter des yeux cette jeune femme vêtue de fin drap gris dont le visage se dissimulait derrière le voile qui couvrait sa tête. Mais elle semblait belle et, d'après son allure, on pouvait supposer qu'elle était une noble dame. Il s'attendait à ce qu'elle cherchât des yeux un meuble quelconque pour y déposer cet argent mais, sans hésiter, elle le plaça dans la paume ouverte.

– Vous ne craignez pas de toucher la main d'un bourreau?

– Pourquoi non? Vous faites au grand jour et sur ordre ce que d'autres font en secret ou sous le couvert de la nuit. Beaucoup d'entre nous sont des exécuteurs – et nous n'en savons rien... Adieu, Jehan du Poix. Dieu vous garde!

Il ouvrit la porte devant elle et, cette fois, s'inclina quand la jeune femme la franchit :

– S'il peut entendre la prière d'un misérable, c'est vous qu'il gardera, noble dame...

En silence et sans prêter même attention aux yeux ronds d'une commère qui les regardait passer, les trois voyageurs rejoignirent leurs chevaux. Léonarde, qui était entrée chez l'exécuteur avec une certaine répugnance, s'était hâtée de dire une prière dès qu'elle en fut sortie.

Elle l'achevait quand Fiora, un pied sur l'étrier, lui demanda :

– Vous savez, j'imagine, où se trouve ce prieuré?

– A une demi-lieue environ de la porte d'Ouche. Voulez-vous donc y aller maintenant?

– Bien sûr. La journée n'est pas encore avancée. Est-ce que cela vous contrarie?

– Non, mon agneau. Je suis d'ailleurs la seule à pouvoir vous montrer le chemin. Il faut néanmoins nous hâter si nous voulons revenir avant la fermeture des portes.

Hors de la ville, on franchit l'Ouche, une jolie rivière ombragée d'aulnes et de saules. Au bord, des lavandières frappaient leur linge à grands coups de battoirs sans arrêter un seul instant de rire et de bavarder car le temps était beau, doux et incitait à la gaieté. Le long du coteau au sommet duquel se profilaient les bâtiments et la tour d'un vieux couvent, quelques arpents de vigne se chauffaient au soleil...

– Qui pourrait croire, soupira Démétrios, que ce pays est en guerre? Tout y respire la paix et la prospérité...

Depuis des mois, en effet, le duc Charles de Bourgogne, toujours à la poursuite du rêve qui le hantait de reconstruire l'antique royaume lotharingien en réunissant par de nouvelles terres ses domaines flamands à son duché proprement dit et à la Franche-Comté, assiégeait, près de Cologne, la forte ville de Neuss dont il ne pouvait venir à bout. Et cela indépendamment du fait qu'il avait donné rendez-vous, en ce même été 1475, au roi d'Angleterre Édouard IV pour l'aider à conquérir la France, cette France dont il haïssait le roi, Louis, onzième du nom, et avec laquelle la trêve, conclue depuis trois ans, venait de s'achever sans autre espoir de prorogation. Le Téméraire méritait bien son surnom...

– La guerre est loin, fit Léonarde, et le duc ne peut tirer de ses provinces que ce que lui accordent, en hommes et en argent, les États de Bourgogne pour ce pays-ci, les États de Flandres pour ceux de par-delà... Et il faut, tout de même, bien des bras à cette terre...

– Mais le duc commence à manquer d'or à ce que l'on dit, reprit le Grec avec une sombre joie. Alors qu'il était le prince le plus riche de toute la chrétienté... S'il cherche à contracter des emprunts...

Il se tut brusquement, conscient de ce qu'il était en train de dire. Rappeler les besoins en argent frais du Téméraire au moment où Fiora s'obligeait à ce pénible pèlerinage ne pouvait qu'être douloureux à la jeune femme. C'était ramener à la surface le souvenir cuisant de l'étrange mariage conclu en trois jours, l'hiver précédent, entre l'héritière du riche Francesco Beltrami et le comte Philippe de Selongey, l'ambassadeur envoyé par le Téméraire auprès de Lorenzo de Médicis pour tenter de négocier un emprunt. Emprunt que le Magnifique avait refusé par fidélité à son alliance avec le roi de France. La dot royale de Fiora avait alors rejoint les coffres du duc de Bourgogne cependant que sa vie d'épousée se réduisait à la seule nuit de noces. Et puis Philippe s'en était reparti, à l'aube, pour aller se faire tuer, ayant, pensait-il, souillé son nom par cette union avec l'enfant de l'inceste. Fiora qui l'aimait avait beaucoup pleuré mais, à présent, il était difficile de deviner quels étaient au juste ses sentiments envers son fugitif époux. L'aimait-elle encore ou l'avait-elle ajouté au nombre de ceux dont elle entendait se venger? Il est vrai que Selongey avait reparu discrètement à Florence au moment où s'écroulait la fortune des Beltrami, mais qu'il en était reparti encore plus vite sans chercher à savoir ce qu'était devenue sa jeune femme. Voulait-il la revoir ou bien tenter de procurer à son maître de nouveaux subsides?

Conscient du silence qui avait suivi ses derniers mots, Démétrios, après un bref coup d'œil à Fiora qui chevauchait, impavide, à son côté, reprit la parole mais se contenta de vanter le charme du paysage et la beauté opulente de cette ville de Dijon où les ducs de Bourgogne avaient accumulé œuvres d'art et bâtiments prestigieux. Telle cette Sainte-Chapelle couronnée d'or où se tenaient les grands chapitres de la Toison d'or, l'ordre de chevalerie fondé par le père du Téméraire et dont Selongey était honoré.

En fait, Fiora n'entendait guère ses propos. La violence des drames qu'elle avait vécus, ce dernier printemps, s'atténuait en elle pour laisser place au souvenir de celui vécu jadis par ses jeunes et imprudents parents. Était-ce la magie propre à cette terre de Bourgogne vers laquelle, depuis l'instant où elle y avait posé le pied, elle se sentait attirée? Toujours est-il que Jean et Marie de Brévailles lui devenaient plus proches et plus chers à mesure qu'elle remontait le temps pour rejoindre leur drame.

Aux abords du prieuré de Larrey, se trouvait un petit clos dont les murs bas jouxtaient ceux du couvent. C'était un minuscule domaine composé d'une vigne, d'un grand carré potager avec quelques arbres fruitiers et d'une maison basse, abritée sous un toit à deux pentes. Un homme en sarrau de toile bise, ses longs cheveux blancs dépassant d'un bonnet de laine, y travaillait, courbé sur les ceps couverts de feuilles vertes. C'était un homme âgé mais, quand il se redressa, soutenant de ses mains ses reins qui devaient lui faire mal, on put voir qu'il était grand et encore vigoureux.

– C'est lui, dit Léonarde. Voulez-vous que je lui parle?

– Non, merci, répondit Fiora. Je préfère y aller moi-même. Si vous voulez bien m'attendre un moment?

Elle sauta à terre, marcha vers la barrière faite de grosses branches qui fermait l'étroit domaine, la poussa et se dirigea vers le vieillard qui, une main en auvent au-dessus des yeux, la regardait venir à lui dans un rayon du soleil.

– Pardonnez-moi d'entrer chez vous sans y être invitée, dit-elle. Vous êtes maître Arny Signart, n'est-ce pas?

Peu habitué à des visites de cette qualité, l'ancien bourreau salua gauchement :

– Si vous savez mon nom vous savez donc aussi ce que j'étais?

– Je le sais. C'est à ce titre que j'ai désiré vous voir...

– Je n'aime guère me rappeler ces années-là mais... à votre service, madame! Voulez-vous vous asseoir un peu devant la maison?

– Ne pouvons-nous marcher? Vous avez là une belle vigne...

Sous la barbe blanche qui donnait à ce solitaire l'air d'un patriarche, naquit un timide sourire:

– Et qui donne de bon vin... Marchons donc puisque c'est votre désir...

Ils firent quelques pas entre les rangées régulières de plants que le vieil homme caressait au passage d'un geste affectueux.

– Il y aura dix-huit ans en décembre prochain, dit Fiora, un inconnu, un riche marchand florentin, vous a donné de l'or pour accomplir une mission qu'il vous avait confiée et qui lui tenait à cœur. C'est de cela que je suis venue vous parler...

Maître Signart s'arrêta et Fiora, qui marchait devant lui, se retourna. Elle vit que son visage était devenu très pâle:

– Qui êtes-vous, fit-il d'une voix soudain enrouée, pour évoquer ce terrible jour dont j'implore chaque jour le Tout-Puissant de m'ôter le souvenir?

Lentement, Fiora fit glisser le voile blanc qui enveloppait sa tête pour mettre son visage à découvert:

– Regardez-moi!... Je suis «leur» fille, celle que le marchand florentin avait adoptée...

Vivement, le vieillard se signa comme devant une apparition puis cacha sa figure dans ses mains que la jeune femme put voir trembler.

– Que... que voulez-vous? balbutia l'ancien bourreau. Quelle vengeance voulez-vous exercer sur un vieil homme?

– Je leur ressemble donc à ce point?

– Au point de réveiller mes cauchemars. Vous n'imaginez pas combien de fois je les ai revus, tous les deux! Ils étaient jeunes... ils étaient beaux, ils se souriaient... et moi j'ai dû les abattre...

– C'est peut-être le meilleur service que vous ayez pu leur rendre parce qu'ils sont partis ensemble. Je hais ceux qui les ont conduits à l'échafaud mais, si on les avait enfermés, séparés l'un de l'autre et jusqu'à ce que la mort les prenne, je crois qu'ils auraient été infiniment malheureux. Quand on s'aime, il doit y avoir une douceur à partir ensemble, même par ce chemin-là...

Le vieil homme avait laissé retomber ses mains et contemplait cette belle jeune femme qui, de toute évidence, l'avait oublié et se parlait à voix haute. Il la regardait avec étonnement mais non sans une sorte de soulagement...

– Vous pensez vraiment ce que vous dites ?

Elle lui sourit sans la moindre arrière-pensée. Ce vieillard déplorant le crime qui n'était pas le sien, qui même en était obsédé la touchait. Lui, le malheureux, n'avait été qu'un instrument et il demeurait hanté par le souvenir de ces deux êtres qu'il lui avait fallu décapiter. Ceux qui avaient voulu, ordonné cette double mort avaient-ils connu, eux aussi, les mauvais rêves et les obsessions ? Fiora en doutait beaucoup. Regnault du Hamel était un homme sans cœur, Pierre de Brévailles ne devait pas en avoir davantage. Quant au duc de Bourgogne, le souvenir d'un jeune frère d'armes assassiné ne devait pas peser beaucoup auprès de ses royales ambitions.

– Je pense chacun des mots que je dis, reprit Fiora, et je ne suis pas venue vous tourmenter mais uniquement vous demander où se trouve cette tombe que mon père avait souhaitée pour eux. Je voudrais pouvoir y prier...

Tout en disant ces mots et se souvenant de ce qui s'était passé chez Jehan du Poix, elle porta la main à son escarcelle mais le vieillard l'arrêta :

– Surtout, ne m'offrez rien ! Votre père a royalement payé la tâche qu'il m'a confiée : c'est à lui que je dois de posséder cette maison qui me rapproche du ciel, moi qui vivais dans la fange. La tombe que vous cherchez est tout près d'ici...

– Vous allez pouvoir m'y conduire, alors?

– Non, car il vaut mieux que l'on ne nous voie pas ensemble. Mais vous trouverez facilement : en sortant d'ici et en prenant le chemin à main gauche, vous verrez, près du petit bois qui couronne ce coteau, une fontaine. Elle appartient au prieuré comme les terres qui l'entourent et s'appelle la fontaine Sainte-Anne. Le sol en est sacré. C'est à côté de la fontaine que je les ai enterrés et j'ai planté dessus une aubépine qui est en fleur plus tôt et plus longtemps que les autres. Les gens de la région ont vu, dans sa floraison, une sorte de miracle et, au printemps, les filles viennent y cueillir quelques brindilles comme porte-bonheur...

– Quand avez-vous fait cela?...

– Trois jours après l'exécution, il n'y avait plus de neige et il valait mieux ne pas attendre que la terre soit trop tassée. C'était la lune nouvelle et il faisait très noir mais je suis comme les chats et j'y vois dans l'obscurité. Et puis, j'ai eu de l'aide...

– Qui donc? L'un de vos valets?

– Oh non! Je n'avais pas assez confiance. C'est le vieux prêtre qui m'a donné la main. Il n'a pas voulu repartir pour Brévailles avant d'avoir accompli avec moi ce qu'il considérait comme un devoir pieux. Pauvre brave homme! Il n'était pas très solide mais il m'a été tout de même bien utile. Et il a pu au moins bénir la terre... Voyez-vous, madame, ce m'est une douceur de savoir que ces malheureux enfants reposent là, dans la paix d'un sol béni et tout près de moi. Même si mes nuits restent pénibles. Ma paix à moi, je ne l'ai trouvée que lorsque j'ai abandonné le métier et suis monté ici pour n'en plus redescendre. Et c'est pourquoi, tout à l'heure, j'ai eu si peur en vous reconnaissant...

– Vous voyez bien qu'il n'y avait aucune raison. Je suis certaine qu'ils vous ont pardonné eux-mêmes depuis longtemps. Sans doute depuis l'instant où vous avez frappé. Adieu, maître Signart! Nous ne nous reverrons sans doute jamais. Sachez pourtant que je vous remercie du fond du cœur...

Le laissant rentrer dans sa maison, peut-être pour y prier mais plus certainement pour y boire un verre de son vin afin de se remettre, Fiora rejoignit ses compagnons.

– Les savoir en paix et dans une terre sainte change-t-il quelque chose à tes projets de vengeance? demanda Démétrios.

– Cela n'atténue en rien les fautes des coupables. J'irai jusqu'au bout...

– Hormis le duc Charles, les autres sont peut-être morts?

– C'est ce qu'il faudra découvrir. Seule la justice de Dieu peut leur éviter la mienne. Mais voici, je crois, la fontaine.

La description de l'ancien bourreau avait été parfaite et l'endroit paraissait charmant. A l'orée d'un joli bois de pins, un filet d'eau coulait dans un petit bassin fait de grosses pierres veloutées de mousse et, tout auprès, un gros buisson d'aubépine poussait ses branches vigoureuses, ses feuilles finement découpées et la neige parfumée de ses fleurs délicates qui poudraient déjà le sol et tremblaient sur l'eau de la fontaine. Mais ce que n'avait pas prévu le vieux Signart, c'était une présence: quelqu'un priait devant l'aubépine.

C'était un jeune homme pauvrement vêtu et si grande était sa ferveur qu'il n'avait pas entendu le pas des chevaux. Du regard, Fiora interrogea Démétrios. Le médecin haussa les épaules:

– Si l'on vous a dit que cet arbuste passait pour miraculeux, cela s'explique. Il suffit de laisser ce garçon achever sa prière...

Ce ne fut pas long. Sentant peut-être qu'il était observé, le paysan – car tout indiquait que c'en était un – termina bientôt son oraison sur un ample signe de croix puis, se penchant vivement, il baisa la terre, se redressa, cassa une petite branche qu'il enfouit sous sa blouse, enfin, se retournant, enfonça son bonnet sur sa tête d'un geste rageur et jeta aux nouveaux venus :

– Que venez-vous chercher céans? Si c'est pour faire boire vos chevaux, sachez que cette fontaine est sainte.

– Nos chevaux n'ont pas soif, répondit Fiora et nous ne souhaitons rien faire d'autre que ce que vous faisiez vous-même : prier. Y voyez-vous quelque empêchement?

Le jeune homme ne répondit pas mais s'avança lentement vers les cavaliers qui, d'ailleurs, mettaient pied à terre. C'était un garçon qui pouvait avoir vingt-cinq ou trente ans, assez grand mais, en dépit de ses habits grossiers, d'une complexion plus délicate et, pour tout dire, plus élégante que l'on ne pouvait s'y attendre. Son visage sans beauté avait des traits rudes et un peu brouillés mais qui, pourtant, semblèrent curieusement familiers à Fiora. Pour sa part, le paysan avait fixé sur elle son regard sans plus s'occuper des autres personnages. Il vint droit à elle :

– Marie! murmura-t-il, trompé par le voile blanc qui cachait la chevelure noire de la jeune femme, Marie! Ce n'est pas toi?... Ce ne peut pas être toi?... et pourtant...

– Non, dit Fiora, je ne suis pas Marie. Mais je suis sa fille. Et vous, qui êtes-vous? L'avez-donc connue pour reconnaître son visage après tant d'années?

– Je suis son jeune frère, Christophe. J'avais dix ans lorsque... et je les aimais tant, tous les deux! Vous ne pouvez pas savoir : ils ont été la seule lumière de ma vie et voilà bientôt dix-huit ans que cette lumière s'est éteinte. Depuis, je n'ai pas cessé d'être malheureux...

Un sanglot lui noua la gorge. Alors, il se détourna et, arrachant son bonnet, courut s'agenouiller de nouveau sous l'aubépine comme il aurait couru vers un refuge :

– Regarde, murmura Démétrios. C'est un prêtre.

En effet, dans la masse broussailleuse des cheveux châtains, une tonsure découpait la rondelle blanchâtre qui est le signe du sacerdoce...

– Il n'a pas dû avoir d'autre alternative! fit Léonarde avec un regard plein de compassion sur la maigre silhouette secouée par le chagrin. Fiora le rejoignit et récita une courte prière. Puis, prenant le jeune homme aux épaules elle l'aida à se relever, offrant son mouchoir pour qu'il essuie son visage inondé de larmes.

– Je me croyais sans famille, dit-elle doucement, et voilà que je trouve un jeune oncle! Peut-être puis-je vous aider à être moins malheureux. Je m'appelle Fiora et je viens de Florence... Et vous, vous êtes d'Église, n'est-ce pas?

Il eut un geste de dénégation violente puis, comprenant que sa tonsure l'avait trahi, enfonça rageusement son bonnet jusqu'aux sourcils:

– Je ne le suis plus... Hier je me suis enfui du monastère de Cîteaux où j'étouffais depuis dix-sept ans et je ne sais pas encore où je vais, mais loin, le plus loin possible!... Avant, pourtant, j'ai voulu venir prier ici, voir leur tombe au moins une fois...

– Qui vous l'a indiquée?

– Notre vieux chapelain, le Père Antoine Charruet, qui les avait accompagnés jusqu'au bout et qui est venu mourir dans mon couvent après que mon père l'eut chassé comme un valet malhonnête à cause de ce qu'il avait fait. Mon père est un monstre. Il n'a ni cœur ni entrailles... J'ai été conduit à Cîteaux trois jours après l'exécution tandis que l'on menait ma petite sœur Marguerite chez les Bernardines de Tart... où elle est morte l'hiver dernier...

– Et... votre mère? Est-elle encore vivante?

– Malheureusement, car sa vie est un enfer. Elle vit autant dire recluse dans notre château, enfermée avec ce vieux démon qui n'a jamais assez d'injures pour les maudire, elle et les fruits de ses entrailles. Elle, si bonne et si douce, elle qui a tant souffert et qui doit encore endurer ce calvaire dont il semble que Dieu se complaise à prolonger la durée. Oh, si je pouvais la délivrer!...

– Pourquoi ne pas chercher ensemble le moyen d'y parvenir? dit Fiora, émue par la profonde douleur de ce garçon aux yeux hagards de bête traquée...

– Que voulez-vous dire? Et d'abord, pourquoi êtes-vous revenue par ici? N'étiez-vous pas heureuse auprès de ce marchand florentin dont le Père Charruet m'a tant vanté la générosité?

– Oh si... mais mon père est mort et je suis venue ici pour payer de vieilles dettes. Si vous ne savez où aller, venez avec nous! Je prendrai soin de vous...

– Vous êtes bonne... mais ce que je veux, c'est faire la guerre, c'est aller me battre. C'est le seul moyen d'en finir honorablement avec une vie qui me fait horreur...

Démétrios s'avança et posa sa grande main sur l'épaule de Christophe :

– Vous ne trouvez pas que cela fait déjà assez de morts dans la famille? Pourquoi ne pas chercher plutôt à vous faire une vie plus conforme à vos goûts et digne d'un gentilhomme?

– D'un gentilhomme? Je n'ai même plus de nom ni de prénom. A Cîteaux j'étais le frère Anthime, rien d'autre. Mon père entend qu'il ne reste aucune trace de notre famille...

– Eh bien, faites-vous un autre nom! Soyez un ancêtre au lieu d'être un descendant! De toute façon, votre départ pour la guerre pourra tout de même attendre jusqu'à demain? Et je crois que, d'ici là, vous aurez encore beaucoup de choses à apprendre à... votre nièce? Venez avec nous! Il se fait tard et les portes de la ville vont bientôt fermer...

A la lueur qui s'était allumée dans les yeux de l'ex-moine – ces yeux gris des Brévailles si semblables aux siens! – Fiora comprit qu'il mourait d'envie d'accepter et elle insista gentiment :

– Venez, je vous en prie! Vous n'imaginez pas combien je suis heureuse que le destin nous ait fait rencontrer...

– Moi aussi je suis heureux et pour la première fois depuis bien longtemps! J'avais oublié ce que c'était!

Et, sans plus se faire prier mais en refusant le cheval que Fiora lui offrait dans l'intention de partager celui de Léonarde, il sauta joyeusement en croupe d'Esteban.

La jeune femme, cependant, retournait vers la tombe cachée, et, s'agenouillant :

– Je suis venue ici pour tirer vengeance de ceux qui vous y ont mis, murmura-t-elle. Lorsque ma tâche sera accomplie je reviendrai vous en rendre compte mais, en attendant, je vais faire en sorte que les autres victimes, votre mère et votre frère, retrouvent au moins la paix du cœur. Je suis votre enfant et je vous aime...

Se courbant tout à fait, elle baisa la terre sous l'herbe verte et se releva, emportant sur ses cheveux un semis de pétales blancs. Comme l'avait fait Christophe, elle cassa une brindille et revint vers ses compagnons :

– Nous pouvons aller, fit-elle avec un sourire.

Après un dernier signe de croix, les cavaliers quittèrent la fontaine Sainte-Anne dans l'eau claire de laquelle le soleil jetait des étincelles. Ils redescendirent en silence vers la ville.

C'était à présent au tour de Léonarde d'aller à la rencontre de ses souvenirs...

Quand elle franchit la porte Guillaume, qui ouvrait la ville au nord-ouest, le cœur battait à la vieille fille un peu plus vite que de coutume en dépit de ses allures imperturbables. Elle avait vécu près de dix ans dans cette auberge de la Croix d'Or dont on pouvait déjà apercevoir la belle enseigne peinte et découpée et elle ne l'avait pas revue depuis dix-huit années. Elle y était venue peu de temps après la mort de sa mère quand sa cousine Bertille, la maîtresse du lieu, lui avait proposé de l'y aider dans ses tâches quotidiennes. Et, en vérité, Léonarde s'était trouvée bien dans cette opulente auberge, réputée par tout le duché – et même au-delà – pour le confort de ses chambres et la perfection de sa cuisine. On y voyait beaucoup de monde, beaucoup de riches voyageurs et, souvent aussi, de grands personnages. Il était même arrivé au duc Philippe en personne de venir avec quelques gentilshommes de son entourage souper à la Croix d'Or. Inutile de dire que, ce soir-là, maître Huguet, le propriétaire, avait vidé son auberge pour la consacrer uniquement à son seigneur.

Oui, Léonarde Mercet se plaisait bien chez ses cousins. Pourtant, il avait suffi qu'un soir on mît entre ses bras un bébé maigre, une petite fille abandonnée, pour qu'elle sentît s'éveiller en elle ce qu'elle n'espérait plus ressentir : l'instinct maternel, le besoin de se dévouer, d'étreindre et de se donner de tout son être sans même envisager qu'un jour cela lui soit rendu. Et, dès le lendemain, elle tournait délibérément le dos à tout ce qui avait été sa vie jusque-là pour s'en aller à l'aventure, avec un inconnu dont elle pressentait seulement qu'il était aussi généreux qu'elle-même. Aussi, dans la litière que Francesco Beltrami avait achetée tout exprès pour ce voyage, la petite Fiora, baptisée la veille dans la chambre même du négociant, reposait entre les bras d'une Léonarde infiniment heureuse...

En revenant de la sorte à son point de départ et tandis que sa monture descendait la rue Porte-Guillaume, Léonarde pensait qu'elle avait fait le bon choix en dépit du drame par lequel s'était achevé son séjour à Florence[1] et que, si c'était à refaire, elle recommencerait sans la moindre hésitation, car elle avait vécu dix-sept années de vrai bonheur dans le palais des bords de l'Arno. De ce bonheur, il ne restait plus aujourd'hui de réel que ce qu'elle avait connu en quittant Dijon jadis : sa tendresse pour Fiora et le devoir de veiller sur elle.

Évidemment, c'était à présent moins facile. Fiora était une femme et une femme qui connaissait la souffrance, une femme altérée de vengeance qui avait rencontré son semblable en Démétrios et qui n'aurait trêve ni repos jusqu'à ce que tout soit accompli. Léonarde s'était alors donné pour tâche essentielle de veiller à ce que l'enfant de son cœur ne sorte pas de ce dangereux chemin plus blessée encore qu'elle ne l'était en s'y engageant.

Quand les cavaliers arrivèrent devant l'auberge, Léonarde pensa que rien n'avait changé, du moins en appa-

1. Voir *Fiora et le Magnifique*.

rence. C'était toujours la même impeccable propreté, les mêmes rutilances de cuivres et d'étains briqués à grand renfort de son et d'huile de coude ainsi que le montraient les fenêtres ouvertes dont les petits carreaux brillaient autant qu'autrefois, les mêmes effluves gourmands qui débordaient jusque dans la rue et les mêmes dallages de belles pierres blanches du pays que l'on récurait chaque jour à grande eau. Par contre, le ventre de maître Huguet, le propriétaire qui vint à leur rencontre, était plus rebondi qu'autrefois et son haut bonnet blanc, bien amidonné, laissait dépasser des mèches grises...

Impressionné par l'allure de Fiora et de Démétrios qui allaient en tête du groupe, le digne homme fit tous ses efforts pour se plier en deux – sans grand résultat d'ailleurs – et informa les « nobles voyageurs » que sa maison comme lui-même étaient tout à leur service si toutefois ils voulaient bien lui confier ce qu'ils désiraient de lui.

– Savoir si la maison est toujours aussi bonne, mon bon cousin, déclara gaiement Léonarde qui s'était avancée auprès de la jeune femme. Nous sommes des voyageurs fatigués et... affamés!

La stupeur arrondit les yeux et la bouche de Donatien Huguet et il dut faire appel à ses besicles pour s'assurer qu'il n'avait pas la berlue :

– Par tous les saints du paradis! Léonarde! Est-ce bien vous?

– C'est bien moi, en chair et en os! Plus d'os que de chair, d'ailleurs comme autrefois mais vous, que vous voilà gras et fleuri! L'image même de la prospérité! Pour ne pas dire de l'abondance!

– Je ne me plains pas, je ne me plains pas! La maison marche à souhait et nous gardons notre réputation...

Sur ce, les deux cousins s'embrassèrent avec toute l'effusion que l'on met quand on ne s'est pas vus depuis longtemps. Les baisers claquaient à la bonne franquette. Léonarde, cependant, les interrompit pour demander :

– Et ma cousine Bertille? Où est-elle? J'ai hâte de l'embrasser.

Le bon visage épanoui de maître Huguet parut se recouvrir de brume et même une larme monta à ses yeux :

– Ma pauvre femme nous a quittés il y aura quatre ans à la Saint-Fiacre et je n'en suis pas encore consolé. C'est ma jeune sœur Magdeleine qui m'aide à présent mais, bien qu'elle ait beaucoup de bonne volonté, elle n'est pas si entendue que ma Bertille...

On se réembrassa avec des larmes des deux côtés car Léonarde était de ceux qui savent garder leur affection au chaud sans que le passage des années y change quoi que ce soit. Elle aimait bien Bertille et, à présent, elle la pleurait d'un cœur sincère. Mais, cette fois, ce fut l'aubergiste qui rompit l'embrassade :

– Mais nous sommes là à parler famille, à nous attendrir, et nous faisons languir ces nobles personnes qui vous accompagnent...

– Il y en a une encore que vous connaissez, fit Léonarde en glissant son bras sous celui de Fiora. Vous souvenez-vous de messire Beltrami, mon cousin ?

– Comment aurais-je pu l'oublier ? Un seigneur si généreux, si aimable... et qui aimait tellement mon coq au vin de Beaune ! Par exemple, il y a belle lurette que nous ne l'avons vu...

– Et vous ne le reverrez plus, hélas, car lui aussi a quitté ce monde mais voici donna Fiora, sa fille, dont je suis toujours la gouvernante...

En face de cette belle jeune femme dont les grands yeux gris lui souriaient, maître Huguet joignit les mains avec un étonnement plein de ferveur mais qui pourtant ne sonnait pas très juste.

– La... petite fille qui a été baptisée ici ? Doux Jésus ! Qu'elle est belle !... comme ma Bertille aurait été heureuse de la voir !

– Quant à ce seigneur, ajouta Léonarde, c'est messire Démétrios Lascaris, médecin personnel de Mgr Lorenzo de Médicis que celui-ci envoie au roi de France. Il y a aussi son écuyer et... un ami. A présent, tâchez de nous bien loger et de nous bien nourrir !...

Escorté de l'aubergiste qui avait retrouvé sa bonne humeur, tout le monde pénétra dans l'auberge où Magdelaine, qui ressemblait fort à son frère de par son tour de taille et son bon visage épanoui, embrassa Léonarde et offrit à Fiora sa meilleure révérence. Puis elle les précéda dans l'escalier pour les conduire à la plus belle chambre de la maison, une grande pièce blanchie à la chaux mais réchauffée d'une tapisserie de laine, à personnages, meublée d'un grand lit à courtines de velours vert et de quelques beaux meubles bourguignons luisants de bonne santé et de cire fine dont le parfum embaumait plus encore que le grand bouquet de genêt qui mettait un éclaboussement de soleil sur un coffre de chêne sculpté.

Léonarde la reconnut aussitôt car, en dépit des années écoulées, cette chambre, grâce au plus soigneux entretien, était celle-là même où Francesco Beltrami avait rapporté l'enfant arrachée à la fureur haineuse de Regnault du Hamel, le mari de sa mère, et où la petite Fiora avait reçu le baptême. Elle l'apprit à cette grande Fiora qui regardait autour d'elle avec des yeux pleins d'émotion et choisit de l'y laisser seule un moment pour redescendre à la cuisine où elle était certaine de rencontrer maître Huguet. Tout à l'heure, en effet, elle lui avait trouvé un son de voix bizarre quand il avait constaté que Francesco Beltrami n'était pas venu à la Croix d'Or depuis longtemps, un peu comme s'il en éprouvait de la satisfaction. Il aurait aussi bien pu ajouter, du même ton : « Dieu en soit loué! » Et la vieille demoiselle tenait à savoir pourquoi.

Elle surprit son cousin occupé à mesurer les précieuses épices qu'il destinait à un pâté de veau dont un de ses marmitons avait entrepris la confection. Sachant l'importance d'une telle opération, elle attendit qu'il en eût terminé puis l'entraîna à part dans la petite pièce où l'aubergiste faisait d'ordinaire ses comptes :

– Tirez-moi d'un doute, mon cousin! Tout à l'heure, lorsque vous avez dit n'avoir pas vu messire Beltrami depuis longtemps, il m'est apparu que vous n'en étiez pas autrement désolé?

– Comment pouvez-vous penser cela, Léonarde? C'était un si bon client...

– ... et un client qui, la dernière fois, vous a laissé une belle somme en paiement des petites choses inhabituelles qu'il vous avait demandées. Les... folies de ce brave homme vous ont rapporté pas mal d'or. Cela pourrait justifier pour le moins un regret?

Les joues vernies de maître Huguet passèrent au rouge ponceau et il jeta un rapide regard à la cuisine en pleine activité pour s'assurer que personne n'écoutait:

– Pas mal d'or, en effet mais aussi pas mal d'ennuis. Avez-vous l'intention de séjourner ici longtemps?

– Eh bien, fit Léonarde estomaquée, vous pouvez vous vanter d'avoir une curieuse façon de comprendre l'hospitalité, sans parler de votre sens du commerce! Nous pouvons payer largement, vous savez?

– Je n'en doute pas mais vous comprendrez mieux tout à l'heure qu'en disant cela je ne pense pas seulement à moi mais aussi à vous et surtout à cette belle jeune femme. Qui pourrait imaginer, à lui voir cette allure de reine, qu'elle est la même que ce pauvre petit être...

– Vous célébrerez la beauté de donna Fiora plus tard! Dites-moi plutôt ce qui s'est passé ici après notre départ!

La voix de l'aubergiste baissa de plusieurs tons au point que sa compagne dut se pencher pour mieux l'entendre:

– Une véritable catastrophe! On avait négligé de nous dire que la petite fille « trouvée » était, en réalité, l'enfant de ces deux malheureux exécutés le jour même... Et nous ne savions pas davantage que messire Beltrami avait abandonné le sire du Hamel, ligoté et bâillonné, dans l'ancien hospice des pestiférés où il a failli mourir de froid...

– Failli seulement? C'est bien dommage! Quant au reste, je ne vois pas pourquoi on vous en eût fait part. Messire Francesco était homme à savoir ce qu'il faisait et ne jugeait pas utile de le crier sur les toits. Ainsi du Hamel en a réchappé? Qui est l'auteur de ce joli coup?

– Un paysan qui passait par là en allant aux tanneries et qui a entendu des gémissements. C'est lui qui a appelé à l'aide. Mais vous étiez déjà partis depuis plus de vingt-quatre heures...

– C'est encore heureux! Et comment cela s'est-il passé?

– Assez mal. Messire Regnault, une fois réchauffé et réconforté, a jeté feu et flammes. On a fouillé cette maison, en dépit de mes protestations, pour retrouver l'homme qui « avait osé s'opposer à la justice du prince » et, bien sûr, on ne l'a pas retrouvé.

– C'eût été étonnant! fit Léonarde avec un demi-sourire.

– Moi, j'ai dit uniquement ce que j'étais censé savoir : le marchand florentin avait quitté Dijon la veille et à l'aube, sans doute pour se rendre à Paris où il avait affaires. De l'enfant, ni moi ni ma femme n'avons touché mot, bien que le sire du Hamel soit fort acharné à la retrouver. Nous n'avons rien su dire non plus de ce qu'était devenu le Père Charruet sinon qu'il était parti en même temps que son nouvel ami. C'était d'autant plus facile que nous ne savions absolument rien de ses intentions.

– Et votre parent, le chanoine de Saint-Bénigne qui vous a vendu au poids de l'or sa vieille litière? Il n'a rien dit?

– Encore aurait-il fallu que l'on sût l'affaire. Personne n'a même songé à lui...

– Et votre personnel qui a néanmoins vu certaines petites choses, à commencer par mon départ, n'a-t-il pas été interrogé?

– Si fait mais, ajouta maître Huguet d'un air de dignité offensée, vous devriez savoir, ma cousine, que n'entre pas ici qui veut. Je suis très difficile sur le choix de mes gens et, une fois qu'ils font partie de la maison, ils se feraient hacher menu plutôt que de risquer d'en être chassés. On aurait pu penser qu'ils étaient tous sourds, muets et aveugles. Ils ont juré en chœur que messire Beltrami était parti pour Paris où il comptait confier à quelque couvent l'enfant qu'il avait trouvée...

– N'a-t-on pas couru après nous?

– Si. Le prévôt de la ville a envoyé des hommes à vos trousses... mais dans la mauvaise direction...

– Eh bien, mais... tout est pour le mieux? Pourquoi donc avez-vous si grande hâte de voir nos talons? D'autant que l'histoire ne date pas d'hier – ni même d'avant-hier!...

– Pour certains, tel messire Regnault, elle est toujours actuelle et s'il venait à apprendre qu'une jeune femme du nom de Beltrami est à la Croix d'Or...

– Je ne vois pas comment il pourrait l'apprendre? Il habite Autun et ce n'est pas la porte à côté...

– Il habitait Autun quand il était conseiller dans cette juridiction. A présent il est conseiller du duc et « lieutenant » du chancelier au siège de Dijon. C'est un personnage important!

– Diantre! C'est pour le consoler d'avoir été si fort cocu qu'on l'a ainsi honoré? En vérité, on croit rêver! Et, si je vous ai bien compris, il habite donc ici?

– Pas dans cette maison mais pas très loin. Il a acheté, rue du Lacet, près de la Vieille Poissonnerie, la maison d'un ancien chevaucheur du duc Philippe le Hardi. C'est là qu'il vit depuis près de dix ans et, hormis pour se rendre à la chancellerie, il n'en sort pour ainsi dire jamais...

– En ce cas, pourquoi vous en inquiéter?

– Parce qu'il est très lié avec le fonctionnaire chargé des auberges et des étrangers. Ce n'est pas à vous que je vais apprendre que nous tenons registre des voyageurs? Je ne me vois pas du tout y inscrivant le nom de Beltrami.

– Eh bien, ne l'écrivez pas! répondit vivement Léonarde. Et comme le mien, si modeste qu'il soit, pourrait peut-être aussi vous compromettre... prenez plutôt celui du docteur Lascaris?... Oui, c'est cela : vous avez reçu ce soir messire Démétrios Lascaris, médecin grec au service de Mgr Lorenzo de Médicis, sa nièce, la gouvernante de celle-ci, autrement dit moi, son écuyer et... son secrétaire? Cela vous convient?

– Le secrétaire, c'est celui qui était en croupe de l'autre et qui a l'air d'un paysan?

– Soyez certain que, dès demain, il aura tout à fait l'allure de l'emploi, fit Léonarde goguenarde. Pour l'instant, évidemment...

– Qui est-il? Je lui trouve un drôle d'air...

– Ne vous souciez donc pas de cela! Si je vous le disais, vous seriez capable de vous évanouir dans votre marmite et cela gâterait la soupe. Au fait, on vous réclame là-bas si j'en crois les bruits que j'entends.

– Je viens, je viens! cria maître Huguet qui ajouta, plus bas: Qu'avez-vous décidé?

– Je vous le dirai demain. Vous m'avez appris des choses fort intéressantes dont je dois discuter avec donna Fiora et nos compagnons... Ah! pendant que j'y pense: veillez à nous servir dans notre chambre et tous ensemble. Vous redoutez par trop les curiosités. Et puis, nous serons plus tranquilles!

– Moi aussi, approuva maître Huguet qui ne put cependant s'empêcher de ronchonner, en homme qui se méfie d'instinct de l'exotisme, qu'un médecin grec cela ne faisait pas très sérieux. Du coup Léonarde se fâcha:

– Le roi de France s'apprête bien à le prendre au sérieux, lui? Pourquoi pas vous? Mais si vous tenez tellement aux honneurs, vous pouvez toujours l'appeler Monseigneur, parce que j'ai négligé de vous spécifier qu'il est aussi prince, descendant d'un empereur de Byzance.

Et, sur cette flèche du Parthe qui laissa son cousin sans voix, Léonarde, abandonnant la cuisine d'où montait, avec des fumets délectables, le joyeux tintamarre du coup de feu, s'en alla rejoindre Fiora mais ne la mit pas tout de suite au fait de ce qu'elle venait d'apprendre, préférant s'accorder un temps de réflexion. Elle savait en effet que, sur la liste de ceux dont la jeune femme entendait purger la terre, Regnault du Hamel venait en première place. Comment allait-elle réagir en apprenant que son ennemi se trouvait si près d'elle quand elle pensait devoir le chercher à Autun?

La tentation de ne rien dire était grande pour la vieille demoiselle qui craignait profondément de voir son « agneau » s'engager dans le chemin du crime, mais, d'autre part, si elle la laissait faire le voyage d'Autun pour y apprendre finalement que du Hamel se trouvait à Dijon, cela ne ferait que retarder l'inéluctable. Elle connaissait trop bien la jeune femme pour entretenir la moindre illusion : Fiora irait jusqu'au bout de la tâche qu'elle s'était assignée, quelles qu'en puissent être les conséquences.

Léonarde se borna donc, sur le moment, à dire qu'elle avait demandé que l'on servît le souper dans leur grande chambre et s'en alla en informer leurs compagnons.

Le repas que l'on prit en commun fut excellent car maître Huguet y avait apporté un soin tout particulier et se déroula dans une atmosphère joyeuse. Fiora était heureuse d'avoir pu accomplir le pèlerinage qu'elle souhaitait et plus encore d'avoir rencontré ce jeune oncle vers lequel se penchait instinctivement son cœur compatissant. Elle voyait dans ce hasard heureux un signe du destin.

Assis en face d'elle, Christophe de Brévailles n'était pas loin de se croire en paradis. Les deux nuits précédentes, il les avait passées, dans un bois d'abord, puis dans un trou de haie, mangeant le pain qu'il avait emporté du couvent et quelques fruits sauvages, buvant de l'eau des ruisseaux. Il n'avait pas été malheureux parce que la saison était belle et qu'il était soutenu par ce désir accroché en lui depuis tant d'années : voir la tombe près de la fontaine Sainte-Anne et y prier car, s'il fuyait le couvent, il n'avait pas perdu pour autant la foi. Et voilà qu'au moment où il allait devoir décider de son avenir et se choisir un chemin – mais dans quelle direction? – le ciel avait suscité cette belle jeune fille qui était l'image identique de ceux qu'il avait tant pleurés. Et le même sang coulait dans leurs veines. Grâce à elle, sa vie misérable venait de prendre un tour nouveau et il ne pouvait s'empêcher de trouver amusant, lui qui n'avait jamais rencontré que des gens de son terroir, de partager la même table avec un médecin venu de Byzance, un Espagnol de Castille, sans compter cette ravissante nièce tombée du ciel qui se voulait florentine, bien qu'elle ait vu son premier jour de douleur sur la paille d'une prison bourguignonne... Elle avait vraiment les plus beaux yeux du monde et que ce prénom de Fiora était donc joli!... Sans compter que ce repas était bien le meilleur qu'il eût jamais dévoré de toute sa vie!

De son côté, en vrai philosophe volontiers épicurien, Démétrios se contentait de goûter l'instant de chaude convivialité autour d'une table agréable. Il était satisfait que Fiora eût commencé sa quête tragique par un succès et en tirait les meilleurs augures pour ce qui leur restait à accomplir même si le but final pouvait, d'ici, apparaître démentiel : abattre Charles le Téméraire, l'homme qui était peut-être le plus puissant d'Europe et cela, selon toute vraisemblance, au milieu de l'armée qu'il ne quittait plus depuis qu'il s'était mis en tête de devenir roi. Mais Démétrios croyait fermement aux miracles et, plus encore, à son inflexible volonté...

En fait, autour de cette table, Esteban était à peu près le seul à trouver la vie vraiment belle. Il avait goûté pleinement, en amoureux des grands horizons, le voyage depuis Florence, au long du rivage méditerranéen puis à travers la Provence pour rejoindre les vallées du Rhône et de la Saône. A présent, il découvrait, après quelques autres libations en chemin, la magnificence des vins de Bourgogne... et y prenait un plaisir extrême. Les yeux mi-clos et la mine épanouie il ne voyait pas plus loin, pour l'instant, que son gobelet empli d'un chaleureux vin de Chambertin...

Léonarde ne s'était guère mêlée à la conversation dont Démétrios avait heureusement fait les frais en homme qui a beaucoup vu et beaucoup retenu. Elle attendit que le dernier plat eût été emporté et la table débarrassée à l'exception d'une ultime bouteille. Elle avait conscience, en effet, de ce que pouvait représenter d'exceptionnel cette réunion avec le jeune Brévailles. Fiora souriait et c'était quelque chose qui importait fort à sa gouvernante.

Néanmoins, quand la porte de la chambre se fut refermée sur le dernier valet, elle se leva, marcha vers la cheminée où l'on avait allumé un feu en raison de la fraîcheur du soir, lui tendit ses mains qu'elle frotta un instant l'une contre l'autre. Puis, se retournant, elle fit face à ses compagnons. Esteban étant précisément en train de constater que cette auberge de la Croix d'Or était sans aucun doute la meilleure de toute la chrétienté :

– C'est certainement vrai, le coupa-t-elle. Le malheur est que nous ne puissions guère y séjourner longtemps. J'ai un certain nombre de choses à vous dire...

Tous parurent se figer : Fiora assise au pied du lit, Démétrios sur la bancelle près de la cheminée, Christophe sur un escabeau. Seul Esteban alla remplir son verre une dernière fois mais il ne souriait plus. Tous avaient conscience que l'instant privilégié venait de prendre fin...

CHAPITRE II

LA MAISON SUR LE SUZON

La décision de Fiora fut instantanée : puisque Regnault du Hamel habitait Dijon, elle y resterait tout le temps qu'il lui faudrait pour débarrasser cette terre de l'homme qui avait martyrisé sa mère et tenté de massacrer un bébé. Mais l'appréhension justifiée que montrait maître Huguet à garder chez lui des voyageurs compromettants posait un cas de conscience car la peur est mauvaise conseillère. Dans une autre auberge, d'ailleurs, le risque encouru serait le même :

– La meilleure solution, suggéra Démétrios, me paraît de louer, si cela est possible, une maison pas trop éloignée de celle qui vous intéresse. Pour une affaire de ce genre, il faut savoir prendre son temps, étudier les habitudes de l'ennemi, épier... et patienter.

La patience! Elle était l'arme préférée du médecin grec et il s'efforçait inlassablement d'inculquer cette rare vertu à celle dont il faisait, jour après jour, à l'aide d'une infinité de petites leçons, la meilleure des élèves... Ce qui n'était pas le cas d'Esteban.

– Nous n'allons tout de même pas nous installer ici? protesta-t-il. Ne devons-nous pas aller à Paris?

– Chaque chose en son temps. Nous avons largement celui de rejoindre le roi, qui d'ailleurs n'est pas à Paris. Et, pour l'heure présente, c'est ici que nous avons à faire. Est-il possible de nous trouver un logis convenable pour quelques semaines, dame Léonarde?

– C'est toujours possible. Reste à savoir si nous en trouverons un bien situé!

C'est le problème qu'elle alla, dès le matin, soumettre à Magdelaine, la jeune sœur de maître Huguet qu'elle avait connue lorsqu'elle avait l'âge de Fiora et qui avait témoigné, en la revoyant, d'une joie sans arrière-pensée. Il y aurait, de ce côté-là, une aide assurée sans qu'il soit besoin, peut-être, de nombreuses explications.

Magdelaine, en effet, était une âme simple. Elle écouta sagement Léonarde lui exposer que ses « maîtres », séduits par la beauté de la ville et de la région, souhaitaient séjourner quelque temps à Dijon et donc y découvrir une maison agréable à habiter, au centre si possible, pour n'être pas trop éloignés des halles, etc. Elle se montra enchantée d'une idée qui allait lui permettre de rencontrer pendant quelque temps cette chère Léonarde mais lui fit remarquer, avec un brin d'amour-propre froissé, que l'auberge de son frère était malgré tout et sans conteste l'endroit le plus agréable pour tout séjour, fût-il long.

– A condition d'être en bonne santé, riposta Léonarde. Or donna Fiora est souffrante ce matin. Le long voyage depuis Florence l'a fatiguée. Elle a besoin de repos et de calme. En outre, messire Lascaris, qui est un savant, n'aime pas séjourner trop longtemps dans une hostellerie, même aussi bonne que la nôtre. Il a en cours d'importants travaux et il lui faut le silence d'une pièce bien à lui...

– Mais, objecta Magdelaine qui, bien qu'étant une âme simple, ne manquait ni de logique ni de mémoire, je croyais que ce grand médecin se rendait auprès du roi de France?

Démétrios prévoyait cette objection lorsqu'il fit remarquer à Léonarde qu'elle avait eu la langue trop longue...

– Le roi est aux armées en ce moment et ne nous attend qu'à l'automne. Nous le rejoindrons alors en son château du Plessis-lès-Tours sur le fleuve de Loire...

Ainsi éclairée, Magdelaine se déclara satisfaite et ajouta même qu'elle aurait peut-être le moyen de contenter rapidement cette amie d'autrefois :

– Avez-vous gardé souvenance, lui dit-elle, de la noble dame Symonne Sauvegrain qui est veuve de l'ancien gouverneur de la Chancellerie, messire Jehan Morel?

– Celle qui fut autrefois la nourrice du Téméraire et qui, en échange de son lait, a reçu un titre de noblesse?

– Plus récemment encore, elle a donné, pendant près de trois ans, ses soins à la jeune princesse Marie, fille unique de notre duc, ce dont Monseigneur lui garde de la reconnaissance.

– Si je me souviens bien, feu Jehan Morel avait fait construire un grand et bel hôtel rue des Forges?

– Un hôtel devenu trop grand pour dame Symonne. Elle y vit seule avec son fils Pierre depuis le mariage de sa fille Ysabeau et je suppose qu'elle louerait volontiers le bâtiment qui est voisin du Suzon. Voulez-vous que j'aille voir son intendant?

– Allons-y ensemble! Le temps de m'habiller pour sortir et de demander à donna Fiora si elle serait d'accord...

C'était d'ailleurs façon de pure révérence car Fiora n'avait aucune raison de refuser une maison située presque en face de celle de son ennemi et, donc, à un emplacement stratégique inespéré.

La maison que Jehan Morel avait construite, quarante ans plus tôt, pour sa femme à laquelle il vouait une vraie dévotion, était, avec ses fenêtres en double accolade, ses vitraux de couleur et l'élégant balustre sculpté qui soulignait son toit de tuiles brillantes, l'une des plus belles de la ville. Construite en U, son bâtiment arrière avait vue sur le Suzon, et possédait une installation indépendante qui permettait de l'isoler du reste de l'hôtel. Ce pavillon se composait d'une salle commune, d'une cuisine et de quatre petites chambres. Ce n'était certes pas immense mais c'était commode, bien meublé et, surtout, l'orientation de certaines des fenêtres permettait d'observer les allées et venues du logis appartenant à du Hamel. Seule la largeur du Suzon qui, à cet endroit, disparaissait sous la rue du Lacet séparait les deux maisons. Quant à l'entrée, elle donnait sur la rue des Forges ce qui la laissait hors de vue puisque, pour atteindre la porte, il fallait traverser par un couloir toute la largeur de l'hôtel Morel-Sauvegrain et une cour que l'on franchissait sous galerie.

Pensant que c'était vraiment là un présent du ciel, Léonarde se hâta de conclure engagement et versa trois mois de location à Jacquemin Hurtault, l'intendant des Morel qui fournissait en outre une servante pour l'entretien... Le prix était au demeurant raisonnable compte tenu du fait que la maison, confortable, ne manquait de rien.

Pendant ce temps, dans sa chambre, Fiora causait avec Christophe qui avait souhaité lui parler. Grâce à Esteban qui avait couru la ville dès potron-minet pour lui procurer des vêtements convenables, le jeune homme avait à présent meilleure allure avec son costume gris foncé, ses bottes noires et le chaperon drapé qui cachait sa tonsure. Esteban, pour qui un homme sans arme est un homme incomplet, avait ajouté une dague d'une facture un peu archaïque mais en bon acier de Tolède. Elle avait fait sourire l'ancien moine :

– Je n'ai jamais appris à me servir de cela, dit-il. On en porte rarement au monastère...

– L'épée demande un long apprentissage mais, en cas de danger, on se sert de la dague presque instinctivement, lui répondit le Castillan. En outre, n'avez-vous pas dit que vous vouliez être soldat ? L'armée vous enseignera...

Christophe venait donc remercier Fiora de tous ses bienfaits et la saluer avant de s'éloigner car il ne voulait pas être à sa charge plus longtemps.

– Vous voulez nous quitter déjà ? dit celle-ci. Je vous assure que, si charge il y a, elle est bien légère et j'étais heureuse d'avoir, auprès de moi, quelqu'un de ma famille. Mais je comprends que vous ayez hâte d'aller vers un nouveau destin. Quel chemin comptez-vous prendre ? Hier vous sembliez hésiter ?

– Je n'hésite plus. J'ai beaucoup réfléchi cette nuit et je crois que je vais rejoindre l'armée du duc Charles !

Fiora eut un haut-le-corps :

– Vous semble-t-il donc un maître tellement souhaitable alors que votre mère, jadis, a vainement imploré sa pitié ?

– Je sais, mais votre ami grec, hier, m'a dit une chose qui m'a donné à réfléchir. Je voulais chercher la mort, il m'a conseillé de chercher plutôt la vie et d'essayer de me faire un nom. Or, je suis bourguignon quoi qu'il en soit et, ce nouveau nom, j'aimerais qu'il soit de Bourgogne. Hier, après souper, je suis descendu avec Esteban dans la salle d'auberge et j'ai écouté parler des marchands. Ils disaient qu'un légat du pape s'est entremis pour faire cesser le trop long siège de Neuss. Le duc songerait à ramener son armée en Lorraine afin de punir le jeune duc René II qui a rompu leur alliance. On dit aussi que le roi de France fait marcher ses troupes sur l'Artois d'une part et sur la Comté Franche de l'autre. Il va y avoir de la besogne pour défendre le pays. Je veux en être. Vous, vous allez partir pour la France, n'est-ce pas, puisqu'un plus long séjour vous mettrait en danger ?

Christophe ignorait en effet que Fiora avait décidé de rester à Dijon. La veille au soir, le jeune homme s'était retiré avec Esteban pour aller boire dans la salle un dernier gobelet de vin. C'était alors que la jeune femme avait avisé Léonarde et Démétrios de ce qu'elle pensait faire. Bien qu'il lui eût inspiré une instinctive sympathie, elle estimait qu'elle ne connaissait pas suffisamment Christophe pour lui faire part de tous ses projets. Mais comme elle crut déceler de l'inquiétude dans son regard, elle lui sourit gentiment :

– Je n'aime pas quitter un endroit sous prétexte que je pourrais y craindre quelque chose. D'autant que j'ai envie de mieux connaître cette ville que mon père aimait. Il se peut que je reste encore quelques jours.

– C'est de la folie ! Vous avez entendu dame Léonarde hier au soir ? Ce misérable Regnault du Hamel vit ici et il est toujours aussi mauvais. S'il allait vous rencontrer ? Vous ressemblez tellement à ma douce Marie !...

– C'est peut-être là ma grande différence avec ma mère. Elle était infiniment douce, tendre et vulnérable – ce que je ne suis pas... ou, plutôt, ne suis plus! Si le sire du Hamel s'en prend à moi – et je ne vois pas sous quel prétexte valable il pourrait m'attaquer – soyez sûr que je serai sur mes gardes. D'ailleurs j'ai de bons défenseurs. Partez tranquille! Un jour peut-être nous nous reverrons...

L'entrée tumultueuse de Léonarde lui coupa la parole. La vieille demoiselle rayonnait littéralement de satisfaction et, n'ayant pas vu Christophe, lança du seuil :

– J'ai ce qu'il nous faut! Une maison juste en face de celle qui nous intéresse...

S'apercevant que la jeune femme n'était pas seule, elle s'arrêta court et devint toute rouge, ce qui amusa Fiora : C'était la première fois qu'elle voyait à sa vieille Léonarde les couleurs de la confusion. Mais il y eut soudain un silence gênant. Christophe de Brévailles regarda tour à tour les deux femmes. Ses épais sourcils s'étaient froncés mais il avait pâli :

– Et pour mieux visiter Dijon, articula-t-il lentement, vous avez besoin d'une maison voisine de celle de du Hamel? C'est bien cela, n'est-ce pas?

Fiora se leva et s'avança vers le jeune homme dans les yeux de qui elle planta son regard :

– C'est bien cela mais je vous prie de ne pas vous en soucier.

– Vous me demandez trop. Qu'avez-vous dans l'idée?

– Je pourrais vous répondre que c'est là mon affaire mais, après tout, vous avez peut-être le droit de savoir. Hier, je crois vous avoir dit que je venais payer de vieilles dettes? Regnault du Hamel en est la plus criarde. J'allais me rendre à Autun pour l'y chercher mais le ciel – ou l'enfer – a décidé de m'épargner du chemin puisqu'il est ici. Et je ne quitterai cette ville qu'après l'avoir purifiée de sa présence...

– Vous voulez... le tuer?

– Vous traduisez à merveille mon intention.
– C'est insensé...
– Je ne crois pas. De toute façon, et quoique vous puissiez objecter, vous ne me ferez pas changer d'avis.

Avec effroi, Christophe la regarda, droite et fière en face de lui, si mince dans cette robe noire qui la faisait plus longue encore, avec ses grands yeux gris où semblaient voyager les nuages et cette allure d'altesse... Elle paraissait plus inflexible qu'une lame d'épée et le jeune homme comprit qu'il ne parviendrait pas à la faire céder. Alors, éperdu sans qu'il comprît vraiment pourquoi cette jeune femme comptait tellement pour lui à présent, il se tourna vers Léonarde et chercha son regard, espérant un secours de ce côté-là, mais elle hocha la tête...

– Vous pensez bien que j'ai déjà essayé...
– En ce cas, décida Christophe, je reste. Je vous aiderai et ne partirai que lorsque ce sera fait. Et si quelqu'un doit frapper, ce sera moi!

Sans lui répondre, Fiora prit les deux mains du jeune homme et les retourna pour en considérer la paume comme si elle tentait d'en déchiffrer le réseau de lignes puis releva les yeux:

– Avez-vous reçu les ordres majeurs? demanda-t-elle doucement.

Sous ce regard qui interrogeait sans dureté, Christophe rougit.

– Oui... mais je ne le voulais pas.
– Néanmoins, cela est! Ces mains ont été consacrées. Vous ne pouvez les souiller de sang...
– Et que ferai-je d'autre à la guerre?
– C'est différent. Il y eut, il y a encore des moines-soldats. En outre, vous engagerez votre vie dans les combats.
– Mais je ne veux plus être moine du tout, ni soldat ni autrement. Je veux être un homme libre de choisir son sort...
– Il en sera comme vous voudrez, mon ami, mais du

moins ne serez-vous pas souillé d'un crime froidement prémédité. En outre, je ne laisserai à personne le bonheur de frapper à ma place... Enfin, après ce meurtre, il y en aura d'autres qui me conduiront peut-être un jour à l'échafaud. Je refuse de vous y entraîner car voilà dix-sept ans que vous souffrez. Vous avez le droit de vivre comme vous l'entendrez et cela me sera doux. Ne m'enlevez pas cette consolation qui sera peut-être ma dernière bonne action!

– Je vous en supplie, laissez-moi rester! Je veillerai sur vous, je vous protégerai...

– Nous sommes là pour cela, intervint la voix grave de Démétrios qui venait d'entrer. Donna Fiora a raison : vous devez aller vers votre destin et nous laisser décider du nôtre. Partez sans arrière-pensée!

– Croyez-vous que ce soit possible à présent?

– J'en suis certain. Cela est même nécessaire car il faut qu'un jour vous vous trouviez en un certain lieu, à une certaine heure, pour payer la dette que vous avez contractée aujourd'hui.

– Que voulez-vous dire?

– Il arrive que le voile de l'avenir se lève, par moments, devant moi. Il viendra un jour où il vous sera donné de rendre ce que vous avez reçu.

– Il faut le croire! assura Fiora. Il ne se trompe jamais... Quittons-nous à présent... et priez pour nous!

Sans un mot, Léonarde prit le manteau noir que Christophe avait déposé sur un escabeau en pénétrant dans la chambre et le disposa sur ses épaules. Il se laissa faire en fixant Fiora comme s'il ne pouvait plus en détacher son regard. Mais il tressaillit quand Démétrios glissa dans son escarcelle quelques pièces d'or puis le poussa vers la jeune femme :

– Allez l'embrasser! Il en est temps. Esteban vous attend dans la cour avec un cheval. Dirigez-vous sur la Lorraine où les troupes bourguignonnes commencent à se reformer. On parle de Thionville...

Fiora fit la moitié du chemin vers le jeune homme qui, soudain, la prit dans ses bras. Elle l'éloigna doucement mais l'embrassa sur les deux joues avec une tendresse fraternelle :

– Dieu vous garde, mon bel oncle! Où que vous alliez, vous lui appartiendrez toujours...

Il la baisa au front puis, se détournant brusquement, partit en courant suivi de Démétrios. On l'entendit dégringoler l'escalier. Les deux femmes sortirent sur le balcon de bois qui régnait tout autour de la cour pour assister à son départ. Elles le virent sauter en selle comme s'il n'avait fait que cela toute sa vie au lieu d'user ses genoux sur les dalles d'un couvent, serrer les mains de Démétrios et d'Esteban puis, ôtant son chaperon d'un geste empli d'élégance naturelle, en saluer les dames avant de rendre la main à son cheval et de s'engouffrer sous la voûte de l'auberge.

– Vous avez bien fait de l'éloigner, fit Léonarde.

– Pourquoi? Est-ce qu'il ne vous inspirait pas confiance?

– Pauvre garçon! Bien sûr que si... mais il était en train de tomber amoureux de vous, mon agneau... et vos affaires de famille sont bien assez compliquées comme cela. A présent, venez vous préparer à emménager dans votre nouveau logis. J'espère qu'il vous plaira.

– C'est sans importance. Si ses fenêtres offrent la vue que j'espère, le reste peut être aussi délabré qu'il voudra...

– Heureusement, il n'en est rien? Voilà bien l'égoïsme de la jeunesse! Pensez un peu à moi, Fiora, qui suis passée de cette belle hostellerie à l'élégance du palais Beltrami. J'ai de mauvaises habitudes, que voulez-vous?...

Léonarde, d'accord en cela avec ses compagnons, avait loué la maison au nom du médecin Démétrios Lascaris voyageant avec sa nièce Fiora, son secrétaire et la gouvernante de la jeune femme. C'est donc en tant que princesse Lascaris que Fiora, étroitement voilée et portée dans les bras d'Esteban comme la malade qu'elle était censée être, pénétra dans le bel hôtel des Morel-Sauvegrain et gagna la chambre qui lui était réservée, l'une des deux donnant sur l'arrière de la maison.

Cette chambre, dont la porte lui fut ouverte courtoisement par l'intendant Hurtault, était tout éclairée par un grand bouquet de pivoines disposées dans un pot d'étain auprès d'un drageoir rempli de fruits confits.

– Ma maîtresse, dit-il, souhaite la bienvenue à Votre Seigneurie, et espère, lorsque sa santé sera meilleure, avoir le plaisir de venir la saluer...

Fiora répondit, d'une voix faible, par quelques remerciements auxquels Démétrios ajouta qu'il serait heureux, pour sa part, d'être admis à l'honneur de présenter ses devoirs à une hôtesse dont le renom et le mérite étaient venus jusqu'à lui...

– Je n'y manquerai pas, confia-t-il à Léonarde une fois la porte refermée sur l'intendant. Elle peut sûrement nous apprendre des choses fort utiles...

– Je me charge, moi, de questionner les servantes, répondit celle-ci. C'est encore par les cuisines que les commérages vont le meilleur train...

Fiora n'écoutait pas, ayant déjà sauté à bas du lit où Esteban l'avait étendue pour courir à la fenêtre. La maison de Regnault du Hamel était bien là où Léonarde l'avait indiquée... Elle était aussi telle que la jeune femme l'imaginait : sombre et sinistre, comme dut l'être la maison d'Autun où Marie de Brévailles avait gravi son calvaire avant de s'enfuir.

C'était une demeure presque aussi solitaire que celle du bourreau. Encadrée sur trois côtés par la rue de la Tonnellerie, la rue du Lacet et le Suzon, un maigre jardin mal entretenu tenait le quatrième à distance des habitations voisines. Un soubassement de pierre qui n'offrait d'autre ouverture qu'une porte de bois sombre armée de pentures de fer soutenait deux étages d'encorbellement à croisillons noircis par le temps, le tout sous un grand toit abritant le pignon pointu. Deux fenêtres à l'étage noble, une ouverture fermée de volets de bois et une lucarne donnant sur le ruisseau ne devaient pas procurer beaucoup de jour. Il est vrai que, de son observatoire, Fiora ne pouvait voir la façade côté jardin mais, telle qu'elle était, cette maison était aussi triste qu'une prison... ou qu'un tombeau car, en dépit du beau temps, aucune vitre n'était ouverte, aucune vie ne s'y manifestait...

Démétrios, qui avait choisi l'autre chambre arrière, celle qui faisait l'angle de la maison, à pic, à cet endroit, sur le Suzon, et qui avait la meilleure vue sur l'entrée, vint rejoindre Fiora :

– Il faudrait savoir, lui dit-il, comment se présente le côté jardin. Cette nuit, j'enverrai Esteban en reconnaissance...

– C'est trop tôt, remarqua Fiora. Notre arrivée, saluée si aimablement par notre hôtesse, a dû faire quelque bruit dans ce quartier. Mieux vaut ne pas risquer de se faire remarquer trop tôt...

Avec un sourire amusé, le Grec applaudit silencieusement :

– Bravo! Je vois que mes leçons de sagesse ont porté leurs fruits. J'espérais que tu me répondrais cela, sans trop oser y croire. Et tu as raison. Tu es une jeune femme malade, moi un vieux savant qui ne quitte guère la compagnie de ses livres et on se fera vite à cette paisible image. Cependant, Esteban n'a aucune raison de se priver de courir les tavernes. Il n'a pas son pareil pour s'y faire des amis et délier les langues. Et dame Léonarde pourra peut-être tirer quelque chose de cette servante que l'on nous a donnée...

La servante en question se nommait Chrétiennotte Yvon. C'était une solide commère d'une trentaine d'années à l'œil rond mais vif, à la figure épanouie et avenante, à qui ne faisaient peur ni le travail ni les longs bavardages. Comme les autres servantes de la nourrice ducale elle était, sur sa personne comme dans son ouvrage, d'une propreté flamande. Mais ce qui n'appartenait qu'à elle seule, c'était l'heureux caractère qui la poussait à chanter du matin au soir. Elle rappelait un peu à Léonarde la grosse Colomba, son amie florentine[1] qui était toujours la femme la mieux renseignée de la ville. Elle se retint néanmoins de se laisser aller à témoigner trop de sympathie à Chrétiennotte en pensant que dame Morel-Sauvegrain leur avait peut-être dépêché une servante aussi loquace avec une idée de derrière la tête : celle d'être parfaitement renseignée de son côté sur les faits et gestes de ses nouveaux locataires.

– Parlez-lui le moins possible, conseilla-t-elle à Fiora, et laissez-moi faire. Je saurai bien lui tirer les vers du nez!

La vie, dans la maison sur le Suzon, s'organisa, paisible et silencieuse, rythmée par les coups de maillet que « Jacquemart et sa femme Jacqueline » frappaient sur une cloche, à l'église Notre-Dame voisine pour marquer les heures[2]. Fidèle à ses anciennes habitudes, Léonarde se rendait chaque matin à la première messe puis, le reste du temps, veillait à l'entretien de la maison. Démétrios compulsait les ouvrages emportés de Florence et rédigeait le traité sur la circulation sanguine qu'il avait entrepris. Esteban courait la ville. Quant à Fiora, au bout de deux jours, elle ne supportait plus que difficilement ce personnage de malade si contraire à sa nature mais auquel la contraignait son extrême ressemblance avec ses parents : elle risquait d'être reconnue. Sa seule distraction, en dehors de la broderie que Léonarde lui avait placée dans les mains et d'un livre grec prêté par Démétrios, était d'épier la maison d'en face.

Assise durant des heures dans la cathèdre garnie de coussins qu'elle ne quittait que pour son lit, elle observait obstinément ce qui se passait de l'autre côté du ruisseau. Et, en vérité, ce n'était pas grand-chose : par deux fois,

1. Voir *Fiora et le Magnifique*.

2. En 1383, après le sac de Courtrai, le duc Philippe le Hardi avait, selon l'usage, décapité le beffroi de la ville rebelle, en avait ôté l'horloge à deux personnages et en avait fait don à sa ville de Dijon en remerciement de son aide militaire.

elle vit sortir ou entrer, avec des paniers, l'un ou l'autre des deux valets qui, au dire d'Esteban, constituaient tout le personnel du conseiller ducal. Mais lui-même, elle ne l'avait pas encore aperçu car il s'était rendu pour quelques jours dans une terre qu'il possédait près de Vergy, dans l'arrière-côte.

Elle se morfondait tellement qu'au matin du troisième jour, elle ne résista pas à l'envie d'interroger Chrétiennotte :

– Cette maison, de l'autre côté du pont, qui n'ouvre jamais ses fenêtres et rarement sa porte, à qui donc appartient-elle ?

La servante roula des yeux plus ronds que jamais et se signa précipitamment deux ou trois fois et, comme Fiora s'étonnait, elle soupira :

– Demoiselle, vaudrait mieux qu'on vous change de chambre si vous devez vous intéresser à cette bicoque...

– Une bicoque ? il me semble que c'est une assez belle maison, solide et bien construite...

– Oui, bien sûr, mais mal habitée. Moi qui vous parle, j'aime guère à passer devant quand la nuit tombe.

– Vous voulez dire que c'est... un mauvais lieu ?

– Pas vraiment, mais le maître est un mauvais homme. Il est riche, pourtant, et de belle position, mais ladre comme un juif. Et il déteste les femmes pour lesquelles il a toujours un mauvais regard ou même un mot méchant. Il n'a pas de servante d'ailleurs, mais deux valets, deux lourdauds qui grognent comme des chiens hargneux et qui mordent au besoin. Malheur au mendiant qui oserait frapper à cette porte : il ne récolterait que des coups de bâton...

– Il n'est pas marié ?

– Messire du Hamel ? Marié ? Si riche qu'il soit, aucune femme ou fille, même miséreuse, ne voudrait de lui. Faut dire qu'il a déjà eu une épouse jadis, quand il habitait par ici. Une jeune demoiselle dont on dit qu'elle était belle comme tous les anges et il l'a si fort maltraitée qu'elle s'est enfuie de chez lui pour rejoindre son frère. Le malheur a voulu que, ce frère et elle, ils s'aimaient plus qu'il aurait fallu et ça a mal fini. Le mari les a retrouvés et les a fait exécuter par le bourreau... alors, vous pensez si ça donne envie à d'autres!... Tenez, vous voyez! Voilà un des valets qui sort pour aller aux provisions...

Un homme de forte corpulence, le visage inexpressif sous les cheveux gris coupés au carré, vêtu d'une livrée gris et noir assez propre et portant au bras un grand panier, quittait en effet la maison dont il refermait soigneusement la porte derrière lui avant de mettre la clé dans sa poche.

– Celui-là, c'est le Claude, l'aîné. L'autre, le Mathieu, son frère, est un peu plus jeune. Ils ne sortent jamais ensemble. Quand y en a un qui s'en va, on peut être sûr que l'autre reste à la maison. C'est le maître qui veut ça...

– En tout cas, si le maître est avare, le valet n'a pas l'air si mal nourri...

– Le maître est pas fou. Il sait bien qu'il faut donner à manger à des molosses si on veut pas qu'ils vous dévorent. On dit que les deux frères lui sont tout dévoués. Ils sont peu causants... N'empêche que j'ai idée qu'y doit se passer des choses pas catholiques dans cette maison si bien gardée!

– Pourquoi cela?

Chrétiennotte parut hésiter et regarda Fiora comme si elle se demandait jusqu'à quel point elle pouvait lui faire confiance. Puis, finalement se décida:

– Bon, je vous raconte encore ça et puis j' vais à mon travail. Sans ça, votre dame Léonarde va gronder. C'était y a deux ans à peu près, au temps où mon défunt Janet était encore sur cette pauvre terre. Un soir qu'y rentrait un peu tard de son travail – il était maçon – il est revenu chez nous tout sens dessus dessous parce que en passant par la rue du Lacet il avait entendu pleurer et gémir quelqu'un et ce quelqu'un c'était une femme qu'avait l'air de souffrir beaucoup... Comme c'était un gars courageux, mon Janet, il a cogné à la porte en demandant si on avait besoin d'aide mais personne n'a répondu...

– Il y avait peut-être une femme à ce moment-là?

– Ça se serait su! D'ailleurs, mon pauvre Janet est pas seul à avoir entendu des bruits du même genre, mais on pense dans le quartier que c'est peut-être l'âme de sa pauvre petite femme qui revient le tourmenter : c'est ici, au Morimont, qu'elle a été mise à mort... et le Morimont, c'est pas loin.

– Si je comprends bien, conclut Fiora, ce... du Hamel... a bien tort de se donner tant de mal pour faire garder une maison où personne n'a envie d'entrer?

– C'est ça tout juste! fit Chrétiennotte avec satisfaction. Moi j' sais bien qu'y faudrait me payer, et cher, pour que j'y aille. Et encore, ça serait pas sûr!

Ayant ainsi donné son opinion catégorique, la veuve de Janet reprit son balai, ses torchons et, avec une espèce de révérence à Léonarde qui franchissait la porte au même instant, elle disparut dans le couloir en fredonnant un cantique.

Mais l'histoire qu'elle venait de raconter laissait Fiora songeuse. Que la maison eût mauvaise réputation et qu'elle passât pour hantée lui convenait tout à fait – et même lui donnait une idée pour la façon dont elle pensait attaquer Regnault du Hamel. Dès son arrivée à Dijon, en effet, elle avait refusé tout net la proposition radicale d'Esteban :

– Vous voulez la mort de cet homme? lui avait dit le Castillan. C'est la chose la plus facile du monde. Je l'attends un soir à son entrée ou sa sortie de chez lui et je vous l'étrangle.

C'était simple, en effet, trop simple même et surtout trop rapide. Elle ne voulait pas que le bourreau de sa mère tombât soudainement dans la mort, frappé d'un coup qu'il n'aurait pas vu venir et sans savoir qui l'avait ordonné. Fiora voulait être l'instrument de la vengeance; elle entendait savourer le trépas de son ennemi. En digne fille de la subtile et cruelle Florence, elle était décidée à dépenser le temps et l'or qu'il faudrait afin que cette mort atteignît à la perfection d'une œuvre d'art...

Elle y songea longuement ce soir-là, les yeux perdus dans l'azur pâlissant du ciel où se poursuivaient des bandes d'oiseaux, écoutant les bruits de cette ville où elle était née et que, cependant, elle ne connaissait pas. Contrairement à Florence si animée au coucher du soleil, Dijon, à la fin du jour, paraissait s'endormir sous ses toits dont les tuiles de couleur jaune, rouge ou noire, dessinaient des tapisseries entre les bouquets verts des jardins... Dans chaque quartier, le bourgeois le plus considérable se rendait auprès du vicomte-mayeur[1] afin de lui remettre les clés de la porte dont il avait la garde. Ces hommes, pour qui c'était un fief viager, avaient la responsabilité de ces portes dont ils entretenaient les défenses à l'aide d'une part des droits de vivres et de marchandises. Ils se rendaient toujours en cérémonie à la maison de ville, mettant un point d'honneur à conserver cet usage un peu solennel dans une cité que ses ducs désertaient le plus souvent. Et Fiora savait que Pierre Morel avait la charge d'une de ces clés.

Quand elle l'eut entendu rentrer et que les marguilliers de Saint-Jean eurent sonné le « crève-feux » après lequel les rues devenaient désertes hormis pour les amateurs d'aventures, Fiora descendit dans la salle où Léonarde achevait de ranger après le souper auquel la jeune femme n'avait pas voulu participer. Démétrios et Esteban, assis auprès d'une fenêtre, profitaient des derniers instants de lumière pour disputer une partie d'échecs mais tous levèrent des yeux surpris en constatant que Fiora portait le costume de garçon dans lequel elle avait quitté Florence et tenait à la main un chaperon d'homme destiné à cacher ses cheveux.

– Doux Jésus! s'écria Léonarde. Où prétendez-vous aller à cette heure, mon agneau?

1. Le maire de la ville.

– Pas très loin. Je voudrais aller voir de près la maison de du Hamel, dès qu'il fera nuit tout au moins. Si Esteban veut bien m'accompagner...

– Naturellement, dit le Castillan qui se leva aussitôt. Mais pour quoi faire? Le maître n'est pas encore rentré...

– C'est la raison pour laquelle je veux y aller. Quand il sera revenu, cela ne sera plus possible...

– Qu'as-tu derrière la tête? demanda Démétrios qui avait pris le roi d'ivoire et l'examinait comme s'il s'agissait d'un objet rare.

– Je te le dirai plus tard. Pour l'instant, je désire voir le jardin et, si possible, y pénétrer.

Démétrios rejeta la pièce d'échecs et fronça les sourcils :

– C'est de la folie! A quoi cela t'avancera-t-il?

Sans répondre, Fiora alla jusqu'à un dressoir où se trouvait une corbeille de cerises, en prit une poignée et se mit à les croquer tout en regardant le ciel s'obscurcir lentement :

– Dans ces conditions, j'irai aussi, soupira Démétrios.

– Je préfère que tu restes avec Léonarde. Je n'en aurai pas pour longtemps et on remarque moins deux personnes que trois...

Le Grec n'insista pas. Il savait qu'il était inutile de discuter avec la jeune femme quand elle employait un certain ton. Pour en atténuer le côté péremptoire, elle ajouta gentiment :

– Sois sans crainte, tu sauras tout. Je t'expliquerai à mon retour.

Quand la nuit fut complète, Fiora et Esteban quittèrent l'hôtel en évitant de faire le moindre bruit et gagnèrent l'angle de la rue du Lacet où ils restèrent un instant cachés dans l'ombre épaisse fournie par l'encorbellement d'une maison, observant celle de du Hamel. Esteban avait conseillé cette halte :

– Mieux vaut attendre. Les valets sortent régulièrement, chacun à son tour, quand les rues sont désertes.

– Où vont-ils?

– Rue du Griffon, dans une maison de filles. Reste à savoir s'ils y vont aussi quand le maître est là! Tenez! En voilà un qui sort.

En effet, le même homme que Fiora avait observé dans l'après-midi venait d'apparaître et fermait soigneusement la porte dont il mit la clé dans sa poche avant de s'éloigner d'un pas tranquille.

– Je me demande pourquoi ils ne sortent pas tous les deux, remarqua Fiora. Puisque la maison est vide?

– Si le maître est avare, il doit être riche. Il tient sans doute à ce que sa demeure soit gardée. Allons-y à présent!

Sans faire plus de bruit que des chats, les deux compagnons d'aventures s'avancèrent sur le petit pont qui enjambait le ruisseau. Ils avaient tous deux la légèreté de la jeunesse et leurs pieds, chaussés de cuir souple, n'éveillaient aucun écho. Parvenue devant la porte, Fiora l'examina soigneusement. La nuit d'été était claire et la jeune femme avait de bons yeux mais elle acquit très vite la certitude qu'à moins de l'attaquer avec un bélier, cette porte se révélerait impossible à forcer. Comme elle représentait la seule ouverture du rez-de-chaussée, la maison était donc inviolable de ce côté.

– Allons voir le jardin! souffla Fiora.

Il s'étendait sur l'arrière de la bâtisse, entre le Suzon et la rue de la Vieille-Poissonnerie. Le quatrième côté donnait sur une ruelle étroite et noire mais des murs assez élevés le défendaient.

– Si j'ai bien compris, fit Esteban, vous voulez entrer là-dedans? Je vais passer le premier...

La vie de soldat de fortune menée si longtemps avait entraîné le Castillan à tous les exercices du corps. Escalader le mur fut pour lui un jeu d'enfant. Il s'y installa à califourchon puis se pencha pour aider Fiora. Il saisit les mains qu'elle lui tendait et la hissa auprès de lui. Après quoi tous deux examinèrent les lieux.

– C'est bien la peine d'avoir un jardin pour le laisser dans un état pareil! marmotta Esteban. En effet, de leur observatoire, les visiteurs n'entrevoyaient qu'une masse confuse de buissons et d'herbes folles dans laquelle on ne pouvait distinguer le moindre sentier. La maison elle-même montrait une tourelle percée d'étroites ouvertures qui devait renfermer l'escalier mais les fenêtres étaient aussi rares que sur la façade rue : deux à l'étage dont l'une était ouverte sur les ténèbres intérieures et une sous le toit fermée par des volets.

– Restez là! ordonna Fiora. Je reviens...

Et avant que son compagnon ait pu la retenir, elle avait glissé de l'autre côté du mur où elle resta accroupie un instant pour laisser se dissiper le bruit des feuillages froissés. La voix étouffée d'Esteban lui parvint comme de très loin :

– Faites attention, je vous en prie! Vous n'avez même pas d'armes!

– J'ai un couteau, cela devrait suffire en cas de besoin, répondit-elle en posant la main sur la gaine de cuir qui pendait à sa ceinture. Puis, sans plus attendre, en prenant la maison comme point de repère, elle se faufila, toujours courbée, à travers la végétation sauvage du jardin. Elle allait lentement, un pas après l'autre, écartant les branches de ses mains gantées de cuir épais et les jambes bien protégées par des bottes souples qui lui montaient jusqu'aux genoux. Un bruit de fuite dans l'herbe l'immobilisa, le cœur arrêté, mais un miaulement aigu vint la rassurer presque aussitôt : c'était un matou que les approches de la pleine lune mettaient en émoi.

Elle arriva enfin au pied de la maison et toucha de la main le bois d'une porte découpée dans la tourelle, mais cette porte-là était aussi solide, aussi bien armée que l'autre. La seule possibilité d'entrée était offerte par cette fenêtre ouverte à l'étage mais l'encorbellement en rendait l'accès impossible à moins que de posséder une échelle.

Déçue, Fiora allait rebrousser chemin quand un nouveau bruit suspendit son mouvement. Cette fois, ce n'était plus le cri d'un chat mais des sanglots qui semblaient monter du sol. Écartant doucement les grandes herbes qui croissaient contre le soubassement, elle aperçut soudain un étroit soupirail défendu par un croisillon de fer. Il y avait là une cave, très certainement, et, dans cette cave, quelqu'un pleurait...

Se jetant à genoux, Fiora se courba pour essayer d'apercevoir quelque chose mais ses yeux ne purent fouiller l'obscurité.

– Qui pleure ici? murmura-t-elle, bouleversée par cette invisible douleur qui évoquait celle d'une âme en peine. Puis-je vous aider?

Les sanglots cessèrent sur un reniflement. Fiora allait renouveler son appel quand un vacarme de verrous tirés parvint jusqu'à elle, suivi d'une voix rude qui grondait :

– Assez pleuré comme ça! Tu m'empêches de boire!... J' veux plus t'entendre, t'as compris?

Le silence retomba, à peine coupé par un petit gémissement. La créature enfermée là s'efforçait sans doute de contenir ses sanglots. L'homme qui devait être le second valet ne bougeait pas. Et soudain, Fiora entendit :

– Tu peux pas dormir?... Pas étonnant avec c't'attirail!... Tiens! bois un coup... et si t'es gentille t'en auras encore...

Il y eut un bruit de chaînes puis un lappement semblable à celui d'une bête qui boit. L'homme éclata de rire :

– Là! Tu vois? Ça va mieux!... Allez, laisse-toi faire! Autant s'amuser un peu, pas vrai? Tant qu' le vieux est pas là!

Fiora, épouvantée, n'eut aucune peine à identifier les bruits qui suivirent. Lentement, se retenant même de respirer, elle s'éloigna du soupirail et rejoignit le mur sur lequel Esteban se morfondait. A nouveau il l'aida à grimper jusqu'à lui.

– Alors? Vous avez trouvé quelque chose?

Elle appuya vivement sa main sur la bouche de son compagnon.

– Oui, mais ce n'est pas l'endroit pour en parler. Rentrons! souffla-t-elle.

Quelques minutes plus tard ils étaient de retour et Fiora faisait le récit de son aventure avec la passion qu'elle mettait toujours lorsque son cœur était touché :

– Il y a une femme dans cette cave, une femme enchaînée sans doute et qui sert de jouet à ces misérables. Il faut faire quelque chose!

– Je ne demande pas mieux, fit Démétrios, mais quoi? Pénétrer dans cette maison par la force? Tu as pu constater toi-même que c'est impossible. Dénoncer le sire du Hamel aux autorités? Nous ne sommes que des étrangers : on ne nous écouterait même pas et avant qu'une enquête, si nous l'obtenions, soit entamée, cette malheureuse aurait sans doute disparu. De toute façon, si l'histoire que t'a racontée Chrétiennotte est véridique, c'est une situation qui dure depuis pas mal de temps...

– Est-ce une raison pour qu'elle s'éternise? Il faut que j'entre dans cette maison, il le faut à tout prix. Sinon, comment atteindre du Hamel?

– Quand il sera là nous aviserons...

– Il faut aviser avant et nous préparer. D'ailleurs, j'ai une idée, risquée sans doute, mais c'est notre seule véritable chance.

– Laquelle?

– Je t'expliquerai. En attendant, il me faut trois objets.

– Qui sont?

– Une robe de velours gris dont je donnerai le modèle, de faux cheveux blonds... et la clé de la maison du Hamel. Il doit être possible de la voler à l'un des valets quand il sort la nuit pour aller chez les filles.

– Ça doit pouvoir s'arranger, approuva Esteban. J'aurai cette clé... mais il faudra agir dès qu'elle sera en notre possession.

– Une heure devrait suffire, dit Fiora mais peut-être, ensuite, serons-nous obligés de quitter la ville...

Le lendemain, comme il avait été dit, dame Morel-Sauvegrain se présenta chez sa jeune locataire pour faire sa connaissance et prendre des nouvelles de sa santé.

Fidèle à son rôle, Fiora la reçut avec un empressement qui n'était pas exempt d'une certaine curiosité car cette dame connaissait bien l'homme contre lequel Démétrios et elle-même s'étaient unis par un lien de sang.

L'ancienne nourrice ducale était une grande femme de plus de soixante ans mais qui conservait de la fraîcheur et dont les cheveux argentés se souvenaient qu'ils avaient été blonds. Elle portait avec élégance le deuil, jamais quitté, d'un époux mort depuis trente-sept ans, mais ce deuil était de soie brodée et sa haute coiffe s'ornait de précieuses dentelles.

Une immédiate sympathie rapprocha les deux femmes. Fiora remercia son hôtesse des attentions qu'elle avait eues pour elle et dame Symonne déplora qu'une si jeune créature soit contrainte au repos.

– Est-ce que la campagne ne serait pas meilleure pour vous? lui dit-elle. J'y possède plusieurs manoirs et je pourrais facilement mettre l'un d'eux à votre disposition?...

– Vous êtes infiniment bonne, répondit Fiora, et j'ai honte de vous avouer que... la campagne m'ennuie. J'aime à sentir, autour de moi, l'animation d'une ville et celle-ci me plaît...

– Notre cité est belle, sans doute, soupira dame Symonne, mais voilà bien longtemps qu'elle ne connaît plus guère d'animation. Songez qu'elle ne voit jamais plus ses princes! Le duc Charles est venu l'an dernier, en février, et il n'avait pas vu Dijon depuis douze ans. Encore était-ce dans une circonstance funèbre...

– Funèbre? Quelqu'un de sa famille était-il mort?

– Non. Il venait recevoir les corps de son père et de sa mère, le duc Philippe et la duchesse Isabelle, ensevelis auparavant à Bruges et à Gosnay, dans les pays de par-deçà, afin qu'ils reposent auprès de leurs parents, à la chartreuse de Champmol qui est nécropole des ducs de Bourgogne... C'était jour de grande froidure sous un ciel lourd de neige et pourtant j'étais heureuse parce que ma chère duchesse, à qui j'étais si fort dévouée, revenait ici, près de moi, pour y attendre la résurrection...

Pour elle-même plus encore peut-être que pour sa silencieuse auditrice, dame Symonne laissa sortir de sa mémoire le long et fastueux cortège qui entra dans Dijon ce jour-là, mené par le seigneur de Ravenstein et le connétable de Saint-Pol montés sur des chevaux couverts de velours noir, la pompeuse ordonnance des insignes du duc défunt: le pennon armorié, le cheval de guerre que menaient les frères de Toulongeon, l'épée à la garde étincelante de pierreries, puis l'écu, le heaume, la bannière portés par les plus hauts seigneurs, enfin la cotte aux symboles de la Toison d'or, que le roi d'armes de l'ordre tenait déployée entre ses mains, et toute la noblesse des différents pays du grand-duc d'Occident en habits de deuil suivant le duc Charles tout de noir vêtu qui accueillait les deux cercueils en présence des archevêques de Cologne, de Besançon et d'Autun, des ambassadeurs d'Aragon, de Bretagne, de Venise et de Rome. Et puis tous les chevaliers de la Toison d'or portant les lourds colliers de l'Ordre...

A cet instant, quelque chose bougea dans le cœur de Fiora. Doucement, elle interrompit la narratrice:

– L'hiver dernier, à Florence, nous avons vu venir l'un de ces chevaliers envoyé en ambassade auprès de Mgr Lorenzo de Médicis. Il se nommait... le comte de Selongey. Vous le connaissez peut-être?

L'émotion qui avait vibré dans la voix de dame Symonne fit place à un rire amusé:

– Messire Philippe? Qui ne le connaît à la cour de Bourgogne? Mgr Charles, auquel il est dévoué corps et âme, l'aime beaucoup. Et pas seulement lui!

– Que voulez-vous dire?

– Qu'il est fort apprécié par ses compagnons de combat car il est d'une grande bravoure, mais aussi par beaucoup de dames et de damoiselles. Il a du charme et je gage que les dames florentines lui ont volontiers souri?...

– Elles n'en ont guère eu le temps car il n'est resté que peu de jours, dit Fiora furieuse de sentir que sa voix tremblait et qu'elle avait peine à cacher sa colère. Ainsi, il a beaucoup de belles amies ?

– On le dit mais je ne saurais vous répondre avec certitude car je vis éloignée d'une cour qui nous boude et nous réduit à l'état de cité provinciale, nous qui sommes pourtant ville capitale. Les bruits en sont lointains pour nous et tout ce dont je suis certaine c'est que, là où est le duc Charles, là est aussi le seigneur de Selongey. Or le duc ne cesse de guerroyer. Cela laisse peu de temps pour les amours. Mais vous-même, ma chère, comment avez-vous trouvé cet ambassadeur-là ?

– Il m'a paru... séduisant, encore que je ne l'aie guère rencontré. Mais laissons ce sujet, et si vous le voulez bien, parlez-moi du duc! Quel homme est-ce ?

Fiora s'attendait à une explosion d'enthousiasme et cependant il n'en fut rien. Dame Symonne resta un moment silencieuse, contemplant les bagues d'or, de perles et d'améthystes qui ornaient ses doigts :

– Comment vous le dépeindre au plus près de la vérité, cette vérité qui change suivant les regards ? Le mien est sans doute celui de la tendresse puisque je l'ai nourri de mon lait et il est vrai que je l'aime infiniment, mais j'avoue qu'à présent il me fait un peu peur à cause de cet orgueil sans mesure auquel se joint une étrange propension à la mélancolie. Cela m'a frappée lorsque je l'ai vu l'an passé et tient, je pense, à son sang portugais...

– Portugais ?

– Mais oui. Sa mère nous est venue de Portugal. Elle était la sœur de ce prince Henri le Navigateur qui prétendait conquérir les mers et elle lui a donné ses rêves de gloire et d'infini. Monseigneur Charles n'est heureux que dans l'action et, cependant, depuis toujours il craint la mort et la brièveté de la vie lui est insupportable. Pourtant il ne recule jamais devant le danger et, même, il aime à le rechercher. Jeune homme, lorsqu'il vivait à Gorcum, il aimait s'embarquer seul sur une barque à voile et affronter ainsi la tempête. D'ailleurs, la tempête est comme la guerre son élément naturel. Elle trouve en lui des résonances car il a de terribles accès de fureur. Je redoute que ce vieux rêve qu'il poursuit de reconstituer l'antique royaume bourguignon ne le mène plus loin qu'il ne faudrait. Il cherche à unir par la conquête les pays de par-deçà aux pays de par-delà [1] où nous sommes, et mieux vaudrait sans doute qu'il songe d'abord à protéger ce qu'il possède. Ce n'est pas un mince ennemi que le roi de France et il surveille notre duc comme l'araignée guette sa proie du fond de sa toile...

– Comment est-il physiquement?

– Que voilà une question bien féminine! fit dame Symonne en riant. Sachez donc, jolie curieuse, que c'est un bel homme, moins grand que n'était son père, mais de belle stature et bien proportionné... et très vigoureux, ce qui le rend endurant à la fatigue et aux privations. Il a le visage large et coloré au menton puissant, aux yeux sombres et dominateurs. Ses cheveux sont noirs et drus. Il sourit rarement, beaucoup moins qu'autrefois et c'est dommage car cela lui conférait un grand charme...

– On dit que son père aimait fort les dames. Lui ressemble-t-il à ce sujet?

– En aucune façon car il tient beaucoup plus de sa mère et se plaît d'ailleurs à dire: « Nous autres, Portugais... », ce qui faisait enrager le duc Philippe en son temps. Celui-là a eu des maîtresses sans nombre et sa femme en a trop souffert pour que le fils ne prît pas la débauche en horreur. Charles a aimé, profondément, Isabelle de Bourbon, sa défunte épouse qui lui a donné la princesse Marie, et je crois qu'il est attaché à Marguerite d'York, la duchesse actuelle, mais son cœur s'est arrêté là et il ne se laisse jamais entraîner par ses sens. Il se méfie des femmes, leur préfère de beaucoup ses compagnons

1. Pays-Bas et Flandres d'une part et Bourgogne proprement dite de l'autre.

d'armes – en tout bien tout honneur car il est chaste. Comme il préfère la guerre aux fêtes, lui le prince le plus fastueux d'Europe, il déteste les grands banquets et les bals que son père aimait tant...

– N'aime-t-il donc pas se distraire?

– Si, mais à sa manière. Il aime lire et, surtout, il adore la musique et passe des heures à écouter les chantres de sa chapelle que dirige maître Antoine Busnois. Ils le suivent partout et il lui arrive de chanter avec eux... C'est un étrange prince, n'est-ce pas, que je vous décris là?

– C'est, je crois, le fait des princes de n'être pas comme tout le monde. Le duc est-il aimé de ses peuples?

– Je n'en suis pas certaine. On le craint et, d'ailleurs, il a dit un jour aux Flamands: « Je préfère votre haine à votre mépris. » Mais il dédaigne ce qui est bourgeois ou populaire. En outre, il peut être d'une impitoyable cruauté. Les gens de Dinant et les Liégeois dont il a rasé les villes en savent quelque chose, ceux tout au moins qui sont encore vivants pour s'en souvenir...

Sur leur tourelle, Jacquemart et sa femme sonnèrent quatre coups et dame Symonne se leva aussitôt.

– Vous ne partez pas déjà? s'exclama Fiora.

– Si, il est tard et j'ai à faire... Alors, vraiment, vous tenez à rester ici, à contempler les eaux du Suzon et cette maison aux volets clos?

– Elle est un peu mélancolique, sans doute...

– Dites qu'elle est sinistre. Et autrefois elle paraissait si charmante et si gaie! Le jardin en été semblait un bouquet de fleurs. La maîtresse en était une lingère de la duchesse Marguerite de Bavière, grand-mère de notre duc, et elle adorait toutes les plantes. Il en poussait le long de tous ses murs...

– On dit que le maître en est absent?

– Qu'il soit là ou non ne change rien. Si mes bavardages ne vous fatiguent pas, je vous en parlerai à ma prochaine visite. Mais c'est un assez vilain oiseau...

Tout en parlant, dame Symonne s'était approchée de la

fenêtre pour jeter un regard machinal à la maison en question et, soudain, son œil s'anima :

– Vous allez pouvoir en juger par vous-même, ma chère, car le voilà qui rentre.

Fiora jaillit de ses coussins avec une vivacité qui eût sans doute surpris sa visiteuse si le regard de celle-ci n'avait été retenu ailleurs. Un homme, en effet, descendait péniblement d'une belle mule devant la porte de la maison d'où venait de surgir l'un des valets.

S'efforçant de rester à l'abri du meneau qui partageait la fenêtre, Fiora dévora des yeux le nouveau venu avec une haine dont la violence la surprit. C'était un vieillard maigre qui semblait courbé par le poids du riche manteau ourlé de fourrure qu'il portait en dépit de la chaleur. Entre les cheveux gris et ternes qui pendaient de l'épais chaperon de velours, la jeune femme aperçut un long visage couleur de vieil ivoire, un nez pointu, une barbe clairsemée mais ne put voir les yeux sous le bourrelet proéminent des sourcils broussailleux...

– Dieu qu'il est laid! fit-elle, sincère.

– L'âme n'est pas plus belle, croyez-moi!

– Et... il vit seul dans cette maison?

– Avec deux valets, deux frères qui ressemblent davantage à des reîtres qu'à d'honnêtes serviteurs.

– Aucune femme? Pourtant, on m'a soutenu avoir, un soir, entendu des plaintes et des gémissements...

Dame Symonne se mit à rire :

– Ça, c'est du Chrétiennotte tout pur! Elle est persuadée que la maison du Hamel est hantée et raconte son histoire à qui veut bien l'entendre. Mais, vous savez, elle est comme beaucoup de filles de la campagne et voit du merveilleux partout...

– Elle se dit, en effet, persuadée qu'un fantôme est attaché à cette triste maison... Celui de...

– La malheureuse qui a jadis été mariée à ce triste personnage? dit dame Symonne qui ne riait plus. Après tout, c'est peut-être vrai, car elle aurait toutes les raisons pour cela... Mais assez parlé! Le marguillier de Notre Dame doit déjà m'attendre pour parler de la procession de dimanche. Je vous souhaite le bonsoir!

Elle s'éclipsa dans un grand bruit de soie froissée, laissant après elle une agréable odeur d'iris. La rue du Lacet était vide à présent. Du Hamel, sa mule et son valet avaient disparu. Fiora retourna s'asseoir dans ses coussins et resta là un long moment à réfléchir, le menton dans sa main. L'heure d'agir n'allait plus tarder...

CHAPITRE III

MARGUERITE

Minuit venait de sonner et le cœur de Fiora battait lourdement dans sa poitrine, lui donnant parfois l'impression d'étouffer. La chaleur avait sévi toute la journée sans que le crépuscule annonçât de fraîcheur. La nuit était pesante, orageuse, opaque, mais le roulement lointain du tonnerre laissait prévoir de la pluie avant l'aube. Fiora espérait néanmoins que la tempête ne viendrait pas trop tôt : ces ténèbres vaguement menaçantes lui convenaient tout à fait pour accomplir ce qu'elle avait décidé : l'heure était venue pour Regnault du Hamel, d'expier ses forfaits...

Debout devant le miroir que dame Symonne avait fait installer dans sa chambre, Fiora se regardait et ne se reconnaissait pas : ce pâle visage blanchi à l'aide d'une pâte, ces cheveux blonds qu'un barbier avait procurés à Démétrios!... Seul lui était familier le petit hennin de dentelle taché de sang que Léonarde avait réussi à sauver, avec quelques objets précieux, du désastre du palais Beltrami et qu'elle avait épinglé, de ses mains tremblantes, sur la tête de « son agneau ». La robe de velours gris moucheté d'or était lourde et pénible à porter par cette température, pourtant Fiora ne transpirait même pas. Cette manifestation humaine lui était refusée comme si l'âme de Marie de Brévailles était entrée en elle pour assumer sa vengeance et l'eût désincarnée. Comme si elle n'était plus qu'une apparence...

Derrière elle, Fiora entendit Léonarde gémir. La vieille fille était terrifiée par ce qu'elle voyait et plus encore, peut-être, par ce qui allait se passer. Elle avait lutté de toutes ses forces pour détourner la jeune femme de son dangereux projet...

– La haine de cet homme n'est pas éteinte, mon agneau. S'il allait vous tuer ou seulement vous blesser?

– On ne tue, on ne blesse pas un fantôme! Et je ne serai pas seule. Démétrios tient à entrer avec moi pour s'occuper du valet de garde...

– Cette vengeance vous tient donc tellement à cœur? L'homme est vieux, il ne vivra plus très longtemps...

– Trop longtemps de toute façon pour la malheureuse qu'il retient captive. Je vais prendre une vie mais en libérer une autre...

Démétrios frappa à la porte et pénétra sans attendre d'y être prié mais s'arrêta net à l'entrée de la chambre, considérant la jeune femme qui se tournait vers lui.

– Comment me trouves-tu?

– Impressionnante... même pour moi! N'oublie pas le voile blanc et, auparavant, laisse-moi parfaire notre œuvre!

S'approchant de la jeune femme, il lui passa, autour du cou, un mince ruban rouge puis, prenant des mains de Léonarde une grande pièce de mousseline blanche, il la jeta sur la tête de Fiora dont le personnage devint brumeux à souhait sans toutefois cesser d'être reconnaissable...

– Il faut me laisser ma liberté de mouvements, dit-elle en désignant la dague qu'elle portait attachée à sa haute ceinture mais dissimulée dans les plis de la robe...

Le cri d'un oiseau de nuit, répété trois fois, se fit entendre par la fenêtre ouverte:

– C'est Esteban, dit Démétrios, il nous attend. Viens à présent si tu es toujours décidée!

– Plus que jamais!

Elle s'enveloppa d'une ample et légère mante de soie

noire destinée à la rendre invisible dans la nuit et suivit Démétrios. Bien graissée, la porte de l'hôtel s'ouvrit sans bruit et, un instant plus tard, Fiora et Démétrios rejoignaient Esteban.

– Tu as la clé? demanda le Grec.

– Sinon je n'aurais pas sifflé, mais faites vite tout de même, le gros Claude qui a bu comme une éponge dort dans les bras d'une fille de la rue du Griffon mais il pourrait se réveiller.

– De toute façon, dit Fiora, s'il ne retrouve pas sa clé ce sera sans importance. La maison sera ouverte...

– Je tiens tout de même à la lui rapporter. Pour le bon ordre et pour que les hommes du prévôt ne se posent pas trop de questions demain quand ils découvriront le cadavre.

En deux sauts légers, le Castillan fut à la porte qui s'ouvrit sous sa main sans le moindre grincement. L'obscurité de la maison engloutit les trois amis qui restèrent immobiles un moment pour habituer leurs yeux aux ténèbres environnantes. L'absence de fenêtres ne rendait pas la chose aisée mais ils aperçurent finalement un charbon qui rougeoyait, probablement dans une cheminée, et Esteban alla y allumer la chandelle qu'il avait dans sa poche. Ils virent alors qu'ils se trouvaient dans une cuisine au fond de laquelle apparaissait la spirale d'un escalier et la porte donnant sur le jardin. Personne n'était en vue.

Fiora abandonna sa mante noire et disposa son voile blanc de façon à garder l'usage de sa main droite. Esteban marchant en tête, ils se dirigèrent vers l'escalier qu'ils montèrent aussi silencieusement que possible et ils atteignirent ainsi la grande salle qui était parfaitement vide.

– Ils doivent être en haut, chuchota Esteban.

Effectivement, quand sa tête émergea au ras du second étage il aperçut Mathieu, le second valet, qui dormait profondément, étendu devant une porte, sur une simple couverture. Il n'était pas difficile de deviner qui reposait derrière cette porte...

– Reste là! souffla Démétrios à l'oreille de Fiora. Il faut que nous nous en débarrassions...

Esteban, souple et silencieux comme un chat, se glissait déjà vers le dormeur qui, du fond de son sommeil dut deviner son approche car il remua, grogna et changea de position. A genoux à deux pas de lui le Castillan retenait sa respiration. Mais, avec un soupir de contentement, Mathieu se rendormait. Alors, d'un maître coup de poing, asséné avec la rapidité et la force de la foudre, Esteban l'assomma. Ensuite, aidé par Démétrios, il tira sur la couverture lui servant de couche pour éloigner l'homme de la porte. Le chemin était libre à présent pour Fiora qui vit un mince rai de lumière filtrer à l'endroit où le valet avait été couché.

Laissant son serviteur ficeler et bâillonner Mathieu, Démétrios revint vers Fiora et doucement, tout doucement, ouvrit la porte dont le loquet joua sans bruit. La zone lumineuse s'élargit et la jeune femme aperçut enfin son ennemi. Assis plutôt qu'étendu dans son lit comme font les asthmatiques, Regnault du Hamel lisait à la lueur d'une chandelle posée à son chevet. Un bonnet de nuit était enfoncé sur ses oreilles et son buste disparaissait sous une camisole de laine grise. Des besicles chaussaient son long nez. Il ressemblait à une gargouille de cathédrale, si laid que Fiora eut envie de bondir sur lui et de frapper tout de suite. Mais elle se retint. Ce qu'elle voulait voir, sur cette figure jaune, c'était la peur. Très lentement, elle s'avança dans la chambre, glissant plus qu'elle ne marchait sur le plancher en espérant qu'il ne grincerait pas, mais ses pieds trouvèrent un tapis et elle se sentit plus assurée. Du Hamel ne l'avait pas encore aperçue. Il lisait toujours.

Alors elle fit entendre une faible plainte, puis une autre... Le vieillard leva les yeux et vit, à quelques pas de son lit, une ombre blanche. Le livre s'échappa de ses mains et tomba à terre avec un bruit sourd, mais l'ombre s'approchait toujours... A présent Regnault pouvait distinguer un visage, des cheveux blonds, un cou qui semblait porter la trace sanglante de l'épée du bourreau... Une folle épouvante envahit sa figure. Il essaya de reculer dans son lit et voulut crier mais, comme dans les cauchemars, aucun son ne sortit de sa bouche aux lèvres violettes. Il tendit ses deux bras devant lui pour repousser l'apparition et réussit à souffler :

– Non... non!...

– Tu vas mourir, chuchota la voix basse du fantôme. Tu vas mourir de ma main...

Fiora ébauchait déjà le geste de tirer la dague pour frapper quand, soudain, du Hamel porta ses deux mains à sa gorge. Sa bouche qui cherchait désespérement l'air s'ouvrit sur un râle, ses yeux parurent jaillir de leurs orbites. Un spasme secoua tout son maigre corps qui glissa sur le côté et ne bougea plus. Son visage était devenu violet comme si une main invisible l'avait étranglé.

Stupéfaite, Fiora demeura un moment immobile puis, enlevant son voile, se pencha sur l'homme inerte et appela :

– Démétrios! Viens voir!

Le médecin grec accourut, prit la main abandonnée sur le drap, posa son oreille à l'emplacement du cœur puis, considérant la bouche ouverte sur un cri qui ne serait jamais poussé, les yeux qui ne verraient plus rien de ce monde, il soupira :

– Il est mort, Fiora... mort d'épouvante.

– Est-ce que cela est possible?

– La preuve! Néanmoins, il ne devait pas avoir le cœur bien solide... Viens à présent, et surtout ne touchons à rien. On dirait que le ciel t'a évité de faire couler le sang. Il faut qu'on trouve le corps tel qu'il est... Esteban va libérer le valet et reporter la clé à l'autre.

Il avait pris son bras pour l'entraîner mais elle résista :

– Tu oublies quelque chose, Démétrios. Cet homme est mort et je suis satisfaite mais il y a ici quelqu'un à délivrer, cette femme que j'ai entendue pleurer et je ne partirai pas sans elle...

Rassemblant ses robes qui la gênaient dans ses mouvements, Fiora s'élança dans l'escalier après avoir pris la chandelle des mains du Grec. Elle alla ouvrir la porte qui donnait sur le jardin dans l'espoir de mieux y voir mais la referma aussitôt car le vent se levait. Le tonnerre d'ailleurs s'était rapproché et grondait sur sa tête. Elle cherchait encore une porte descendant à la cave quand Esteban et Démétrios la rejoignirent.

– Ce n'est pas une porte qu'il nous faut trouver, dit le Castillan, c'est une trappe... et vous avez les pieds dessus.

En effet, à cet endroit, le dallage cédait la place à des planches épaisses mais il y avait tellement de poussière que Fiora n'avait pas vu la différence. Les muscles solides d'Esteban eurent tôt fait de soulever l'abattant qui révéla un escalier de pierre plongeant dans les entrailles de la maison. Une bouffée d'odeur infecte sauta au visage de Fiora quand elle mit le pied sur la première marche. Démétrios la retint en arrière :

– Laisse-moi passer le premier. Je t'éclairerai...

Il commença à descendre puis tendit une main à Fiora :

– Prends garde! Les marches sont glissantes. Cela pue l'humidité...

– Mais au moins on n'étouffe pas, déclara Esteban qui suivait. Il fait nettement moins chaud que dans le reste de la maison.

Au bas des marches, ils se trouvèrent dans une sorte de caveau à voûte ronde sur lequel donnaient deux portes faites de vieilles planches vermoulues :

– C'est celle-ci qu'il faut ouvrir, indiqua Fiora. Le soupirail du jardin doit donner de ce côté. Mais nous n'en avons pas la clé...

– Pas besoin de clé pour ouvrir ça! fit Esteban. Et, d'un magistral coup de pied, il enfonça le battant qui n'était tenu que par une mauvaise serrure. Un gémissement pitoyable fit écho au vacarme qu'il déclencha. La prisonnière devait craindre de nouveaux sévices. Mais Fiora s'était déjà précipitée par l'ouverture en se baissant pour ne pas s'assommer. Ce qu'elle entrevit grâce à la chandelle de Démétrios qui l'avait suivie lui arracha un cri d'horreur : au fond d'une sorte d'*in pace* où il était impossible de se tenir debout, une femme vêtue d'une robe en loques était étendue sur une litière de paille à demi pourrie. Des bracelets et des chaînes de fer la rattachaient à un gros anneau pendu au mur. Fiora ne vit pas son visage mais une longue, une immense chevelure blonde, sale comme l'étaient les haillons de la malheureuse.

Entendant pénétrer dans son cachot, celle-ci se tourna péniblement, révélant une petite figure maigre qui portait des égratignures et des traces de coups, comme ses membres menus et sans doute tout le reste de son corps. Les larmes aux yeux, Fiora se jeta à genoux près d'elle sans souci de souiller sa robe, cherchant déjà comment lui retirer ses chaînes :

– N'ayez pas peur, dit-elle doucement. Nous venons vous délivrer. Votre bourreau est mort... Dites-nous seulement qui vous êtes.

La prisonnière ouvrit la bouche mais ne réussit à produire que des sons inarticulés en dépit de l'effort pathétique qui fit perler des larmes à ses yeux pâles mais sans couleur définie.

– Mon Dieu! soupira Fiora. Est-ce qu'elle serait muette?

– Peut-être, fit Démétrios, mais écarte-toi et laisse-moi faire. N'essayez pas de parler! ajouta-t-il pour la prisonnière. Nous allons vous emmener d'ici, vous soigner... Nous sommes des amis. Il faudrait briser ces fers ou les ouvrir, ajouta-t-il pour Esteban qui repartit en courant. La clé doit bien en être quelque part...

Le Castillan revint heureusement peu après, tenant la clé qu'il avait retrouvée, avec d'autres, dans la chambre du mort. Les bracelets de fer tombèrent révélant de cruelles ecchymoses.

– Nous allons la ramener chez nous, n'est-ce pas? pria Fiora qui, d'une geste plein de douceur, avait enveloppé la jeune femme qui ne devait guère avoir plus de quinze ou seize ans – dans le grand voile blanc qu'elle avait porté tout à l'heure.

Pour toute réponse, Esteban se courba, l'enleva dans ses bras et se dirigea vers la porte, sans négliger de se courber pour la franchir. Fiora et Démétrios le suivirent et remontèrent dans la cuisine dont le Grec laissa retomber la trappe. Le bruit s'en confondit avec un violent coup de tonnerre. Cependant Démétrios ouvrait la porte avec précaution pour voir si la rue était vide. Les éclairs qui se succédaient sans interruption montraient qu'il n'y avait pas une âme. Fiora ramassa la mante noire qu'elle avait abandonnée tout à l'heure et s'en couvrit. Ils allaient sortir quand Démétrios se tourna vers Esteban qui ne semblait guère peiner sous son fardeau :

– Donne-la-moi! fit-il. Toi, tu devrais aller t'assurer que le valet est toujours évanoui...

– C'est sans importance, il est ficelé et n'a rien vu.

– Comme tu voudras... Quant à son frère, après tout, il est inutile de lui restituer la clé. Donne-la-moi. Je vais la jeter dans la rivière...

Comme ils atteignaient le coin de la rue des Forges, la pluie s'abattit sur eux avec une telle violence qu'ils furent instantanément trempés bien qu'ils n'eussent plus que trois pas à faire. Les vannes du ciel s'étaient ouvertes, précipitant des trombes d'eau qui en quelques secondes transformèrent les rues en autant de ruisseaux et gonflèrent le paisible et modeste Suzon à l'importance d'un torrent... Tonnerre et éclairs se succédaient sans interruption et leur vacarme couvrit le bruit, léger il est vrai, de la rentrée du groupe.

Fiora décréta d'emblée que l'on donnerait son lit à l'inconnue mais Démétrios ayant obligeamment décidé de partager le sien avec son « secrétaire », c'est finalement dans la chambre d'Esteban que l'on porta la rescapée auprès de laquelle Léonarde s'empressait déjà. Elle envoya le Castillan faire chauffer de l'eau à la cuisine, pendant qu'aidée de Fiora elle délivrait la malheureuse de ses haillons infects. Le corps qui leur apparut était maigre, couvert de marques pénibles mais plus formé toutefois que ne le pensait Fiora qui, jusque-là, n'avait pas attribué plus de quinze ou seize ans à la prisonnière.

– Elle doit avoir une vingtaine d'années, apprécia Léonarde, qui ajouta, examinant le ventre légèrement gonflé : Je me demande si elle n'est pas enceinte...

– Cela n'aurait rien d'étonnant d'après ce que j'ai perçu par le soupirail, dit Fiora. L'une de ces brutes s'amusait d'elle et peut-être bien les deux...

Démétrios qui était allé prendre chez lui ce dont il pouvait avoir besoin rentra à cet instant mais infirma le diagnostic de Léonarde...

– Je ne pense pas. Mais je me demande qui elle peut être et pourquoi ces misérables la tenaient séquestrée ?

L'inconnue ne disait toujours rien. Elle tenait ses yeux fermés et se laissait faire comme si elle n'avait plus la force d'accomplir le moindre geste. Entre les mains de Démétrios qui l'examinait, elle était aussi molle qu'une poupée de chiffons.

– Elle a dû être battue souvent car certaines de ces traces sont anciennes et elle a sans doute manqué de nourriture, mais elle devrait être en assez bonne santé...

– Tu as oublié qu'elle semble muette ? dit Fiora. On lui a peut-être coupé la langue ?

Démétrios s'assura aussitôt qu'il n'en était rien puis déclara que la terreur et les mauvais traitements pouvaient priver quelqu'un de la parole, parfois pour un temps et parfois pour toujours.

– Lorsqu'elle sera en meilleur état, nous tenterons une petite expérience, ajouta-t-il. Pour l'instant c'est trop tôt...

Léonarde et Fiora lavèrent de leur mieux la rescapée avant de lui passer l'une des chemises de Fiora. On enduisit de baume ses poignets que les fers avaient mis à vif et on les banda de fine toile. Puis on s'attaqua au visage que l'on avait gardé pour la fin. On le débarrassa de la crasse et des traces de sang que l'on y voyait mais on ne put estomper les bleus qui dénonçaient les coups reçus.

– Quels beaux cheveux! soupira Fiora en maniant la longue chevelure blonde. Quel dommage qu'ils soient si sales! Il faudrait les laver!

– Soyez sûre que nous n'y manquerons pas quand elle sera assez forte pour cela... Oh! voyez, mon agneau, elle ouvre les yeux!

Les deux femmes et le Grec se penchèrent sur le lit où l'inconnue venait, en effet, de soulever ses paupières, révélant des prunelles d'un bleu pâle tirant légèrement sur le vert. Elle regarda les trois visages et s'efforça de sourire sans y parvenir réellement.

– Vous êtes en sûreté ici, dit doucement Fiora. Personne ne vous fera plus de mal et nous veillerons sur vous...

– Nous allons commencer par vous donner quelque chose à manger, fit Léonarde, et un peu de lait à boire...

– Avec ce temps orageux votre lait a dû tourner, dit Démétrios. Faites-lui plutôt une tisane de tilleul bien sucrée au miel dans laquelle vous mettrez une pincée de ceci, ajouta-t-il en lui tendant une petite boîte de bois peint.

Demeuré seul avec Fiora, Démétrios revint vers le lit et considéra le jeune visage douloureux qui ressortait sur la blancheur de l'oreiller. Soudain, il se pencha et prit le chandelier qui brûlait au chevet pour l'élever au-dessus du lit.

– Sais-tu, murmura-t-il, que cette malheureuse te ressemble?

– A moi?

– Oui... pas beaucoup d'ailleurs. En fait, c'est surtout à ce garçon qu'elle ressemble, ce jeune moine échappé que nous avons envoyé à la guerre.

– Christophe? Tu penses qu'elle pourrait être de la famille?

Léonarde revenait avec sa tisane et, tandis que celle-ci

refroidissait assez pour être buvable, Fiora lui fit part de l'idée de Démétrios en ajoutant qu'elle ne voyait pas très bien qui la jeune femme pouvait être. Mais Léonarde, elle, voyait. Après avoir considéré de plus près le visage aux yeux clos, elle rappela à Fiora le récit en forme de confession qu'un soir de printemps Francesco Beltrami avait fait à sa fille :

– Souviens-toi! Il nous a dit que ta mère avait donné une fille à Regnault du Hamel. Je jurerais que c'est elle. En ce cas, elle devrait bien avoir vingt ans comme je le pensais...

– Sa fille? Il aurait traité sa fille de cette manière ignoble? Et cela depuis des années? C'est impossible : elle serait morte depuis longtemps?...

– Non, dit Démétrios, cela n'a rien d'impossible. On a vu des prisonniers, même des femmes, s'obstiner à vivre dans des conditions affreuses. La résistance humaine peut se révéler stupéfiante, surtout lorsqu'il s'agit d'êtres jeunes et, à présent, je suis certain d'avoir raison : cette jeune femme est ta sœur, Fiora!

– Ma... sœur?

Le mot et plus encore l'idée cheminèrent lentement dans l'esprit de la jeune femme cependant si vif. Elle n'avait guère jusqu'ici arrêté sa pensée à cette péripétie du récit de son père et jamais songé, surtout pas comme à une sœur, à l'unique enfant que Marie de Brévailles avait eu de son mariage. Elle n'avait pas non plus posé de questions à ce sujet parce qu'elle n'imaginait pas qu'un père, fût-ce un du Hamel et si abject soit-il, pût se faire le bourreau de son propre enfant. Selon elle, la fille du conseiller avait dû être confiée, après la fuite de sa mère, à quelque couvent, à moins que sa grand-mère ne l'eût réclamée, ce qui eût été normal. Mais elle découvrait à présent que l'infâme personnage avait reporté sur l'enfant la haine qu'il vouait à Marie. Il en avait fait son souffre-douleur, lui infligeant un long martyre qu'il dut se complaire à observer. La tuer aurait été trop rapide, moins délectable sans doute, mais qu'il eût poussé l'ignominie jusqu'à la livrer aux entreprises de ses valets... cela passait l'entendement et toute tolérance! Tremblante de colère, Fiora pensa qu'il était bien dommage que du Hamel fût mort si vite. Quelques secondes à peine de folle terreur alors qu'il eût largement mérité une lente agonie subie dans les plus cruelles tortures!

Lentement, elle s'en revint vers le lit où Léonarde faisait boire cette sœur dont elle ne savait même pas encore le nom et se sentit envahie par une immense pitié. Elle prit doucement une des mains si maigres qu'elles ressemblaient à des griffes et la conserva dans la sienne. Léonarde lui jeta un rapide coup d'œil :

– Vous pensez, n'est-ce pas, que ce misérable n'a pas payé assez cher? Sur cette terre, sans doute. Encore que je remercie Dieu qu'il vous ait évité de tremper vos mains dans ce sang pourri! Mais je ne crois pas que l'enfer soit un lieu si délectable et vous pouvez être certaine qu'à cette heure messire du Hamel en a déjà franchi le seuil brûlant.

Spontanément, Fiora vint entourer de son bras le cou de sa vieille gouvernante et l'embrassa :

– Vous savez toujours trouver les mots qu'il faut me dire, n'est-ce pas, ma chère Léonarde? Faites-moi penser à vous rappeler plus souvent que je vous aime beaucoup!

– C'est bien agréable à entendre. Et puisque vous trouvez que mes discours ont quelque à-propos, écoutez donc celui-là : il est affreusement tard et vous tombez de sommeil. Allez dormir! Demain il fera jour et nous verrons à mettre un peu d'ordre dans nos idées. Je sais en tout cas que les miennes en ont le plus grand besoin!...

Le lendemain matin, le quartier était en révolution et son vacarme montait à l'assaut des nobles demeures et des ateliers d'armuriers de la rue des Forges. Trouvant la porte de la maison du Hamel largement ouverte, une voisine poussée par une curiosité ancienne s'y était hasardée non sans avoir, tout de même, lancé quelques appels dans le vide. Elle en était ressortie peu après en poussant d'affreux hurlements qui avaient réveillé en sursaut tout ce qui dormait encore et attiré sur-le-champ une foule excitée au premier rang de laquelle on pouvait remarquer Chrétiennotte, tenant de grands discours avec des airs de tête superbes et racontant à qui voulait l'entendre l'aventure nocturne de son défunt Janet, agrémentée de quelques trouvailles de son cru.

– D'ici qu'elle nous mêle à ses histoires il n'y a pas loin! grogna Démétrios en constatant que, par trois fois, la bavarde avait désigné leurs fenêtres. Et il expédia Esteban chercher Chrétiennotte pour la rappeler à une plus juste compréhension de ses devoirs domestiques. Celle-ci se laissa ramener sans résistance mais ne s'occupa pas pour autant du ménage. Penchée jusqu'à mi-corps à la fenêtre de Fiora, elle ne fit que changer de poste d'observation. En effet, elle ne voulait à aucun prix manquer l'arrivée du prévôt et de ses gens qui s'en venaient constater les dégâts. Ce que voyant, Léonarde haussa les épaules, s'empara d'un panier et s'en alla faire le marché après avoir pris, toutefois, la précaution de fermer à double tour la chambre où reposait la malheureuse que Fiora avait tirée de l'enfer.

Naturellement généreuse, Léonarde n'aimait pas beaucoup cependant l'intrusion de ces successifs rappels, dans la vie de Fiora, à un passé qu'elle souhaitait lui voir oublier. Christophe de Brévailles avait pris, grâce à Dieu, son propre chemin et, la nuit dernière, il avait été épargné à Fiora de faire couler le sang – ce dont Léonarde avait éprouvé un grand soulagement. Du Hamel était mort de peur, tué par sa propre conscience et c'était très bien ainsi mais, à présent, il y avait cette fille, muette et peut-être idiote, qu'il fallait cacher, ce qui ne serait pas facile, et qui représentait une charge bien lourde pour des épaules de dix-huit ans à peine...

Au retour du marché, Léonarde semblait plus inquiète encore qu'au départ. Partout on ne parlait que de la mort du conseiller ducal et de celle de son valet Mathieu que l'on avait trouvé poignardé à quelques pas de sa chambre. Quant au second valet, Claude, il avait disparu, et ce n'était qu'une voix pour l'accuser du double crime bien que le corps de du Hamel ne portât aucune marque de sévices quelconques. En revanche, ses coffres et armoires avaient été scrupuleusement fouillés et vidés...

Ce qui s'était passé n'était pas difficile à imaginer. Rentrant tard dans la nuit, et sans doute bien soulagé de trouver la porte ouverte, Claude, craignant peut-être d'être accusé de la mort de son maître, avait trouvé plus simple de prendre la fuite avec tout ce qu'il avait pu ramasser après avoir assassiné son propre frère pour éviter de partager avec lui. Quant à la prisonnière, personne n'en parlait, sa présence étant ignorée de tous, mais elle n'en constituait pas moins un danger permanent par les bavardages que son sauvetage et son hébergement chez le médecin étranger pouvaient susciter. Ces bavardages, ces cancans... la grande spécialité de Chrétiennotte! Bien sûr, Esteban avait fait une défense expresse à la brave femme d'entrer dans sa chambre, prétextant un travail délicat qu'il y avait entrepris, mais pendant combien de temps pourrait-on la tenir à distance?

Aussi, à peine rentrée, Léonarde posa son panier à la cuisine, alla tirer d'autorité Chrétiennotte de son observatoire – où il n'y avait d'ailleurs plus rien à voir – en lui intimant l'ordre d'éplucher les légumes pour la soupe. Puis elle s'en vint conter ses angoisses à Démétrios qu'elle trouva dans sa chambre en train d'écrire.

Le Grec l'écouta sans rien dire suivant son habitude mais, quand elle eut fini, il se leva et se mit à marcher de long en large, d'un bord du tapis à l'autre.

– Qu'allons-nous faire? demanda Léonarde. Dieu m'est témoin que j'ai pitié de cette pauvre fille, mais nous ne pourrons pas la cacher éternellement, pas plus que nous ne resterons toujours ici. Alors?

– Honnêtement, je ne sais pas moi non plus comment il faut agir. La meilleure solution serait encore de confier cette malheureuse une fois guérie à un couvent du voisinage. Mais un couvent exige une dot, et c'est une telle dépense! Nous ne pouvons pas nous la permettre. Nous verrons assez vite le bout de l'or remis par Lorenzo de Médicis et il faudra bientôt songer nous-mêmes à rejoindre le roi Louis. D'autre part, si cette fille est vraiment celle du triste sire qui est mort cette nuit, elle devrait être aussi son héritière?

– Le moyen de réclamer l'héritage en son nom sans risquer de nous faire accuser du meurtre?

– Ce serait possible, à la rigueur, mais encore faut-il être assurés qu'elle est vraiment ce que nous pensons?

– Comment faire? Elle est muette.

– Ce n'est pas tout à fait certain car elle émet des sons. Jadis, en Égypte, j'ai vu une femme qui avait perdu l'usage de la parole à la suite d'une grande frayeur. Un imam, dont je suivais alors l'enseignement, la lui a rendue. Étant donné ce qu'elle a enduré, cela pourrait être le cas de notre rescapée. Dès qu'elle pourra le supporter, je tenterai une expérience. En tout état de cause, soyez certaine, dame Léonarde, que j'entreprendrai tout pour que nous partions d'ici le plus tôt possible. Il n'est pas bon, pour Fiora, de se retremper dans l'atmosphère malsaine de ces anciens drames...

– Vous l'encouragez pourtant à poursuivre ces vengeances qui lui empoisonnent le cœur?

– L'impunité des coupables le lui empoisonnerait bien plus encore. En outre, je n'ai aucun pouvoir sur sa volonté qui est inflexible. Je crois voir revivre en elle ces princesses de la Grèce antique, Antigone, Hermione ou Médée, qui allaient implacablement au bout de leurs desseins quel qu'en soit le prix à payer...

– Libre à vous! Moi j'aimerais revoir en elle l'enfant qu'elle était, l'adolescente tendre et joyeuse qui courait dans le jardin de Fiesole...

– De toute façon, et même si le drame n'était intervenu, cette enfant-là ne pouvait subsister. Il vient toujours un moment où la fillette fait place à la femme. Fiora en est une, à présent, et une femme robuste, forgée au feu du malheur : ce sont les meilleures... ou les pires! Mais c'est là leur secret.

– Tâchez au moins de ne pas trop la pousser dans cette seconde catégorie!

Ayant parlé, Léonarde s'en alla voir si Chrétiennotte s'était enfin décidée à se remettre au travail.

Démétrios n'était pas le seul à vouloir découvrir avec certitude l'identité de la prisonnière. Fiora, qui s'était instituée son infirmière, avait entrepris de connaître au moins son nom et, deux jours après son arrivée, voyant que la santé ne demandait qu'à revenir et que sa protégée progressait presque à vue d'œil, elle lui mit dans les mains du papier et une plume préalablement trempée dans l'encre :

– Puisque vous ne pouvez dire votre nom, lui proposa-t-elle doucement, écrivez-le.

Mais la jeune malade, devenue soudain toute rouge, lui rendit ces objets en hochant la tête d'un air si désolé que Fiora, émue, passa un bras autour de ses épaules fragiles et l'embrassa :

– Vous ne savez pas écrire? C'est peu de chose et vous apprendrez vite. Mais nous allons essayer de connaître au moins votre nom de baptême. Je vais dire des noms et vous m'arrêterez lorsque j'aurai trouvé le vôtre...

L'inconnue approuva avec un sourire. Le jeu devait l'amuser mais Fiora s'aperçut vite qu'elle avait besoin d'aide car elle connaissait surtout des prénoms florentins qu'il lui fallait traduire. Aussi trouva-t-elle plus facile d'aller chercher Léonarde, mieux au fait qu'elle-même des prénoms portés en Bourgogne.

– Cela ne devrait pas être trop compliqué, fit celle-ci. Dans les familles nobles, on donne souvent aux filles le nom des duchesses, présentes ou passées. Lorsque cette enfant est née, la duchesse s'appelait Isabelle. Vous appelez-vous Isabelle?

C'était non. Fiora émit l'hypothèse que ce pouvait être Marie? Mais ce n'était pas non plus Marie...

– Continuons avec les princesses, reprit Léonarde. C'est assez simple : la mère, la grand-mère et l'épouse du duc Charles se recommandent toutes les trois de la même patronne : Marguerite...

Léonarde tombait juste. La jeune femme battit des mains cependant qu'un semblant de sourire éclairait son visage :

– Marguerite... répéta Fiora. C'est une très jolie fleur, toute blanche avec un cœur doré. Cela vous convient bien : vous êtes toute blanche et vous avez des cheveux couleur de soleil...

Démétrios félicita vivement la jeune femme de son initiative et ajouta que l'on pouvait peut-être même tenter d'aller plus loin. Quand vint le soir, tout le monde se réunit dans la chambre de Marguerite, dont, en dépit de la chaleur, on ferma soigneusement les fenêtres et les volets. La pièce ne fut plus éclairée que par un chandelier posé sur un coffre assez loin du lit et par une chandelle posée à son chevet.

Le Grec prit Fiora par la main et la conduisit au chevet pour que Marguerite se sentît plus en confiance. Puis il se pencha sur la jeune femme :

– Je voudrais d'abord que vous répondiez à une question afin que je sache s'il m'est possible de vous aider. Avez-vous toujours été muette?

Marguerite hocha la tête négativement.

– Donc, il y a eu un moment, dans votre vie, où vous parliez?

– Oui...

– Avez-vous perdu la parole à la suite d'un accident?

– Non...

– A la suite d'une grande peur ou d'une violente émotion?

– Oui...

– Bien. Alors, il est possible que je parvienne à vous la

rendre. Si toutefois vous avez confiance en moi et m'obéissez. Je vous assure que je ne cherche que votre bien et que vous n'avez absolument rien à craindre de moi. Je ne vous ferai aucun mal et ne vous toucherai même pas...

– Il faut faire ce qu'il dit, Marguerite, murmura Fiora en lui prenant la main. Il va essayer de découvrir le mal dont vous avez souffert et dont vous souffrez encore...

Au regard apaisé que Marguerite posa sur elle, Fiora comprit qu'elle lui faisait confiance. Démétrios alla souffler l'une après l'autre les bougies du chandelier, ne gardant que celle du chevet qu'il prit dans sa main et éleva un peu au-dessus de la tête posée sur l'oreiller, de façon à ce que Marguerite n'eût qu'à garder ses yeux ouverts pour la voir.

– Il faut fixer attentivement la flamme, dit le médecin avec une ferme douceur. Et il fut obéi : les yeux clairs reflétèrent la lumière dorée et la considérèrent avec un calme absolu. Marguerite lâcha Fiora, croisa ses mains sur sa poitrine et attendit sans manifester la moindre crainte.

– Bien! approuva Démétrios qui, aussitôt, ordonna : A présent, regardez bien la lumière et ne la quittez surtout pas des yeux... pas des yeux... pas des yeux... pas des yeux...

La voix profonde, incantatoire du Grec entraînait avec elle une sorte de paix, un calme auquel furent sensibles les trois spectateurs. Cependant les paupières de Marguerite frémissaient comme si elles souhaitaient se fermer et que sa volonté seule les retînt.

– Vous avez sommeil, très sommeil... Vos paupières sont si lourdes... Ne luttez pas contre le sommeil qui vous envahit. Laissez-vous aller... dormez, dormez! Tous vos membres sont détendus, votre corps est infiniment las; il réclame le repos... Abandonnez-vous à ce repos... Dormez... dormez... dormez!...

A présent, les paupières étaient complètement fermées.

Les mains étaient retombées, sans force, le long du corps. La respiration devint régulière. Un instant, le silence régna dans la chambre paisible. Chacun retenait son souffle. Démétrios alors reprit :

– Je sais que vous dormez, Marguerite, mais m'entendez-vous ?

Lentement, celle-ci approuva de la tête...

– Bien... Maintenant votre esprit se trouve libéré de votre corps et les influences mauvaises sont repoussées. Nous allons ensemble remonter dans votre vie jusqu'à votre enfance. Considérez-vous, Marguerite. Vous avez dix ans... Vous parlez alors ?

Des larmes montèrent instantanément aux yeux de la dormeuse. Elle fit signe que oui mais aussitôt eut le réflexe de protéger sa tête contre d'invisibles coups. Fiora serra ses mains l'une contre l'autre si fort que ses ongles lui meurtrirent les paumes...

– Vous étiez une enfant malheureuse et cependant vous parliez. Que s'est-il passé ensuite ? Regardez votre vie de façon à revenir vers le drame où vous avez laissé votre voix. Égrenez les années...

Soudain, le corps de Marguerite commença à s'agiter. Les draps furent rejetés cependant que, de ses deux bras, la dormeuse cherchait à repousser quelque chose qui l'horrifiait. Elle faisait des efforts terribles pour garder ses jambes jointes et, malgré tout, quelque chose les écartait irrésistiblement. Elle pleurait, elle gémissait... et tout ceci était d'une clarté incroyable :

– Dios ! souffla Esteban : elle a été violée...

Puis tout s'apaisa et Marguerite demeura inerte, comme privée de vie. Démétrios lui accorda un moment de repos puis revint vers elle.

– Est-ce au moment de cette affreuse épreuve que vous avez perdu l'usage de la parole ?

Marguerite hocha lentement la tête de droite à gauche.

– Donc c'était après. Souvenez-vous de ce qui s'est passé ensuite. Il faut que vous reveniez à l'instant où votre voix s'est éteinte... Est-ce si douloureux ?

Marguerite, en effet, se tordait à présent sur son lit. Elle tenait ses mains au-dessus d'elle comme si elle soutenait un ventre devenu beaucoup plus gros et elle poussait d'affreux gémissements.

– On dirait, fit Léonarde d'une voix blanche, qu'elle est en train d'accoucher?...

Et, se laissant tomber à genoux, elle se mit à prier...

– Ne pourrait-on pas, murmura Fiora, l'empêcher de revivre toute cette souffrance?

Démétrios posa ses mains sur celles de la jeune femme en appuyant doucement...

– A présent, dit-il, l'enfant est né... vous êtes délivrée.

Instantanément, Marguerite s'apaisa. Un sourire émerveillé illumina son visage. On put la voir tendre ses mains vers un bébé imaginaire, le prendre contre sa poitrine, le bercer doucement, l'embrasser. Ce bonheur serein, étendu sur ce petit visage émacié, avait quelque chose de poignant... Mais, soudain, ce fut le drame. Épouvantés, les spectateurs virent Marguerite serrer ses bras contre sa poitrine avec une expression terrifiée et farouche tout à la fois, comme si une affreuse menace s'abattait sur elle. On la vit lutter de son mieux mais elle était sans doute vaincue d'avance. Et tout à coup, elle cria d'une voix enrouée, comme rouillée:

– Mon fils! Rendez-moi mon fils!... Vous ne pouvez pas le prendre! C'est mon enfant... ayez pitié!

Elle ouvrait la bouche pour pousser un cri qui aurait dû être inhumain, mais déjà Démétrios avait imposé ses mains sur la tête de la malheureuse et ordonnait:

– Ne criez pas, Marguerite! Tout est fini... Ne pensez plus à cet instant où vous avez atteint le sommet de la souffrance humaine. Vous n'avez pas eu ce cri... Vous pouvez encore parler... N'est-ce pas que vous pouvez encore parler?

Encore haletante et couverte de sueur, la jeune femme ressemblait à une naufragée qui vient d'atteindre une plage après une lutte épuisante. Fiora voulut la prendre dans ses bras mais, d'un geste, Démétrios la cloua sur place...

– Répondez-moi, Marguerite! Pouvez-vous parler?... Dites : Je le peux...

– Je... le peux...

La voix était faible, rocailleuse, mais cependant nette.

– C'est bien, dit Démétrios. A présent, reposez-vous! Vous avez fourni un effort terrible mais le mal est vaincu... Dans un instant je vais vous réveiller. Vous ne vous souviendrez plus d'avoir revécu ce martyre et vous pourrez maintenant parler tout à votre aise à ceux qui vous entourent et qui vous aiment. Vous m'avez entendu?

– Oui... j'ai entendu.

– Alors, je vais donc vous rappeler parmi nous. Vous vous éveillerez quand je prononcerai votre nom. Attention! Marguerite, ouvrez les yeux!

Et les yeux s'ouvrirent en effet sur un regard un peu égaré qui se tourna d'abord vers le visage attentif du médecin puis ceux émerveillés de Fiora et de Léonarde que la lumière jaune découpait sur l'obscurité de la chambre. Un peu plus loin, Esteban, d'une main qui tremblait, rallumait le chandelier. Fiora s'approcha de Marguerite et l'embrassa :

– Vous êtes guérie, mon amie. Votre voix est revenue.

– Ma voix?... C'est vrai... Oh! que s'est-il passé? Il me semble que je viens de faire un rêve... un rêve effrayant...

– Ce n'était qu'un rêve mais les forces maudites qui tenaient votre voix prisonnière ont été vaincues. Désormais vous êtes et serez comme tout le monde et nous pourrons parler ensemble!

Esteban qui s'était absenté un instant revint avec un pot et des gobelets.

– Après ce que nous venons de vivre, je pense que nous avons tous grand besoin d'un peu de vin. Vous êtes aussi exténué que votre patiente...

S'étant laissé tomber sur une bancelle auprès du lit, Démétrios en vérité semblait infiniment las, et son visage était d'une pâleur de cire. Aussi accepta-t-il volontiers le gobelet que lui tendait son serviteur et le but lentement, presque voluptueusement. Léonarde s'empressait auprès de Marguerite pour changer sa chemise trempée car elle ne demandait qu'à dormir, Fiora s'approcha de son vieil ami :

– Tu as accompli un miracle, Démétrios... D'où tires-tu cette étonnante puissance que je t'ai déjà vu employer par deux fois, sur la Virago et sur cette misérable Hieronyma? Tu les endormais pour leur donner des ordres mais, cette fois, tu as obtenu que Marguerite retrouve la parole...

– Elle l'avait perdue à la suite d'un terrible choc. Il fallait donc lui faire revivre cette épreuve. Par l'effet de ma volonté, j'y suis parvenu, mais j'admets volontiers que je suis épuisé...

– N'était-ce pas dangereux... pour elle?

Le médecin leva vers Fiora ses yeux sombres que de larges cernes bleus marquaient durement puis il soupira :

– Si. Elle pouvait en mourir.

– Et tu l'as fait tout de même?

– Pourquoi pas? fit-il rudement. Qu'avait-elle à perdre? Sa vie est à jamais brisée. On ne saurait la guérir de tout ce qu'elle a subi durant des années! Elle peut parler à présent et, dans peu de jours, elle sera sur pied. Mais pour quel avenir? Penses-tu te charger d'elle?

– Toi qui peux lever le voile qui nous cache les temps futurs, pourrais-tu m'aider à répondre à cette question?

– Non... non, je n'ai rien vu. Sans doute ne m'intéresse-t-elle pas assez? N'oublie pas que nous avons une tâche importante à accomplir ensemble...

– Je n'oublie pas, lui accorda Fiora. Quant à Marguerite, si elle est vraiment ma sœur...

– Rien ne l'assure, qu'une vague ressemblance... fit Démétrios avec agacement.

– Si vague... qu'elle vous a néanmoins frappés, Léonarde et toi! Si, donc, elle est vraiment la fille de ma mère

– si tu préfères cette formule – je crois que j'ai quelque idée de ce que nous pourrions en faire...

– Ne pourriez-vous parler moins fort? reprocha Léonarde qui était en train de clore les courtines autour du lit de Marguerite. D'ailleurs, il serait peut-être temps d'aller dormir, nous aussi?

Démétrios se leva et s'étira puis, avec un soupir, alla vers la porte suivi de Fiora, silencieuse. Parvenu dans le couloir qui desservait les chambres, ils marchèrent lentement jusqu'à celle de la jeune femme.

– Ne me diras-tu pas à quoi tu penses? demanda le Grec.

– Je pense, répondit Fiora, que nous quitterons bientôt cette maison. Nous n'avons plus rien à y faire...

– Et pour aller où? Rejoindrons-nous le roi Louis?

– Pas encore, s'il te plaît! Je n'oublie pas ce que nous a raconté Christophe. Il y a encore, non loin d'ici, une femme qui gravit elle aussi un calvaire par la faute de son époux. Regnault du Hamel a payé sa dette, mais nous devons examiner à présent celle de Pierre de Brévailles... Et peut-être qu'en la lui réclamant, je réussirai à procurer un peu de bonheur à deux êtres qui en ont le plus urgent besoin...

Et, sans vouloir s'expliquer davantage, Fiora posa un baiser furtif sur la joue barbue de Démétrios, puis disparut dans sa chambre dont la porte se referma, sans bruit.

Ce soir-là, Fiora, toutes lumières éteintes, demeura longuement accoudée à sa fenêtre, contemplant cette ville qu'elle habitait depuis un certain temps déjà, mais qu'elle allait devoir quitter et qu'elle ne connaîtrait peut-être jamais mieux. La nuit d'été était chaude, sans excès, le ciel pur, plein d'étoiles – et aucun nuage annonciateur d'orage n'en troublait l'immensité bleue : un ciel presque florentin... Négligeant la maison muette et désormais silencieuse où sa vengeance s'était accomplie dans de si étranges circonstances, elle laissa son regard suivre le mince ruban moiré du Suzon qui plongeait sous la rue Musette pour reparaître au chevet de l'église des Jacobins. La petite rivière entrait dans la ville par le nord et c'était au nord que se trouvait Selongey, le domaine de Philippe...

Elle s'accorda le loisir de penser à lui, – ce qu'elle s'était refusé le plus souvent jusqu'à présent pour ne pas se laisser distraire de ses projets – mais la mort de du Hamel avait rapproché le temps où, enfin, elle pourrait aller vers lui pour tenter de connaître la vérité de son cœur. Était-ce par amour pour elle et pour la revoir qu'il était venu secrètement à Florence et en avait parcouru les rues sous un déguisement? Ou bien souhaitait-il seulement chercher, auprès de Francesco Beltrami, une nouvelle aide financière pour les guerres de son maître?... Léonarde penchait pour la première hypothèse que partageait le cœur de Fiora, mais la jeune femme s'avouait qu'en fait elle ne connaissait pas son époux et qu'elle ignorait tout de ses pensées et de ses réactions. Un coureur de jupons? C'était le portrait hâtif tracé par dame Symonne, un coureur qui ne devait pas avoir besoin de beaucoup courir pour attraper sa chance. S'il était à ce point entouré et couvert de femmes, quelle place elle-même pouvait-elle espérer tenir dans un cœur ainsi assiégé?

Pourtant, devant Dieu et devant la loi florentine – à défaut de celle des hommes – devant l'amour aussi, elle était bien réellement sa femme, et le lourd anneau d'or aux armes des Selongey pendait toujours entre ses seins, au bout de sa chaîne d'or. Fiora tira sur le mince lien précieux pour prendre la bague dans sa main. Elle était pesante, chaude de sa propre chaleur, presque vivante... Fiora la baisa comme elle eût baisé la bouche de Philippe...

Où était-il à cette heure? Quelque part en Luxembourg où le gros de l'armée se réunissait dans l'intention d'occuper la Lorraine? A Bruges, où l'on disait que le duc

Charles réunissait les États de Flandres pour en obtenir une aide de guerre en hommes et en argent ? Quoi qu'il en soit, il n'était pas, il ne pouvait pas être à Selongey où, cependant, Fiora savait bien qu'aucune force humaine ne l'empêcherait de se rendre une fois qu'elle en aurait fini avec ceux de Brévailles...

En les évoquant, sa pensée revint tout naturellement à Marguerite et s'interrogea : qu'éprouvait-elle au juste pour cette demi-sœur tombée du ciel ou, plutôt, remontée des Enfers ? De la pitié, bien sûr, et aussi de la sympathie, toute la compassion du monde, mais, à vrai dire, cela n'allait pas beaucoup plus loin. La voix du sang ne s'était pas encore manifestée alors qu'elle avait plaidé hautement, spontanément, en faveur de Christophe.

Honnête avec elle-même, Fiora se reprocha cette tiédeur qui venait peut-être du fait qu'il avait été impossible, jusque-là, de communiquer réellement avec la prisonnière libérée. Etait-ce à cause de ce long nez pointu signant son unique ressemblance avec un père qui n'en méritait pas le titre ? De toute façon, qu'elle l'aimât ou non était de peu d'importance : elle n'était pas destinée à vivre avec Marguerite, et, à cela au moins, Fiora était bien déterminée.

Aux approches de l'aube vint la fraîcheur. Otant ses vêtements, la jeune femme alla s'étendre sur son lit pour se laisser baigner par elle. Sa tête était un peu lourde, d'avoir sans doute respiré trop longtemps l'odeur délicieuse d'un tilleul qui s'épanouissait dans un jardin voisin. Elle découvrait que cette terre de Bourgogne pouvait être enivrante et qu'il devrait être doux d'y vivre à la condition d'être deux...

Un instant, Fiora caressa l'idée d'aller s'installer à Selongey pour y attendre patiemment le retour de Philippe. L'expression de son visage au moment où il la reverrait répondrait sans doute à toutes ses questions. Mais comment subsister là-bas ? Comment y arriver aussi démunie qu'une pauvresse, elle que Philippe avait connue si riche ? Démétrios n'était pas seul à se tourmenter pour les jours à venir. L'or du Magnifique fondait à vue d'œil. Bientôt s'imposerait une visite rue des Lombards, à Paris, au comptoir qu'Agnolo Nardi tenait pour son frère de lait et où, si Lorenzo de Médicis n'avait pas trompé Fiora, des fonds seraient déposés à son nom. Et puis, il y avait le serment qui la liait à Démétrios, ce serment qu'ils avaient sacralisé en mêlant leur sang. Fiora pouvait d'autant moins le transgresser qu'elle jalousait et haïssait le Téméraire presque autant que l'ancien médecin de Byzance. Seule, sa mort pourrait libérer Philippe du sortilège qui le retenait captif et, peut-être, le ramener à Fiora... s'il ne s'était pas fait tuer avant pour la plus grande gloire de son prince! Mais elle chassa cette idée funeste. Si Philippe ne respirait plus quelque part sous le ciel, un pressentiment l'en aurait avertie. Elle aurait senti qu'une partie d'elle-même avait cessé de vivre...

– Dès que Marguerite sera suffisamment remise, décréta-t-elle, nous partirons pour Brévailles...

Et, forte de cette résolution, elle tomba d'un seul coup dans le sommeil tandis que résonnait au loin le premier chant du coq...

CHAPITRE IV

LA VENGEANCE APPARTIENT AU SEIGNEUR

« Renonce, Fiora! », dit soudain Démétrios en rapprochant son cheval de celui de la jeune femme. Ils allaient en tête de la petite troupe qui se dirigeait vers Brévailles. Léonarde et Marguerite venaient derrière sur des mules bien dociles et Esteban, armé jusqu'aux dents contre les infortunes de la route, fermait la marche.

– A quoi veux-tu que je renonce? A conduire Marguerite à sa grand-mère?

– Tu sais très bien ce que je veux dire. Même sans Marguerite tu serais venue ici pour y abattre ton grand-père... Ne proteste pas! Que tu le veuilles ou non, il l'est?

– Il ne le serait que s'il avait d'abord été un père mais il est à l'origine de tous les malheurs de ma mère. Non seulement il l'a mariée de force à ce misérable du Hamel mais il n'a rien fait pour la sauver quand l'heure en est venue. Tu voudrais que je lui pardonne?

– Non, mais je voudrais que tu t'épargnes toi-même. Laisse-moi conduire Marguerite avec Léonarde et retourne avec Esteban à l'hôtellerie de Verdun [1] où nous avons dormi. Il vaut mieux que tu ne pénètres pas dans cette maison, ajouta-t-il en désignant de sa houssine le château dont les tours semblaient flotter sur la nappe de brouillard blanc qui montait de la rivière.

1. Verdun-sur-le-Doubs.

Ce n'était pas un grand château mais, avec ses trois tours, son donjon et ses hautes courtines habillés de hourds visiblement en parfait état, il offrait un aspect redoutable et il ne devait pas être facile d'en forcer l'entrée. Campé au-dessus du Doubs dont les eaux tumultueuses emplissaient ses fossés et l'isolaient quand le pont-levis était relevé, il ressemblait à quelque guerrier obstiné qui, sans se soucier de se mouiller les pieds, surveille et commande la rivière...

– Que crains-tu? demanda Fiora avec une pointe de dédain.

– Ton visage!

– Mon voile le cache.

– Mais tu seras bien obligée de le découvrir. Quel accueil crois-tu que l'on va te réserver dans une demeure où le maître fait régner une discipline qui ressemble à la terreur? Souviens-toi de ce que t'a dit Christophe! C'est un homme dur, impitoyable et qui, non seulement n'a pas tenté de sauver ses enfants coupables, mais a aidé le mari à obtenir le châtiment. Si tu entres ici, j'ai grand-peur que tu n'en sortes pas...

– C'est ce que nous verrons! Et puis qu'ai-je à craindre en ta compagnie? Aurais-tu perdu ce pouvoir qui te permet de dominer les gens au moment d'une forte émotion? Tu pourrais l'exercer! La vue de ma figure a toutes les chances de provoquer cette réaction.

– C'est toujours plus difficile sur un homme et je redoute que ce Brévailles ne soit un vieux dur à cuire imperméable à tout état émotionnel.

– L'occasion est d'autant plus belle de tenter une expérience intéressante! D'ailleurs, je ne vois pas comment on pourrait refuser de recevoir une petite-fille on ne peut plus légitime? Marguerite, elle, n'est pas née dans le péché! ajouta-t-elle avec une pointe d'amertume. Je n'ai pas le droit de lui refuser cette chance.

– En admettant que ce soit une chance! Je ne sais pas si ce château est l'endroit idéal pour oublier des années de souffrances.

Marguerite, en effet, avait réussi à leur raconter peu à peu ce qu'avait été sa vie dans les demeures successives de son père. Quatre ans de relative douceur aux mains d'une nourrice qui l'avait quittée pour un monde meilleur, puis le quasi-abandon auprès de domestiques indifférents et, pour la plupart du temps, loin des yeux d'un père qui ne celait pas son aversion. Ses seules sorties la conduisaient à l'église voisine, sous la garde d'une servante bigote qui ne trouvait jamais assez longues les stations que l'on faisait, à genoux, sur des dalles froides. Elle avait fini par penser qu'un couvent ne serait pas plus pénible que sa vie dans la maison paternelle et, un jour, elle avait osé demander qu'on lui permît d'entrer en religion.

Du Hamel avait refusé sèchement. Il n'avait aucune envie de payer une dot pour une fille qui lui économisait déjà une servante de cuisine. Et puis, quand l'adolescence avait formé le corps de Marguerite, elle avait dû subir les violences d'un palefrenier qui l'avait odieusement forcée dans la paille de l'écurie. La suite, les nouveaux amis de la malheureuse – elle ignorait toujours le lien de sang qui l'unissait à Fiora car Démétrios, prudent, l'avait exigé – en avaient appris le plus noir durant la transe où la jeune femme avait été plongée : l'accouchement dans la cave où du Hamel l'avait séquestrée après l'avoir cruellement frappée quand son état était devenu visible, la naissance d'un petit garçon qu'on lui avait arraché et froidement étranglé sous ses yeux...

C'était alors l'époque où du Hamel avait été nommé à Dijon. Il en avait profité pour réduire son train de maison à deux valets; deux frères qui avaient su gagner son entière confiance à défaut de plus amples gages et il avait emmené Marguerite enfermée dans une litière à rideaux hermétiquement clos, qui contenait aussi la plupart des bagages et ne s'était ouverte que de nuit, devant la maison de la rue du Lacet. La malheureuse enfant avait été alors enchaînée dans la cave, pour la nuit tout au moins car, le jour, elle travaillait dans la maison, mal nourrie, maltraitée souvent. Seul, le gros valet Claude lui témoignait quelque compassion quand du Hamel n'était pas au logis. Il lui apportait un peu de nourriture, du vin aussi dont il lui avait donné le goût, mais il lui faisait payer ses bienfaits de la seule monnaie que la pauvre enfant eût à sa disposition. Fort heureusement, ces infâmes et brèves étreintes n'avaient jamais eu de conséquences extrêmes.

En dépit de cette aide intéressée, Marguerite s'affaiblissait et, surtout, désespérait. L'envie de vivre – si l'on pouvait appeler cela vivre! – l'avait quittée et elle en était venue à souhaiter ardemment une fin prochaine quand le secours, enfin, lui fut porté...

Elle allait bien mieux à présent. Les forces lui revenaient et ses joues reprenaient couleur mais elle ressemblait plus à un être mécaniquement animé qu'à une femme naturellement vivante. A ses sauveurs, elle montrait beaucoup de reconnaissance mais elle ne semblait guère s'intéresser à l'avenir. Elle était douce, plutôt silencieuse, bien que l'usage de la parole lui fût revenu tout à fait. Avec elle, Fiora avait l'impression de se trouver en présence d'une ombre...

– J'ai bien peur, dit Léonarde, que son âme ne s'en soit allée avec celle de son enfant... Peut-être lui reviendrait-elle si quelqu'un lui apportait beaucoup, beaucoup d'amour? Nous n'avons à lui offrir quant à nous que de l'amitié.

Arrêtée au bord du chemin qui suivait le cours de la rivière, Fiora songeait à tout cela. Le château, il est vrai, n'avait pas un air très engageant avec ses murailles noircies par le temps. Marguerite n'allait-elle pas troquer un cachot contre un autre genre de prison? Fiora se détourna pour apercevoir la jeune femme restée un peu en retrait avec Léonarde, profitant de l'arrêt pour s'isoler. Elle lui avait dit qu'elle l'emmenait chez sa grand-mère en négligeant tout à fait de parler du grand-père. Comment celui-ci accueillerait-il la fille de Marie, la réprouvée, même née dans le mariage? Cette sombre demeure à l'abord hostile ne lui inspirait pas grande confiance.

Davantage par acquit de conscience que pour apaiser cette troublante suspicion, Fiora héla un paysan qui, faux sur l'épaule, se dirigeait vers un champ.

– C'est bien Brévailles?

L'homme ôta poliment le bonnet qui bâchait sa tête et approuva :

– Sûr que c'est Brévailles! Mais... c'est-y qu'vous voudriez y aller? ajouta-t-il avec un intraduisible mélange d'inquiétude et de curiosité. N'entre pas qui veut, vous savez?

– Pourtant, je voudrais voir dame Madeleine. Je suppose qu'elle est chez elle?

– Où qu'vous voulez qu'elle aille? Elle sort jamais et, d'puis qu' le seigneur est malade, on voit plus personne qu' l'intendant et une fille de cuisine qu'est à peu près aussi causante qu'une carpe.

– Il est malade? intervint Démétrios. A merveille! Je suis précisément médecin. Et de quoi souffre-t-il?

Le paysan se gratta le crâne, fit un effort suprême et méritoire de réflexion et, finalement, hocha la tête avec une moue significative :

– J'crois ben qu'personne en sait rien par ici. Quand on d'mande des nouvelles, on vous répond qu'y va pas mieux. En tous les cas, médecin ou pas, ça m'étonnerait ben qu'on vous ouvre.

– Pourquoi? demanda Fiora.

– Parc'qu'on n'ouvre jamais à personne : ni moine, ni mendiant, ni baladin, ni voyageur attardé... C't'une mauvaise maison qu'celle où on n'donne pas l'hospitalité chrétienne... Faut dire quand même qu'y a eu d'grands malheurs par ici...

Visiblement, l'homme ne demandait qu'à bavarder, mais Fiora en savait autant que lui et sinon plus sur les épreuves qui s'étaient abattues sur les hôtes de ce château. Elle remercia le paysan au moyen d'une pièce d'argent et, le restant de la troupe l'ayant rejointe, elle guida résolument son cheval vers les tours solitaires. Démétrios la rattrapa, prétendant poursuivre sa mise en garde, mais Marguerite le suivait de près et il était impossible de discuter devant elle.

Le brouillard matinal se levait sur le Doubs, laissant voir les tourbillons qui agitaient l'eau verte. Puis le chemin dévia aux abords du château pour s'engager dans un petit bois au-delà duquel on peut apercevoir quelques simples maisons recouvertes de chaume, le petit clocher d'une église... Un sentier envahi d'herbes folles qui ne portait guère de traces de passage s'ouvrait à gauche et permettait de rejoindre la petite forteresse. Fiora y dirigea son cheval et trouva rapidement le pont dormant que le pont-levis devait atteindre pour peu qu'on l'abattît. Mais dans l'instant présent, celui-ci se dressait, telle une infranchissable muraille, de l'autre côté d'un large fossé broussailleux que l'eau de la rivière emplissait presque à ras bord. En face, refermé comme un poing serré, muet et silencieux comme un tombeau, Brévailles érigeait ses pierres moroses et fières qui semblaient défier le clair soleil de ce jour d'été...

Sans mettre pied à terre, Esteban emboucha la trompe de corne et d'argent qui pendait à sa ceinture et lança un son prolongé qui fit s'envoler une famille de martins-pêcheurs. On attendit mais rien ne vint.

– Est-ce vraiment là le château de ma grand-mère? questionna Marguerite qui se tenait au côté de Fiora.

– Oui, pour ce que j'en sais, répondit celle-ci, qu'en pensez-vous?

– Rien, sinon que cela semble bien triste. Notre maison d'Autun ne l'était pas autant. Pourquoi donc ma mère ne s'y plaisait-elle pas?

– Peut-être parce que l'époux qui l'y faisait entrer n'avait pas su gagner son cœur. Une chaumière vaut mieux qu'un palais si c'est l'amour qu'elle héberge.

– Elle aurait pu m'aimer, moi? Mais elle ne m'aimait pas, sinon elle ne m'aurait pas abandonnée...

C'était la deuxième fois, depuis qu'elle avait été

recueillie, que Marguerite faisait allusion à Marie. La première, c'était en parlant avec Léonarde qui semblait lui inspirer une confiance toute particulière, mais la vieille demoiselle n'avait pas insisté car elle avait cru s'apercevoir que Marguerite détestait Marie presque autant que son époux. La cruauté de Regnault du Hamel n'avait épargné à l'enfant aucun détail affreux ou sordide et, pour elle, sa mère n'était qu'une femme perverse et dépravée qui n'avait délaissé son foyer que pour assouvir de bas instincts dont elle avait été fort justement punie. Fiora avait tenté un jour de modifier ce jugement sans concessions mais Marguerite avait fermé les yeux en affirmant que cela ne l'intéressait pas... Là était peut-être la raison primordiale pour laquelle Fiora ne réussissait pas à s'attacher réellement à sa demi-sœur.

Elle arrêta le bras d'Esteban qui s'apprêtait à renouveler son appel.

– Souhaitez-vous que je vous conduise plutôt dans quelque couvent? demanda-t-elle.

Mais Marguerite secoua sa tête dont les magnifiques cheveux blonds, à présent propres et sagement tressés, brillaient dans le soleil :

– Non... Puisque ma famille habite ici, je n'ai aucune raison de souhaiter vivre ailleurs. C'est une maison noble et peut-être que l'on m'y aimera...

C'était prononcé d'une petite voix tranquille, unie, presque sans intonation et cependant le cœur de Fiora se serra. Du geste, elle fit signe à Esteban de reitérer et, pour la seconde fois, la corne lança son mugissement dans l'air calme du matin.

Son insistance fut récompensée. Une tête surmontée d'un casque apparut au créneau cependant qu'une voix rude criait :

– Qui va là et que voulez-vous?

– Que l'on baisse ce pont car nous avons à faire ici, lança Esteban avec une morgue digne d'un grand d'Espagne qui ne parut d'ailleurs pas produire tout l'effet escompté.

– Passez votre chemin. On n'entre pas!

A son tour, Démétrios prit la parole:

– Il le faudra bien pourtant. Allez dire à la dame de Brévailles que son gendre, messire Regnault du Hamel, est mort et que nous lui amenons céans damoiselle Marguerite, sa petite-fille!

Sur son chemin de ronde, l'homme parut hésiter un instant sur ce qu'il convenait de faire puis, finalement, cria:

– Je vais voir!

Et il disparut...

L'attente qui suivit parut interminable. Campée sur son cheval qui grattait la terre d'un sabot impatient, Fiora allait prier Esteban de sonner une troisième fois quand une sorte de grondement se fit entendre à l'intérieur du château et lentement, lentement, le grand pont-levis s'abaissa vers eux tandis que la herse se relevait en grinçant.

– Eh bien, allons! fit Démétrios avec un soupir qui semblait monter de la terre tant il était profond. Fiora lui sourit:

– Tu vois que nous avons réussi à entrer?

– Espérons seulement que nous sortirons aussi aisément. Ce castel ressemble comme un frère à une prison.

L'intérieur, cependant, était plus aimable. En pénétrant dans la cour dont le haut donjon occupait le centre, les voyageurs virent qu'un logis de deux étages, éclairé par de belles fenêtres à meneaux sculptés, dont les plus hautes s'ornaient de gables fleuronnés, était adossé à la muraille donnant sur la rivière. Un perron de trois marches y menait sur lequel un vieil homme tout vêtu de noir se tenait debout dans une attitude pleine de dignité.

Les nouveaux arrivants mirent pied à terre, laissant leurs brides aux mains d'un valet d'écurie. De toute évidence, leur venue constituait un événement de taille et, près des cuisines, trois servantes les regardaient avec des mines effarées en frottant leurs mains à leur tablier. Un gamin qui poursuivait des poules accourut et resta planté là, un doigt dans la bouche, en contemplation muette.

Fiora avait tiré son voile sur son visage autant que le permettait la bienséance, néanmoins ce fut elle que le vieux serviteur regarda d'abord :

– Pouvons-nous voir la dame de céans ? s'enquit-elle doucement. Voici sa petite-fille, damoiselle Marguerite, que nous nous sommes chargés d'amener jusqu'à elle...

Le vieillard salua en homme qui sait son monde mais il redemanda :

– Me direz-vous enfin qui vous êtes ?

– Nos noms ne vous diront rien, intervint Démétrios, car nous sommes des voyageurs étrangers et seul le hasard nous a permis d'apporter une aide à damoiselle Marguerite, que voici. Cette jeune dame, ajouta-t-il en désignant Fiora qu'une émotion soudaine étreignait au moment de pénétrer dans cette maison qui avait vu grandir ses jeunes parents et s'éveiller leur passion fatale, cette jeune dame est une noble florentine, donna Fiora Beltrami, et voici dame Léonarde Mercet, sa gouvernante. Quant à moi, je me nomme Démétrios Lascaris, prince et médecin, et je viens de Byzance.

Le vieux serviteur approuva de la tête et fit signe aux arrivants de le suivre dans un bel escalier de pierre parfaitement entretenu et qui menait à une grande salle où, entre une cheminée sans feu et une étroite fenêtre donnant sur la rivière, une dame en deuil était assise dans une grande chaise à bras, un chapelet entre les doigts. Elle avait dû être très belle et gardait quelque reflet de cette beauté passée mais, sous la haute coiffe noire, ses cheveux et son visage étaient d'une blancheur diaphane. Le bord de ses yeux était rougi par trop de larmes. Elles avaient décoloré les prunelles dont le bleu ne se percevait plus guère. L'expression habituelle de ce visage devait être empreinte de tristesse et cependant, à cet instant, il semblait animé par un rayon de lumière. Elle se leva pour accueillir ses visiteurs et Fiora s'aperçut qu'elle était presque aussi grande qu'elle-même... et qu'elle tremblait comme une feuille, bouleversée par une émotion qu'elle ne parvenait pas à dominer.

– On me dit, fit-elle d'une voix émue dont la douceur frappa Fiora, que ma petite-fille, Marguerite, se trouve parmi vous?... Mais comment est-ce possible?... Voici des années que je ne sais plus rien d'elle. J'avais même fini par la croire morte...

– C'est sans doute ce que souhaitait son père, dit Démétrios de sa belle voix grave, mais, à présent, messire du Hamel n'est plus. Il est mort il y a maintenant trois semaines et nous avons eu le bonheur, étant de ses proches voisins, de recueillir demoiselle Marguerite qu'il retenait en sa maison comme en une étroite prison. Elle n'a plus que vous au monde et nous avons pensé qu'il était de notre devoir de vous l'amener...

– Et vous avez bien fait. Comment vous en remercier?... Marguerite... ne veux-tu pas venir jusqu'à moi?

Mais, déjà, la jeune femme s'était précipitée à genoux devant elle. Son étrange indifférence venait de s'évanouir d'un seul coup et elle versait d'abondantes larmes sur les mains tremblantes qui s'étaient tendues vers elle et qui la relevaient. Un moment, les deux femmes restèrent étroitement embrassées. Debout à quelques pas, Fiora les contemplait avec un peu d'amertume. L'envie soudaine lui venait de se jeter, elle aussi, dans ces bras affectueux, d'embrasser ce visage pâle. Car cette femme était sa grand-mère plus encore peut-être que celle de Marguerite et elle pensait à présent qu'il devait être bien doux d'être la petite-fille de Madeleine de Brévailles...

Mais celle-ci dominait son émotion. Sans quitter la main de Marguerite, elle offrit à ses hôtes inattendus un sourire charmant.

– Vous me rendez la vie et je ne vous accueille même pas comme je le devrais! Prenez place, je vous en prie et racontez-moi tout ce que vous savez de cette enfant. Je vais faire servir des rafraîchissements en attendant l'heure du repas. On préparera aussi vos chambres...

Mais Fiora émit de vives objurgations:

– N'en faites rien, dame, je vous en prie. Nous voyageons, mes compagnons et moi-même, et ne souhaitons pas nous attarder car la route est encore longue qui s'étend devant nous.

– Si longue soit-elle, elle supportera bien une halte? Vous avez tant de choses à m'apprendre...

– Sans doute... mais l'on nous a dit que le maître de ce château était malade et nous ne voudrions pas...

Au prix de sa vie, Fiora eût été incapable de dire pourquoi, parvenue dans ce château avec la décision bien arrêtée d'y abattre Pierre de Brévailles, elle souhaitait à présent s'en éloigner le plus vite possible. Elle pensait y entrer en libératrice mais la femme qu'elle avait devant elle ne semblait pas avoir besoin d'un quelconque secours. Elle en eut même la certitude quand dame Madeleine déclara paisiblement :

– Mon époux est malade, en effet, mais je vous assure que votre présence ne saurait le déranger. Ne vous tourmentez donc pas pour lui et causons...

Tandis que Démétrios faisait pour leur hôtesse le récit – un peu arrangé – du sauvetage de Marguerite, Fiora qui avait choisi à dessein de s'asseoir le dos à la luminosité de la fenêtre ne l'écoutait que d'une oreille. Elle scrutait cette salle aux meubles sévères mais admirablement entretenus. Elle regardait la table que deux servantes étaient en train de dresser, la nappe d'une éclatante blancheur qu'elles étendaient et les différents objets qu'elles y disposaient, tous rutilants. Elle considérait aussi son hôtesse, assise sur une bancelle garnie de coussins, Marguerite dont elle tenait toujours la main assise auprès d'elle et ne la quittant pas des yeux. Toutes deux goûtaient évidemment un moment d'ineffable bonheur. Elles se souriaient, riaient même de temps en temps comme deux fillettes bien que le récit du Grec ne fût guère récréatif et leur rire sonnait bizarrement dans une atmosphère que Fiora trouvait de plus en plus lourde... Elle se sentit sur le point presque d'étouffer et laissa glisser légèrement son voile. Une des servantes, la plus âgée lâcha brusquement les couteaux qu'elle tenait et qui résonnèrent sur les dalles cependant que ses yeux s'agrandissaient de stupéfaction. Dame Madeleine lui jeta un coup d'œil agacé, puis tourna les yeux vers Fiora et lui dit à mi-voix, d'un ton futile :

– Nos servantes campagnardes sont d'une grande maladresse. Êtes-vous mieux servie à Florence?

– Dame Léonarde vous répondrait mieux que moi à ce sujet mais je n'ai jamais eu à me plaindre de nos serviteurs...

– Quelle chance vous avez!

Puis, revenant à Démétrios dont l'œil, entre les paupières resserrées, s'était fait soudain aigu, enchaîna :

– Ainsi, vous disiez que...

La vue du visage de Fiora qui venait de frapper de stupeur une simple servante ne lui causait apparemment aucune émotion. Il en fut ainsi durant tout le repas qui suivit. Démétrios tenait le dé de la conversation et avait entrepris de raconter par le menu quelques-uns de ses voyages aux deux interlocutrices ravies qui bavardaient joyeusement avec lui. Marguerite semblait avoir complètement oublié ses deux compagnes et ne tournait jamais les yeux vers Fiora ou vers Léonarde qui, silencieuses, mangeaient du bout des dents. L'idée de passer la nuit dans cette demeure était insupportable à la jeune femme et elle en voulait un peu à Démétrios de tous les frais qu'il déployait. Était-ce le même qui, tout à l'heure, la suppliait presque de renoncer à ses projets?

Qu'en restait-il, d'ailleurs, de ces fameux projets à cette heure où, assise à la table d'un aïeul détesté, elle n'en mangeait pas moins son pain? La mort brutale d'un homme qui semblait tenir si peu de place dans l'esprit de sa femme – elle éludait chaque fois que le Grec tentait d'en savoir plus sur la maladie de Brévailles – serait-elle de nature à améliorer la situation? Elle semblait parfaitement maîtresse d'elle-même et de cette maison où chacun lui obéissait sans faillir...

Le repas s'achevait sur d'exquises confitures accompagnées de belles tranches d'un boichet[1] qui embaumait, lorsque le vieil homme qui avait accueilli les voyageurs et devait être l'intendant reparut à l'entrée de la salle :

– Le maître, dit-il cérémonieusement, désirerait recevoir personnellement la jeune dame étrangère qui a ramené damoiselle Marguerite...

Et comme tous les autres convives se levaient d'un même mouvement, il ajouta :

– Il désire la voir seule!

– Montrez-moi le chemin, consentit Fiora. Je vous suis.

Sans songer seulement à s'excuser auprès de son hôtesse mais avec une sorte de soulagement, elle quitta la table pour se diriger vers l'escalier. A son étonnement, au lieu de monter celui-ci vers l'étage supérieur, on le descendit. Derrière l'intendant, Fiora traversa la cour et pénétra dans le donjon. En dépit de la chaleur extérieure, une chape de froid et d'humidité lui tomba sur les épaules dès la porte franchie, mais elle y prit à peine garde car son esprit était agité de questions... De quelle maladie pouvait bien souffrir le seigneur de Brévailles pour qu'on l'installât dans ce donjon antique?

Toujours précédée de son guide, elle gravit un étage et pénétra dans une salle ronde qui lui parut d'autant plus immense qu'elle était sombre et dégarnie de meubles à l'exception d'un lit isolé parmi des ombres denses et de deux ou trois tabourets. Mais le spectacle qui l'y attendait n'en était pas moins impressionnant : près d'une ouverture à peine plus large qu'une meurtrière, un homme barbu aux longs cheveux gris était assis dans une haute cathèdre de bois noir, une couverture sur les genoux et totalement immobile. Auprès de lui et presque aussi rigide, presque aussi âgé d'ailleurs, un homme d'armes se trouvait debout tenant d'une main un pennon voilé de noir et, de l'autre, une épée dégainée. Saisie, Fiora s'arrêta au seuil de la porte que l'intendant avait ouverte devant elle :

1. Ancien nom du pain d'épice.

– Approchez! intima une voix qui semblait émaner des profondeurs mêmes des fondations.

Fiora s'avança et, derrière elle, l'huis se referma sans bruit. Elle avançait comme dans un rêve. Était-ce donc, là, cet aïeul dont elle avait juré la perte? Il ne paraissait pas affaibli le moins du monde. Au contraire et bien que la lumière fût incertaine, ce que la barbe et les cheveux laissaient transparaître de son visage trahissait la santé... Machinalement, elle chercha, à sa ceinture, la dague que les plis de sa robe dissimulaient et s'arrêta à quelques pas des deux hommes...

– Approchez encore, dit Brévailles. Je vous vois mal!

Elle atteignit la tache de soleil que l'étroite ouverture plaquait sur le dallage au bout d'un rayon lumineux où dansaient des myriades de grains de poussière. Et resta là sans plus bouger, consciente de ce regard presque immobile qui la scrutait intensément...

– Justine a raison, dit le vieux seigneur comme pour lui-même, c'est étonnant...

Puis, sèchement, il ordonna :

– Va-t'en, Aubert!

La statue armée qui se tenait à son coude protesta :

– Vous voulez que je m'éloigne, seigneur ? Songez que je suis votre bras, votre force...

– J'estime n'avoir besoin ni de l'un ni de l'autre. Va! Je te rappellerai plus tard...

– Êtes-vous certain que vous n'aurez besoin de rien?

– Je n'ai jamais besoin de rien et maintenant moins que jamais, dit le seigneur sans quitter Fiora des yeux. Il attendit que son écuyer ait franchi la porte puis reprit :

– Ainsi, c'est vous qui avez conduit jusqu'ici cette Marguerite que nous croyions perdue ? Où l'avez-vous trouvée ?

– A Dijon, enchaînée dans la cave de l'homme indigne qui était son père, à ce qu'il paraît. Il s'en est fallu de bien peu qu'elle ne soit à jamais perdue, en effet...

– Et lui ? J'ai cru comprendre qu'il est mort ? De quoi ?

– De peur! D'avoir vu un fantôme...

– Étrange! Je ne l'aurais jamais cru émotif à ce point! Mais tout dépend, évidemment, du fantôme en question. Peut-être vous ressemblait-il?

– Peut-être...

– C'est ce que je supposais... Vous venez de Florence, m'a-t-on dit? Quel est votre nom?

– Fiora... Fiora Beltrami. Je suis, en effet florentine...

Il y eut un silence que troublait seulement la respiration de ces deux êtres qui, du premier regard, s'étaient reconnus comme ennemis. Aucune courtoisie n'atténuait le ton agressif de leur voix. Les paroles tombaient, à la limite de l'insolence, de part et d'autre, tranchantes comme des couteaux. Un duel s'établit dès le premier abord entre ce vieil homme aussi rigide qu'une statue, appuyé sur le dossier de son siège, et cette belle jeune femme dressée en face de lui, refrénant de son mieux une instinctive aversion.

Brévailles émit un petit rire sec et reprit, plus mordant que jamais:

– Florentine? Allons donc! Vous êtes «leur» fille! Croyez-vous que j'ignore ce qui s'est passé après l'exécution de ces deux misérables? Avant que je ne le chasse d'ici, ce vieux fou d'Antoine Charruet avait eu le temps de tout raconter. Je sais qu'un marchand de Florence a ramassé le fruit désastreux de l'inceste et de l'adultère... Eh bien, vous ne dites plus rien? C'est bien cela, n'est-ce pas? J'ai deviné juste?

– Je suis leur fille, en effet, et figurez-vous que j'en suis fière, parce qu'ils ont été des victimes avant tout: vos victimes! C'est vous qui êtes la cause première du drame dont je suis issue...

– Moi? Vous osez?...

– Oui, j'ose et plus encore! Rien ne serait arrivé d'irrémédiable si, quand vous vous êtes aperçu de ces liens trop tendres noués entre Marie et Jean, vous aviez choisi pour elle un autre époux que ce du Hamel. Mariée à un homme jeune, aimable et amoureux, elle aurait oublié son frère. Mais vous avez préféré le pire – et pourquoi ? Parce qu'il était riche ? Malheureusement c'était un monstre ignoble qui n'aura jamais su que martyriser sa femme tout comme il a martyrisé sa fille...

– J'ai pris le premier parti convenable qui s'est présenté. On commençait à jaser sur...

– Jean et Marie ? Vous ne parvenez même pas, encore aujourd'hui, à prononcer leurs noms, n'est-ce pas ? Ils vous empoisonnent la bouche ? Quant à la fortune de du Hamel, vous allez pouvoir la revendiquer à présent que vous avez Marguerite ! Car elle est en droit d'y prétendre ! Cependant, je ne crois pas – et c'est tant mieux ! – que vous en profiterez longtemps...

Il eut un ricanement déplaisant :

– Faites-vous profession de dire la bonne aventure ? En tout cas, vous n'êtes guère logique. Vous me haïssez, n'est-ce pas ? Alors pourquoi avoir mené céans Marguerite et son héritage ?

– Parce que après tant d'années d'oppression et de souffrance, elle a bien droit à un légitime bonheur et j'espère qu'elle le trouvera auprès de sa grand-mère. Quant à vous...

– Quant à moi ? lança-t-il, la défiant avec arrogance.

– Vous n'aurez plus le loisir de la rendre encore malheureuse parce que je suis venue vous tuer...

– Me tuer ? Et comment ?

– Avec ceci.

La dague venait d'apparaître, fermement brandie dans sa main. D'un mouvement rapide, Fiora passa derrière le siège et appuya la lame contre la gorge de Brévailles...

– Surtout n'appelez personne ! Vous n'auriez pas le temps d'achever votre cri...

– Pourquoi appellerais-je ? Tuez-moi donc si vous en avez envie... et si le parricide ne vous fait pas peur !

– Non, car vous n'êtes rien à mes yeux qu'un homme presque aussi méprisable que Regnault du Hamel. Si vous avez quelque prière à dire, dépêchez-vous...

En dépit de sa ferme résolution, la force d'âme de cet homme la confondait : il n'avait même pas remué un bras pour tenter d'écarter la dague de sa gorge. Pourtant, il ne devait pas manquer de force ?

– Je n'ai jamais été diseur de patenôtres. Mais, après tout, vous avez peut-être raison de m'assassiner. La venue inopinée de cette Marguerite ne me cause aucune joie : elle n'est après tout que la fille d'une putain incestueuse et...

Il n'acheva pas. La porte, violemment poussée, venait de frapper contre le mur et Madeleine de Brévailles se précipitait :

– Ne le tuez pas, Fiora ! Vous lui feriez trop de plaisir ! Si vous voulez vraiment venger votre mère, laissez-le vivre et priez même pour qu'il vive encore de nombreuses années !

Stupéfaite, Fiora découvrait cette femme nouvelle et insoupçonnée qui se dressait devant eux, la bouche amère et les yeux brûlants de haine. Plus rien de similaire avec la tendre grand-mère qui il y a peu cajolait Marguerite et riait avec elle. Celle-ci rejetait d'un bloc des années de souffrances et de rancœur et, en face d'elle, l'homme accusé se terrait, muet, bien que son visage ne reflétât qu'une rage impuissante. Il hurla :

– Tue-moi ! Pourquoi as-tu retenu ton bras ? Je n'ai commis que des crimes et j'en suis heureux... Tue-moi, te dis-je !

Immobile entre dame Madeleine et son époux, Fiora les regardait tour à tour sans parvenir à comprendre. Elle ne vit pas ainsi Démétrios entrer et ne s'aperçut de sa présence que lorsqu'elle le vit tout à coup près du malade, soulevant un bras, puis rejetant la couverture afin d'examiner ses jambes...

– Qu'est-ce que cela signifie ? interrogea Fiora.

Démétrios hocha la tête et haussa les épaules :

– Que cet homme est paralysé. Il est même étonnant qu'il puisse encore parler... Comment est-ce arrivé ?

– Une chute de cheval il y a un an environ, déclara la dame d'un ton aussi satisfait que si elle avait été elle-même la cause et la force agissante qui avaient provoqué l'accident. Depuis, je me suis enfin remise à vivre. Finies les années d'esclavage! Finie l'impitoyable tyrannie qui durant tant d'années a terrorisé ce château! C'est moi la maîtresse à présent et, puisque, grâce à Dieu et grâce à vous, ma petite-fille m'est rendue, notre vieille demeure va s'ouvrir et s'égayer à nouveau! Nous avons, désormais, bien des jours de joie devant nous...

– Tu es folle! Serons-nous moins déshonorés parce que tu as récupéré un être de ton sang? Mais celle-ci que tu as empêché de me tuer est aussi ta petite-fille!

– Je sais parfaitement qui elle est. Je n'avais pas oublié le nom du marchand florentin dont m'avait parlé le bon père Charruet...

– Et tu n'as pas envie de la garder, elle aussi? Elle me hait de toute son âme et, un jour ou l'autre, je saurai bien l'amener à me délivrer...

– Ce n'est pas moi qui ne désire pas la garder, dit Madeleine avec une tristesse subite, bien au contraire! C'est elle qui n'a pas envie de rester... Elle est trop belle et vive pour cette austère demeure... Mais j'espère ardemment qu'elle n'oubliera pas tout à fait une grand-mère qui lui gardera une bonne part de son cœur...

Elle ouvrit les bras et Fiora s'y jeta, les larmes aux yeux.

– Moi non plus je ne vous oublierai pas! Tout à l'heure... j'enviais Marguerite...

– Touchante scène de famille! grinça Brévailles. Charmant tableau! Et moi, serai-je oublié? On ne m'embrasse pas? J'ai toujours apprécié qu'une jolie fille me caresse... et j'ai quelquefois regretté de n'avoir pas tenté ma chance avec cette jolie garce de Marie, après tout, puisque ça ne la gênait pas de coucher avec son frère. Pourquoi pas avec moi?

Démétrios empoigna Fiora qui, emportée par une

colère sauvage, allait se jeter sur lui, la dague haute. Il la lui arracha puis, se tournant vers l'infirme et sans lâcher la jeune femme, il prononça fermement :

– Vous n'y parviendrez pas, messire! Fiora doit admettre qu'en ce qui vous concerne la vengeance appartient au Seigneur. Celle qu'il exerce pour l'heure est terrible mais vous la méritez amplement. Que Son nom soit béni! Viens, à présent, il est temps de partir...

L'un après l'autre, ils quittèrent la salle ronde où le vieil Aubert vint reprendre auprès de l'infirme sa garde fidèle et dérisoire. La dernière image que Fiora emporta fut celle d'un visage barbu aux yeux étincelants de fureur impuissante mais d'où glissaient de lourdes larmes...

Ils repartirent dans la chaleur de cet après-midi de juillet encore pénible bien que le jour fût déjà avancé. L'air vibrait au ras de l'eau dans laquelle glissait une couleuvre. Tout était silence quand, soudain, un éclair zébra le ciel blanc...

– Si seulement nous pouvions avoir un bel orage! soupira Léonarde en s'éventant avec son mouchoir. Rien ne me plairait autant qu'une grosse ondée...

– A vous peut-être mais sûrement pas aux paysans! Cela pourrait gâter leurs foins, s'exclama Démétrios en surveillant Fiora du coin de l'œil.

Depuis leurs adieux à la dame de Brévailles, celle-ci n'avait pas desserré les dents. Elle allait droit son chemin, le regard absent. Quand on fut rendu au coude de la route d'où l'on pouvait apercevoir encore le château veillant au bord de la rivière, elle arrêta son cheval et resta là, figée sur place.

Démétrios respecta sa rêverie durant quelques instants mais, comme Fiora semblait s'éterniser, il s'approcha d'elle :

– Regretterais-tu quelque chose?

– Peut-être... mais pas dans le sens que tu imagines. Je regrette d'être venue...

– Ne nous fallait-il pas ramener Marguerite?

– J'aurais pu t'en charger et attendre à Beaune, par exemple, que tu reviennes...

– Tu voulais accomplir ta vengeance à tout prix. Souviens-toi comme j'ai essayé de t'en détourner!...

– Je sais... Et je reconnais que tu avais raison puisque Dieu s'en était déjà chargé! Bien illogique, d'ailleurs, le Seigneur! Il a frappé ici mais laissait prospérer le monstrueux du Hamel...

– Tout cela signifie-t-il que tu regrettes... de quitter cet endroit? Après tout, là est ton authentique famille et il serait naturel que tu désires y vivre. En ce cas, tu peux t'en retourner en compagnie de dame Léonarde. Je te délie de ton serment... et je n'en demeurerai pas moins ton ami à jamais.

– Tu ne me comprends pas, Démétrios! Il est exact que mon cœur était tout près de se donner à Madeleine de Brévailles. Les bras d'une grand-mère sont... infiniment doux. Mais rester ici, non, jamais! Je crois d'ailleurs que Marguerite ne l'eût pas apprécié, ajouta-t-elle avec un demi-sourire.

En effet, le visage de Marguerite avait soudain pris une expression chagrine quand dame Madeleine, à l'instant du départ, avait embrassé Fiora avec une tendre effusion et ses adieux, à elle, avaient été livrés du bout des lèvres. Elle était visiblement soulagée de quitter cette jeune femme, trop belle peut-être, à qui elle devait la vie.

– Elle est tout de même la fille de du Hamel, remarqua Léonarde qui s'était approchée. Et vous avez bien fait de recommander à dame Madeleine le silence absolu sur votre lien de parenté. Je crois bien qu'elle vous détesterait si elle vous savait sa sœur. Quant à vous, mon agneau, ces regrets vous passeront plus vite qu'ils sont venus! Votre destin n'est pas ici.

– Je sais! Mais j'ai voulu regarder encore une fois ces lieux que je ne reverrai sans doute jamais... Même si, un jour, je revenais habiter la Bourgogne... Ce qui peut toujours se faire.

A présent qu'elle était dégagée de ces devoirs de vengeance qu'elle s'était imposés en Bourgogne, Fiora pouvait tout à loisir laisser son esprit, et son cœur, vagabonder sur les pas d'un autre Bourguignon qui était son époux. Elle pouvait se souvenir qu'elle était ici dans son pays, et ce n'était pas sans une douce nostalgie puisqu'elle n'avait toujours pas reçu de réponse à la question qu'en quittant Florence elle se posait : était-ce pour la revoir, en dépit du pacte passé avec Francesco Beltrami, que Philippe était revenu sous un déguisement dans la cité des Médicis ? Et c'était infiniment plus important que la jalousie d'une demi-sœur à laquelle rien ne la liait...

Résolument, elle fit faire demi-tour à son cheval pour reprendre la route et ne permit plus à son esprit de retourner à Brévailles où elle souhaitait que sa grand-mère trouvât enfin un peu de bonheur véritable auprès de la fille de Regnault du Hamel... Il faisait beau, elle n'avait pas dix-huit ans et elle aimait passionnément l'homme dont l'anneau pendait sur sa poitrine, à l'abri de sa robe... Même l'image lointaine et d'ailleurs indistincte de l'impitoyable duc de Bourgogne ne parvenait pas à troubler cette minute de paix heureuse qu'elle s'accordait à elle-même. Pourquoi donc, après tout, le ciel ne se chargerait-il pas de lui comme il avait disposé de Pierre de Brévailles ? Les bruits qu'elle avait entendus depuis son arrivée en Bourgogne pouvaient lui donner à ce sujet quelque espérance car les ennemis acharnés à la perte du Téméraire commençaient à être légion : les Suisses, les princes allemands, le duc de Lorraine et, surtout, surtout, ce roi de France dont on murmurait à juste titre qu'il était le plus habile de tous les diplomates et peut-être le plus puissant de ces ennemis. Les gens hasardaient volontiers qu'entre lui et le Téméraire la haine ne prendrait fin que par la mort de l'un d'eux. Et c'est vers ce souverain énigmatique – car son image différait selon ceux qui en parlaient – qu'elle et Démétrios allaient s'acheminer de concert... non sans un petit détour que Fiora était bien décidée à obtenir...

Ils firent étape à Beaune, dans un relais proche de l'admirable Hôtel-Dieu édifié trente-deux ans plus tôt par le chancelier de Bourgogne, Nicolas Rollin, et son épouse Guigone de Salins. Sans avoir la splendeur architecturale de son voisin, l'auberge du Grand Saint Vincent leur offrit, avec ses lits aux draps soigneusement repassés, sa cuisine abondante et variée et la fraîcheur de la vigne qui revêtait ses murailles, une halte aussi reposante pour le corps que pour l'esprit. Après le souper qu'on leur servit, toutes fenêtres ouvertes sur les grands toits bruns des Halles, dans la chambre que partageaient Fiora et Léonarde, Démétrios s'inquiéta auprès de l'hôte, maître Baudot, du chemin qu'il convenait de prendre pour se rendre à Paris.

Afin de calmer les soupçons de ce brave homme qui, en digne serviteur du duc Charles, commençait à regarder de travers des gens qui souhaitaient se rendre dans la ville capitale de « l'infâme roi Louis XI », Démétrios se hâta de préciser qu'ils devaient rejoindre un cousin, marchand drapier dans la rue des Lombards. Satisfait, Baudot lui exposa que le meilleur chemin sans contredit passait par Dijon et par Troyes, en Champagne, celui qui, après avoir traversé une partie du Morvan et l'Auxois, rejoignait la vallée de l'Yonne n'étant plus praticable.

– On dit, observa maître Baudot, que les troupes du roi Louis, après la rupture de la trêve, se sont ruées sur nos terres et sont arrivées jusqu'à Auxerre où elles dévastent, ravagent, pillent et brûlent tout ce qui leur tombe sous la main. C'est bien le fait d'un mauvais homme, ajouta-t-il, car ce roi sait bien que Mgr Charles, – que Dieu nous veuille garder en santé! – vient tout juste d'en finir avec le siège de Neuss...

– La ville est-elle enfin tombée? demanda Fiora qui savait parfaitement à quoi s'en tenir mais tenait à jouer jusqu'au bout son rôle d'étrangère nouvellement débarquée.

– Oui et non. Elle s'est ouverte devant le légat de sa

sainteté le pape Sixte qui en a pris possession au nom de l'Église. Il n'y a ni vainqueur ni vaincu mais notre duc a tout de même perdu beaucoup d'hommes et pas mal d'or... Profiter de cela, c'est indigne!

– Croyez-vous? fit Démétrios d'un air innocent. Des marchands flamands que nous avons rencontrés au-dessus de Lyon nous ont appris que le duc, laissant son armée derrière lui, rejoignait à marches forcées ses possessions de Flandres pour y réunir les États et pour retrouver à Calais son allié le roi d'Angleterre en compagnie duquel il entend entreprendre la conquête de la France. Il voudrait même le faire couronner à Reims...

– Le roi d'Angleterre est frère de Mme la duchesse, repartit dignement Baudot. Lui et Monseigneur peuvent se rencontrer sans qu'il y ait mauvaise intention à l'égard de la France. Mais les gens ont si méchante langue qu'ils sont capables d'aller jusqu'à prétendre que si le roi Louis nous envahit ce serait entièrement de notre faute! Vos marchands me font l'effet de fieffés cancaniers et...

Démétrios mit un terme à l'indignation du brave homme en lui commandant un pichet de son meilleur vin de Beaune puis, quand il fut servi, se tourna vers ses compagnes.

– Notre chemin est tout tracé. Il faut remonter à Dijon mais nous n'entrerons pas dans la ville. Nous la contournerons pour rejoindre la route de Troyes qui se trouve vers le nord...

– Passerons-nous par... Selongey? hasarda Fiora mécontente de se sentir rougir comme si elle était fautive. Lorsque nous étions à Dijon, j'ai appris que cette terre se trouvait aussi au nord...

– Certes, répondit Léonarde avec un regard plein de compassion, mais cela nous détournerait. Nous prendrons par Troyes. Selongey est sur le chemin qui mène à Langres et, de là, aux pays lorrains...

– Le détour serait-il si grand? Je désire vraiment y aller! reprit la jeune femme d'une voix soudain raffermie.

N'est-il pas naturel que je souhaite au moins apercevoir le château dont je devrais porter le nom?

– Espères-tu y rencontrer messire Philippe? demanda doucement Démétrios. Tu sais parfaitement qu'il ne quitte jamais le duc Charles. Il doit être en Flandres à l'heure actuelle, à moins qu'il ne soit resté avec l'armée en Luxembourg.

– Il l'a néanmoins quitté deux fois à ma connaissance: la première quand nous nous sommes mariés, la seconde quand il a été reconnu à Florence alors que la populace pillait mon palais! Je t'en prie, Démétrios: conduis-moi à Selongey! C'est, je le jure, ma dernière prière...

Les grands yeux gris suppliaient et le médecin crut bien y voir briller une larme. Sa longue main se posa sur celle de sa jeune amie, compréhensive et apaisante:

– Le détour serait-il si grand, dame Léonarde?

– Je ne sais pas au juste... mais au moins une douzaine de lieues... et par des chemins incertains qui ne vont pas tout droit...

– Une journée de cheval, traduisit Esteban, et nous sommes en été. C'est peu de chose...

– Nous pouvons aussi nous égarer. Je suis née dans cette région mais je ne m'y suis guère promenée...

– Eh bien, nous demanderons notre route! fit Démétrios avec bonhomie, et nous n'en sommes pas à un jour près! Nous ne saurions refuser à la dame de Selongey de visiter son domaine. Et nous demanderons même l'hospitalité, si tu le veux, conclut-il en baisant la main de Fiora. Qui peut savoir ce que nous y trouverons?

Fiora ne répondit pas mais ses yeux, soudain emplis d'étoiles, trahirent l'espoir qui lui était venu. Puisque, pour l'instant, les armes du duc Charles semblaient s'être calmées, pourquoi le comte de Selongey n'en profiterait-il pas pour passer quelques jours chez lui? A l'idée de le revoir peut-être bientôt, le cœur de Fiora s'affola et elle eut toutes les peines du monde à trouver le sommeil, tandis qu'à côté d'elle, bienheureuse, Léonarde ronflait comme un soufflet de forge...

Vers la fin du second jour, Fiora, le cœur battant toujours au rythme de son espoir, galopait à travers le plateau coupé de bosquets et de masses forestières que l'on avait atteint après Til-Châtel et qui filait droit vers la cité épiscopale de Langres. Un bûcheron du cru, rencontré à une croisée de chemins, avait indiqué celui de Selongey :

– C'est le prochain village : un gros bourg dans la vallée de la Venelle avec une vieille église et un fort château dont vous apercevrez les tours quand vous serez parvenus à cet arbre penché que vous voyez là-bas!

Une pièce avait récompensé le bonhomme de son précieux renseignement et, quelques instants plus tard, Fiora découvrait, en effet, le château de son époux. Son émotion redoubla à cet aspect redoutable : dix tours en poivrière dont les ardoises luisaient sous le soleil, gardées par des hommes d'armes; de grandes murailles solides et un donjon massif dressé vers le ciel comme le doigt tendu d'un géant. Ainsi, c'était là « sa » maison, là qu'il était né, qu'il avait passé son enfance et quitté les bras tendres d'une mère pour apprendre la rude vie des hommes...

– Mais je ne crois pas qu'il y soit! soupira Léonarde. Et Fiora s'aperçut alors qu'elle venait de penser tout haut...

– Pourquoi donc?

– Aucune bannière ne flotte sur le donjon. Cela signifie clairement que le seigneur n'est pas au bercail.

Fiora haussa les épaules, cachant sa déception sous un demi-sourire.

– Tant pis! Essayons, au moins, de nous faire accorder l'hospitalité pour la nuit.

L'espoir de rencontrer Philippe était faible et Fiora le savait mais n'est-il toujours permis d'espérer...

– Compterais-tu te faire reconnaître comme la dame de ces lieux? demanda Démétrios.

– Non. Nous sommes de simples voyageurs désorientés. Quand j'entrerai ici en tant que maîtresse, ce sera au bras de mon époux... si j'arrive à le retrouver car j'ai toujours tendance à négliger cet affreux désir qu'il avait de se faire tuer...

– Il était sincère sans doute, coupa Léonarde qui n'aimait pas voir l'esprit de Fiora s'engager dans ces pensées affligeantes, mais, pour ma part, je n'y ai pas vraiment cru...

– Moi non plus, fit Démétrios en écho. Je suis persuadé qu'il est toujours vivant.

Fiora leur adressa, à l'un et à l'autre, un regard chargé de gratitude pour ces paroles encourageantes et pressa un peu l'allure de son cheval. Elle avait hâte à présent d'arriver...

Ils avaient atteint le village et la barbacane d'entrée du château était déjà en vue quand, débouchant de la forêt qui couronnait le coteau, quelques cavaliers apparurent. Les faucons qu'ils portaient sur leur poing ganté de cuir épais disaient assez qu'ils venaient de chasser et quelques oiseaux pendaient au troussequin de la selle de l'un des hommes. Ils étaient six en tout : quatre hommes un peu plus armés peut-être qu'il n'eût fallu pour un divertissement, et deux femmes.

Celle qui allait en tête et qui riait en posant un baiser sur la tête encapuchonnée de son oiseau pouvait avoir une trentaine d'années. Élégamment habillée de soie bleue elle avait de longs cheveux blonds étroitement nattés sous un hennin court de velours assorti à sa robe et où s'attachait un voile azuré. Elle était d'ailleurs très jolie et, à le constater, le cœur de Fiora tressaillit.

A présent les chasseurs qui n'avaient pas remarqué les quatre cavaliers entraient dans le château de l'allure toute naturelle de gens qui reviennent chez eux.

– Qui sont-ils ? fit Léonarde sans cacher sa surprise. Messire Philippe n'avait-il pas dit qu'il n'avait aucune famille ?

– Il peut avoir des invités, dit Démétrios. Même en l'absence du seigneur c'est une chose possible... Le mieux vois-tu, c'est d'entrer à notre tour...

Mais Fiora avait froncé les sourcils et l'arrêta. Elle avisa une lavandière qui, sa corbeille de linge à la hanche, remontait de la rivière et l'appela :

– Pardonnez-moi si je vous parais curieuse, dit-elle gentiment, mais je croyais ce château inhabité. Le comte Philippe n'est pas là, n'est-ce pas?

La servante ne devait pas être un puits d'intelligence car elle adressa à Fiora son plus béat sourire.

– Pour sûr qu'il est pas là!

– Alors, cette dame qui vient d'entrer? Savez-vous qui elle est?

– Ben... c'est la dame du château. C'est dame Béatrice...

– Béatrice... de Selongey?

– Ben... oui.

Ce «oui» frappa Fiora comme une gifle. Elle devint soudainement très rouge. Sentant qu'elle allait se mettre à hurler, à sangloter ou à se livrer à toute autre manifestation insensée, elle serra les rênes, fit volter son cheval qui manqua renverser la lavandière puis, enfonçant ses talons dans le flanc de la bête avec un cri sauvage, elle s'élança au triple galop à travers le village qu'elle traversa comme un boulet de canon. L'appel de Démétrios lui parvint de très loin, comme du fond des âges:

– Arrête-toi! Par pitié...

Pitié pour qui? Et pour quoi faire? L'eût-elle voulu, d'ailleurs, qu'il lui était impossible de retenir l'animal emporté. Les yeux fous, les oreilles couchées, l'écume à la bouche, il fonçait droit devant lui mais Fiora, éperdue de douleur et de honte, ne voyait rien, n'entendait rien, attendant passivement que cette course à l'abîme s'achevât dans la mort. Et la mort n'était pas loin car la bête affolée courait droit vers un bois épais dont les branches basses représentaient autant de pièges redoutables.

Esteban s'était élancé derrière Fiora, suivi de Démétrios qui, plus lourd, ne pouvait aller au même train, et de plus loin encore par Léonarde qui, peu familière du grand galop, sanglotait éperdument. Le Castillan était un remarquable cavalier. Couché sur l'encolure de son cheval qu'il ne cessait de cravacher, faisant corps avec lui, il s'efforçait de gagner du terrain dans l'espoir de rejoindre

Fiora avant le bois car il avait pleinement conscience du danger encouru. Il ne criait pas, n'appelait pas, car cela n'eût fait qu'exciter davantage l'animal emballé. Mais il réussit à se rapprocher jusqu'à se trouver botte à botte avec la jeune femme dont il était visible qu'elle ne résistait pas, ne se défendait pas... Alors, mettant sa bride entre ses dents, Esteban se pencha et, saisissant Fiora à bras-le-corps, réussit à l'arracher de sa selle et à la coucher devant lui. A cet instant seulement, il retint sa monture qui freina des quatre fers et finit par stopper, trempée de sueur. Fiora glissa à terre, sans connaissance, tandis que son cheval, libéré de son poids, allait bouler dans un buisson dont il se releva sans autres dommages que des égratignures.

La nuit venait et il leur fallait trouver un abri. Léonarde qui, un peu remise de la peur qu'elle avait éprouvée, les avait rejoints et s'efforçait de ranimer Fiora, proposa le prieuré de Til-Châtel où la maison d'hôtes les recevrait peut-être.

– Si nous pouvons y arriver, c'est la meilleure solution, fit Démétrios. Mais, par tous les diables de l'enfer, j'aimerais étrangler de mes mains ce Philippe de Selongey...

– Je n'arrive pas à comprendre, murmura Léonarde. Si j'ai jamais vu homme amoureux, c'est bien celui-là... lorsqu'il a quitté la chambre nuptiale.

– Allez donc essayer de percer le mystère d'une âme! Il l'aimait sans doute, à ce moment-là, mais il avait trouvé plus commode à son gré d'oublier qu'il était déjà marié. Je l'avais mal jugé...

En reprenant connaissance, Fiora remercia Esteban puis, sans autre commentaire, remonta sur son cheval que l'on avait laissé reposer un moment. Mais lorsque la porte de la petite chambre qu'elle partageait avec Léonarde au prieuré se fut refermée, elle déclara, les yeux tournés vers cette campagne envahie par la nuit qu'elle avait tant espérée et où elle avait reçu si cruelle blessure :

– J'ai cru en cet homme et je l'ai aimé. Lui s'est moqué

de moi et m'a joué la plus indigne, la plus triste des comédies... Mais un jour viendra où il regrettera de m'avoir seulement rencontrée...

Tout en parlant, elle avait fait passer par-dessus sa tête la chaîne qui soutenait l'anneau de Philippe et le contempla un instant :

– Le gage de sa foi! fit-elle avec amertume. Puis elle tendit la bague à Léonarde : Tenez, vous la donnerez demain au prieur de cette maison pour ses charités... Et, je vous en supplie, ne me parlez jamais... plus jamais de cet homme!...

Deuxième partie

PARIS MENACÉ

CHAPITRE V

UNE GRAND-MESSE A NOTRE-DAME...

Peu après vêpres sonnantes, les voyageurs couverts de poussière et recrus de fatigue descendaient la longue rue Saint-Jacques en direction de la Seine. Le jour d'août, avec son soleil voilé, avait été lourd à supporter mais avec l'approche du soir, un vent humide venu de l'ouest soufflait sur Paris accordant toutes les girouettes qui, en haut des toits, alignaient leurs banderoles de tôle peinte et découpée.

Il y avait beaucoup de monde dehors. C'était l'heure où les grands collèges – Sorbonne, collège du Plessis, collège de Marmoutiers, collège du Mans, collège de Clermont, etc. – lâchaient les troupes turbulentes de leurs étudiants libres qui, par bandes ou isolés, fuyant les subtilités de la scolastique, l'encrier à la ceinture et le chapeau en bataille descendaient vers leurs logis, pour les plus sages ou, pour les plus fous, vers les tavernes de la Cité. Robes et pourpoints étaient plus ou moins riches, plus ou moins propres et plus ou moins effilochés mais tous les yeux brillaient d'une même ardeur à vivre. Ils échangeaient des plaisanteries et certains chantaient. Toutefois rires et chansons cessèrent net quand, d'une rue latérale, déboucha une escorte de gens d'armes à cheval encadrant quelques sergents à pied qui menaient au Châtelet une demi-douzaine de malandrins, mains liées derrière le dos.

Des cris fusèrent. Certains des malfaiteurs étaient

connus des escholiers qui ne se gênaient pas pour leur lancer des encouragements et pour conspuer les soldats du prévôt de la ville.

Quand on atteignit la Cité, passé le Petit-Pont, l'animation fut plus grande encore : hommes, femmes, fillettes, bourgeois, marchands se saluaient, s'arrêtaient, échangeaient des propos tandis que de petits enfants qui s'en allaient quérir du vin ou de la moutarde passaient en agitant leurs pots. Cependant et contrairement aux étudiants, personne ne riait.

– C'est un peu comme à Florence, remarqua Fiora, mais il y manque notre lumière...

– Il n'y a pas du tout de lumière aujourd'hui, dit Démétrios, mais j'ai déjà vu cette ville sous un soleil plus ardent que celui de Toscane. Et nous avons rencontré tant de jardins!

Depuis la porte Saint-Jacques, en effet, Paris s'était montré sous son plus joli jour. Clos, courtils et jardinets, appartenant à des couvents ou à des particuliers, fleurissaient un peu partout cachant les blessures encore visibles subies par la grand-ville pendant une guerre qui avait duré cent ans et, surtout, lors de l'occupation anglaise. Le roi Charles VII qui n'aimait pas Paris n'avait pas fait grand-chose pour une cité qui, selon lui, l'avait rejeté trop longtemps, mais Louis XI, s'il préférait à sa capitale ses châteaux de Loire, n'en avait pas moins compris que Paris méritait d'être défendu et rénové. Les remparts avaient été consolidés, le double fossé recreusé, beaucoup de bâtiments remis en état avec l'aide d'une bourgeoisie que le roi faisait riche et puissante.

Bien qu'il considérât la capitale comme le centre névralgique du royaume, Louis la visitait rarement. Dédaignant l'ancien hôtel Saint-Pol qu'affectionnaient ses grands-parents, il logeait alors au palais des Tournelles dont les ducs d'Orléans avaient fait une sorte d'œuvre d'art avec parc, bois, ménagerie, labyrinthe, galeries, chapelles, cloîtres et bâtiments gracieux, ou plus volontiers encore, à l'hôtel de la conciergerie de la Bastille Saint-Antoine, au cœur des défenses de sa ville.

Il n'était pas rare de rencontrer, à Paris, des voyageurs étrangers. Aussi Fiora et son escorte ne soulevèrent guère de curiosité. D'autant qu'ils n'eurent pas à demander leur chemin : Démétrios, en effet, avait séjourné jadis à l'auberge du Grand Saint-Martin, dans la rue du même nom, lorsque avec son jeune frère Théodose ils avaient fui Byzance en flammes. Sa mémoire infaillible en faisait le guide le plus sûr. Il put même, une fois dans l'île de la Cité, faire un léger détour pour que Léonarde pût contempler tout à son aise la cathédrale Notre-Dame. Elle voulut y pénétrer pour une courte prière à laquelle Fiora ne s'associa pas, préférant attendre, debout sur le petit parvis, contemplant bras croisés la formidable église avec son triple porche, ses statues de rois et ses immenses tours jumelles qui semblaient vouloir lui imposer l'image oppressante de la puissance de Dieu. D'un Dieu envers lequel, plus que jamais, elle se sentait en révolte. D'un Dieu redoutable, impitoyable qui, non content de lui avoir tout arraché, avait encore permis qu'elle donnât son cœur innocent à un homme assez vil et assez pervers pour bafouer le sacrement de mariage, dans l'unique but de posséder son corps et de porter triomphalement à son maître la dot royale qui, à cette heure, devait être engloutie dans les armes d'une injuste conquête... Fiora ne savait plus, ne voulait plus prier, au grand chagrin de Léonarde.

Quand celle-ci ressortit, encore émerveillée de ce qu'elle avait découvert à l'intérieur du saint lieu, Fiora se contenta de remonter en selle et de demander :

– Cette rue des Lombards est-elle encore très éloignée ?

– Non. Quand nous aurons traversé l'autre bras de la Seine nous n'aurons plus guère de chemin. Aimes-tu Paris ?

– Je ne sais pas. C'est sans doute une belle ville mais j'ai un peu l'impression d'y étouffer :

– Le voyage t'a fatiguée et le temps fait le reste.

On quitta l'île par un grand pont de bois, bordé de maisons toutes semblables, le pont Notre-Dame qui était le plus neuf de Paris car il avait été bâti par le roi Charles VI, grand-père de Louis XI. Un vrai tintamarre s'y faisait entendre car il desservait les moulins dont les grandes roues battaient l'eau qu'elles emportaient puis laissaient retomber en longues coulures brillantes... La Seine passée on s'engagea sur une place spacieuse qui venait mourir doucement dans le fleuve. Un imposant bâtiment reposant sur de hautes arcades et couronné de clochetons la bornaient à l'est.

– C'est la Maison aux Piliers, expliqua Démétrios. C'est là que se tiennent les échevins. La Seigneurie, en quelque sorte. On appelle cette place la Grève. Il y a là un monde de négociants, de portefaix, de bateliers, de cabaretiers même qui viennent s'approvisionner en vin aux tonneaux que tu vois sur la berge auprès de ces tas de foin. C'est le lieu le plus animé de Paris, celui des réjouissances... et des exécutions aussi, hélas!

– Seigneur que cela sent mauvais! protesta Fiora en se bouchant les narines.

– Cela provient des tanneries que tu peux voir de ce côté, mais il y a aussi, tout près d'ici, la Grande Boucherie. Néanmoins je te trouve bien difficile tout à coup. Au cœur actif de Florence, cela ne sent pas non plus la rose. Les dames délicates emploient les pommes de senteur ici comme là-bas. Je t'en offrirai une...

On plongea enfin dans un lacis de rues étroites, rendues obscures par les grands toits des maisons en encorbellement qui les bordaient et se rejoignaient presque. En dépit du caniveau creusé au milieu des pavés, des ordures y stagnaient mais, par les fenêtres ouvertes, les relents de cuisine luttaient victorieusement contre ceux des détritus.

La vision séduisante de la rue des Lombards réconforta un peu Fiora. Ses maisons arborant toutes de belles enseignes colorées appartenaient en grande partie à des commerçants gênois, milanais, vénitiens et florentins qui s'occupaient de banque, de change ou même d'usure mais qui, en général, étaient riches. L'aspect de leurs maisons s'en ressentait.

Le comptoir d'Agnolo Nardi, frère de lait de Francesco Beltrami et son représentant pour la France septentrionale, s'élevait à l'angle de la rue des Lombards et de la Grande rue Saint-Martin, presque en face du portail de l'église Saint-Merri. C'était une grande et belle demeure dont les trois pignons alignés recouvraient tout à la fois le logis du maître, le dépôt de draps fins et une banque. Le double commerce était à l'exemple de ce qu'avait créé Beltrami à Florence. Les bâtiments étaient soigneusement entretenus et, sur les toits pointus, deux girouettes rouges, telles les langues d'animaux fabuleux, encadraient un fleuron doré du plus bel effet. Les fenêtres largement ouvertes sur la fraîcheur du soir montraient de beaux plafonds aux poutres peintes et enluminées. Enfin, derrière la triple maison, un petit jardin clos de murs la séparait de celle d'un joaillier dont les ouvertures donnaient sur la rue de la Vieille-Courroierie, ce qui assurait à ce petit enclos une tranquillité absolue.

Agnolo Nardi n'était pas tout à fait un inconnu pour Fiora et Léonarde. Elles l'avaient rencontré sept ans plus tôt au cours de la visite qu'il avait faite à sa maison mère et elles en avaient conservé le souvenir d'un petit homme rond, brun comme une châtaigne, vif et gai, ami de la bonne chère comme du bon vin. Un personnage en somme aimable et attachant dont Beltrami vantait tout à la fois la générosité, l'honnêteté et l'habileté en affaires.

Depuis, elles avaient appris son mariage avec une jeune Parisienne, fille d'un des meilleurs drapiers de la ville dont le nom, Agnelle Perrin, les avait beaucoup amusées. Ainsi l'agneau[1] avait trouvé son complément naturel et l'on pouvait espérer qu'il trouverait du même coup son bonheur.

Elles n'en doutèrent plus quand, à peine descendues de

1. Agnolo signifie agneau.

cheval, elles le virent accourir, exactement semblable à l'image qu'elles en avaient gardée, ses petits bras courts et dodus grands ouverts avec sur sa bonne figure un sourire qui l'illuminait littéralement :

– Donna Fiora et donna Léonarda! Enfin vous voilà! Vous n'imaginez pas comme j'étais en peine de vous! Je craignais qu'il ne vous fût advenu quelque mauvaise aventure!

Il les embrassa toutes les deux avec l'effusion d'un frère qui retrouve ses sœurs.

– Tu nous a reconnues? s'étonna Fiora, retrouvant instinctivement et avec plaisir la langue toscane et le tutoiement florentin.

– C'est surtout donna Léonarda que j'ai reconnue. Toi, donna Fiora, tu as beaucoup changé. Par Santa Reparata, patronne de notre chère ville, tu es assurément la plus jolie des Florentines!

Et il en profita pour la réembrasser deux ou trois fois avec un plaisir enfantin.

– Est-ce que vous nous attendiez? demanda Léonarde.

– Bien sûr et depuis longtemps déjà! Messer Donati, qui gère à présent les affaires de notre pauvre Francesco, m'a fait tenir un message accompagné d'une lettre de Mgr Lorenzo dont j'ai été fort honoré...

Puis se tournant vers Démétrios qu'il salua courtoisement :

– Messer Lascaris, soyez le bienvenu dans ma modeste maison, vous et votre écuyer.

Agnelle accourait à son tour, ramassant à pleines mains ses jupes de cendal safrané qui bruissaient joliment. Elle formait avec son époux un couple assez peu ordinaire : aussi blonde qu'il était brun, pas plus grande que lui et aussi ronde, elle avait un joli teint un peu doré et ressemblait tout à fait à un pot de miel. Son charmant visage dont les prunelles possédaient le joli bleu des fleurs de lin resplendissait de santé et de belle humeur. Elle embrassa Fiora comme si elle eût été sa petite sœur – elle était nettement plus jeune que son époux – et Léonarde avec une nuance de respect qui séduisit la vieille demoiselle...

– A quoi pense maître Agnolo de vous tenir là, dans la rue, sous les yeux de toutes les commères du quartier, au lieu de vous faire entrer chez nous! Venez, venez! Vous avez grand besoin d'un bon repas, d'un grand repos et nous ne ferons la fête que demain seulement.

– La fête? dit Fiora. Mais pourquoi?

– Pour vous, voyons! Ne faut-il pas célébrer votre arrivée? Voilà des jours et des jours que nous vous attendons!

– Nous avions des affaires à régler en Bourgogne, dit Fiora, et cela nous a retenus plus longtemps que nous ne l'aurions souhaité sans doute. Et puis, nous ignorions que vous nous attendiez.

– Avec impatience! Et nous avons tremblé pour vous. Messer Donati et le seigneur de Médicis ont bien expliqué, dans leurs lettres, les terribles malheurs qui se sont abattus sur vous. Nous ne souhaitons qu'une chose : vous aider...

Ayant ainsi parlé, Agnelle prit ses invitées chacune par un bras, les entraîna vers l'escalier menant aux étages et d'abord à la pièce principale. L'intérieur de la maison ressemblait à l'hôtesse : frais, élégant et d'une propreté flamande. La salle avec sa haute cheminée ornée de statues de saints, sa longue tapisserie à personnages dont était revêtu tout le mur faisant face aux fenêtres, ses dressoirs surchargés de pimpantes majoliques italiennes, de verres dorés et colorés de Venise et de belle argenterie, était digne de celle d'un château. Les sièges de chêne sculpté s'adoucissaient de coussins de velours incarnat bien gonflés de duvet et ornés de franges de soie. De hauts candélabres de bronze supportaient des chandelles de cire blanche et, devant la cheminée sans feu, un brasero en cuivre empli de giroflées et de pivoines blanches apportait une senteur exquise qui évoquait le jardin. Quant aux servantes, vêtues de toile bleue fraîchement repassée, leurs coiffes et leurs devantiers bien nets semblaient tout juste sortis d'une armoire.

Raffinement suprême, la maison possédait une petite salle pour le bain abondamment garnie de brocs, de cuvettes et d'un vaste baquet. Fiora s'y trempa avec délices dans une eau à peine tiède et retrouva la douceur, perdue depuis des mois, des merveilleux savons vénitiens. Deux servantes lui prodiguèrent leurs soins avec un enthousiasme évident mais qui diminua beaucoup quand, après Fiora, elles eurent à s'occuper de Léonarde. Pendant ce temps, enveloppée dans un drap et chaussée de socques légères, Fiora sortait dans le jardin sur lequel ouvrait l'étuve pour rentrer dans la maison par la porte de derrière et remonter dans sa chambre, quand elle se trouva nez à nez avec un jeune homme simplement vêtu de ses chausses et d'un pot de basilic en fleur qu'il serrait tendrement sur sa poitrine. La surprise que la vue inopinée de Fiora lui causa fut si forte qu'il en lâcha son pot. Celui-ci s'écrasa sans que le jeune homme parût autrement s'en soucier. Pétrifié sur place il semblait en extase mais réussit tout de même à articuler :

– Par tous les saints du paradis!... Vous êtes vraie ou pas?

– Pourquoi ne le serais-je pas? dit Fiora amusée.

– Vous avez tellement l'air d'une apparition! Vous êtes belle... belle comme une sainte d'église!

– Rassurez-vous, je n'ai rien de commun avec les saintes et vous me faites beaucoup d'honneur mais, si j'étais vous, je ramasserais ces morceaux et j'irais tout de suite replanter mon basilic dans un autre pot...

Le jeune homme parut redescendre des hauteurs de l'empyrée. La vision de rêve avait vraiment des préoccupations bien terre à terre!

– Vous croyez?

– J'en suis persuadée. En outre j'aimerais que vous me laissiez passer. Je voudrais monter m'habiller...

– Je... oui, bien sûr. Excusez-moi, ajouta-t-il en s'écartant. Mais prenez garde à ne pas vous blesser avec les morceaux...

Elle lui adressa un sourire puis pénétra dans la maison. Lui ne bougeait pas, se contentant de la regarder. Au moment où elle allait disparaître, il murmura :

– Je m'appelle Florent...

Elle s'arrêta surprise :

– C'est un très joli nom. Je ne l'oublierai pas. Il évoque ma ville de Florence...

Cela aurait dû faire plaisir au garçon mais, au contraire, son visage aigu où les yeux bruns semblaient occuper toute la place sous une tignasse de même couleur s'assombrit.

– Ah... Vous êtes la dame que l'on attendait ? Je ne m'en suis pas rendu compte et je vous demande bien pardon...

– Pardon de quoi ?

– Eh bien... De m'être montré... un peu trop familier... d'avoir osé...

– Vous n'avez rien osé dont une femme puisse être choquée ! Un compliment fait toujours plaisir s'il est sincère. Étiez-vous sincère ?

– Oh oui !

– Alors merci. A présent, je vous en prie, consacrez-vous entièrement à ce malheureux basilic !

La rencontre l'ayant amusée, Fiora apprit plus tard que son admirateur avait été placé chez Nardi par son père, le changeur Gaucher le Cauchois, pour y étudier l'art délicat des tractations bancaires, mais le jeune homme peu attiré par les affaires et très doué pour le jardinage dépensait au service d'Agnelle, aussi bien rue des Lombards que dans son clos de Suresne, le trop-plein de forces et d'enthousiasme qu'il n'employait pas derrière son pupitre. La chaleur, la taille d'une haie et les besoins de la cuisine expliquaient son costume sommaire et le pot de basilic :

– C'est un gentil garçon, conclut Agnolo, mais très secret, très renfermé et il n'y a guère que ma femme pour deviner ce qui se passe dans sa tête...

Fiora pensa qu'à présent elles étaient deux... puis oublia Florent. L'atmosphère de Paris lui paraissait bizarre. En se rendant chez Nardi, elle et ses compagnons avaient rencontré plusieurs troupes de soldats et, tandis qu'elle se préparait pour le souper, elle entendit sonner l'Angélus et, presque aussitôt, corner la fermeture des portes alors que la nuit était encore assez éloignée.

Démétrios, de son côté, avait fait les mêmes observations et, au souper, quand la maisonnée se retrouva autour d'un cochon de lait rôti et de savoureuses pâtes au fameux basilic – Florent avait fini par approvisionner la cuisine – triomphe d'Agnelle et de l'amour conjugal, le Grec interrogea son hôte :

– Depuis la porte Saint-Jacques où l'on nous a longuement interrogés avant que de nous laisser passer, nous avons croisé beaucoup d'hommes en armes et dame Léonarde a vu, à Notre-Dame, beaucoup de femmes en prière. Les portes ont été fermées de bonne heure. Paris serait-il menacé?

Un nuage assombrit l'aimable visage d'Agnolo. Il s'arrêta un instant de découper son rôti et regarda tour à tour chacun de ses invités :

– Je suis navré d'être obligé de parler, dès ce soir, de toutes ces choses et j'aurais aimé attendre que soit passée la petite fête que nous projetons pour demain, en votre honneur... Mais, après tout, peut-être vaut-il mieux que vous soyez au courant de la situation...

– Parce qu'il y a bien une situation... dirai-je préoccupante? dit Démétrios doucement.

– C'est le mot juste. Paris n'est pas menacé dans l'immédiat mais il pourrait l'être bientôt. Nous sommes au début d'une nouvelle invasion anglaise. Et la fameuse guerre de Cent Ans n'est achevée que depuis vingt!

– En chemin, nous avons entendu dire, en effet, que le roi Édouard avait franchi la Manche. Savez-vous où il est, en ce moment?

– A un peu plus de trente lieues d'ici : à Péronne!

– Si près? souffla Fiora.

– Oui, madonna, si près. Et il n'y est pas seul : le Téméraire est avec lui.

– Mais, reprit Démétrios, je croyais le duc en Flandres?

– Il y était en effet, à Bruges, pour essayer d'arracher aux États une aide supplémentaire en argent et en hommes. Grâce à Dieu il n'a pas obtenu tout ce qu'il voulait. Les Flamands sont las de payer pour des guerres incessantes et leur sang leur paraît plus précieux encore. Le duc est reparti alors pour Calais afin d'y joindre son beau-frère [1], lequel, il faut bien le dire, a été fort déçu de le voir déboucher à la tête d'une mince escorte de cinquante hommes alors qu'il escomptait une armée pour l'aider à envahir la France! Avec une parfaite mauvaise foi d'ailleurs, le Téméraire a contre-attaqué en prétendant qu'Édouard n'avait rien compris, qu'il aurait dû débarquer en Normandie pour faire sa jonction avec le duc de Bretagne, que son armée à lui était en Luxembourg et allait annexer la Lorraine. Et il a même proposé un nouveau rendez-vous : que les Anglais entrent en Champagne et, lui-même venant de Lorraine, ils se rejoindraient à Reims où l'on ferait couronner Édouard roi de France!

– C'est insensé!

– Pas vraiment, mais c'était compter sans le roi Louis. Et le roi Louis, outre sa belle armée, possède une chose que n'a aucun de ses ennemis : son génie. C'est sur ce génie que nous, gens de Paris, comptons, plus que sur les armes, pour vaincre la coalition. Il se dresse entre nous et l'armée anglaise et je le crois capable de brouiller le Téméraire avec Édouard...

– Où est-il en ce moment? demanda Fiora.

– A Compiègne où il a établi son quartier général.

– Et... L'armée est puissante?

– Cinquante mille hommes environ, un peu moins du

1. Le Téméraire avait épousé Marguerite d'York, sœur d'Édouard.

double de l'armée anglaise, mais le roi est fort ménager du sang de ses soldats. Il préfère payer, ruser, enjôler plutôt que de livrer bataille...

– Est-il donc lâche? fit dédaigneusement Fiora.

– Aucunement et il en a fourni des preuves, croyez-moi. Oh, certes, il livrera bataille si c'est la seule chance qui lui reste de défendre Paris mais il espère bien ne pas aller jusque-là.

– De toute façon, si son armée est la plus forte...

– Elle ne le serait pas contre les Anglais alliés aux Bourguignons... et à la Bretagne car le duc breton, s'il voyait le roi en mauvaise position, se hâterait de le frapper dans le dos. Il a toujours été un ami des Anglais...

Tout en causant, Agnolo était venu à bout de son porcelet et chacun étant servi, le seul bruit des mâchoires remplaça un moment celui de la conversation. Comme les autres, Fiora mangeait avec plaisir, heureuse de retrouver des saveurs de son pays mais son appétit se ralentit bientôt. Elle reposa son couteau, essuya ses doigts, et dans le silence demanda :

– C'est loin, Compiègne?

– Un peu plus de vingt lieues, répondit Agnolo.

– Ah!...

Elle n'en dit pas plus mais Démétrios comprit qu'elle se livrait à un petit calcul mental. Trente moins vingt, cela fait dix, et dix lieues ne sont pas grand-chose pour un bon cheval. Pour prévenir une nouvelle désillusion il reprit, se tournant vers le maître du logis :

– Vous disiez que le Téméraire n'avait qu'une cinquantaine d'hommes avec lui, en arrivant à Calais?

– Oui. Le gros de l'armée est resté à la limite de la Lorraine et du Luxembourg, aux ordres du maréchal de Luxembourg et du comte de Campobasso, un condottiere napolitain, transfuge de l'armée lorraine et que le duc Charles s'est attaché depuis deux ans...

– Transfuge... doux euphémisme! Cela veut dire traître? demanda Esteban avec une nuance de mépris qui fit sourire Fiora.

– En quelque sorte, mais pas exactement. Vous qui venez de Toscane, vous devriez savoir qu'un condottiere est plus lié par l'argent que par la foi jurée... Tant qu'on le paie, il marche!

On se leva de table et Agnolo vint prendre le bras de Démétrios :

– Vous souhaitez, je pense, rejoindre rapidement le roi Louis?

– Sans doute, bien qu'il soit peut-être un peu trop occupé...

– Pour recevoir un habile médecin? Je puis vous assurer d'une chose : c'est qu'il vous attend et avec impatience.

– Il m'attend?

– Bien sûr. Vous avez été annoncé là-bas aussi.

– Alors nous partons demain, s'écria Fiora dont un flux de sang venait de rougir soudain les pommettes.

– La place d'une jeune dame, et même d'une dame tout court, n'est pas dans un camp, dit Agnelle. Je serais si heureuse de vous garder quelque temps ici! Juste le temps de voir comment les choses vont tourner. Notre roi est tout à fait capable d'éviter la guerre mais, pour l'instant, il y a trop de soldats...

– C'est que... nous ne nous sommes jamais séparés!

– La séparation ne sera pas bien longue. Compiègne n'est pas si loin. En outre, le roi serait peut-être mécontent de voir arriver une femme...

– Deux femmes! rectifia Léonarde. Je ne quitte jamais donna Fiora...

– Agnelle a raison, fit son époux arrivant à la rescousse. Les seules femmes que l'on trouve au camp sont les ribaudes que toute armée traîne après elle. Vous serez mieux ici...

Fiora ne broncha pas : elle n'était pas convaincue. D'ailleurs comment dire à ces braves gens qu'elle avait conclu avec Démétrios le pacte du sang en vue d'abattre à eux deux le grand duc d'Occident? A Compiègne les deux justiciers se rapprocheraient de leur but et ce qu'elle venait d'apprendre fortifiait la jeune femme dans sa décision. Tuer le Téméraire serait accomplir infiniment plus qu'une vengeance, ce serait sauver Paris, sauver la France du grave danger que représenterait pour elle la jonction des armées anglaises et bourguignonnes. La pensée d'atteindre du même coup Philippe qui, peut-être, accompagnait son duc ne fit que l'effleurer et elle la repoussa avec colère comme importune, la haine comme la passion étant de mauvaises conseillères. Fiora, à cet instant, croyait naïvement haïr Philippe presque autant qu'elle l'avait aimé...

Au matin d'une nuit peu reposante car elle ne dormit guère, Fiora en s'éveillant trouva la chambre vide mais se rappela que Léonarde avait, la veille, demandé à leur hôtesse l'heure de la première messe à l'église voisine. Elle se leva, fit une toilette rapide, le bain de la veille permettant d'écourter les ablutions. Elle en était à hésiter sur ce qu'elle allait revêtir quand un brouhaha de cris et de paroles volubiles l'attira à la fenêtre. Ce qu'elle vit l'épouvanta : un groupe d'hommes portait vers la maison une Léonarde gémissant à fendre l'âme. Fiora alors se jeta sur la première robe qui lui tomba sous la main et, tout en la laçant, se précipita dans l'escalier. Elle arriva juste à temps pour voir le cortège franchir le seuil de la maison.

– N'ayez pas peur! lui cria Agnelle qui soutenait la tête de Léonarde, elle n'est pas en danger mais je crois qu'elle a une jambe cassée.

– Comment est-ce arrivé?

– Bêtement, comme toujours en pareil cas : en sortant de l'église, elle a glissé sur le pavé et sa jambe est venue cogner contre la roue d'un tombereau. Elle souffre beaucoup.

La pauvre Léonarde était, en effet, aussi blanche qu'une feuille de papier et de grosses larmes roulaient lentement sans qu'elle pût les retenir. Elle s'accrocha désespérément à la main de Démétrios qui, alors occupé à boucler ses sacoches, était accouru au bruit :

– Vous n'allez pas me couper la jambe, n'est-ce pas? supplia-t-elle. Vous n'allez pas faire de moi une infirme?...

– Calmez-vous, je vous en prie. Nous n'en sommes pas là... Il faut que j'examine votre pied.

– Mais vous deviez partir?

– Je partirai plus tard et voilà tout! Le roi m'attend depuis assez longtemps déjà. Un peu plus, un peu moins... Vous n'imaginez pas que je vais vous laisser dans cet état?

On porta Léonarde sur le lit qu'elle partageait avec Fiora. Démétrios jeta à celle-ci un regard rapide :

– Tu vas m'aider. Il faut au préalable la déchausser...

Le pied formait avec la jambe un angle anormal et apparemment très douloureux. Retirer le soulier fut relativement facile, mais il fallut couper le bas blanc taché de sang qu'une mince esquille d'os transperçait. La blessure était mince et saignait peu :

– Le pied n'est que déboîté, diagnostiqua le médecin après avoir promené des doigts agiles sur les os, mais il y a fracture ouverte. Et très douloureuse. Pouvez-vous, dame Agnelle, installer ici même une table recouverte d'un drap...

– Bien sûr. Tout ce que vous voudrez... Je ferai aussi apporter des éclisses de bois doux et des bandes de linge fin...

– Pardieu, c'est une bénédiction d'être malade chez vous, fit Démétrios avec un sourire, car vous en savez plus que beaucoup de nos étudiants. Soyez assez bonne de joindre à tout cela une écuelle pleine de farine, de l'eau... et mon serviteur si vous le trouvez. Il devrait être à l'écurie...

Agnelle disparut comme un petit nuage doré pour s'en revenir peu après avec la moitié de ses servantes et Esteban, tout ce monde chargé de tréteaux, de planches et d'une foule d'objets utilitaires et variés. Pendant ce temps, le Grec avait trouvé dans ses bagages à peu près tout ce dont il allait avoir besoin. Grâce à la princière générosité du Magnifique et aux richesses de son jardin de Fiesole, il possédait un fonds de pharmacopée ambulante qui n'eût pas trouvé certainement son équivalent dans le vieil Hôtel-Dieu parisien dont les vénérables murailles s'élevaient, grises et mélancoliques, auprès de Notre-Dame.

La blessée dont la main tremblante demeurait accrochée à celle de Fiora fut étendue sur la table, la tête soutenue par des oreillers. Elle tremblait de peur autant que de souffrance en dépit des paroles douces et des encouragements que lui procurait la jeune femme. Aussi avala-t-elle avec reconnaissance les deux cuillerées d'opiat au miel que Démétrios lui fit ingurgiter et qui apaisèrent un peu sa douleur. Mais quand le médecin, d'un geste sec et précis, remit son pied en place, elle poussa un cri aigu et s'évanouit...

– C'est ce qui pouvait lui arriver de mieux, fit celui-ci. Profitons-en!

Tandis que deux solides servantes maintenaient Léonarde aux épaules et qu'Esteban se couchait pratiquement sur le milieu de son corps, Démétrios après avoir nettoyé la blessure étira longuement, fermement, la jambe blessée jusqu'à ce que l'os ait repris sa place... Après quoi, avec les attelles et de longues bandes de toile fine qu'il trempait dans de la farine étendue d'eau, il confectionna un appareil qui maintint fermement le membre lésé, au bout duquel il attacha une grosse pierre après que l'infortunée Léonarde eut été ramenée dans son lit. Pendant toute l'opération, la pauvre femme s'était réveillée et réévanouie par deux fois mais, quand tout fut fini, elle s'endormit d'un profond sommeil après avoir absorbé une nouvelle dose d'opiat...

– Vous ne pouvez continuer à partager ce lit, dit Agnelle à Fiora. Je vais en faire monter un autre...

– Donnez-lui ma chambre, fit Démétrios. Je dormirai à l'écurie avec mon serviteur. Pour une nuit...

– Tu penses partir tout de même? s'enquit Fiora alarmée à l'idée de se séparer de ce solide compagnon...

– Si la nuit a été bonne, je n'aurai aucune raison de rester. Il faudra laisser la nature faire son ouvrage comme elle l'entend.

– Et elle mettra combien de temps à le faire, cet ouvrage?

– Six semaines environ. Mais rassure-toi, ajouta-t-il en voyant s'allonger le fin visage, je reviendrai avant. Dès que j'aurai soigné le roi, il me laissera sans doute m'éloigner.

– N'y comptez pas trop! lança Agnolo qui revenait de chez un client à cet instant. Si vous plaisez à notre sire, il ne vous lâchera pas si facilement...

– Je lui expliquerai. Mais, à ce propos, maître Agnolo, vous me semblez bien au fait des habitudes comme de la politique du roi?

–... et vous êtes surpris, n'est-ce pas, qu'un simple marchand, étranger de surcroît, vous tienne des discours qu'on attendrait plutôt d'un proche du monarque ?

– Cela ne m'étonnerait pas outre mesure à Florence où chacun se mêle plus ou moins des affaires de l'État mais dans un royaume qui semble gouverné de main de maître...

– Et qui l'est, soyez-en certain. Mais faisons donc quelques pas au jardin, nous y serons au calme et ce sera plus agréable...

En passant auprès de la cuisine, le négociant ordonna à une servante de leur porter du vin frais sous la tonnelle d'aristoloche et de chèvrefeuille qui était l'un des attraits du jardin, l'autre étant les massifs de rosiers auxquels Florent prodiguait des soins de père. Il était justement occupé à couper des fleurs fânées quand les deux hommes pénétrèrent sur son territoire.

– Je vais finir par t'envoyer à mon clos de Suresnes, soupira Nardi. Tu passes dans ce jardin bien plus de temps que devant ton pupitre...

– Cela tient, messire, à ce que j'aime à m'occuper de fleurs beaucoup plus que d'écritures...

– Et que dira ton père? Il ne t'a pas placé chez moi pour que tu deviennes mon jardinier...

– J'en apprends bien assez pendant la mauvaise saison. Et je suis tellement plus heureux comme cela...

D'un geste affectueux, Agnolo ébouriffa les cheveux du garçon qui n'étaient déjà pas tellement disciplinés :

– Nous verrons cela plus tard. Pour l'instant, fais-moi la grâce d'aller travailler un peu à tes devoirs. Nous avons à parler, ce seigneur et moi.

Florent obéit sur-le-champ et les deux hommes commencèrent à marcher lentement le long des allées sablées où ne se hasardait pas à pousser la moindre mauvaise herbe...

– Contrairement à son père, le défunt roi Charles VII dont Dieu ait l'âme, notre sire Louis fait sa compagnie la plus habituelle et une partie de son conseil de gens comme moi, bourgeois qui sont à même de lui donner l'image véridique de ce que sont les affaires commerciales du pays et de ce qui se passe dans nos villes. Je suis l'un des premiers parmi les marchands étrangers résidant à Paris. J'ai hérité aussi quelque peu de l'amitié que le roi portait à notre pauvre Francesco Beltrami. Il le connaissait bien et il est arrivé que, sur le plan de la banque, Beltrami rendît service au roi de France, en proportions plus modestes que les Médicis, sans doute, mais il n'a jamais eu à le regretter. Moi non plus.

Le vin arrivait, porté par Jeanneton, la plus jeune des servantes de la maison. Elle en emplit deux gobelets qu'elle offrit à chacun des deux hommes puis disparut. La chaleur commençait à se faire sentir et des abeilles bourdonnaient dans le chèvrefeuille. Mais sous la tonnelle il faisait plus frais... Agnolo but une bonne rasade, s'essuya la bouche à la serviette posée sur le plateau et reprit :

– Je n'ai jamais été élevé au rang de conseiller comme mon compère Jean de Paris, mais il est arrivé que l'on me confie quelques missions en accord avec les déplacements qu'implique mon négoce. En outre, j'ai eu l'honneur d'accompagner messire Louis de Marrazin et mon ami Jean de Paris quand, l'an passé, ils se sont rendus auprès de Mgr le duc René II de Lorraine pour rétablir avec lui l'ancien traité d'amitié que le duc de Bourgogne l'avait obligé à rompre...

– Obligé? Comment cela?

– Le duc René est jeune – vingt-quatre ans – et très inexpérimenté. Le Téméraire le nomme dédaigneusement «l'enfant», mais c'est un prince aimable et plein de courage qui n'était d'ailleurs pas destiné à régner sur la Lorraine. Seule la mort prématurée de son cousin, le duc Nicolas, il y a trois ans, lui a octroyé la couronne et le roi Louis a tout de suite signé avec lui un traité d'amitié que le Téméraire, il va de soi, n'a pas pu supporter...

– Quels moyens a-t-il employés pour obliger le jeune duc à renier son alliance?

– Oh, c'était assez facile avec un garçon droit et honnête. Ferry de Vaudémont, son père, et même Yolande d'Anjou, sa mère, devaient beaucoup au duc Philippe, père du Téméraire. Charles a rappelé à René les vieilles créances et René s'est laissé circonvenir. Mais il s'est vite aperçu de ce que pesait l'alliance du grand duc d'Occident. Il a dû laisser à son dangereux allié quatre de ses villes: Épinal, Darney, Preny et Neufchâteau, avec pouvoir d'y tenir garnison et de nommer les gouverneurs. C'était mettre la Lorraine sous la poigne du Bourguignon – et Dieu sait s'il l'a rude! Les cités gagées en ont crié vers le ciel sans pouvoir se libérer. Quand, après le siège de Neuss dont le Téméraire n'est pas venu à bout, ses troupes ont marché sur le Luxembourg et sur Thionville, le duc René a fait alliance avec les cantons suisses qui avaient, eux aussi, à se plaindre et qui, avec les Alsaciens, tout juste libérés du Landvogt Pierre de Hagenbach, favori du Téméraire, sont entrés dans la Comté Franche. René II était mûr à point pour tomber dans les mains du roi Louis et nul ne s'entend mieux que celui-ci à cueillir les fruits soignés par d'autres...

– Je vois. Que va-t-il se passer à présent?

– Cela, je n'en sais rien. Vous en apprendrez peut-être davantage au camp de Compiègne?

– J'espérais que vous me conduiriez. Vous seriez, pour l'étranger que je suis, une bonne introduction...

– Vous n'en avez nul besoin. Quant au chemin, je vous donnerai demain le jeune Florent. Il connaît parfaitement la région et vous mènera à bon port. Je dois, quant à moi, rester ici car demain, à la Maison aux Piliers, messire Robert d'Estouteville, prévôt de Paris, réunit les chefs de corporations et les principaux bourgeois pour délibérer de l'aide qu'ils pourraient apporter au cas où notre cité serait assiégée...

– Un conseil de guerre? La situation serait-elle plus grave que vous ne l'avez laissé entendre?

– En aucune façon et je ne vous ai rien caché, de ce que je sais tout au moins, mais un vieil axiome latin enseigne: *Si vis pacem para bellum* – Si tu veux la paix, prépare la guerre. C'est exactement ce que nous allons faire.

Agnolo Nardi et Démétrios devisèrent encore de longues minutes sous la tonnelle du jardin, tout en dégustant leur vin. C'était l'un de ces instants précieux où les hommes venus d'horizons différents s'entendent et se comprennent et où l'existence paraît plus précieuse. Tout était calme dans la maison de la rue des Lombards. Agnelle aidée de Fiora rangeait les pièces d'une lessive nouvellement repassée, Léonarde dormait, toute douleur ensevelie dans le sommeil. Esteban en faisait autant sur la paille de l'écurie et, dans les bureaux du négociant, chacun vaquait à sa besogne: les plumes d'oie grinçaient presque en mesure sur les grands livres reliés de parchemin. Seul, Florent rêvait. Assis sur une marche de l'escalier, il regardait Fiora qui, tout en bavardant, passait à son hôtesse les piles de nappes et de serviettes que celle-ci serrait dans les coffres de la grande salle. Vêtue d'une simple robe de lin blanc bordée d'une mince guirlande de feuilles vertes que Chrétiennotte lui avait confectionnée à

Dijon, la masse lustrée de ses cheveux noirs tordue en une simple natte retombant sur une épaule, elle ressemblait plus que jamais à la princesse de quelque fabliau et le jeune homme la dévorait des yeux. Sans d'ailleurs qu'elle s'en aperçût. Ce fut Agnelle qui remarqua le regard gourmand du garçon et s'en montra irritée :

– N'as-tu rien d'autre à faire qu'à rester assis à bâiller aux corneilles ? Je te croyais au jardin ?

Florent se releva avec une mauvaise volonté évidente et grogna.

– Maître Agnolo y est avec le grand homme noir et m'a signifié de rentrer.

– Sans nul doute avec l'idée de t'envoyer travailler ! Va te laver les mains et te coiffer et puis retourne à ton pupitre. Je commence à regretter de t'avoir confié le jardin...

Florent partit en direction de la cuisine, se tordant le cou pour voir un peu plus longtemps celle qu'il nommait intérieurement sa « belle dame ». Agnelle hocha la tête, haussa les épaules avec un brin de commisération et revint à sa tâche :

– Ce garçon est assotté de vous, ma mie. J'ai bien peur qu'il ne soit plus bon à rien.

– Il m'oubliera dès qu'il ne me verra plus ! Malheureusement la jambe de ma bonne Léonarde va me retenir ici encore quelque temps et nous n'avons pas fini de vous encombrer.

– M'encombrer ? Doux Jésus ! C'est un vrai plaisir de vous avoir et je suis ravie de pouvoir profiter plus longtemps de votre présence. Sans cet accident déplorable, vous partiez ce matin, n'est-ce pas ?

– Oui. Messire Lascaris m'est très proche et nous ne nous séparons jamais. Il a pris pour ainsi dire la place de mon cher père dont le souvenir ne me quitte pas.

– Assurément, mais ne serait-ce pas plutôt à un époux de combler ce vide ? Si jeune, si belle, vous n'êtes pas faite pour courir les grands chemins. Quelque seigneur saura bien, un jour, conquérir votre cœur ?...

– Je ne le crois pas et d'ailleurs je ne le souhaite nullement. L'amour cause plus de blessures qu'il n'apporte de joie. Demandez à ce jeune Florent.

– J'ai grande envie de l'expédier à Suresnes pour lui changer les idées. J'en parlerai ce soir à mon époux...

Mais elle n'eut pas besoin d'en parler, l'état de Léonarde se révélant tout à fait satisfaisant, Démétrios et Esteban prirent dès le lendemain matin congé de la maison Nardi. Et Florent fut chargé de les conduire à Compiègne.

Non sans regrets! Quand vint l'heure du départ, le garçon exhibait des yeux rougis par l'insomnie plus encore que par les larmes. En enfourchant sa mule il enveloppa Fiora d'un regard pitoyable... que la jeune femme ne soupçonna même pas, tout occupée qu'elle était à tenter d'analyser ses propres sentiments. Une chose était certaine: elle avait le cœur gros de voir Démétrios partir sans elle. Sans doute parce qu'il allait se rapprocher assez près de ce duc de Bourgogne dont l'empreinte avait pesé si lourdement sur sa vie mais aussi parce que au fil des jours elle s'était attachée plus qu'elle n'aurait cru à cet homme savant, silencieux et peu communicatif qui était survenu à ses côtés à l'instant où elle désespérait le plus de tout secours humain.

L'idée qu'il pût poursuivre seul sa vengeance ne l'effleurait même pas. Elle savait qu'elle entrait pour une certaine part dans les desseins du Grec mais elle n'ignorait pas non plus que le destin prend parfois un malin plaisir à se mettre en travers des projets les mieux conçus, les plus solidement établis. Il fallait espérer que Démétrios reviendrait au plus vite.

Léonarde, pour sa part, était désolée d'être à l'origine de cette séparation mais elle pensait tout de même secrètement que la volonté de Dieu y avait été pour quelque chose: elle le priait si fort de détourner son « agneau » d'un projet homicide qui avait beaucoup de chance de la jeter entre les mains du bourreau.

– Vous auriez dû partir sans moi! soupirait-elle avec un rien d'hypocrisie...

– Et vous abandonner ici, seule dans une ville et une maison que vous ne connaissez pas? Si charmants que soient dame Agnelle et son époux, ils n'en sont pas moins des étrangers. Cessez donc de vous tourmenter et songez seulement à guérir! Où pourriez-vous être mieux soignée qu'ici?

En fait, Léonarde était surtout vexée d'avoir été blessée en sortant d'une église. D'autant que l'église en question ne lui inspirait pas une confiance absolue. En effet, elle avait pu constater, comme elle l'expliqua tout en rougissant à Fiora, que les filles publiques semblaient se donner rendez-vous autour de Saint-Merri qui était en quelque sorte leur paroisse. Il n'en fallait pas plus pour que la vieille demoiselle en vînt à concevoir les pires soupçons touchant un saint qui tolérait une pareille promiscuité.

Agnelle à qui Fiora conta l'affaire s'en amusa franchement :

– Ce n'est pourtant pas faute, pour les curés de cette pauvre église, d'avoir protesté au cours des siècles avec des fortunes diverses. Mais, que voulez-vous, mesdames les ribaudes forment de nos jours une véritable corporation, reconnue, qui a ses règlements, ses juges, ses statuts, ses privilèges et qui même, pour la fête de sa sainte patronne, sainte Madeleine, qui a lieu le 22 de juillet, a droit de mener procession. Et une belle procession, croyez-moi, avec riches bannières, nuages d'encens et luminaire généreux...

– Mais alors pourquoi Saint-Merri?

– Simple question de voisinage : deux des neuf rues de Paris où les ribaudes ont droit de tenir commerce, la rue Brisemiche et la Court-Robert, sont contiguës à l'église. Est-ce que cela vous ennuierait d'aller y entendre la sainte messe dimanche? ajouta-t-elle plus sérieusement.

Fiora faillit répondre qu'elle avait perdu l'habitude de ses devoirs dominicaux mais craignit, par excès de franchise, de froisser son aimable hôtesse. D'autre part, au désagréable souvenir de son passage chez Pippa, elle ressentit un peu de gêne. Que dirait cette douce, claire et généreuse Agnelle, si elle apprenait cet épisode avilissant qui souillait la vie de celle qu'elle traitait comme une jeune sœur? Aussi Fiora se hâta-t-elle de la rassurer : elle entendrait la messe du dimanche là où il plairait à Agnelle...

Néanmoins, pour être bien certaine de ne pas froisser la pudeur de celle en qui tout dénotait une noble et pure jeune fille, l'épouse d'Agnolo décida que l'on irait ouïr office à Notre-Dame de Paris et Florent, rentré la veille de Compiègne où il avait tout juste pris le temps de déposer Démétrios et Esteban au logis du roi, reçut l'ordre de préparer des mules afin d'accompagner les dames. Avec l'enthousiasme que l'on imagine!

Le dimanche matin, qui était le 15 août, on se mit en route sous un ciel sans nuages que les hirondelles, rapides et à peine visibles tant elles volaient haut, traversaient comme des flèches noires. Le vacarme des cloches annonçant les offices avait remplacé le tintamarre habituel de la grande cité où, en semaine, on était réveillé, tôt le matin, par le claquement des volets que les marchands rabattaient en ouvrant leurs échoppes et par les cris des garçons d'étuves annonçant que les bains étaient chauds... Pas davantage de ces encombrements rendus inévitables par l'étroitesse et les détours des rues. Les voix fraîches ou puissantes des marchandes de la Halle qui, paniers au bras ou escortées d'un âne, vantaient au chaland le beurre de Vanves, le cresson d'Orléans, les échalotes d'Étampes, l'ail de Gandelu, les oignons de Bourgueil, les œufs de Beauce, les fromages de Brie ou de Champagne, s'étaient tues elles aussi. On ne rencontrait que gens vêtus de leurs plus beaux atours avec lesquels on échangeait un salut ou quelques mots. Certains s'étonnaient de voir Agnelle sans son Agnolo qui, en chrétien scrupuleux, ne manquait jamais l'office du dimanche et il fallut répéter tant de fois que maître Nardi était souffrant que l'on faillit arriver en retard.

– Ne saurait-on vraiment manquer un office religieux sans en donner la raison à toute la ville? fit Agnelle d'un ton mécontent. Et j'imagine que l'on va par la même occasion se demander pourquoi nous allons à Notre-Dame plutôt qu'à Saint-Merri?

– Vous voyez bien! Vous n'auriez rien dû changer pour moi à vos habitudes...

– Mais il m'arrive assez souvent de me rendre à la cathédrale! C'est si beau! Et puis c'est aujourd'hui l'Assomption!

Fiora, qui avait refusé d'accompagner Léonarde au jour de leur arrivée dans sa visite de bienvenue, le regretta en pénétrant dans l'immense nef toute rayonnante de centaines de cierges. Il y avait beaucoup de monde autour du maître-autel derrière lequel s'étageaient les châsses et les reliquaires d'or de nombreux saints, mais Agnelle et sa compagne purent trouver place dans les premiers rangs d'une foule que la magie des vitraux jointe à l'éclat du soleil colorait diversement. Et les yeux émerveillés de la Florentine, cependant habitués à la beauté des édifices sacrés, allaient de ces hautes ogives flamboyantes à la grande rosace scintillante au-dessus du portail d'entrée.

Tout le clergé était dans le chœur, en habits rouge et or, entourant le haut siège où avait pris place un hôte de marque: l'aimable cardinal de Bourbon, cousin du roi et primat des Gaules, qui étalait les moires pourpres de sa simarre sous le dais décoré à ses armes sommées d'un chapeau cardinalice. Auprès de sa splendeur, l'évêque de Paris [1] semblait insignifiant...

– Nous avons de la chance, souffla Agnelle. Son Éminence n'est pas souvent à Paris l'été. C'est la période où elle se rend plus volontiers dans sa ville archiépiscopale de Lyon mais le roi a dû l'envoyer pour rassurer les Pari-

1. C'est seulement sous Louis XIV que Paris devint archevêché. Il dépendait auparavant de l'archevêque de Sens.

siens. Il appartient en effet aux deux partis en présence: son frère Pierre de Beaujeu ayant épousé il y a deux ans la fille aînée du roi et, par sa mère Agnès de Bourgogne, il est allié aussi au Téméraire. Ce qui, on le conçoit aisément, ne lui facilite pas toujours la vie...

– Chut! souffla quelqu'un et Agnelle, confuse, opta de cacher son visage dans ses mains pour s'abîmer dans la prière.

Le cardinal d'ailleurs s'était levé et, de sa voix nonchalante de grand seigneur désabusé, adressait quelques mots au peuple de Paris, l'exhortant à garder confiance dans le Seigneur, dans la sagesse de son souverain et dans la solidité de ses murailles. Il l'assura aussi de ses prières et de son soutien en toutes choses. Après quoi, au milieu d'épais nuages d'encens, la messe commença par le chant du *Veni Creator*... Mais Fiora ne voyait plus rien : ni l'imposante silhouette de Mgr de Bourbon, ni les aubes de dentelle, ni les chasubles d'or qui se mouvaient dans le léger brouillard montant des encensoirs de bronze. Ce qu'elle voyait, c'était, agenouillée dans l'une des stalles du chapitre, une robe de moine blanche à demi recouverte d'un scapulaire noir, c'était un crâne en forme de dôme dont la peau olivâtre luisait dans la lumière, c'étaient deux grandes mains sèches dissimulant un visage qu'elle redouta d'apercevoir... Son cœur se mit à battre dans sa poitrine en pulsations plus rapides qui lui montaient à la gorge. Elle essaya de se raisonner, de se persuader qu'elle se trompait et que ce qu'elle croyait voir était impossible... Mais, soudain, le moine laissa retomber ses mains et tourna vers l'autel, en pleine lumière, le grand nez, la bouche serrée et les lourdes paupières de Fray Ignacio Ortega...

Une vague nausée souleva l'estomac de la jeune femme dont les yeux se voilèrent un instant mais, au prix d'un violent effort, elle réussit à surmonter son malaise. Si elle en venait à défaillir, le remous qu'elle créerait attirerait sur elle bien des attentions dont, certainement, celle de son ennemi. Elle se contenta de tirer plus bas sur son visage le voile qui recouvrait le joli hennin de soie blanche, cadeau d'Agnelle qu'elle étrennait ce matin.

Naturellement, elle n'entendit rien, ne vit rien de la grand-messe qui se déroulait sous ses yeux. Les admirables voix des chantres ne représentaient rien d'autre pour elle qu'une rumeur d'orage et une seule pensée occupait son esprit : que faisait à Notre-Dame, au cœur de la France, le dominicain espagnol que le pape Sixte IV avait naguère envoyé à Florence pour tenter de saper la puissance des Médicis ? Aux dernières nouvelles qu'elle en avait eues, Fray Ignacio, ses machinations déjouées, avait été reconduit jusqu'à mi-chemin de Rome par les soldats du Magnifique, et, cependant, il était là, à quelques pas de celle qu'il avait si cruellement persécutée. Pourquoi ? Dans quel but ? Était-ce sa trace à elle qu'il cherchait ?

Fiora secoua la tête comme pour en chasser l'obsédante pensée. Il n'y avait aucune raison pour que le moine sût sa présence à Paris mais, s'il y était venu, on pouvait parier que ce n'était certainement pas pour y accomplir un pèlerinage ou n'importe quelle œuvre pie... Néanmoins, elle frémit quand les yeux de basilic, se tournant vers les fidèles, passèrent sur l'endroit où elle se tenait.

Après que l'Élévation eut courbé toutes les têtes sous le rayonnement de la blanche ostie, Fiora toucha le coude de son amie.

– Ne bougez surtout pas, Agnelle, mais je vais sortir... le plus discrètement que je pourrai...

– Vous n'êtes pas bien ?

– Pas très. J'ai besoin d'air. Ce doit être tout cet encens...

– Nous allons sortir ensemble alors ?

– Non... je vous en prie : restez et suivez la fin de l'office. Je vais rejoindre Florent. Je reviendrai si je me sens mieux...

Il fallait, en effet, échapper à tout prix au danger que pouvait lui faire courir la Communion – à laquelle d'ailleurs elle n'était nullement préparée ne s'étant pas confessée depuis des mois. Qu'elle s'approchât de l'autel pour recevoir le sacrement ou qu'elle demeurât à sa place, mais alors en plein isolement, elle risquait de se faire remarquer. Fray Ignacio avait la vue perçante et, de toute façon, on devait lever son voile pour recevoir l'ostie. Mieux vallait partir au plus vite...

Profitant de ce que tout le monde était debout, elle se glissa dans la foule en appuyant un mouchoir sur sa bouche comme quelqu'un qui se sent mal et on lui fit place. En franchissant les portes rouges ornées de grandes volutes de fer forgé, elle sentit son cœur se desserrer et aspira à pleins poumons l'air doux du matin. Mais la cohorte de mendiants qui assiégeaient toujours la cathédrale aux grandes cérémonies accourut, et elle eut toutes les peines du monde à s'en débarrasser. Avec gentillesse d'ailleurs car elle gardait le souvenir de Bernardino, le mendiant qui l'avait accueillie une terrible nuit dans un palais inachevé. Elle eut le temps d'un éclair, l'envie de prononcer le mot dont il lui avait dit qu'il était compris de tous ses semblables en pays latins : « Mendici! » – mais c'était là un mot de passe, une sorte d'appel à l'aide dont elle n'avait pas le droit de jouer.

Sa bourse vidée, elle voulut rejoindre Florent qui devait attendre les dames assis auprès de ses mules sur le montoir à chevaux d'un vieil hôtel. Elle l'aperçut en effet mais, tout à coup, une grande joie l'envahit : Florent n'était pas assis mais debout et bavardait avec Esteban.

Elle courut vers le Castillan comme vers un ami perdu que l'on retrouve sans se soucier de perturber l'équilibre de sa coiffure :

– Esteban! Vous êtes là ?... Alors Démétrios est revenu?

– Non, il est resté là-bas. Je suis rentré en escortant un seigneur conseiller du roi qui veut vous parler. Mais que vous arrive-t-il, donna Fiora? Vous semblez bouleversée...

– Il y a de quoi.

Et, tirant Esteban à part sans prendre garde à la mine

assombrie de Florent, elle lui expliqua rapidement ce qui venait de lui arriver. L'écuyer-secrétaire fronça ses épais sourcils :

– Êtes-vous persuadée de ne pas vous tromper?

– Tout à fait sûre, Esteban, n'en doutez pas. C'est lui! Comment pourrais-je jamais oublier sa figure? Mais que vient-il faire ici? Il ne peut pas savoir que nous sommes à Paris?

– Si vous voulez mon avis, je pense que nous devons être bien éloignés de son esprit mais il n'en est pas moins urgent de savoir ce qu'il trame ici. Je jurerais qu'il s'intéresse à quelqu'un dans ce pays et, tel qu'on le connaît, ce n'est certainement pas par charité chrétienne...

– Que pouvons-nous faire?

– Vous, rien. Ce vieux démon serait trop content de remettre sa griffe sur vous. Moi, je vais voir. Où est-il placé dans l'église?

Elle le lui expliqua. Esteban s'élança alors vers la cathédrale mais, sans cesser de courir, se retourna :

– Quand dame Agnelle vous aura rejoints, rentrez à la maison! Ne m'attendez pas!...

Fiora le vit traverser les groupes de mendiants et de bateleurs qui se préparaient pour la sortie de la messe et disparaître. Elle vint rejoindre Florent qui, l'air offensé, fit toute une affaire de vérifier les brides rouge et or des mules, mais la jeune femme était trop soulagée pour y prêter la moindre attention. Elle s'assit sur le montoir à chevaux, remit en place le hennin auquel elle n'était pas habituée et dont les épingles lui tiraient les cheveux, puis sortit son mouchoir pour s'en éventer. Encore plus vexé par tant d'indifférence, Florent marmotta, l'œil sombre :

– Vous ne prêtez vraiment aucune attention à moi, n'est-ce pas?

– Pourquoi? Je le devrais?

– Non... non, vous avez raison. Je ne mérite vraiment pas que vous vous intéressiez à mon sort. Que suis-je pour vous? Rien... moins que rien... Je mourrais à vos pieds que vous ne m'accorderiez pas même un regard...

La volée de cloches qui annonçait la sortie de la messe couvrit ses paroles. Occupée de ses propres soucis, Fiora les avait à peine perçues. Sans un regard pour le jeune homme qui en grinça des dents, elle se leva pour aller au-devant d'Agnelle dont elle apercevait déjà le voile couleur de miel...

CHAPITRE VI

LE SIRE D'ARGENTON

Les cloches sonnaient toujours à la volée pour la plus grande gloire de la Vierge Marie, quand Agnelle et Fiora pénétrèrent dans la salle où l'on achevait de dresser le couvert. Agnolo, apparemment en excellent état, s'y entretenait avec un visiteur, assis tous deux sur une bancelle garnie de coussins en buvant du vin aux herbes dont la fraîcheur embuait leurs gobelets d'étain. A l'entrée des dames tous deux se levèrent et Fiora vit que l'inconnu était un homme jeune – il n'avait certainement pas trente ans – de taille moyenne mais bien prise dans une hucque violette dont les larges manches dentelées tombaient à la hauteur des genoux, les chausses collantes assorties révélant des jambes élégantes. Une large chaîne d'or pendait sur sa poitrine. Les bottes longues et souples étaient poussiéreuses comme il est naturel après une chevauchée. Sur tout cela s'érigeait un visage aimable aux yeux bleus bien fendus, à la bouche charnue, nettement dessinée et volontiers narquoise, au long nez dont les narines sensibles semblaient animées d'une vie propre : des plis profonds partant des ailes du nez rejoignaient presque les maxillaires. Les cheveux d'un blond foncé, très épais encadraient cette figure qui respirait la finesse et l'intelligence. L'inconnu salua les deux femmes avec une aisance toute seigneuriale, à peine plus appuyée pour Fiora qu'il fixa un instant, sourcils relevés, sans même songer à dissimuler son admiration.

– Donna Fiora Beltrami, je suppose? fit-il avec un demi-sourire.

Sa voix bien timbrée mais souple et caressante aurait pu être celle d'un chanteur et il était évident que l'inconnu savait en jouer avec charme...

– Vous ne vous trompez pas, messire, dit Agnolo, et voici mon épouse, dame Agnelle. Souffrez que je vous présente à elles : voici, chères dames, le conseiller le plus écouté de notre sire le roi, messire Philippe de Commynes, seigneur d'Argenton qui nous est venu voir tout exprès pour s'entretenir avec donna Fiora.

– A moi? Et de la part de qui, mon Dieu?

– Mais... du roi, madonna!

– En vérité? Qui suis-je pour qu'un aussi grand prince prenne souci de moi?

Le léger persiflage du ton n'échappa pas au seigneur d'Argenton. Son sourire s'accentua tandis que ses paupières se plissaient légèrement :

– La modestie est une vertu qui convient surtout aux laides. Avec une telle beauté, madonna, c'est au moins du temps perdu et, au pire, de l'hypocrisie. Que notre sire s'intéresse à vous n'a rien d'extraordinaire. D'autant qu'il a gardé le meilleur souvenir de feu votre père. Mais peut-être pourrions-nous parler après le repas? Pardonnez-moi, madame, ajouta-t-il en se tournant vers Agnelle, mais je meurs de faim. Je crois que je pourrais manger un cheval...

Le rire de la jeune femme fusa comme un jet d'eau claire :

– Nous n'en avons pas au menu, messire, mais je crois que notre repas, tout modeste qu'il soit, saura satisfaire votre appétit. Holà, petites! ajouta-t-elle en frappant dans ses mains, que l'on apporte bassins et serviettes et que l'on voie à nous servir promptement!

Comme si elles n'avaient attendu que ce signal, trois jeunes servantes apparurent portant des cuvettes pleines d'une eau parfumée dans lesquelles les convives lavèrent leurs mains qu'ils essuyèrent à des serviettes fines avant de passer à table. Puis, les servantes disparurent pour faire place à des valets portant les pâtes, tourtes, et « chaircuiteries », très renommées car les glands des chênes nourrissaient de nombreux porcs, qui constituaient le premier service. Vinrent ensuite des poissons, carpes et saumons diversement accommodés, puis des volailles, et un quartier de bœuf rôti accompagnés de fenouil, de carottes, de choux et de raifort; enfin les fromages, les fruits, cerises et prunes, et quelques patisseries. Le tout arrosé des vins de France et d'Italie car Agnolo possédait une cave bien fournie dont il n'était pas peu fier. Il ne cessait de remplir le gobelet de son invité en lui indiquant le cru et l'année que le sire de Commynes avalait avec un enthousiasme flatteur, sans d'ailleurs perdre un coup de dents et sans cesser de parler. Maître Nardi lui rendait raison bravement et les deux hommes discutaient politique avec entrain sans trop se soucier des dames – ce qui ne gênait pas Fiora très intéressée par ce qu'elle entendait, et pas davantage dame Agnelle qui veillait avec vigilance au bon déroulement du festin.

Les nouvelles étaient plutôt bonnes si l'on tenait compte des événements étranges qui se passaient et de ce qui avait failli se passer surtout. Fiora apprit ainsi qu'un certain connétable de Saint-Pol qui était en principe grand chef de l'armée royale mais qui n'en était pas moins « bourguignon » bon teint et vieil ami du Téméraire, avait une conduite fort étrange. Porteur de la grande épée fleurdelisée qui lui donnait le pas sur les princes du sang et marié d'ailleurs avec la belle-sœur de Louis XI, une princesse de Savoie, Louis de Luxembourg, comte de Saint-Pol, n'en était pas moins allé à Péronne offrir ses services au Téméraire et au roi anglais, et leur proposer d'ouvrir devant eux sa ville de Saint-Quentin, mais avait fait tirer ses canons sur eux quand ils se présentèrent devant les remparts de la cité... Étrange, non?

– J'espère, dit Agnolo, que notre sire ne se fonde pas trop sur la fidélité de ce seigneur?

– Il le connaît depuis si longtemps! Saint-Pol, pour autant que j'en puisse juger, ne sait plus à quel saint se vouer ni quel maître lui sera le plus profitable. En attendant, le premier résultat de la canonnade a été le départ de Monseigneur de Bourgogne qui, le lendemain même, plantait là son allié anglais pour se retirer à Valenciennes. Ce que sachant, le roi n'a pas perdu une minute pour entamer des pourparlers avec Edouard IV. Il sait bien que les Anglais sont à court de vivres et que la défection de l'armée bourguignonne a porté un coup fatal à leur moral. Certains d'entre eux pensent que la saison s'avance et qu'il serait peut-être temps de rentrer chacun chez soi en attendant une occasion meilleure mais ils ne veulent pas quitter le camp les mains vides et le roi Louis le sait bien.

– Que demandent-ils pour s'en aller?

– Disons que leurs prétentions sont allées en décroissant: ils ont d'abord réclamé la couronne de France...

– Ils espéraient vraiment qu'on allait la leur offrir? fit Agnolo en riant.

– Bien sûr que non mais cela flattait leur vanité. Ensuite ils ont demandé qu'on leur rende la Guyenne et la Normandie qui leur sont toujours chères...

– Mais qui le sont encore plus à la France. Alors?

– Alors?... (Commynes avala son bourgogne avec satisfaction et sourit largement à son hôte.) Le roi pense en avoir raison sans trop de peine avec de l'or et des présents... L'or, je suis chargé d'en retirer des caves de la Bastille mais je dois voir aussi avec messieurs les échevins de Paris à quel prix ils estiment leur tranquillité. Et il s'agit d'aller vite. Je repars après-demain...

– Pour Compiègne?

– Non, pour Senlis où notre sire est revenu. Je dois rapporter l'or sous une escorte que me donnera la ville...

Il se tourna brusquement vers Fiora et ajouta aimablement:

– Ainsi vous n'aurez rien à redouter des dangers de la route, madonna, car j'ai ordre de vous ramener avec moi.

– Le roi veut me voir ? Je pensais qu'il s'agissait seulement d'un message.

– C'est un message, mais verbal. Nous quitterons Paris à l'aube dès l'ouverture des portes. Tenez-vous prête! A présent, ajouta-t-il en se levant, je dois vous quitter, maître Nardi et vous, dame Agnelle, en vous rendant grâces pour cet excellent repas car je dois rencontrer sans plus tarder messire d'Estouteville, le chancelier Pierre Doriole et le gouverneur de la Bastille, messire Pierre Lhuillier.

Et d'un pas aussi leste que s'il n'eût absorbé qu'une aile de volaille et deux doigts de clairet, le seigneur d'Argenton quitta la maison Nardi avec ses gens qui avaient festoyé à la cuisine, en recommandant à Agnolo d'amener Fiora à la porte Saint-Denis au petit jour du surlendemain. Songeuse, celle-ci monta voir Léonarde pour la mettre au courant de ce qui arrivait. Agnelle la suivit.

– Que peut bien me vouloir le roi Louis? s'inquiéta Fiora en gravissant l'escalier. J'aurais du parler de Léonarde à messire de Commynes et lui dire qu'il m'était impossible de l'abandonner.

– Pourquoi donc? J'en prendrai grand soin, je vous assure, fit Agnelle en souriant. Vous ne serez certainement pas longtemps absente. Et Senlis n'est pas si loin : dix lieues, ce n'est rien. Enfin, un ordre du roi ne se discute pas.

Léonarde en dit tout autant. Elle se sentait parfaitement bien chez les Nardi et prenait son mal en patience :

– Quand il n'y a rien d'autre à faire, c'est la sagesse, fit-elle, et puisque dame Agnelle veut bien nous dire que je ne l'encombre pas trop, je vais attendre ici ma guérison. Allez en paix, mon agneau, vous n'avez rien à craindre du roi Louis.

– J'en suis certaine, renchérit Agnelle. Quant à nous, si la menace anglaise s'éloigne, nous pourrions gagner notre clos de Suresnes. Dame Léonarde y serait beaucoup mieux installée pour poursuivre sa convalescence car la campagne y est belle et nous avons sur la Seine une vue superbe.

Trop émue pour répondre, Fiora embrassa la charmante femme et, négligeant momentanément le roi Louis, tourna son esprit vers d'autres préoccupations : Esteban n'était pas encore revenu.

Il revint à la tombée de la nuit, peu avant le couvre-feu, avec la mine de quelqu'un qui, ayant beaucoup couru, a très faim et très soif. La grande Péronnelle qui veillait à la cuisine chez les Nardi se chargea de lui en dépit de l'heure tardive, l'installa sur un coin de table et lui servit du pâté d'anguille, de la tourte au pigeon, une large tranche de bœuf froid et quelques douceurs, le tout arrosé d'un vin de Bourgueil de nature à réparer les forces les plus amoindries. Le Castillan plaisait fort à la cuisinière à qui, avant de partir pour Compiègne, il rendait maints bons offices tout en s'extasiant, avec une gourmandise non dissimulée, sur les plats qu'il lui voyait accommoder. Ce soir-là, Péronnelle était trop contente de pouvoir gâter Esteban à sa guise et de l'avoir pour elle toute seule. Fiora le comprit et alla attendre dans le jardin que le festin fût achevé.

La nuit était belle d'ailleurs et c'était l'époque des étoiles filantes. Assise sur un banc près d'un grand massif de lis neigeux qui embaumaient, la jeune femme laissa son regard et son esprit se perdre dans le bleu profond du ciel, cherchant à retrouver les constellations qu'à Florence le vieux maître Toscanelli lui avait appris à reconnaître. L'an passé, en ce mois d'août, elle séjournait dans la villa de Fiesole avec son père bien-aimé et se croyait éperdument amoureuse de Giuliano de Médicis. Rien ne manquait alors à son bonheur de jeune fille gâtée, choyée. Sa vie se déroulait aimable et fleurie comme ce satin de la Chine que Francesco Beltrami avait acheté pour sa fille chérie lors d'un de ses voyages à Venise. Et puis, tout avait basculé dans une sorte d'enfer démentiel où s'était abîmée sa vie, un chaos incohérent hérissé d'épines cruelles qui l'avaient déchirée, ne laissant vivre, de son jardin secret, que la grande fleur pourpre, superbe et vénéneuse, de la passion. Ses racines tortueuses et insinuantes étaient armées de griffes puissantes qui ne se laissaient arracher qu'avec des lambeaux de chair et, tellc l'hydre de la légende, repoussaient aussitôt, plus impérieuses encore. Quiconque respirait le parfum violent mais suave de cette fleur en demeurait assujetti, esclave et Fiora, ce soir, au creux de ce jardin, osait s'avouer qu'en dépit de tout ce qu'elle avait souffert par lui, elle aimait encore Philippe et sans doute l'aimerait-elle jusqu'à son dernier soupir. La fleur pourpre ne mourrait qu'avec sa vie à elle.

Elle se signait machinalement, chaque fois que, là-haut, un minuscule météore scintillant rayait le velours sombre de la nuit. Certains prétendaient que chaque étoile filante était une âme entrant en paradis. D'autres que c'était signe de bonheur et qu'il convenait de formuler un vœu mais Fiora, en dépit du geste pieux qui lui venait, ne croyait ni à l'un ni à l'autre...

Le sable du jardin crissa sous les pas d'Esteban et, sans souffler mot, il s'assit sur le banc, à la place qu'elle lui indiquait auprès d'elle. Il ne lui laissa pas le temps de poser la moindre question :

– Vous ne vous êtes pas trompée, madonna, c'est bien lui. Je l'ai suivi, guetté suffisamment pour avoir acquis une certitude.

– Où est-il allé?

– Il a d'abord suivi le cardinal de Bourbon jusqu'en son hôtel qui est proche du Louvre. Il faisait partie des gens qui l'accompagnaient et j'ai même vu, à certain moment, le superbe cardinal se pencher vers le moine pour lui parler comme en confidence. Mais celui-ci a dû seulement prendre, à l'hôtel de Bourbon, le repas du milieu du jour. Je l'en ai vu ressortir et regagner la cathédrale pour y chanter vêpres et complies... auxquelles j'ai assisté en bon chrétien. Ensuite, Fray Ignacio s'est rendu dans un couvent assez voisin de Notre-Dame que l'on m'a appris être celui des Jacobins. Et cette fois, il n'est pas ressorti. Alors je suis rentré, un peu moulu, un peu las, mais dûment sanctifié... Que dois-je faire à présent ?

– Gagner votre lit au plus vite car vous l'avez bien mérité. Et je vous remercie, Esteban, de vous être donné cette peine. Je crois qu'il faut, à présent, abandonner le moine à son destin. Aussi bien, après-demain, je suivrai messire de Commynes. Vous savez sans doute que le roi l'a envoyé me chercher ?

– En effet. Quant à vous dire pourquoi, je n'en sais pas plus que vous. Mais ce ne peut être que dans un but bienveillant si j'en juge l'accueil qu'il a réservé à mon maître. Cependant je ne suis pas de votre avis en ce qui concerne fray Ignacio. Demain, j'irai encore tournailler autour de ce couvent des Jacobins. J'arriverai peut-être à apprendre quelque chose sur ce qu'il vient faire ici.

– Soyez prudent, je vous en prie. Vous savez combien il est dangereux et il est peut-être inutile d'attirer son attention sur nous, que ce soit moi ou votre maître, puisqu'il nous hait autant l'un que l'autre...

– Faites-moi confiance. Il ne soupçonnera même pas ma présence.

Esteban avait son idée. Tôt le matin, vêtu d'une souquenille de toile et armé de deux paniers que Péronnelle lui confia volontiers avec une liste de commissions lorsqu'il lui dit son intention d'aller faire un tour aux Halles, il vint errer aux environs immédiats du couvent des Jacobins jusqu'à ce qu'il en vît sortir un frère convers équipé de paniers assez semblables aux siens. Il lui emboîta le pas et, au bout d'un instant, le rattrapa et le héla, se présentant comme un valet étranger, tout fraîchement débarqué à Paris et encore peu au fait des marchands les plus réputés.

– On m'a donné cette liste, ajouta-t-il en montrant ce qu'il avait écrit lui-même, Péronnelle ignorant tout de cet exercice, et on m'a expliqué le chemin des Halles mais c'est tout.

– Vous avez eu tout à fait raison de vous adresser à moi, mon frère, fit le moine d'un air important. Je connais tous ces marchands et je vous désignerai les boutiques où l'on trouve les meilleures denrées aux plus justes prix.

– Je vous en serai vraiment reconnaissant, mon frère, répondit Esteban avec humilité.

Sa reconnaissance se traduisant de la seule manière qu'il connût. Le Castillan, les paniers une fois remplis, entraîna son guide bénévole dans un cabaret de la rue Coquillière pour l'y régaler de quelques pots de vin frais. Le frère Guyot était un cœur simple qui savait reconnaître et apprécier les bienfaits de Dieu avec un faible pour le jus de la treille, ce divin breuvage sanctifié par le Seigneur lui-même au soir de la Cène. Au bout du troisième pot de vin de Suresnes, Esteban savait ce qu'il était venu chercher : Fray Ignacio Ortega était investi par Sa Sainteté le Pape d'une mission particulière et discrète auprès du roi de France qu'il rejoindrait prochainement – ce dont le couvent tout entier se trouvait honoré.

Ce point acquis, Esteban rappela à son compagnon qu'il était l'heure de rentrer et le remit sur le chemin du retour alléguant, pour ne pas revenir jusqu'à la rue Saint-Jacques, une dernière course à faire dans le quartier. Une demi-heure plus tard, il rapportait à Péronnelle ses paniers pleins et à Fiora ses informations toutes fraîches.

– Sa mission ne devrait pas être d'une importance capitale, estima la jeune femme, sinon le pape en aurait investi quelque cardinal-légat...

– Je ne suis pas de votre avis. Un simple moine passe plus facilement inaperçu que le pompeux cortège d'une simarre pourpre et bien des secrets d'État accompagnent le chemin d'hommes parfois plus modestes encore. De toutes les façons, celui-là se rend où nous allons nous-mêmes. Nous tâcherons, mon maître et moi, de le surveiller. Ne vous mettez plus en peine de lui, donna Fiora!

Cette dernière journée parisienne, Fiora l'avait passée tout entière auprès de Léonarde qu'elle se reprochait d'abandonner comme si la décision en fût venue d'elle-même. Elle ne s'en était écartée qu'un moment, après le déjeuner, pour rejoindre dans son cabinet Agnolo Nardi qui le lui avait demandé.

– N'avez-vous pas besoin d'argent, donna Fiora? fit le négociant dès qu'elle fut entrée en lui désignant un siège.

– Ne me rendez pas confuse, ser Agnolo! La générosité avec laquelle vous nous avez reçus, mes amis et moi m'interdit d'aborder avec vous cette question...

– Per Bacchо! donna Fiora. L'étrange fille de négociant que vous faites? Vous mélangez tout.

– Je ne crois pas et même je vous demande de ne pas poursuivre car vous me gêneriez fort!

– Dio mio! Vous ne comprenez rien, mais rien à ce que sont les affaires! L'hospitalité est un devoir de chrétien qui avec vous se mue en un merveilleux plaisir mais c'est une chose qui ne fait pas partie du commerce! En ce qui vous concerne, la réalité est ceci : Ser Angelo Donati qui assume, d'accord avec Sa Seigneurie de Médicis, les responsabilités des biens, commerces et propriétés de feu Francesco Beltrami, m'a fait savoir que les bénéfices qui dans mon négoce formaient naguère la part de votre père doivent vous être remis intégralement. Il en est de même pour le comptoir de Bruges où, pour plus de commodité, ser Renzo Capponi a reçu ordre de m'envoyer chaque année ce qui vous revient et je peux dire que, s'il ne s'agit pas d'une richesse comparable à celle de notre cher Francesco, vous êtes tout de même, dès à présent, à la tête d'une gentille fortune qui grossira chaque année et qui vous permet, si aujourd'hui vous le souhaitiez, d'acheter une belle maison en quelque endroit de France qui saurait vous plaire. En pays de Loire par exemple, où la vie est si douce et où le roi réside le plus ordinairement.

– Est-ce que, par pure bonté, vous n'exagéreriez pas un peu?

– Mais en aucune façon, sur mon honneur! Il faut songer à l'avenir, donna Fiora, et prendre ce qui vous revient...

– Je ne saurais qu'en faire pour l'instant. Néanmoins j'accepterais volontiers quelque liquidité pour le voyage que je vais entreprendre demain, mais pas plus qu'il n'en faut. Pour le reste, je souhaite que vous le placiez au mieux de nos intérêts communs et je désire que vous préleviez dessus tout ce qui sera nécessaire pour assurer l'entretien et le confort de ma chère Léonarde...

D'un geste désinvolte, Agnolo balaya le dernier article comme quantité négligeable et se dirigea vers l'un des lourds coffres à ferrures qui se trouvaient alignés au fond de sa pièce de travail. Il l'ouvrit et en tira un sac qui semblait d'un bon poids.

– Voilà mille livres pour commencer. Vous pourrez m'en demander chaque fois que vous en aurez besoin mais, puisque vous voulez bien me confier le soin de gérer votre fortune, je veillerai à ce que vous n'ayez jamais à le regretter.

Émue, elle alla vers lui et l'embrassa sur les deux joues.

– J'en suis certaine. En tout cas, merci d'être ce que vous êtes. Si je ne devais partir, je crois que je vous aurais prié de m'initier à ce commerce pour lequel se passionnait mon père...

– Pour cela aussi, je serai toujours à votre disposition. Ce serait bonne chose, en effet, que vous appréssiez les affaires car, si vous êtes en pleine jeunesse, je ne le suis plus guère moi-même. Nous pourrions y songer lorsque vous saurez ce que vous veut le roi notre sire!

Fiora se contenta de sourire et d'embrasser l'excellent homme. Elle n'en avait pas encore fini avec les grands de ce monde, pas plus qu'avec un certain Philippe de Selongey, et sans compter Hieronyma dei Pazzi qu'un véritable miracle avait arrachée à un juste châtiment de ses crimes. Après, il pourrait être passionnant de suivre la trace brillante qu'avait laissée Beltrami. Mais cet « après », quand viendrait-il? Dans combien d'années? Et que serait alors devenue cette jeune Florentine nommée Fiora qui, en dépit de ce qu'elle avait souffert, croyait encore que tout était possible à qui le voulait passionnément?

A l'aube du lendemain, encadrée de Philippe de Commynes et d'Esteban, elle franchissait la barbacane de la porte Saint-Denis. Derrière les trois cavaliers une compagnie montée de francs-archers de la Ville de Paris escortait plusieurs haquets chargés de tonneaux qui faisaient rire les maraîchers alignés le long de la route pour laisser passer le cortège. On s'esclaffait en criant que le malin roi Louis avait grand besoin de bons vins pour donner du cœur au ventre de ses troupes avant la bataille qu'elles allaient livrer à l'Anglais rapace. Les soldats souriaient, répondaient par des plaisanteries. Seul Commynes savait que trois seulement de ces barriques contenaient le vin des coteaux de Loire qu'affectionnait le roi. Les autres étaient remplies d'or, cet or qui, mieux qu'une bataille toujours incertaine chasserait peut-être encore une fois l'Anglais hors du sol de France.

Si la campagne aux environs immédiats de Paris offrait l'image paisible d'un pays occupé à ses récoltes, la route à mesure que l'on avançait vers le nord portait plus de soldats et de charrois militaires que de paysans. Le plus petit village était gardé, le moindre châtel révélait, sur sa tour, l'éclat des casques et des fers de lance. L'épaisse forêt de Senlis où Louis XI se plaisait à chasser en perdait de son silence. L'écho d'un commandement ou de cliquetis d'armes couvraient parfois le chant des oiseaux : le roi, en homme prévoyant, entretenait ses troupes en dispositions belliqueuses alors même que ses émissaires négociaient avec ceux du monarque anglais.

Et soudain ce fut le calme, la divine paix sylvestre peuplée de chants d'oiseaux. On avait quitté le grand chemin au bout duquel se profilaient les remparts de Senlis pour un sentier herbu à peine tracé par les roues de quelques charrettes... A l'interrogation muette de Fiora, Commynes répondit par un sourire.

– Nous arrivons! fit-il.

La forêt venait de s'ouvrir en deux comme un rideau de théâtre devant ce qui semblait être une ville en réduction :

derrière des murs de hauteur moyenne, on apercevait les hautes fenêtres fleuronnées d'un palais surmonté de girouettes d'or et d'azur, la splendeur flamboyante d'une église. Les tours inachevées étaient encore prisonnières d'un lacis d'échafaudages et les ardoises neuves brillaient telles des plaques d'acier bleu. Une grande bannière, longue flamme dont l'outremer fleurdelisé d'or s'écartelait d'une croix blanche bougeait doucement au sommet de sa hampe dorée sur le plus haut pignon de l'édifice.

– L'abbaye de la Victoire, annonça Commynes. Le roi de France aime à y résider...

– Comme c'est beau! soupira Fiora, sincère. Et quel beau nom: la Victoire!

– L'origine en est simple : l'an 1214, alors que, le vingt-septième jour de juillet, le roi Philippe-Auguste venait de l'emporter à Bouvines sur l'empereur allemand Othon, il envoya vers son fils, le prince Louis, un messager porteur de la grande nouvelle. De son côté, celui-ci, encore tout bouillant du succès qu'il avait remporté à la Roche-aux-Moines sur le roi Jean d'Angleterre, dépêchait à son père un messager. Les deux chevaucheurs se rencontrèrent dit-on à cet endroit précis et, quelques années plus tard, le roi ordonna la fondation d'une abbaye qui fut confiée à douze chanoines réguliers de l'ordre de Saint-Augustin venus de l'abbaye de Saint-Victor à Paris. Richement dotée, elle devint ce que vous voyez : une noble demeure digne du Seigneur Dieu...

– Sont-ce des anges qui la gardent? Aux ailes près, ils ressemblent à une statue de Monseigneur saint Michel que j'ai souvenance d'avoir vue...

Splendides en effet sous leurs armures blanches étincelantes sur lesquelles flottaient les cottes d'armes qui restituaient en plus petit la bannière royale, coiffés de grands bonnets plats que de longues plumes de héron agrafées de médailles d'argent relevaient d'un côté, à pied ou à cheval, les plus beaux soldats que Fiora ait jamais vus montaient, de part et d'autre du haut portail, une garde vigilante. Commynes se mit à rire :

– Ce ne sont pas des anges, loin de là! Vous voyez ici, madonna, la célèbre Garde Écossaise du roi Louis qui compte dans ses rangs quelques-uns des meilleurs guerriers du monde. Ils ne connaissent ici-bas que deux lois : celle du roi auquel ils ont juré fidélité et celle de l'amour susceptible et intransigeant qu'ils vouent à leur honneur et à leur lointaine patrie...

Les voyageurs avaient été aperçus. Un cavalier galopait vers eux et Commynes cria :

– Salut à vous, Robert Cunningham! Je ne vous amène que des amis. Le roi attend cette jeune dame... et les fûts de vin qui nous suivent.

– Les caves sont déjà prêtes à les recevoir. Quant à l'escorte, elle va pouvoir se rafraîchir, et prendre un peu de repos avant de regagner Paris. Mais vous, messire, vous n'avez pas besoin d'introducteur.

Après avoir salué courtoisement Fiora, en tentant toutefois de percer le léger mystère du voile dont elle aimait à s'envelopper la tête pour voyager, l'Écossais fit volter son cheval et prit la tête de la file de haquets. L'un après l'autre, les chariots et ceux qui les gardaient franchirent la porterie du monastère sous l'œil intéressé des archers de garde.

– A nous, à présent! fit Commynes avec enjouement. Je gage que notre sire sera positivement ravi de vous voir, madonna...

Au-delà du haut portail ogival au fronton duquel des anges agenouillés aux ailes immenses semblaient protéger les armes de France, les voyageurs découvrirent un vaste espace couvert d'herbe fraîchement coupée qui formait un joyeux tapis pour les bâtiments abbatiaux et pour le jaillissement d'une admirable église de pierre blanche. Immaculés aussi les grands lévriers aux colliers de cuir cloutés d'or qui s'ébattaient sur la pelouse autour d'un homme qui devait être, selon Fiora, un valet de chiens. Maigre et de taille moyenne, vêtu d'une tunique courte de petit drap gris serrée à la taille par une ceinture de cuir, les chausses disparaissant dans de hautes bottes souples de daim gris, il portait sur un bonnet rouge qui lui cachait les oreilles un chapeau de feutre noir relevé par-derrière et sur la coiffe duquel des médailles étaient fixées.

– Les jolies bêtes! s'exclama Fiora. Elles donnent l'impression de sortir vivantes d'une légende... Et comme elles semblent aimer l'homme qui s'en occupe!

– Elles l'aiment beaucoup en effet, assura Commynes avec un clin d'œil complice à Esteban. Voulez-vous que nous les voyions de plus près?

Il avait déjà mis pied à terre et offrait sa main à la jeune femme pour qu'elle en fît autant. Celle-ci hésita:

– Est-ce bien prudent, pour un instant de plaisir, de faire attendre le roi? On le dit peu patient...

– Venez toujours! Je vous promets que vous aurez droit à toute son indulgence...

Un peu à contrecœur, Fiora se laissa conduire. Esteban demeura sur place, réunissant les trois brides dans ses mains. Sentant l'approche d'étrangers, les lévriers cessèrent de jouer et se figèrent, leurs têtes fines tournées vers les nouveaux venus. Ce que voyant, le valet se retourna. Sous l'œil stupéfait de Fiora, Commynes mit un genou en terre:

– Sire, dit-il me voici de retour ayant accompli les deux missions que le roi avait daigné me confier! Puis, entre ses dents il ajouta: « Saluez, que diable! »

Et Fiora, machinalement, plia les genoux pour une profonde révérence.

– Bien, bien! fit le roi. Vous m'avez, une fois de plus, bien servi, messire Philippe et je vous en remercie. Voulez-vous à présent me laisser seul avec cette jeune dame dont j'espère qu'elle nous fera la grâce d'ôter son voile? Mais ne vous éloignez pas: nous aurons à parler!

Sans quitter son inconfortable position, à demi agenouillée, Fiora rejeta sa mousseline par-dessus le double bourrelet de soie qui lui servait de coiffure, libérant son visage. Mal revenue de sa surprise, elle contemplait ce petit homme sans apparence qui cependant était le roi de France. Il n'était pas bien beau ni jeune – cinquante-deux ans depuis la Saint-Anatole dernière – mais sous le regard dominateur de ses yeux bruns profondément enfoncés dans leurs orbites, la jeune femme se sentit rougir et baissa la tête ayant tout juste eu le temps de remarquer le long nez sardonique, la bouche mince, sinueuse et mobile, mais elle savait déjà que, dût-elle vivre mille ans, elle n'oublierait jamais ce visage. On lui avait dit que cet homme possédait l'intelligence la plus subtile, la plus profonde qui soit et dès ce premier regard elle en avait été persuadée.

Cependant, Commynes s'éloignait sans qu'on ait encore autorisé Fiora à se relever. Et, soudain, elle vit, sous son nez, une longue main sèche qui se tendait vers elle pour l'aider à se redresser tandis qu'une voix aimable prononçait :

– Madame la comtesse de Selongey, soyez la très bien venue.

La stupeur faillit rejeter Fiora à terre. Elle vacilla comme sous l'assaut d'un brusque coup de vent et devint si pâle que le souverain la crut sur le point de s'évanouir :

– Hé quoi ? fit-il d'un ton mécontent, n'est-ce point là votre nom ? Nous aurait-on trompé ?

Comprenant qu'elle avait en face d'elle un redoutable adversaire, Fiora au prix d'un violent effort sur elle-même parvint à se ressaisir.

– Que le roi me pardonne une émotion dont je n'ai pas été maîtresse, fit-elle doucement. C'est la première fois que je m'entends nommer ainsi et je ne suis pas certaine d'avoir droit à ce titre, à ce nom. Messire de Commynes m'est venu dire que le roi voulait voir Fiora Beltrami. C'est elle... et nulle autre qui a l'honneur d'être dès cet instant aux ordres de Votre Majesté...

La révérence, réitérée, fut la perfection même : un miracle de grâce et d'élégance et le dur regard appréciateur s'adoucit d'une pointe de gaieté :

– Ha ha ! Il y a là une sorte de mystère il me semble ?

Voulez-vous, comtesse, que nous marchions un peu pour tirer cela au clair ? Tout beau, les chiens! Suivez-nous et qu'on ne vous entende pas!

Ils firent en silence quelques pas dans l'herbe encore humide d'une petite pluie qui avait rafraîchi le début de l'après-midi. Désorientée par la brusque apostrophe dont elle avait été l'objet, et cherchant désespérément comment Louis XI pouvait être au courant de son étrange mariage, Fiora se perdait en conjectures. Il était impossible, impensable que Démétrios se fût rendu coupable de bavardages inconsidérés. Alors ? Qui ? Comment ? Pourquoi ? Autant de questions sans réponse possible puisqu'il était défendu d'interroger un roi... Celui-ci d'ailleurs mit fin à ses vaines interrogations en reprenant, sur un ton tout différent :

– Nous avons connu, jadis, messire Beltrami, votre père et nous avions de l'estime pour lui car c'était un homme droit, honnête et généreux, et c'est avec peine que nous avons appris sa fin tragique et les pénibles événements qui l'ont suivie... Nous savions déjà que le seigneur Lorenzo de Médicis possédait un beau talent de poète mais nous ignorions que sa plume pût atteindre à ce degré d'évocation lyrique quand il nous a décrit les malheureux événements dont vous avez été victime, donna Fiora, ajouta le roi avec un mince sourire. En vérité le grand Homère n'eût pas fait mieux!

– Monseigneur Lorenzo m'avait pourtant promis de ne point parler de moi, protesta Fiora qui venait de comprendre d'où Louis XI tenait cette ahurissante possession de ses secrets.

– Sans doute a-t-il changé d'avis. Peut-être dans le but de vous protéger malgré vous ? De toute façon, il nous connaît trop bien pour ignorer qu'en toutes choses nous voulons tout savoir de ceux qui sont appelés à nous approcher. Cette exigence a le mérite d'éclairer les situations, d'éviter les mensonges et de nous épargner des explications aussi filandreuses qu'embrouillées. Nos relations en seront simplifiées. Qu'en pensez-vous ?

– Que le roi a raison, sans conteste, mais que je ne m'en trouve pas moins gênée...

– Pâques-Dieu, madame! Nous vous parlons franc et clair. Tâchez de nous payer de la même monnaie et faites-nous grâce des minauderies et afféteries féminines. D'après ce que nous savons de vous, vous êtes courageuse. Ne changez pas!... Et ne prenez pas cette mine contrite! Dites-nous plutôt comment il se fait que vous ne soyez pas sûre d'être Mme de Selongey?

Un peu soulagée malgré tout de pouvoir s'avancer sur un terrain plus stable, Fiora, aussi simplement que si cet inconnu eût été son confesseur, raconta sa malheureuse visite au château de Philippe et le surcroît de douleur et de colère qu'elle en avait recueilli. Louis XI l'écoutait sans rien dire, marchant la tête un peu penchée et les mains nouées derrière son dos.

– Ainsi donc, fit-il quand elle se tut, messire de Selongey se serait rendu bigame en vous épousant? C'est là une faute très grave doublée d'un sacrilège et qui mérite l'échafaud.

– Je n'ai aucune raison ni aucune envie de défendre cet homme, sire, mais après la colère m'est venue la réflexion. Peut-être, me croyant morte, n'aura-t-il épousé cette Béatrice que depuis peu?

Le vif regard que le roi lança à la jeune femme contenait de la surprise et quelque chose qui ressemblait à de la sympathie.

– C'est une qualité rare qu'être capable de raisonner ainsi avec son propre cœur! Quels sont vos sentiments envers Selongey?

– En vérité, je n'en sais rien. Il y a des moments où je crois l'aimer encore, d'autres où je le hais autant et plus même que je ne hais son maître, ce duc aux armes duquel il m'a sacrifiée! cet arrogant Téméraire que nous nous sommes juré d'abattre, Démétrios Lascaris et moi!

Un éclair vite éteint sous la paupière pesante traversa le regard du roi :

– Vous avez juré d'abattre Charles de Bourgogne? Pourquoi?

– Si le duc Philippe vivait encore, nous eussions décidé sa perte car le père et le fils sont coupables pour nous à part égale. J'exècre ce duc impitoyable qui n'a pas eu pitié de la jeunesse de mon père, l'authentique, ce duc auquel messire de Selongey m'a sacrifiée. Quant à messire Lascaris, il lui reproche la mort de son jeune frère et la fausse espérance d'un secours entretenue par les Grecs à présent morts ou esclaves...

Louis XI fit demi-tour pour revenir sur ses pas. Les chiens suivirent docilement.

– Selon la règle une femme ne pouvant résider dans cette abbaye, Commynes va vous conduire à Senlis où vous retrouverez votre ami. Je l'ai fort en estime car c'est un grand médecin et je compte me l'attacher ainsi que le souhaitait le seigneur Lorenzo. Mais vous, donna Fiora, si je vous proposais de me servir, accepteriez-vous?

– Si le roi me permet d'accomplir la vengeance jurée, je n'aurai aucune raison de refuser. Et je serai loyale.

Elle pensait chacun des mots qu'elle prononçait parce que, tout à coup, elle se sentait en confiance. Peut-être parce que le roi, en abandonnant provisoirement le pluriel de majesté, lui paraissait soudain plus proche et plus humain. Il hocha la tête et sourit d'un vrai sourire qui lui ôtait des années et qui, comme toute chose rare, avait beaucoup de charme.

– J'en suis certain. Il suffit pour s'en convaincre de regarder vos yeux... En outre, il serait bon que vous sachiez ceci: Philippe de Selongey est actuellement mon prisonnier... et... en grand danger d'être exécuté. Vous le voyez, je peux déjà vous offrir la moitié de votre vengeance...

Assommée et l'œil agrandi d'épouvante, Fiora parvint péniblement à articuler:

– Mais... pourquoi? Qu'a-t-il fait?

– Il a tenté de me tuer. Les magistrats appellent cela un

régicide et si on lui applique la loi, le favori du Téméraire sera mis en quatre quartiers. Mais nous reparlerons de tout cela à loisir n'est-ce pas? Que Dieu vous ait en sa sainte garde, donna Fiora!

Tournant brusquement le dos à la jeune femme éperdue, Louis XI s'éloigna vers le logis abbatial. Autour de lui, les grands lévriers blancs, las d'une trop longue sagesse, sautaient pour saisir les friandises qu'il élevait à bout de bras. Fiora sentit une immense lassitude. Elle eut envie de s'écrouler là, dans ce moelleux tapis d'herbe, d'y pleurer, d'y dormir... Mais une main solide saisit son bras au moment où ses genoux commençaient à plier :

– Venez, donna Fiora! Je vais vous conduire auprès de votre ami. Il n'est pas loin : trois quarts de lieue au plus...

Sans rien objecter, Fiora se laissa emmener. Le coup qu'elle venait de recevoir était si rude qu'il lui ôtait jusqu'à la faculté de penser. L'idée de retrouver Démétrios était la seule qui surnageât. Elle s'y raccrocha comme à une branche...

Le château de Senlis était petit, du moins pour un château royal mais, en revanche, l'auberge des Trois Pots, sa voisine, était grande et d'agréable habitation. Le roi, quand il était à Senlis, y logeait volontiers ses invités de marque et, tout naturellement, Démétrios y avait été installé, le séjour dans une abbaye ne lui étant pas agréable, ni permis à un orthodoxe. Il l'avait déclaré franchement à Louis XI qui bien qu'étant lui-même d'une extrême piété pouvait comprendre les raisons d'un homme de la valeur du médecin grec.

Esteban était parti en éclaireur tandis que Fiora s'entretenait avec le roi, pour annoncer l'arrivée de la jeune femme et celle-ci en entrant dans l'auberge trouva une agréable chambre toute préparée pour la recevoir. Elle en fut touchée mais c'est l'accueil de Démétrios qui l'émut le plus. Pour la première fois depuis qu'ils se connaissaient, il l'embrassa. En la voyant venir vers lui avec un visage pâle et bouleversé, il avait compris que c'était de ce geste-là dont elle avait besoin puisqu'elle était momentanément privée du refuge que représentait Léonarde. Mais, quand elle éclata en sanglots dans ses bras, il s'inquiéta :

– Que t'est-il arrivé ? Le roi t'aurait-il mal reçue ?

Son regard cherchait celui de Commynes, témoin de la scène et qui écarta les bras en haussant les épaules pour traduire son ignorance :

– Donna Fiora n'a pas dit un mot depuis que nous avons quitté la Victoire. Néanmoins, il semble bien que notre sire l'ait reçue avec faveur. Et moi, je ne souhaite que l'aider et si je peux quelque chose, je suis tout disposé à me conduire en ami véritable si l'on veut bien m'accepter...

Fiora s'écarta, prit le mouchoir que lui offrait Démétrios, essuya ses yeux et se moucha :

– Pardonnez-moi tous les deux, je viens de me conduire comme une enfant et j'en ai honte. Messire de Commynes... une amitié spontanément donnée est un cadeau du ciel et je l'accepte aussi simplement qu'elle m'a été offerte. Si le roi ne réclame pas votre présence ce soir, accepteriez-vous de souper avec nous ?

L'aimable visage du seigneur flamand s'illumina d'un large sourire... et Fiora en conclut que la cuisine de l'auberge devait lui être avantageusement connue.

– Très volontiers ! D'autant que cette longue route que nous avons courue ensemble m'a affamé et si vous m'acceptez tout poudreux ?...

– Venez vous rafraîchir dans ma chambre, proposa courtoisement Démétrios, et si vous souhaitez dormir ici...

– Excellente idée ! Je rejoindrai l'abbaye demain à l'aube. L'important est d'être là quand le roi sortira de la messe.

En dehors de la sympathie que lui inspirait Commynes, Fiora, tout en faisant disparaître la poussière de la route et en enfilant sa robe de lin brodée de feuilles vertes, s'avouait que son invitation à souper n'était pas entièrement dénuée d'arrière-pensée. Conseiller privé et très écouté de Louis XI, le sir d'Argenton devait savoir à quoi s'en tenir au sujet de Philippe et la jeune femme voulait apprendre à tout prix ce qui s'était passé. Elle s'en voulait d'éprouver tant d'angoisse pour le sort d'un homme qu'elle s'efforçait de chasser de son cœur, mais ce même cœur, sourd à toute raison, à toute sagesse et même à toute rancune ne voulait savoir qu'une chose : Philippe serait peut-être mort demain. Et cette idée lui était insupportable. Si Philippe ne respirait plus quelque part dans le monde, fût-ce au bout de la terre, Fiora savait bien qu'il manquerait quelque chose à sa propre vie. Amour ou haine, les deux extrêmes des sentiments humains mettaient dans une existence la pincée sel, de poivre et d'épices qui en font toute la saveur... Il fallait que messire de Selongey continuât d'exister !

Durant tout le début du repas, Fiora sut retenir les questions qui lui brûlaient les lèvres pour ne pas rompre le plaisir de son invité. Tout en dégustant une tourte aux poireaux et à la crème, des écrevisses de la Nonette et une carpe farcie provenant d'un étang voisin, Commynes et Démétrios parlaient de toutes sortes de choses en hommes qui se connaissent déjà et s'apprécient. En dépit de son jeune âge, le seigneur d'Argenton possédait une belle culture et, surtout, adorait parler politique. Il approuvait fort Louis XI de refuser le conflit ouvert avec le roi anglais. Ses troupes se contentaient d'accompagner les marches et contremarches d'un ennemi qui, visiblement, hésitait à engager le combat. Certes, l'armée anglaise était belle, bien armée et ses fameux archers n'avaient rien perdu de leur adresse mais, depuis le débarquement à Calais, l'envahisseur n'avait trouvé devant lui que terre brûlée et villes abandonnées. Les réfugiés d'Arras et de la région environnante, dont Louis XI avait ordonné la destruction pour affamer l'Anglais, avaient trouvé asile, vivres et argent à Amiens ou à Beauvais par exemple car, s'il voulait réduire l'ennemi à la portion congrue, le roi n'entendait pas que le menu peuple eût trop à souffrir.

– A présent, conclut Commynes en attaquant gaillardement un jambon cuit sous la cendre, Edouard et les siens en sont à peu près où le roi voulait les amener : ils ont dévoré toutes leurs provisions et, comme ils ne peuvent se nourrir sur le pays, leurs ventres commencent à sonner creux... ce qui, grâce à Dieu, n'est pas encore notre lot! Tâtez de ce cochon, donna Fiora, il est sublime. Maître Auburtin s'est surpassé...

– Le duc de Bourgogne n'a-t-il pas ravitaillé son beau-frère quand il est venu le rejoindre? demanda Démétrios.

– Il n'avait avec lui que cinquante cavaliers et les villes de Flandres lui avaient refusé leur aide...

– Est-ce à ce moment-là que le comte de Selongey a été fait prisonnier? demanda Fiora d'une voix qu'elle espérait paisible.

Les yeux des deux hommes se tournèrent vers elle mais elle ne les vit pas. Chauffant entre ses deux mains son gobelet de vin, elle en humait l'arôme d'un air distrait sans paraître s'apercevoir du silence qui venait de tomber.

– C'est un peu plus tard, répondit calmement Commynes comme si la question de Fiora s'inscrivait tout naturellement dans le droit-fil de son récit. Sous Beauvais. Des espions du Téméraire avaient dû apprendre que notre sire, pour se délasser un peu l'esprit, voulait certain jour chasser la sarcelle près du Therain sans grande escorte. Messire de Selongey s'est placé en embuscade avec quelques hommes dans les broussailles d'une maison en ruine. Quand le roi est apparu, il s'est jeté sur lui, l'a désarçonné et il brandissait déjà une hache d'armes au-dessus de sa tête quand Robert Cunningham, que vous avez vu tout à l'heure et à qui cette partie de chasse n'inspirait pas confiance, a surgi soudain avec une douzaine d'Ecossais. Selongey ne cessait d'insulter notre sire. Il a été maîtrisé ainsi que son écuyer Mathieu de Prame, tandis que ses hommes étaient tués sur place. Les prisonniers ont été conduits d'abord dans la prison de l'évêque de Beauvais puis au château de Compiègne où ils sont gardés au secret en attendant un jugement qui ne saurait tarder...

– Mais, est-ce qu'en temps de guerre il n'est plus coutume de mettre les seigneurs prisonniers à rançon?

– Sans doute, néanmoins ce n'était pas une action de guerre mais bien un assassinat froidement prémédité. Le roi n'était pas armé. J'ajoute qu'une telle témérité ne m'étonne pas de ce fou de Selongey. Il ignore tout de la diplomatie et ne connaît qu'un seul argument : tuer! ajouta Commynes avec une nuance de dédain qui fit rougir Fiora. En outre, il voue à son maître une dévotion aveugle, sourde, impénétrable à tout raisonnement. Même Dieu passe après son prince dont il ne distingue aucun des défauts, dont il ne comprend pas et ne comprendra jamais qu'il court délibérément à un abîme où s'engloutira inéluctablement ce grand duché dont il prétend faire un royaume...

Toute gaieté avait soudain déserté le visage de Commynes. L'œil assombri, la bouche amère il ne regardait aucun de ses compagnons et Fiora eut l'impression soudaine qu'il ne s'adressait pas à eux mais à lui-même. Aussi fut-ce très doucement qu'elle reprit :

– Comment êtes-vous si bien au fait des affaires de Bourgogne, messire? Vous parlez du duc Charles comme si vous le connaissiez personnellement...

La main de Démétrios venait de s'appuyer sur celle de Fiora pour la mettre en garde contre quelque chose mais il était déjà trop tard. Philippe de Commynes tourna vers elle un regard qu'elle ne parvint pas à déchiffrer. Il lui sembla tout de même qu'il contenait de la douleur et, cependant, ce fut avec un sourire qu'on lui répondit :

– Je suis flamand, donna Fiora. Mon père Colart de Commynes fut gouverneur de Cassel, bailli de Gand, souverain bailli de Flandre et chevalier de la Toison d'or. Le duc Philippe était mon parrain et j'ai été élevé à sa cour. A dix-sept ans, en 1464, j'ai été attaché à la personne du comte de Charolais qui, en devenant duc de Bourgogne, a fait de moi son conseiller et son chambellan. Mais je savais déjà qu'aucune entente ne serait longtemps possible entre moi et un maître incapable d'entendre un conseil de sagesse ou de modération. Si vous aviez comme moi assisté à la destruction de Dinant, au massacre méthodique de tous ses habitants, hommes, femmes, enfants, vieillards et jusqu'aux nouveau-nés, et cela parce que ces malheureux avaient osé élever la voix contre leur suzerain, vous sauriez ce que je veux dire... J'avais envie de vomir mais lui considérait tout cela d'un œil froidement satisfait. J'ai revu à Liège ce genre de tuerie où nul ne trouvait grâce, même les nonnes cloîtrées, même les êtres les plus pitoyables...

– Ainsi, dit Fiora sans songer à cacher sa surprise, vous êtiez bourguignon?...

Le sourire de Commynes se fit sarcastique :

– Et je suis à présent français. Un transfuge, n'est-ce pas? Le Téméraire dirait un traître et pourtant je ne crois pas mériter cette épithète. On ne trahit que ce que l'on admire, que l'on estime ou que l'on aime, et je n'ai jamais éprouvé pour Charles aucun de ces trois sentiments. Tout ce qu'il souhaite inspirer, d'ailleurs, c'est la crainte...

– Quand avez-vous rencontré le roi Louis?

– A la bataille de Montlhéry d'abord, où je l'ai vu combattre vaillamment et sans jamais cesser de ménager autant que faire se pouvait la vie et le sang de ses soldats. Je l'ai admiré. Puis je l'ai revu à cette malheureuse entrevue de Péronne, ce piège où il s'était fourvoyé pour une fois et où, pendant des heures, la mort est restée suspendue sur sa tête sans qu'il en parût effrayé. Il a dépensé des trésors de diplomatie et j'ai compris alors quel génie l'habitait. Je l'ai estimé à sa valeur je crois et j'ai alors tout fait pour retenir la colère aveugle du Téméraire. Le roi m'en a témoigné de la reconnaissance....

– On dit, fit Démétrios, que le Téméraire l'a obligé à l'accompagner à Liège et à assister à la punition de ses habitants... qui étaient pourtant ses amis de la veille. Il serait resté fort serein, en la circonstance, à ce que l'on dit...

– C'est un étonnant comédien et j'avoue qu'elle me fascine, cette « universelle aragne » qui tisse patiemment, soigneusement la toile où les insectes étourdis se feront prendre. Après Péronne j'ai accompli pour le Téméraire diverses missions en Angleterre, en Bretagne, en Castille, sans jamais recevoir autre chose que des critiques amères ou des rebuffades. En même temps, je voyais se développer une politique impitoyable et démentielle. De quoi le Téméraire n'a-t-il pas rêvé? L'Empire! L'hégémonie de l'Europe! Obtenir de l'empereur Frédéric III qu'il le reconnaisse pour son héritier en lieu et place de son propre fils! À présent, le royaume pour lequel il lui faut la Lorraine qui unirait les pays de par-deçà aux pays de par-delà... mais j'étais déjà parti. Une mission inutile où j'ai failli laisser ma vie pour rien m'a décidé : le roi Louis m'appelait. Dans la nuit du 8 au 9 août 1472, il vient d'y avoir trois ans, je l'ai rejoint en Anjou, aux Ponts-de-Cé. Et je ne regrette rien...

– Qu'adviendrait-il de vous si d'aventure le Téméraire s'emparait de vous? fit Démétrios.

– Ma fin serait sans doute exemplaire. D'ailleurs, en attaquant le roi, Philippe de Selongey escomptait faire coup double et me ramener chargé de chaînes car il veut ma mort plus encore, je crois, que son maître. Malheureusement pour lui, je n'apprécie guère la chasse... et c'est lui qui est captif à présent.

– Vous le connaissez bien? murmura Fiora.

– Assez bien en effet. Il n'a que deux ans de plus que moi et nous avons été longtemps compagnons d'armes. Cependant nous n'avons jamais été de vrais amis : nous sommes par trop différents.

– Néanmoins, il vous est peut-être arrivé de rencontrer sa femme?

La surprise que manifesta Commynes était trop absolue pour n'être pas sincère.

– Sa femme? Je n'ai jamais entendu dire qu'il fût marié! A ma connaissance, il a refusé nombre de partis, parfois brillants, mais il n'aurait eu que bien peu de temps à consacrer à cette malheureuse...

– Pourquoi dites-vous malheureuse?

– Ce n'est pas un destin bien plaisant que de vivre isolée dans un château bourguignon ou d'augmenter le cercle de dames éloignées de leurs époux qui entourent, à Gand, à Bruges, à Bruxelles ou à Lille la duchesse Marguerite et sa belle-fille Marie. L'époque n'est guère propice à la félicité des couples! Ainsi de moi : depuis deux ans et demi que j'ai convolé, je n'ai guère rencontré dame Hélène, ma belle épouse. Quand elle n'est pas auprès de la reine Charlotte qui vit à Amboise avec ses enfants, elle réside sur cette terre d'Argenton qui m'est venue d'elle et où elle se plaît.

– Et... vous ne lui manquez pas? lança Fiora avec un brin d'insolence.

– Si c'est le cas, elle est trop sage et trop bien élevée pour jamais l'exprimer.

– Alors, changeons la proposition s'il vous plaît : elle ne vous manque pas?

Commynes, toute sa bonne humeur retrouvée, éclata de rire :

– Je vois qu'il faut vous faire plaisir, donna Fiora! Je pourrais vous dire que notre sire ne m'en laisse ni le temps ni le loisir et ce serait vérité. Pourtant, il m'arrive, certains soirs quand la campagne sent bon et que le ciel est plein d'étoiles, de regretter son absence car elle est douce, jolie et fraîche... aussi blonde que vous êtes brune... mais de caractère beaucoup plus paisible, si vous me pardonnez cette petite méchanceté.

Il commençait à se faire tard. Commynes, qui venait de liquider un saladier de fraises et de mûres en le faisant passer avec trois doigts d'une bonne eau-de-vie de prune, prit congé de ses nouveaux amis et rejoignit la chambre qu'on lui avait préparée. Fiora écouta décroître le bruit de ses pas dans la longue galerie, dominant la cour centrale, qui desservait les divers appartements puis, s'étant assurée que le sire d'Argenton était bien rentré chez lui, elle revint vers Démétrios qui, accoudé à la fenêtre, écoutait les cloches de la cathédrale proche sonner le couvre-feu, ayant auparavant soufflé les chandelles qui éclairaient la table. Mais la nuit était assez claire pour que l'on pût se priver d'éclairage. Fiora s'installa auprès du Grec et demanda :

– En vérité, je ne sais que penser de cet homme. Il me déroute. Il semble la franchise, la loyauté, l'honnêteté mêmes et il doit être facile de lui accorder son amitié, pourtant...

– Tu ne vas pas, à présent, lui reprocher d'avoir abandonné le Téméraire pour le roi Louis ?

– Ne le devrions-nous pas ? Dans toutes les langues du monde, c'est un traître ?

– Pas dans la mienne, car la faute n'incombe pas au sire de Commynes mais bien à ce prince démesuré, fou d'orgueil et inaccessible à tout sentiment humain qui n'a pas su retenir un tel serviteur. Car je te le dis, c'est un grand serviteur que ce Commynes et il est allé naturellement vers une intelligence en laquelle il reconnaissait la sienne. Il a l'étoffe d'un homme d'État et Louis XI ne s'y est pas trompé... Il sait que l'on a les dévouements que l'on mérite. Le Téméraire ne le sait pas et ne le saura jamais...

– Il a su s'attacher pourtant... messire de Selongey, murmura Fiora avec amertume...

– Parce qu'ils se ressemblent : ce sont des hommes de guerre, de ces féodaux que ceux de Florence redoutent et méprisent un peu parce qu'ils achètent leurs services. Ton Philippe est le reflet que le Téméraire peut voir s'il lui arrive de se regarder au miroir.

– Ce n'est pas mon Philippe !

– Et cependant ton cœur est ravagé d'angoisse depuis que tu le sais voué à l'échafaud. Ne dis pas non. Je lis en toi comme dans un livre, tu le sais bien.

– Tu lis aussi dans l'avenir. Va-t-il mourir?

– Je n'en sais rien. Pour te répondre, il faudrait que je sois auprès de lui...

– Mais tu es près de moi! Que vois-tu?

– Une longue route, le fracas des batailles... du sang et des larmes. M'écouteras-tu, Fiora, si je t'ordonne de retourner à Paris, auprès de Léonarde et des Nardi? Les combats qui se préparent sont trop rudes pour une femme. Je t'aime assez pour souhaiter te les épargner.

– Je ne veux pas être épargnée, fit-elle avec une soudaine violence. Je hais le Téméraire plus encore aujourd'hui que je ne le haïssais hier. Et si Philippe venait à mourir à cause de lui...

Un bruit de course dans la rue lui coupa la parole. Elle reconnut la silhouette trapue d'Esteban qui rentrait à l'auberge après une soirée passée sans doute dans quelque cabaret avec les soldats qui protégeaient la ville. Depuis qu'il avait quitté Paris, le Castillan aspirait l'odeur violente de la guerre par tous les pores de sa peau et il ne perdait jamais une occasion de s'approcher des troupes pour partager, ne fût-ce qu'un instant, une vie pour laquelle il avait de tout temps été créé. Démétrios n'ignorait rien de cette attirance. Il fallait qu'Esteban fût vraiment attaché à lui pour résister à son envie de s'engager. Mais résisterait-il encore longtemps dans ce pays où l'on rencontrait plus d'hommes d'armes que de civils?

Du haut de la fenêtre, il l'appela et lui ordonna de monter le rejoindre.

– De toute façon, je serais venu, dit Esteban en entrant dans la chambre, car j'avais quelque chose à dire à donna Fiora.

– A moi?

– A tous les deux serait plus juste. Le moine espagnol!

– Eh bien?

– Il est ici. Peu avant la fermeture des portes je l'ai vu entrer, monté sur une mule. Il s'est allé loger chez l'archiprêtre de la cathédrale.

– Quel moine espagnol ? demanda Démétrios qui tombait des nues. Tout de même pas... ?

– Si, fit le Castillan avec un rictus féroce. C'est bien ça. Donna Fiora l'a vu à la messe de l'Assomption à Notre-Dame de Paris et moi je l'ai suivi ensuite et j'ai fait parler l'un des moines chez qui il habitait. Il paraîtrait qu'il vient ici pour voir le roi.

Démétrios demeura silencieux quelques instants, le temps sans doute de se faire à l'idée de voir Ignacio Ortega resurgir dans sa vie :

– Eh bien, soupira-t-il enfin, il ne nous manquait plus que ça ! Esteban, mon garçon, je suis désolé mais il va falloir que tu surveilles cet olibrius de près...

– Ça va, fit le garçon avec désinvolture. On sera dès la première messe à la cathédrale ! Une de plus une de moins...

CHAPITRE VII

LOUIS, PAR LA GRÂCE DE DIEU ROI DE FRANCE...

Trois jours plus tard, le roi tenait sa cour au château de Senlis. Cour étrange, dont les dames étaient absentes à l'exception d'une seule et qui ressemblait plus à un conseil de guerre qu'à l'habituelle réunion d'un souverain qui souhaite prêter l'oreille aux doléances de son peuple. Il y avait là plus d'armures que de pourpoints et de justaucorps. A peu près seul de son espèce, Louis XI portait une longue robe vert sombre ouverte devant pour laisser passer ses jambes maigres vêtues de chausses noires et ses pieds chaussés de poulaines de cuir qu'il tenait croisés. Sur le chapeau dont la pointe offrait un parallèle amusant avec son long nez, les médailles brillaient, astiquées. Ainsi vêtu, il offrait un contraste frappant avec les cottes de soie multicolores, les chaînes d'or dont se parait son entourage, et les tenues superbes de la Garde Écossaise. Quelques-uns de ses amis se tenaient auprès de lui : le vieux seigneur du Bouchage et le seigneur du Lude qu'il avait surnommé « Jean des Habilités », Tanneguy du Chastel, mais aucun de ceux-là n'était vraiment appelé en ses conseils. Seul, Commynes, le plus jeune pourtant, pouvait, à Senlis, se targuer de ce titre auprès d'un souverain dont on disait que « son cheval portait tout son Conseil ». Il était debout auprès de lui, prêt à répondre au moindre signe... Un grand lévrier blanc, « Cher Ami », le favori, était couché aux pieds de son maître qui siégeait sous un dais fleurdelisé.

Seule exception féminine dans cette assemblée d'hommes, et parce qu'elle y avait été conviée impérieusement, Fiora, vêtue de noir, ses cheveux sévèrement tressés couverts d'une coiffe basse en velours dont les pans n'en laissaient pas dépasser une mèche, était debout auprès de Démétrios dont la haute silhouette la masquait en partie. Rarement, elle s'était sentie aussi fébrile car depuis trois jours elle tournait en rond dans sa chambre d'auberge sans parvenir à entreprendre quoi que ce soit de valable, hantée par la pensée qu'à chaque instant Philippe pouvait être conduit au supplice, et se raccrochant au faible espoir que lui avaient laissé les dernières paroles du roi : « Nous reparlerons de tout cela à loisir... »

Elle avait espéré d'abord que Démétrios serait mandé auprès du souverain et qu'elle pourrait l'accompagner, mais il n'en avait rien été.

– Je croyais qu'il ne pouvait pas se passer de toi ? fit-elle presque agressive.

– Il ne peut surtout pas se passer de l'onguent que je lui ai concocté avec des feuilles de sureau et de ronce broyées dans la graisse fine et que l'on applique sur ses hémorroïdes après lavage avec une décoction froide de millepertuis. Il s'en trouve à merveille...

– Tellement bien qu'il n'aurait plus même besoin de toi! N'importe quel médicastre peut se servir de ta recette...

– A condition de la connaître et je ne donne jamais mes compositions. Sauf à toi, bien sûr. Sois tranquille, le roi aura encore besoin de moi...

L'avant-veille, n'y tenant plus, Fiora avait réclamé son cheval. Elle savait que Compiègne n'était pas loin et elle voulait s'y rendre dans l'espoir d'apprendre quelque chose, si peu que ce soit, sur Philippe, mais elle s'était aperçue, alors, que s'il était aisé d'entrer dans Senlis, il l'était beaucoup moins d'en sortir sans un ordre du roi ou du gouverneur de la ville. La voyant au bord des larmes, Démétrios s'était efforcé de la réconforter.

– Prends patience! Je suis persuadé que messire de Selongey n'est pas en danger immédiat. En te faisant venir, notre sire, comme dit le jeune Commynes, avait bien une idée derrière la tête puisqu'il n'ignore rien des liens matrimoniaux qui t'attachent à son prisonnier. Il faut lui laisser le temps de l'exprimer...

– Parlons-en de Commynes! Lui aussi a complètement disparu! On ne l'a pas revu.

On le revit au matin de ce troisième jour. C'est lui qui vint signifier aux deux étrangers de se rendre au château pour le plaid royal. Quant à Esteban, il était demeuré fermement suspendu aux basques de fray Ignacio grâce à qui il n'avait pas raté un seul office. L'unique promenade un peu divertissante avait été quand le moine, voulant se rendre à l'abbaye de la Victoire, s'était fait refouler par les gardes de la ville. En dépit de la protection de l'archiprêtre, lui aussi devait attendre que le roi soit disposé à le recevoir. Mais sa présence irritait Fiora qui, par crainte de le rencontrer, ne mit pas le pied hors de l'auberge des Trois Pots.

Louis XI semblait d'excellente humeur ce matin-là. De sa place, Fiora pouvait le voir rire et bavarder amicalement avec le sire du Lude. Il accueillit avec faveur quelques suppliques de bourgeois venus faire appel à sa justice et distribua de larges aumônes à la prieure d'un couvent de l'extérieur qui avait subi des déprédations du fait des mouvements de troupes. Cela fait, le roi se leva :

– Messeigneurs, dit-il en frottant l'une contre l'autre ses longues mains sèches, nous avons pour vous des nouvelles qui réjouiront le cœur de tous nos bons sujets comme elles ont réjoui le nôtre. La menace que faisait peser sur notre royaume l'ambition folle de notre cousin de Bourgogne qui a convaincu l'Anglais de passer la mer pour s'emparer de notre pays, cette menace vient de s'éloigner. Il y a eu grave dispute suivie de brouille entre le roi Édouard et Charles le Hardi qui lui est venu reprocher de ne point faire marcher ses troupes contre nous et d'accueillir avec faveur l'idée d'un accord. Notre beau cousin de Bourgogne qui était revenu à Péronne est parti, hier, rejoindre son armée en Luxembourg sans esprit de retour. Demain nous irons rendre grâce au Seigneur Dieu et à Madame la benoîte Sainte Vierge, notre protectrice, et les prier afin qu'ils veuillent bien épargner à notre bon peuple douleur et affliction car c'est laide chose que la guerre...

Les acclamations emplirent la salle faisant voltiger la rangée de bannières pendues en haut des murs. Fiora et Démétrios, surtout pour ne pas se faire remarquer, joignirent leurs voix aux autres d'autant plus volontiers pour la jeune femme qu'elle voyait là une excellente occasion d'essayer d'obtenir la grâce de Philippe, indignement abandonné par ce maître qu'il aimait tant et qui, apparemment, n'avait rien tenté pour l'arracher de sa prison.

Elle était sur le point de se diriger vers le trône quand, à la porte de la salle, un huissier royal frappa le sol par trois fois de son bâton et lança d'une voix forte :

– Plaise au roi recevoir Mgr l'archiprêtre de la cathédrale et Sa Révérence le prieur de l'abbaye Saint-Vincent qui souhaitent présenter à lui un saint moine venu de Rome!

Sur un signe de Louis XI, les portes s'ouvrirent pour laisser passer les trois religieux.

A la vue du moine espagnol, Fiora eut un frisson de répulsion et d'horreur comme si une vipère venait de se dresser sur son chemin. Il était toujours le même. Plein de dédain et d'arrogance, il s'avançait entre les deux dignitaires, les mains enfouies au fond de ses manches, ne regardant personne sinon ce roi qui s'était levé pour accueillir des hommes d'Église. Le dôme dénudé de son crâne luisait dans la lumière pauvre de ce jour chargé de nuages et, en entendant gronder le tonnerre dans le lointain, Fiora se demanda si Dieu lui-même n'avait pas choisi de mettre le roi de France en garde contre l'être malfaisant qui marchait à sa rencontre...

A mesure qu'il s'avançait, « Cher Ami » se redressait. Quittant sa pose élégante d'animal héraldique, le chien se leva et gronda. Le roi posa vivement sa main sur son collier orfévré :

– Paix, mon fils, paix! Recouche-toi!

Mais Fiora remarqua que les yeux de Louis XI avaient curieusement rétréci. De mauvaise grâce, en montrant les dents, « Cher Ami » obéit. Le moine ne lui avait pas fait l'honneur d'un regard et même répondit à peine au salut plein de révérence que lui adressait le roi.

– Cet homme doit être fou, chuchota Démétrios. Quelle curieuse façon de se présenter devant un souverain! Ma parole, il se prend pour le pape!

– Je ne suis pas même certaine qu'il ne se croie pas un peu au-dessus. Mais chut!...

Louis XI, en effet, adressait une bienvenue aimable au voyageur venu de la ville sanctifiée par le tombeau de l'Apôtre et ajoutait :

– C'est toujours une grande joie, pour un cœur chrétien, d'accueillir un envoyé de notre Très-Saint-Père.

– Ce n'est pas pour te réjouir que le pape Sixte m'envoie vers toi, roi de France, car son cœur est lourd et plein de colère.

– De colère contre nous? Cela est impossible. Nous ne nous souvenons pas d'avoir en quelque point que ce soit offensé le vicaire du Christ...

– Ta mémoire est courte, roi, et surtout complaisante. Tu oublies bien facilement que, depuis sept ans, tu détiens en dure prison un prince de la sainte Église. Le pape m'envoie t'ordonner de libérer sur l'heure le cardinal Balue!

Le visage de Louis XI se ferma et un éclair jaillit de sous sa paupière :

– Jean Balue est un traître qui méritait la mort car il n'a pas craint de comploter contre nous avec les gens de Bourgogne. Contre nous qui, d'un fils de meunier, avons fait un prélat couvert de richesse et d'honneurs, contre nous qui avons demandé et obtenu pour lui le chapeau de cardinal. Qu'il se tienne satisfait d'être encore en vie!

– C'est croupir au fond d'une cage, comme une bête fauve, que tu appelles être en vie? Tu n'avais aucun droit de porter la main sur un homme de Dieu qui relève uniquement du pape.

– Nous avons tous les droits et le pape le sait bien qui a accepté voici trois ans le Concordat de Tours! Nous serions tout disposé à faire un geste susceptible d'alléger le cœur de Sa Sainteté à condition qu'il ne s'agisse pas des affaires du royaume. Et il s'agit précisément d'une affaire du royaume...

– Tu refuses d'élargir le cardinal?

– Positivement!

– Consens-tu toutefois à lire la lettre que t'adresse Sixte IV?

– Une lettre? Que n'avez-vous commencé par là, révérend frère...

Fray Ignacio tira de sa manche un mince rouleau de parchemin attaché d'un ruban blanc et scellé d'un large sceau doré que Louis XI reçut avec révérence et dont il baisa même le sceau avant de se tourner vers son chancelier pour qu'il décachette le message. A cet instant, Fiora bouscula Démétrios et s'élança sur le moine qui, déséquilibré, tomba à terre, laissant échapper le long couteau qui, dans sa main, venait de remplacer le parchemin. Les yeux vifs de la jeune femme rivés à fray Ignacio avaient entrevu l'arme, l'espace d'un éclair, et sa réaction avait été immédiate; foncer droit devant elle avec une seule idée: écarter du roi la menace de mort qu'elle venait d'entrevoir. Le lévrier avait réagi avec la même impétuosité et, les pattes sur la poitrine du moine, il tenait sa gorge sous la menace de ses crocs. Fiora cependant se relevait, ramassait le poignard et, genou en terre, l'offrait à Louis XI:

– Sire, cet homme voulait tuer le roi!

Sans rien dire, celui-ci saisit l'arme et l'examina, prenant tout son temps et apparemment peu pressé de rappeler son chien qui grondait toujours, ce qui, d'ailleurs, paraissait inquiéter assez peu fray Ignacio. Si son visage n'était plus qu'un masque de fureur impuissante c'est uniquement parce qu'il venait de reconnaître Fiora :

– La Florentine! cracha-t-il. La sorcière damnée! Elle est ici et elle tente de m'imputer ses intentions criminelles!... C'est elle, c'est elle qui a apporté ce poignard, c'est elle qui...

– Qui s'apprêtait à nous tuer? fit paisiblement Louis XI. Je suis avant tout ami de la logique et de la vraisemblance. Si l'idée de donna Fiora était de nous navrer, elle en avait tout le loisir l'autre jour à l'abbaye de la Victoire. Nous avons longuement parlé ensemble tête à tête. Ce que nous aimerions savoir plutôt, c'est en quelles circonstances elle a pu rencontrer cet étrange serviteur de Dieu.

Ayant déjà mis genou en terre, Fiora levait vers le roi ses grands yeux gris dont aucun nuage ne troublait la limpidité :

– S'il plaît au roi de m'entendre, je lui dirai tout.

– Et nous l'entendrons avec plaisir. Tout enfant déjà nous aimions fort les histoires de brigands. Messire de Commynes, veillez donc à conduire donna Fiora dans notre oratoire où nous la rejoindrons sous peu... A présent, « Cher Ami », retourne te coucher. Tu nous as bien servi et tu auras ta récompense. Capitaine Kennedy!

L'officier qui commandait la Garde Écossaise vint se placer auprès du moine qui, toujours à terre, n'osait se relever par peur des crocs du lévrier qui, bien qu'ayant obéi, grondait toujours :

– Aux ordres du roi! Qu'ordonne-t-il ?

– A Dieu ne plaise que nous trempions nos mains dans le sang de cet assassin. Ainsi tu voulais mourir pour Balue, pauvre fou ?

– Je ne le connais même pas! C'est pour ma reine, Isabelle de Castille que je suis prêt à périr. Tes soldats foulent et meurtrissent les terres qui sont siennes...

– Pas depuis longtemps et par mariage. Sans compter que la libre Catalogne ne lui a jamais appartenu. C'est à l'Aragon que nous avons eu affaire. Il serait bon que chez les frères du grand saint Dominique on apprenne un peu l'histoire et la géographie? Hé? Mais je ne te crois pas. La vérité c'est que le pape Sixte t'envoie. Il est l'allié du Téméraire et rien ne le réjouirait tant que notre mort. Qu'obtiendrait-il si tu avais réussi?

– Qu'est-ce que j'en sais? Tu es l'Antéchrist, le suppôt de Satan! Tôt ou tard, tu recevras la punition de tes crimes, tôt ou tard tu sauras ce que pèse la malédiction. Pour avoir osé porter la main sur moi, tu seras excommunié, tu seras...

– Et pourquoi mon royaume ne serait-il pas mis en interdit? ironisa Louis XI. Dieu que ce moine est fatigant! Kennedy, mon ami, ôtez-le de là avant que la colère ne nous gagne...

– Et que faut-il en faire?

– Faites-le conduire en notre château de Loches, sous bonne escorte. Il s'y trouve, si nous ne faisons pas erreur, une cage vide dans la salle où soupire ce cher Jean Balue. Mettez-les ensemble. Ils feront ainsi connaissance puisque apparemment ce fol est venu implorer la grâce d'un homme qu'il n'avait jamais vu. Ils devraient s'entendre.

Écumant de rage et de fureur, crachant le venin et l'anathème, fray Ignacio fut entraîné par quatre solides Écossais qui le portaient plus qu'ils ne l'encadraient. Les pieds du moine battaient l'air de façon grotesque... « Cher Ami » apaisé s'était recouché aux pieds du roi. Commynes prit Fiora par le bras :

– Vous venez, dit-il. Je crois qu'il n'y a plus rien à voir.

Elle le suivit sans se faire prier. Les hurlements de son ennemi résonnaient dans son cœur comme des chants d'allégresse... Ce moine qui semblait attaché à ses traces comme une malédiction, vivant rappel de la fureur aveugle qui l'avait précipitée en enfer, voilà qu'elle en était délivrée! Elle ne savait pas où était ce château de

Loches mais, où qu'il soit, il mettait au moins entre elle et son ennemi l'épaisseur de ses murailles, de ses portes solides, de ses cachots profonds et de ses chaînes dans les cages...

– Il faut que cet homme soit fou, commenta Commynes. Venir attaquer notre sire au cœur de son royaume, dans l'un de ses châteaux, au milieu de ses gardes, de ses serviteurs et de ses amis? Comment espérait-il en réchapper s'il avait réussi?

– Le mieux du monde, j'imagine. Il se croit à la fois l'épée et la foudre de Dieu. En chaque prince temporel il voit un tyran. Il comptait sur la joie reconnaissante des esclaves libérés...

– Eh bien, si c'est là tout ce que le pape trouve à nous envoyer comme ambassadeur! Je le croyais habile?

– Il l'est peut-être plus que vous ne le pensez? Réfléchissez: si l'attentat avait réussi, Sixte IV était débarrassé du plus puissant allié de Florence et donc d'un ennemi dangereux. Et comme fray Ignacio a échoué, il est débarrassé de toute façon d'un homme encombrant et dont il ne savait peut-être plus que faire lui-même. Ces fanatiques ont du bon – si j'ose dire – quand on sait s'en servir.

Commynes considéra Fiora avec une sincère stupeur puis éclata de rire:

– Moi qui me prenais pour un fin politique, je reçois là bonne leçon... Ah! maître Olivier, veuillez nous laisser pénétrer chez le roi. Cette jeune dame doit l'attendre dans son oratoire.

La dernière phrase s'adressait à un homme qui sortait de l'appartement royal, tenant sous le bras un petit coffre. Vêtu de noir, le cheveu brun coupé court, le visage étroit d'une statue de bois, il avait des lèvres minces et des yeux qui possédaient l'immobilité et l'indéfinissable couleur d'un marais. Il s'inclina un rien trop bas et Fiora qui n'aimait pas sa figure le jugea obséquieux. La voix d'ailleurs était un peu trop douce:

– Monseigneur le prince de Talmont n'a pas besoin

qu'un modeste barbier le laisse pénétrer chez son maître. Il n'a qu'à paraître en personne!

Fiora crut déceler une trace de fiel dans ces dernières paroles. L'homme cependant ouvrait la porte avec une nouvelle courbette.

– Allons donc, maître Olivier! protesta Commynes avec un léger haussement d'épaules. Lorsque vous en décidez autrement, nul ne saurait entrer ici.

– Qui est-ce? demanda Fiora quand la porte se fut refermée sur eux et qu'ils se retrouvèrent dans une sorte d'antichambre meublée d'un seul coffre mais ornée de belles tapisseries.

– Le barbier de notre sire. Il se nomme Olivier le Daim et il est flamand comme moi mais il y a près de vingt ans qu'il est au service du roi et celui-ci apprécie beaucoup ses talents d'organisateur d'une maison. Il a en charge la préparation des voyages et déplacements et, grâce à lui, le roi retrouve toujours, où qu'il aille, ses affaires à la même place. Il est aussi de sens subtil et ne quitte jamais son maître. Il formerait même avec le secrétaire piémontais Alberto Magalotti une sorte... de... conseil étroit dont notre sire ne dédaignerait point d'écouter les avis.

– Il est si important avec si peu d'apparence?

– L'apparence n'a aucune influence sur le roi Louis et je ne suis pas certain que le Daim ait beaucoup de pouvoir, pourtant il convient de s'en méfier. Certains l'ont surnommé Olivier le diable. Mais vous voici à destination.

Après avoir traversé une chambre d'une grande sobriété dont les plus beaux ornements étaient certainement les chiens qui dormaient sur les tapis, Commynes fit entrer Fiora dans le petit oratoire dont la richesse frappa la jeune femme: tentures précieuses et panneaux peints – tous amovibles car, suivant la coutume du temps, la chapelle du roi comme ses meubles le suivaient dans ses différentes résidences – entouraient un autel drapé de brocart sur lequel s'élevait une croix de pierre auprès d'une statuette d'or représentant Notre-Dame de Cléry à laquelle

Louis XI vouait une dévotion toute particulière et d'une autre, en argent, à l'effigie de saint Michel au nom duquel le roi avait, le 1er août 1469, fondé à Amboise un ordre de chevalerie. Le collier à coquilles de cet ordre reposait sur la précieuse nappe d'autel, Louis XI se contentant d'ordinaire de porter une médaille au bout d'une simple chaîne. D'autres effigies de saints garnissaient de petites consoles au mur, certaines anciennes et une presque neuve représentant sainte Angadresme, la patronne de la ville de Beauvais qui avait opposé victorieuse défense aux troupes du Téméraire en 1472. La statuette avait été offerte au souverain par l'héroïne locale, Jeanne Laisné, dite « Jeanne Hachette », qui avait mené femmes et enfants au combat des remparts... Les couleurs chaudes d'un vitrail faisaient vivre tous ces objets.

– Que c'est beau! soupira Fiora. Voilà enfin une pièce digne du roi de France!

– Justement parce que c'est la seule où notre sire ne le soit plus. Il n'est ici que l'humble serviteur de Dieu.

– Par saint Louis, mon aïeul vénéré, il vous arrive de dire de grandes choses, Commynes! fit le roi qui venait d'entrer. A présent, me laissez avec donna Fiora mais attendez dans ma chambre...

Il s'agenouilla pour une courte prière et la jeune femme crut bon de l'imiter, ce qui fait qu'en se relevant il la trouva à genoux et lui tendit la main pour l'aider à se relever. Quand elle fut debout, il garda un instant ses doigts dans les siens, plongeant son regard songeur dans celui de la jeune femme.

– Alors? Ce moine espagnol? D'où le connaissiez-vous?

– De Florence où il tentait de saper le pouvoir de Monseigneur Lorenzo sur l'ordre du pape Sixte qui souhaite donner notre cité à son neveu, Girolamo Riario...

– Nous connaissons assez bien les idées de Sa Sainteté et c'est de vous qu'il est question.

– C'est une longue histoire, sire..

Les yeux du roi s'élevèrent vers la croix de pierre de l'autel :

– Dieu n'est jamais pressé. Nous non plus lorsqu'il s'agit du bien de l'État. Parlez!

Sans plus insister, Fiora entama la pénible histoire de ses relations avec Fray Ignacio. Elle le fit aussi objectivement que possible, sans essayer de foncer des couleurs déjà bien assez sombres. Elle savait qu'avec un homme de la trempe et surtout de l'intelligence de Louis XI, un récit clair, exempt de toute passion, serait mieux perçu qu'un lamento dramatique.

– Ainsi le seigneur Médicis a fait chasser ce moine de Florence, fit-il lorsque Fiora se tut. Bien sûr, c'est toujours délicate entreprise que frapper un membre de la sainte Église mais il nous paraît un peu désinvolte de n'avoir pas mis ce fanatique hors d'état de nuire. Quand le pape néglige ce qu'il doit aux princes chrétiens, il est du devoir de ceux-ci de mettre leurs terres, leurs gens et leur personne à l'abri. Fray Ignacio Ortega va pouvoir réfléchir longuement sur les dangers qu'il y a à mélanger les genres : ou l'on est un homme de Dieu, ou l'on est un espion et un assassin.

– Il est peut-être aisé de passer de l'un à l'autre dès l'instant où l'on se mêle de politique et je crois savoir que beaucoup de prêtres s'en occupent?

– Et le pape plus encore que tous les autres! Je crains qu'il ne soit un souverain temporel beaucoup plus qu'un père spirituel. En outre, il ne nous aime pas. C'est notre beau cousin, le duc Charles, qui a ses préférences. Il l'a clairement prouvé en lançant son légat, l'évêque de Forli Alessandro Nanni, entre lui et l'Empereur lors de l'affaire de Neuss. Grâce à l'habileté de celui-ci, il n'y a eu ni vainqueur ni vaincu. On s'est réconciliés, du bout des lèvres sans doute, mais le Téméraire a pu retirer ses troupes qu'en ce qui nous concerne nous trouvions fort bien là où elles étaient. Il se trouvait libre alors de s'occuper de nous...

– Mais il n'en a rien fait?

– Il est difficile de faire la guerre quand on manque d'argent et de troupes fraîches. Ce moine devait être un bon moyen d'en finir une fois pour toutes avec le roi de France...

– Le roi est-il certain... qu'il ne pourra pas s'échapper?

Louis XI plissa des yeux, laissant filtrer une lueur de gaieté et sourit :

– Si nous en avons le loisir dans les temps à venir, nous vous présenterons notre château de Loches. Viendrait-il des ailes à ce moine, qu'il ne pourrait s'en envoler. Mais assez parlé de châtiment! Vous nous avez sauvé la vie et nous souhaitons vous en témoigner une gratitude à la mesure du service rendu. Que voulez-vous?

Derechef Fiora plia le genou puis, inclinant la tête :

– Je sais que je vais demander beaucoup au roi mais tout ce que je désire c'est la vie... et la liberté du comte de Selongey.

Le silence qui suivit fut si pesant que la jeune femme frissonna et, sans oser relever les yeux, ajouta d'une voix faible mais cependant audible :

– Je ne désire rien d'autre, sire...

Toujours sans rien dire, Louis XI prit à deux doigts le menton de Fiora et considéra longuement les grands yeux gris aux cils desquels perlait une larme.

– Pauvre enfant! soupira-t-il doucement. Amour vous tient en plus cruelle prison que ne sont les geôles de Loches! Non, n'ajoutez rien!... Nous étions persuadé, en venant dans cette chapelle, que vous demanderiez la grâce de cet homme. Nous vous devons trop pour vous la refuser... bien que cela contrarie les espoirs que nous avions misés sur vous. Relevez-vous!

Il se détournait, allait prendre la statuette de sainte Angadresme qu'il scruta comme s'il pensait y trouver un défaut.

– Sire, commença Fiora, la reconnaissance que je...

– Non! Ne remerciez pas! Peut-être... ne méritons-nous

pas autant de gratitude que vous l'imaginez... En vous faisant venir ici, nous avions pensé, surtout vous ayant vue, que vous seriez pour nous... un bon otage, tout à fait de nature à déterminer le sire de Selongey à nous servir. Vous nous avez laissé entendre que notre prisonnier ne tenait pas à vous à ce point-là! Dès lors, nous avions conçu un autre plan : obtenir vos services contre le Téméraire en vous faisant espérer sa grâce. Ce maudit moine et son poignard sont venus se mettre tout à la traverse... Enfin! soupira-t-il, demain vous serez conduite à Compiègne auprès de...

– Que le roi me pardonne de l'interrompre, sire, mais je crois que nous ne nous comprenons pas. L'idée de la mort de celui que je croyais mon époux m'était insupportable. Il vivra et j'en remercie la clémence du roi mais je ne veux rien d'autre. N'ai-je pas dit l'autre jour à Votre Majesté que j'étais disposée à la servir si, ce faisant, je pouvais assouvir la haine que j'éprouve pour le duc de Bourgogne? Rien n'est changé.

Louis XI baisa dévotement la précieuse figurine avant de la replacer sur son support. Sans se retourner vers Fiora il demanda :

– Vous ne souhaitez pas lui porter vous-même la nouvelle inespérée de sa libération? Ce serait, il me semble, belle et noble vengeance?

– Non sire. Je ne veux même pas le revoir pour ne point risquer de retomber sous le charme où il m'a tenue captive. En frappant le maître qu'il chérit plus que tout au monde, je serai mieux vengée...

– Et dans ce but, vous feriez... n'importe quoi? Jusqu'à... vous donner à un autre homme?

– Si mon mariage ne fut qu'un leurre, je n'ai pas à redouter l'adultère. Que le roi ordonne! J'obéirai.

– Soit. Allez rejoindre messire Lascaris. Ce soir, vous souperez tous deux à notre table, en petit comité, ce dont personne ne s'étonnera après ce que vous avez accompli ce jour pour le royaume. Vous saurez plus tard, ce que vous aurez à faire...

S'agenouillant à nouveau devant l'autel scintillant, Louis XI s'abîma dans une profonde oraison. Fiora salua à la fois Dieu et le roi puis se retira à reculons...

L'orage qui avait menacé en grondant tout le jour, tournant autour de la ville et des grandes forêts qui l'environnaient, creva quand vint le soir, déversant sur toutes choses de véritables cataractes. Chaque rue se transforma en ruisseau et les gouttières en autant de petites cascades. Le tonnerre fulminait de majestueuses imprécations et les éclairs succédaient aux éclairs... Il n'y avait plus âme qui vive dans les rues. Seuls, les soldats de garde aux remparts recevaient la douche stoïquement. Après l'étouffante chaleur qui rendait les armures si pesantes, l'énorme averse devait être délicieusement rafraîchissante.

Posté derrière la fenêtre de sa chambre, le roi Louis considérait l'orage avec satisfaction : il songeait à son « bon frère », le roi Edouard IV d'Angleterre qui, le ventre creux et les pieds dans l'eau, devait attendre avec quelque impatience à présent la conclusion de l'accord secret que lord Howard et John Cheyney étaient venus six jours plus tôt établir avec lui. Ces deux-là, dont il était convenu qu'ils resteraient comme otages jusqu'à ce que l'armée anglaise eût repassé la mer, étaient les seuls qui ne devaient pas souffrir beaucoup de la faim : avant de les renvoyer à leur maître, on les avait nourris et abreuvés royalement, circonstance qui devait donner quelque chaleur à leurs propos...

– Les Anglais doivent nous attendre comme le messie! déclara le roi en se frottant les mains. Tant d'eau et pas une goutte de bière ou de vin pour se remonter le moral...

– Espérons tout de même que la pluie cessera de tomber d'ici demain. Si c'est toujours demain que nous partons pour Amiens ? dit Commynes.

– Bien sûr que nous partons demain. L'entrevue avec Edouard est prévue pour le 29 de ce mois à Picquigny et nous avons d'ici là beaucoup de choses à mettre au point.

Demain aussi, j'ordonnerai à Tristan Lhermite, notre Grand Prévôt, de remettre en liberté le sire de Selongey et de le faire accompagner, sous bonne escorte jusqu'à Vervins. Là on le relâchera en lui faisant savoir que le Téméraire est à Namur. Il le rejoindra ainsi sans peine...

– Vous libérez cet homme qui a voulu vous tuer? Sire, est-ce bien raisonnable?

– Donna Fiora m'a sauvé la vie et c'est sa liberté qu'elle a demandée en récompense.

– Pourquoi? C'est insensé!

– Elle est sa femme. C'est pourquoi j'avais voulu la voir... Allons Commynes, ne fais pas cette tête! En libérant ce tranche-montagne je réalise, je crois, la meilleure affaire de ma vie. Donna Fiora croit son époux bigame – et il l'est peut-être après tout! Elle ne sait pas au juste si elle l'aime ou si elle le hait. Une chose est certaine : elle ne veut plus le voir. Mais ce qui est beaucoup plus manifeste, c'est l'exécration qu'elle voue à Bourgogne dont elle a juré la mort. Je vais lui en fournir les moyens.

– Comment cela?

– Je vais l'envoyer à Campobasso qui est l'un des principaux chefs de guerre du Téméraire mais qui n'a pas l'air de savoir exactement de quel côté sa tartine est beurrée...

– Je vois : elle représente le petit morceau de beurre chargé d'expliquer à ce condottiere que les vaches françaises produisent de meilleur lait et plus abondant que les vaches bourguignonnes?

Louis XI se mit à rire et assena une bonne claque dans le dos de son jeune conseiller.

– Il y a plaisir à causer avec vous, messire Philippe... encore que votre métaphore champêtre ne convienne guère à pareille beauté. On dit Campobasso fort porté sur les dames et celle-ci, merveille, vient d'Italie, comme lui.

– Ne va-t-elle pas courir de bien grands périls? Pour rejoindre le Napolitain, il va lui falloir traverser des régions infestées de soldats? Elle est jeune... et fragile pour être ainsi lancée dans une fournaise, ajouta Commynes gravement.

Si gravement même que le roi fronça les sourcils.

– Pâques-Dieu, mon compère, tu es en train de tomber amoureux? Souviens-toi que ton cœur appartient tout entier à dame Hélène, ta gracieuse épouse. La belle Florentine n'est pas pour toi.

– Vous préférez en faire don à ce reître?

– Eh oui! Rarement j'ai eu en main si belle arme et si bien trempée. Rassure-toi, elle sera protégée... À présent, allons remercier Dieu de toutes les bontés dont il nous comble et puis mettons-nous au lit. Demain, avant de partir, je verrai donna Fiora pour lui donner mes instructions.

– Si elle réussit, que ferez-vous pour elle?

– Au lendemain de la mort du Téméraire, elle pourra demander ce qu'elle voudra. En outre, je lui destine certain petit château entouré d'une belle terre qui n'est point éloigné de notre manoir de Plessis-lez-Tours...

– Doux Jésus, sire! fit Commynes scandalisé. Vous ne songeriez pas à en faire...

– Notre maîtresse?... Hé, hé!... Ce n'est pas l'envie qui nous en manquerait mais nous avons juré de ne plus toucher autre femme que Madame la Reine et c'est un serment que nous entendons respecter. Néanmoins, le voisinage d'une fille d'Ève à la fois belle et intelligente est un plaisir qu'un honnête roi peut s'accorder. D'autant que le pays de Loire est bien le cadre idéal pour tant de grâce et de charme.

– J'en demeure d'accord, sire, mais... Selongey, bigame ou pas, dans tout cela?

– Il faut espérer que, si le Téméraire trépasse, son plus fidèle chevalier n'aura pas le mauvais goût de lui survivre. Et nous pourrions alors envisager de marier sa veuve à quelque fidèle serviteur...

– Qui, bien sûr, ne serait pas moi! grogna Commynes.

– Me prendriez-vous pour le Grand Turc, mon ami? Je vous ai déjà marié... et fort bien marié. Ne pleurez pas!

Poussant une collection de soupirs qui en disaient long sur ce qu'il pensait des projets de son maître touchant la belle Fiora, le sire d'Argenton s'en alla coucher non sans avoir prié son valet d'aller lui chercher en cuisine quelques tranches de pâté ou de venaison escortées d'un flacon de vin. Les peines de cœur lui donnaient toujours faim...

Le soleil ne reparut pas le lendemain. Il demeura caché derrière d'épais nuages sombres, tellement tristes qu'ils ne pouvaient s'empêcher de verser, de temps en temps, quelques pleurs en forme de crachin qui détrempaient peut-être plus sûrement que les trombes d'eau de la veille... Cela n'arrangeait pas les chemins dont certains se transformaient en fondrières, mais le roi Louis n'en ordonna pas moins le départ en direction d'Amiens où Tanneguy du Châtel, qui y commandait d'importants effectifs, l'avait précédé.

Debout sur le rempart à la porte nord de la ville, Fiora, enveloppée d'une mante noire à capuchon qui la préservait de la pluie, regardait défiler le train du roi, s'émerveillant de la puissance qu'avait su réunir ce petit homme aux yeux vifs qui menait son royaume avec la sûreté de main d'un bon cocher, sans paraître se soucier des fondrières que creusaient sous les roues de son char les grands féodaux encore acharnés à se tailler la plus grosse part d'un gâteau en forme d'étoile qui s'appelait la France. Il est vrai qu'il disposait pour cela d'une puissance nouvelle et encore inconnue : une armée permanente, née des Compagnies d'Ordonnance créées par son père et qu'il avait su mener à un point de perfection rare. Cette armée se composait de quatre mille lances – la lance étant une unité tactique formée d'un homme d'armes, de son page, de son coutillier, de deux archers et d'un valet d'épée – s'ajoutaient la Garde Écossaise et la Garde Française. Outre cela, vingt mille francs – archers et artilleurs, plus six mille gens d'armes fournis par les seigneurs français. Sans oublier les canons, la redoutable artillerie dont les frères Bureau avaient doté la France sous Charles VII et que Louis XI avait améliorée encore. Tout cela formait, entre Dieppe et Reims, un long rideau de fer et de feu capable de résister victorieusement à l'armée anglaise.

Fiora, bien sûr, ne vit passer que les deux gardes royales précédant et suivant Louis XI qui chevauchait à la tête d'un groupe chatoyant de pennons, de cottes d'armes et de caparaçons joyeusement coloriés. Lui-même était à demi armé, portant avec la cotte de mailles courte une demi-cuirasse, des cuissards, des grèves et des solerets d'acier bleu. Pas de heaume empanaché cependant, mais un chapeau de feutre noir au bord retroussé et orné d'une médaille de saint Michel mais que cerclait la couronne d'or. Ainsi, il était plus simplement équipé que n'importe lequel de ses gardes mais il eût pu se dispenser de l'insigne royal car son maintien fier et son élégance de cavalier [1] ne laissaient planer aucun doute sur sa qualité : il était bien le roi. Quant à ses bagages, ils auraient pu être ceux d'un roi mage. Outre les chariots qui transportaient son lit démontable, sa chaise de commodités, ses tapisseries, sa chapelle et ses chiens, d'autres en interminable file portaient les lourds coffres pleins d'or qui avaient remplacé les barils parisiens; d'autres encore chargés de victuailles de toutes sortes et de nombreux tonneaux, emplis de vin cette fois, étaient destinés à apaiser la faim de l'armée anglaise comme l'or la soif d'Edouard et de quelques-uns de ses barons. Des ribaudes suivaient, à pied ou en charrettes, afin de soutenir le moral des troupes comme cela se pratiquait dans toutes les armées du monde. Ainsi s'en allait le roi de France bouter l'Anglais hors de son royaume sans crainte d'y laisser seulement la vie du moindre de ses hommes. Néanmoins, l'oriflamme de saint Denis l'accompagnait comme il se devait en marchant vers un ennemi.

Le cœur un peu serré, Fiora vit passer Démétrios qui

1. Il était bien plus royal à cheval qu'à pied.

chevauchait auprès de Philippe de Commynes. Louis XI était trop satisfait des soins prodigués par le médecin grec pour lui permettre d'accompagner son amie :

– Il se peut que je vous autorise à la rejoindre dans quelque temps, lorsque je serai guéri. Jusque-là me suivrez!

Ni les prières de Démétrios ni celles de Fiora n'avaient pu fléchir cette volonté. Non sans raison, le roi estimait que Lorenzo de Médicis lui avait dépêché un médecin pour s'occuper de lui et pas pour courir les chemins avec une jolie femme.

– N'ayez crainte, ajouta-t-il en manière de consolation, vous serez présent pour l'hallali. Je sais que vous y tenez!

Force avait été de s'incliner mais Fiora, cependant, n'irait pas sans protection au-devant de son destin : Démétrios avait ordonné à Esteban de la suivre sans rencontrer d'ailleurs la moindre protestation. Le belliqueux Castillan n'était guère tenté par les combats à coups de jambons, de pâtés, de futailles et d'écus d'or tels que les affectionnait le roi Louis. Fiora, elle, s'en allait vers ce foudre de guerre, ce prince de la tempête et de ses fureurs qu'était le duc de Bourgogne. La balance, en dépit du dévouement qu'il portait à son maître, penchait irrésistiblement du côté de la jeune femme.

Jugeant d'ailleurs qu'Esteban constituait une escorte un peu mince, Louis XI avait commis à la garde de son ambassadrice occulte l'un des meilleurs sergents de sa Garde Écossaise, Douglas Mortimer, surnommé Mortimer-la-Bourrasque, qui possédait peut-être le plus affreux caractère de tout le régiment... peut-être parce qu'il n'avait pas eu l'honneur de voir le jour dans les Highlands vénérés mais bien à Plaimpied, au sud de Bourges, des amours passionnées puis légitimes d'un certain Francis Mortimer. Celui-ci avait fait ses premières armes comme jeune écuyer à la bataille de Baugé, où les cinq mille Écossais venus au secours du dauphin Charles – plus tard Charles VII – s'étaient couverts de gloire sous la bannière de John Stuart, comte de Buchan. Leur chef s'était retrouvé un jour connétable de France et comte d'Aubigny, non loin de Bourges, où il s'était établi. Le jeune Francis avait continué, le pli étant pris, à en découdre au service de la France, sous Buchan puis sous le Breton Richemont avec une parenthèse exaltante au service de Jehanne la Pucelle, l'envoyée de Dieu qui montrait courage d'homme mais dont le regard bleu avait tant de lumière... Tout cela ne lui avait guère laissé de temps à dépenser au service de l'amour et il s'était écoulé près de vingt ans avant que le guerrier se retrouvât captif d'un autre regard bleu et des blonds cheveux de Marguerite Lalliée, la jeune veuve d'un hobereau des environs d'Aubigny. Douglas était issu de ce coup de foudre mais, s'il avait toujours porté à sa mère tendresse et vénération, il ne pouvait s'empêcher de lui reprocher secrètement d'avoir fait de lui un des membres les plus représentatifs de cette race hybride, les Écossais-Berrichons, qui avaient proliféré autour d'Aubigny et de Bourges.

Aussi, fermement déterminé à ne pas perpétuer les Mortimer avant d'avoir eu la chance de retourner dans les Hautes Terres, le sergent la Bourrasque s'était-il consacré exclusivement à son métier de soldat en refusant avec obstination de s'apercevoir que villes et campagnes, sans compter la cour, offraient à son choix nombre de jolies jeunes filles et même de moins jeunes tout aussi charmantes. Pour l'hygiène, les ribaudes lui convenaient parfaitement. Quand l'envie lui en venait, il en prenait une sans y attacher plus d'importance que s'il s'agissait d'un gobelet de vin. Néanmoins, il la choisissait avec autant de soin que sa boisson.

Parvenu ainsi à l'âge de quarante ans, Douglas Mortimer élevait à près de six pieds sa tignasse roussâtre en accord parfait avec la longue moustache qui barrait son visage tanné, les épais sourcils qui abritaient ses yeux noisette – ceux de sa mère la Berrichonne! – et un nez d'une pureté si parfaitement romaine que l'on s'était longtemps demandé, en famille, où il était allé le chercher. Brave comme tous les chevaliers de la Table Ronde, fort comme plusieurs Turcs, la Bourrasque savait dresser un cheval et montait comme un Mongol, tirait à l'arc mieux que Robin des bois, faisait sauter la tête d'un homme, casque compris, d'un seul coup de hache, maniait la lance, l'épée, la masse et le fléau d'armes avec une adresse qui confinait à la perfection et s'offrait par-dessus le marché le luxe d'être intelligent. Louis XI, pour lequel il avait déjà rempli quelques missions, l'avait choisi à cause de ces talents variés, bien sûr, mais aussi pour une autre raison : Mortimer qui avait déjà beaucoup voyagé au service de son maître connaissait la France, la Bourgogne, la Lorraine et tous autres pays limitrophes comme sa propre poche.

Un peu perplexe en face de cette force de la nature qui posait sur elle un regard d'une parfaite indifférence, Fiora demanda timidement si son guide n'était pas trop contrarié de quitter son régiment et son splendide équipement pour veiller sur une simple femme.

– Pas cette fois, répondit calmement la Bourrasque. Les Anglais, je les aime mieux au bout de ma lance qu'au bout d'une cuillère à pot! Les Bourguignons sont plus amusants.

Esteban, lui, était franchement furieux :

– Je suis capable de vous défendre en toutes circonstances et contre n'importe quel ennemi, donna Fiora, et je n'ai pas besoin de cette montagne de muscles! Sa présence est une offense à mon courage et à mon dévouement!

Démétrios entreprit de le calmer :

– Le roi ne te connaît pas. En outre, donna Fiora peut être exposée à de graves périls contre lesquels vous ne serez pas trop de deux. Enfin, tu pourrais penser à moi!

– Je sais, maître! Crois-tu qu'il ne me soit pas pénible de te quitter? Même pour peu de temps?

– Ce n'est pas cela que je veux dire. Qu'un autre prenne ma place auprès de celle que je considère un peu comme ma fille est contrariant pour les projets que nous avons formés ensemble.

– Tu n'as rien à craindre, intervint Fiora qui rejoignait à cet instant les deux hommes dans la cour du château où le départ se préparait après un ultime entretien avec le roi. Où est ton don de double vue, Démétrios? Le rideau de l'avenir ne se lève-t-il plus pour toi?

– Je peux lire dans l'avenir des autres mais pas dans le mien.

– Eh bien, lis dans le mien! Ne vois-tu rien de ce qui m'attend? Souviens-toi du bal au palais Médicis!

– Tu n'étais pour moi qu'une inconnue alors. L'affection trouble la vue du mage. Tu m'es devenue chère, petite Fiora...

Émue, la jeune femme prit les mains du Grec et se haussa sur la pointe des pieds pour poser un baiser sur sa joue. C'était la première fois qu'il faisait allusion à un lien affectif entre eux et elle en était touchée :

– Tu me rejoindras bientôt, j'en suis certaine. Le roi me l'a promis!

Sans répondre, Démétrios avait posé ses deux mains sur la tête de Fiora en un geste qui était une bénédiction.

– De toute façon je te rejoindrai. Avec ou sans la permission du roi...

Puis, se détournant, il était parti à grands pas rejoindre son cheval et Philippe de Commynes qui, déjà en selle, lui faisait signe de se hâter. Fiora et Esteban se rendirent alors, en silence, jusqu'au chemin de ronde des remparts d'où, à présent, ils regardaient s'égrener l'interminable cortège. Celui-ci s'estompa peu à peu, ses brillantes couleurs brouillées dans la brume que formait la petite pluie fine et persistante...

– Allons nous préparer maintenant! soupira Fiora. Notre Écossais doit déjà nous attendre à l'auberge en trépignant...

En fait, Mortimer ne trépignait pas le moins du monde. Installé dans la grande salle, il vidait philosophiquement quelques pintes de bière tiède dans la meilleure tradition britannique. Posées devant lui, sur un banc, ses sacoches voisinaient avec une longue et large pièce de laine rousse grossièrement tissée dans laquelle un fil rouge et un fil vert dessinaient des carreaux et qui servait à la fois de manteau, d'écharpe et de couverture à l'Écossais. Vêtu de daim gris, il avait remplacé le grand béret à plumes de héron qui était d'uniforme par un autre, plus petit et en même tissu que son manteau, garni de plumes de faisan. Une dague et une longue épée pendaient de chaque côté de sa ceinture.

Ainsi équipé, Douglas Mortimer était superbe et majestueux à souhait ainsi qu'en témoignaient les yeux ronds de la jeune servante qui le contemplait, un doigt dans la bouche, sans qu'il y prêtât d'ailleurs la moindre attention. Mais, voyant entrer Fiora, il se leva, vida son pot, jeta une pièce sur la table, reprit son bagage et se dirigea vers la jeune femme :

– Prêt! fit-il sobrement. L'étape de ce soir est à Villers-en-Retz [1]!

– L'étape de ce soir est à Paris, dit Fiora doucement mais fermement. J'ai à y faire!

– Pas question! grogna l'Écossais. Le roi a ordonné : je vous conduis en Lorraine.

– Tout à fait d'accord mais il n'a pas précisé par quel chemin. Nous passerons par Paris!

– C'est du temps perdu. Quand le roi ordonne, on exécute. Le roi a dit en Lorraine, on va en Lorraine!

La voix du sergent la Bourrasque commençait à prendre quelque ampleur. Fiora comprit qu'il était temps pour elle d'user de cette vertu de patience que Démétrios proclamait souveraine en toutes choses :

– Écoutez, messire Mortimer : j'ai laissé à Paris, avec une jambe cassée, une femme qui m'a servi de mère, que j'aime infiniment, qui doit être en peine de moi et qui a le droit de savoir où je m'en vais. Je ne veux pas partir sans l'embrasser. Est-ce que vous pouvez comprendre cela?

1. De nos jours Villers-Cotterêts.

– Je ne comprends rien que les ordres du roi. Si vous vouliez faire le détour de Paris, il fallait le lui dire.

– Mais enfin qu'est-ce que cela peut vous faire de passer par un chemin ou par un autre? s'écria Fiora qui commençait à perdre sa précieuse patience.

– A moi, rien, mais à mon cheval cela fait quinze lieues de plus et parfaitement inutiles. Sans compter le temps que nous allons perdre là-bas! Ah, vous êtes bien une femme, hurla Mortimer dont la moustache commençait à se hérisser de fureur. Vous saurez que lorsque l'on a l'honneur...

Ils se dressaient l'un en face de l'autre comme des coqs de combat. Esteban se glissa entre les deux et prit Fiora aux épaules, tournant délibérément le dos à l'Écossais :

– Écoutez-moi, donna Fiora! Vous savez combien je vous suis attaché et croyez bien que je n'ai aucune envie de donner raison à cet Écossais entêté mais il vaut mieux ne pas retourner rue des Lombards.

– Vous voulez que je parte pour une aventure dont je ne reviendrai peut-être pas sans embrasser ma chère Léonarde? Oh, Esteban, je vous croyais un homme de cœur!

– Et je prétends l'être mais c'est à dame Léonarde que je pense. Sa jambe ne peut être encore guérie. Il y faudrait un miracle. Donc il ne peut être question de l'emmener. Si vous allez la rejoindre, elle vous posera des questions, s'inquiétera. Ce qui n'est pas le cas pour le moment. Elle vous croit auprès du roi et de mon maître. Ne pensez-vous pas qu'il est préférable de ne pas troubler la paix de son cœur? D'autre part, j'ignore de quelle mission vous avez été investie et je ne veux pas le savoir, mais elle le désirera. Que lui direz-vous?

Fiora se détourna lentement et les mains d'Esteban retombèrent. Il y eut un silence que Mortimer eut le bon goût de ne pas troubler, devinant peut-être que son adversaire était vaincue. Ce qui était le cas. Fiora savait bien qu'Esteban avait raison. Elle n'avait jamais rien su cacher à Léonarde quand celle-ci voulait savoir quelque chose.

Comment lui dire que le roi l'envoyait en Lorraine pour y séduire « par tous les moyens » l'un des capitaines du Téméraire et l'amener à la trahison pure et simple ? Léonarde pousserait les hauts cris, se mettrait en travers et peut-être que toutes deux en viendraient à une dispute, peut-être à une brouille que la jeune femme ne pourrait supporter... Et, pour le moment, elle avait besoin de tout son courage. Relevant les yeux, elle vit qu'Esteban l'observait. Douglas Mortimer, se désintéressant de la question, était allé vers la porte ouverte qu'il obstruait de sa puissante carrure et regardait tomber la pluie.

– Vous avez raison, mon ami. Mieux vaut laisser dame Léonarde vivre doucement sa convalescence dans le jardin de dame Agnelle. D'ailleurs, cela convient mieux à son âge que les rudesses des grands chemins et, ainsi, elle priera pour nous en toute quiétude... Messire Mortimer ! appela-t-elle.

L'Écossais se retourna :

– Madame ?

– Nous partirons quand vous voudrez... pour nous rendre là où vous l'avez décidé.

On fit étape, ce soir-là, à Villers-en-Retz.

Troisième partie

LES MERCENAIRES

CHAPITRE VIII

UN CONDOTTIERE

La pluie ne cessait pas. Le temps, détraqué, faisait de la fin de ce mois d'août une sorte d'automne précoce et apocalyptique où les grondements du tonnerre alternaient avec des pluies diluviennes et des sautes de vent violentes. Il fallait s'estimer heureux quand on ne recevait sur le dos que ce fin crachin qui enveloppait le paysage d'un brouillard d'eau. Cela trempait tout autant qu'un gros orage mais c'était, à tout prendre, plus facile à supporter. Fiora, enveloppée de sa grande mante noire à capuchon en dépit de la chaleur encore lourde, et Esteban sous son manteau de cheval faisaient le gros dos, mais la Bourrasque, comme s'il se sentait dans son élément, allait son chemin, drapé dans sa couverture sans perdre un pouce de sa taille. Bien droit sur sa selle, la plume en bataille, il menait son cheval par les chemins transformés en bourbiers et en fondrières avec autant de dignité que s'il eût escorté le roi. Sa large carrure coupait le vent devant Fiora lui bouchant un paysage qui, à vrai dire, n'avait rien de réconfortant. La Champagne que l'on traversait de part en part avait terriblement souffert des dernières guerres et en dépit de la poigne du roi Louis qui faisait régner au moins la sécurité, l'effort de redressement demeurait faible. Même à Reims, la ville royale, la ville du sacre, la misère montrait son visage blême. Des villages entiers avaient été brûlés que l'on s'efforçait de reconstruire mais la pluie incessante ne permettait guère de distinguer ce que l'on rebâtissait de ce qui était en ruine.

Après Reims ce fut pire. Crayeuse et désolée, la campagne montrait de grandes plaques blanchâtres entre les touffes de végétation. Il n'y avait pas d'auberges. Seuls, de maigres prieurés accueillaient le voyageur et, en dépit de leur bonne volonté, ne pouvaient lui offrir que des fruits, du miel et du fromage plus l'abri d'une grange qui ne contenait guère de paille. Néanmoins, Mortimer récompensait cette hospitalité royalement en homme qui a reçu des ordres et les exécute à la lettre plus qu'en généreux seigneur : chaque fois qu'il devait se séparer d'une pièce d'or, ses sourcils se fronçaient et sa moustache se tortillait sur une grimace.

– Je parierais qu'il est avare, chuchota Esteban un matin où l'on quittait l'un de ces pauvres relais. Le roi doit le savoir et a ordonné en conséquence. Sans cela cet olibrius aurait été capable de nous laisser mourir de faim et coucher à la belle étoile.

Les relations entre Fiora et son guide ne s'étaient guère améliorées. Une seconde algarade avait eu lieu à Senlis même, quand la jeune femme avait refusé fermement la litière que l'Écossais lui destinait et, ouvrant son manteau, avait montré son costume de garçon.

– C'est une dame que j'escorte, fulmina-t-il. Pas un galopin!

– Vous escortez Fiora Beltrami, lui déclara tranquillement la jeune femme, et cela m'étonnerait beaucoup que le roi ait pris la peine de vous dire comment je devais m'habiller et par quel moyen de locomotion je voyagerai. Je monte à cheval depuis ma plus tendre enfance et n'ai aucune envie de passer des heures secouée comme prunier en août dans cette espèce de boîte. Nous irons d'ailleurs plus vite!

Ce dernier argument avait emporté la décision mais, depuis, Douglas Mortimer n'adressait la parole à sa compagne que lorsque c'était tout à fait indispensable. Matin et soir, il la saluait sans piper mot.

Avec Esteban, les relations n'étaient pas plus chaleureuses. L'Écossais et le Castillan faisaient assaut de morgue et, eût-on dit, l'impossible pour être désagréables l'un envers l'autre. C'est ainsi qu'Esteban ayant découvert que Mortimer détestait l'entendre chanter, entreprit de charmer les longueurs de la route en régalant ses compagnons de toutes les ballades, romances et cantilènes qu'il avait pu emmagasiner depuis son enfance. Il avait d'ailleurs une voix agréable mais pour rien au monde Mortimer n'en aurait convenu. Il se contenta de dire à haute et intelligible voix qu'il pleuvrait sans doute moins si Esteban consentait à se taire.

Néanmoins, Fiora et son mentor furent bien obligés de reconnaître que la présence de la Bourrasque n'avait rien de superflu. Il allait son chemin avec sûreté, sans jamais se tromper et quand, au passage d'un petit bois, une demi-douzaine de brigands tomba sur les voyageurs avec l'intention évidente de les soulager de leurs biens, ils furent obligés de constater que le sergent la Bourrasque valait une escouade à lui tout seul. A la vue de l'ennemi, il entra dans une sorte de fureur sacrée et, poussant un hurlement à faire tomber des murailles s'il y en avait eu en vue, il fondit l'épée haute sur les nouveaux venus. En un clin d'œil il en coucha trois à terre pour l'éternité, ce que voyant, les trois autres s'enfuirent sans demander leur reste poursuivis par les tonitruantes malédictions d'un gosier digne d'avoir vu le jour à Glenlivet, berceau des Mortimer. Ces vociférations vouaient leurs descendances au pire destin après avoir émis des doutes insultants sur la qualité de leurs pères et mères. Esteban, aussi éberlué que les brigands, n'avait même pas eu le temps de tirer sa propre lame... Il ne put que joindre ses compliments – pas très sincères car il se sentait frustré – à ceux de Fiora tout autant abasourdie que lui-même :

– Si le roi en a seulement une douzaine comme vous, dit

celle-ci, il devrait pouvoir aplatir les armées de Bourgogne en une seule bataille...

– Nous sommes tous comme ça! Je n'ai rien fait d'extraordinaire, répondit Mortimer redevenu instantanément aussi froid qu'il était bouillant la minute précédente.

Il ajouta, avec une désarmante simplicité :

– Nous, Écossais, sommes les meilleurs soldats du monde.

Puis rajustant son bonnet qui avait résisté victorieusement à une hache envoyée perfidement et à tout hasard, il reprit le chemin un instant interrompu suivi avec une sorte de respect par ses deux compagnons.

Lorsque l'on atteignit la Meuse qui, dans cette région, marquait la frontière entre le royaume de France et les états du duc de Bourgogne, Fiora pensa que l'heure était venue de se séparer de Mortimer, un des membres de la fameuse Garde Écossaise ayant bien peu de chance d'être accueilli aimablement sur les terres du Téméraire. Le pont et la petite ville de Dun était déjà en vue, et elle arrêta son cheval.

– Puisque c'est ici la Bourgogne, n'est-il pas temps de nous quitter, messire Douglas?

Il s'arrêta lui aussi et tourna vers la jeune femme un regard glacé :

– Campobasso tient garnison à Thionville. Je vous conduis jusque-là. Le roi veut savoir comment vous serez reçue : ces mercenaires italiens sont des gens dont il convient de se méfier.

– Pourquoi seraient-ils moins honorables que d'autres? demanda sèchement Fiora atteinte dans son amour-propre florentin.

– Justement parce que ce sont des mercenaires. Ils vont au plus offrant et, dans le combat, sont fort ménagers de leur sang, plus encore de leur vie. En tout cas, Campobasso n'a jamais passé pour un parangon de vertu. S'il en allait autrement, voulez-vous me dire ce que nous ferions ici?

– S'il était si facile de le détourner de ses devoirs, voulez-vous me dire pourquoi l'on m'aurait envoyée? riposta la jeune femme. Un sac d'or aurait suffi. Cela dit je suis... très heureuse de vous conserver comme guide.

– J'aimerais bien en être sûr, marmotta l'Écossais en rendant la main à sa monture.

Un moment plus tard, après de brèves palabres avec le capitaine commandant la petite place de Doulcon qui, face à Dun, surveillait le vieux pont bâti jadis par les légions romaines, et après avoir acquitté le droit de passage, Fiora et ses compagnons franchissaient ledit pont pour entrer dans la ville. Celle-ci marquait la frontière de l'ancien duché de Luxembourg devenu terre bourguignonne depuis qu'en 1441 la duchesse Élisabeth de Görlitz l'avait cédé au père du Téméraire. Pas pour son bien. La campagne se révélait plus misérable peut-être que la Champagne, ravagée qu'elle était tour à tour par les Français trop proches et par l'occupant bourguignon.

Contrairement à ce que pensaient les trois voyageurs, ils n'eurent aucune peine à se faire admettre. A la dernière étape, Fiora avait troqué son costume de garçon pour une robe et une coiffure de femme. Sa beauté, son élégance et l'air martial de ses deux compagnons impressionnèrent visiblement l'officier qui commandait la garde du pont. S'il montra quelque surprise en se trouvant en face d'une noble dame d'au-delà des Alpes et s'il émit quelques doutes sur l'agrément qu'elle pouvait trouver à parcourir un pays à ce point abandonné du ciel, il s'inclina lorsque la jeune femme dit calmement:

– Le comte de Campobasso que vous connaissez peut-être est mon cousin et je désire le rejoindre au plus tôt...

– Il aura sans doute grande joie d'une aussi belle visite mais, jusqu'à Thionville où il se trouve, le chemin n'est guère sûr pour une femme. Je serai heureux de vous faire escorter car, s'il vous arrivait malheur, il ne me le pardonnerait sans doute pas.

– Un laissez-passer sera amplement suffisant, capitaine. Mon écuyer et mon secrétaire sont de taille à me défendre en cas de mauvaise rencontre...

– Je ne mets nullement en doute leur valeur mais un laissez-passer ne suffira pas si vous tombez sur un parti de soldats en train de fourrager car la plupart ne savent pas lire. Croyez-moi, le tabard de Bourgogne sur les épaules de deux solides gaillards vous sera d'une plus grande aide que tous les papiers du monde.

Et c'est ainsi que le lendemain, après avoir accepté pour la nuit l'hospitalité de l'officier et enchanté sa mémoire pour de longues semaines, Fiora, qui s'en allait travailler à la perte du duc de Bourgogne, quitta Dun sous la garde de ses couleurs. Dans deux jours, si rien ne se mettait à la traverse, elle rejoindrait celui dont elle avait mission de faire un traître...

Le surlendemain, vers la fin du jour, deux hommes jouaient aux échecs dans la salle haute du château de Thionville. Bien que le jour ne fût pas encore éteint, un haut chandelier de fer forgé portant une douzaine de chandelles éclairait le jeu d'ébène et d'ivoire. Dans la grandiose cheminée, un feu flambait pour tenter de combattre l'humidité. Construit au siècle précédent pour les ducs de Luxembourg, le château avec ses murs énormes était une solide forteresse capable de supporter n'importe quel assaut. En effet Thionville et sa région formaient un coin enfoncé dans le duché de Lorraine avec lequel les Luxembourg n'étaient pas toujours d'accord. Il fallait que la cité et ses défenses fussent à la hauteur de leur mission et elles l'étaient, mais le confort intérieur avait ce quelque chose de spartiate qui est l'apanage des bâtiments militaires.

La salle où jouaient les deux hommes n'échappait pas à cette règle. En dehors de la petite table où reposait le jeu et des deux chaises à bras garnies de daim sur lesquelles ils étaient assis, l'ameublement se composait strictement d'un grand coffre de bois noirci par le temps et de deux trophées d'armes anciennes. Une tapisserie qui aurait gagné à être trois ou quatre fois plus grande et quelques bannières aux couleurs passées accrochées très haut sous la voûte faisaient ce qu'elles pouvaient pour réchauffer une salle construite pour les grandes assemblées et où les deux hommes semblaient un peu perdus. Les fenêtres, hautes et étroites, s'ouvraient au fond de profondes embrasures comportant chacune deux bancs de pierre et il fallait vraiment un soleil éclatant pour qu'elles donnassent un éclairage convenable. Par temps gris, elles ne dispensaient qu'un jour pauvre auquel il convenait de suppléer. D'où le feu et les bougies.

Les deux hommes, pour différents qu'ils fussent, étaient également remarquables. L'un était grand, bien bâti avec cette sorte de grâce animale des grands fauves. Sous la tunique de daim noir qui le vêtait on devinait une musculature longue, déliée, une souplesse d'homme entraîné à tous les exercices du corps. Ses épais cheveux noirs s'argentaient aux tempes et adoucissaient un peu un visage aux traits durs, au teint basané, sillonné de cicatrices qui en déparaient l'harmonie classique, à l'œil noir, vif et perçant : c'était Campobasso. L'autre, nettement plus petit mais bâti en force, avait la peau couleur de terre cuite et les cheveux diversement colorés d'un qui a passé sa vie sous le soleil. L'œil vif lui aussi mais d'un vert foncé qui devenait presque jaune autour de la pupille, il ne quittait pratiquement jamais la cotte aux mailles brillantes qui apparaissait sous un tabard rouge à ses armes : c'était son collègue et ami, Galeotto.

Cola di Monforte, comte de Campobasso, appartenait à une antique famille des environs de Naples qui s'était attachée à la fortune de la maison d'Anjou. D'étranges bruits couraient sur lui et les siens. On disait que son père était mort lépreux et qu'il avait tué sa femme infidèle dont il avait eu cependant deux fils. Quand, en 1442, le « bon roi René » qui régnait sur Naples et sur la Lorraine avait été chassé, par Alphonse d'Aragon, de son royaume méditerranéen sur lequel veillait le Vésuve, Campobasso, alors âgé de dix-huit ans et attaché à la suite de Jean de Calabre, le fils aîné de René, ami de surcroît de son fils Nicolas, avait quitté sans regret une terre pauvre et qui ne rapportait guère pour les doux horizons de la Provence et de l'Anjou. Du château de Tarascon à celui d'Angers, Campobasso avait suivi la fortune de Nicolas de Calabre devenu duc de Lorraine à la mort de son père Jean. Cela lui avait valu de devenir maître et seigneur du château de Pierrefort, à Martaincourt, une vigoureuse forteresse dominant de ses hautes murailles la pittoresque vallée de l'Esch où il tenait garnison comme un prince. En effet, condottiere dans l'âme, attaché à la guerre autant qu'à l'argent, Campobasso n'était pas parti seul de ses terres campaniennes mais avec quelques-uns de ses vassaux qui lui composaient l'agréable début d'une petite armée avec laquelle il convenait de compter car, bien équipée et bien entraînée par un homme pour qui les armes n'avaient plus de secrets, elle composa rapidement une « condotta » de valeur.

Peut-être Campobasso serait-il demeuré fidèle à la maison d'Anjou si, à la fin de juillet 1473, le jeune duc Nicolas n'était mort subitement. Si vite même que l'on parla d'empoisonnement mais il fallait un successeur. La noblesse lorraine porta la couronne ducale à la fille aînée du vieux roi René, Yolande, veuve du comte Ferry de Vaudémont, mais celle-ci ne souhaitait pas régner : elle vivait de ses souvenirs dans son château de Joinville. Cependant elle avait un fils de vingt-deux ans auquel, tout naturellement, elle transmit ses droits héréditaires. Celui-ci devint le duc René II.

Mais ce maître-là ne convenait pas à Campobasso. Il le jugeait trop frêle, trop aimable, trop « damoiseau ». En revanche, quand en septembre et à Luxembourg, alors qu'il faisait encore partie de la garde de René II, il rencontra le duc de Bourgogne, il pensa que c'était là le chef qui correspondait à ses vœux. Il connaissait d'ailleurs le Téméraire pour l'avoir rencontré, huit ans plus tôt, lorsqu'il prenait la tête de cette fameuse Ligue du Bien Public montée contre le roi de France et dont faisaient partie Jean de Calabre, alors duc de Lorraine, et son fils Nicolas. Il s'en fallait de deux ans que Charles ne s'installât sur le trône de son père mais son arrogance et sa splendeur séduisirent Campobasso. Devenu le Grand-Duc d'Occident, il l'éblouit.

Résultat : toujours en cette année 1473 mais en décembre, le Téméraire mettait pied à terre dans la cour du château de Pierrefort où le condottiere l'accueillait. Le Bourguignon n'eut aucune peine à détourner son hôte du service de « l'Enfant », car celui-ci n'attendait que cela. Royalement payé et couvert de présents par le plus fastueux des princes, Campobasso accepta le poste de commandement des troupes lombardes qu'il se chargeait d'aller recruter à Milan.

En dépit des apparences, c'était à peine une trahison. Charles de Bourgogne se disait le meilleur ami du jeune René qu'il avait obligé à accepter sa protection « contre les menées du roi de France ». Protection qui coûtait au jeune souverain quatre de ses meilleures villes où s'installèrent des garnisons « protectrices », essentiellement bourguignonnes et entièrement tyranniques.

« L'Enfant » cependant ne s'y trompa pas et, trois mois plus tard, il faisait incendier le donjon de Pierrefort en l'absence de son propriétaire – il n'eut pas le temps de détruire le reste – privant ainsi le château du Napolitain de sa meilleure défense.

Pour consoler Campobasso le Téméraire lui promit que, la Lorraine soumise, il pourrait choisir telle ville qui lui conviendrait. Son intention était en effet d'écraser le petit duc pour s'assurer ses terres qui étaient le meilleur lien pour unir les Pays-Bas à la Bourgogne proprement dite.

Promesse encore à tenir, en cette fin d'année 1475, car, depuis, le Téméraire n'avait cessé de guerroyer et Campobasso de le servir avec un talent et une fidélité qui semblaient à toute épreuve.

Jacopo Galeotto était moins compliqué. Condottiere au service du duc de Milan, il rejoignit sans se faire prier l'armée bourguignonne au siège de Neuss lorsque Campobasso vint le lui demander. Les deux hommes étaient liés d'amitié et se complétaient car, si l'un et l'autre étaient des guerriers endurcis et des cavaliers émérites, Galeotto possédait un talent supplémentaire et bien utile : c'était un ingénieur traînant après lui une troupe de charpentiers habiles à construire tours de siège, béliers et autres machines de guerre – et ces engins firent merveille au siège de Neuss mais sans parvenir à vaincre la résistance acharnée des habitants et de la garnison. Galeotto, bien sûr, en conçut quelque rancœur cependant que Campobasso commençait à se poser des questions. Il avait vu la superbe armée bourguignonne bloquée durant des mois devant un caillou têtu et s'y user sans résultat intéressant. Or, gagner à Neuss, c'était mettre l'empereur à genoux et c'était ouvrir l'Allemagne à ses appétits. Au lieu de cela, il avait fallu se replier sous la bénédiction d'un évêque italien ce qui n'était qu'une mince consolation pour qui espérait un gros butin.

Campobasso y pensait encore. Il y avait à présent deux grandes heures qu'il jouait aux échecs avec son ami sans s'intéresser vraiment au jeu. Son esprit était ailleurs. Soudain, il se leva. Si brusquement que l'échiquier se renversa. Les pièces noires et blanches roulèrent sur le dallage qu'aucun tapis ne réchauffait.

– C'est malin! grogna Galeotto. Le prochain coup, tu étais échec et mat mais tu ne comprendras jamais que s'obstiner à défendre sa reine est une erreur.

– Excuse-moi. Je joue mal, c'est vrai, mais je ne suis pas à ce que je fais.

– Où es-tu alors?

Sans répondre, le condottiere alla jusqu'à l'une des fenêtres qui dominaient la Moselle et en considéra un instant le flot vif qui reflétait un ciel désespérément gris. Au-delà du pont gardé par ses mercenaires, il pouvait distinguer quelques faibles lumières jaunes qui s'allumaient dans le vieux quartier juif presque désert d'ailleurs car, si les ducs de Luxembourg avaient montré aux enfants d'Israël une certaine tolérance, il n'en allait pas de même avec le duc de Bourgogne. Les plus jeunes d'entre eux étaient partis pour rejoindre les colonies juives de Francfort ou de Cologne. Seuls, quelques vieux restaient pour le service de l'antique synagogue et ils étaient les seuls, dans une ville où Campobasso faisait peser une férule impitoyable, à se féliciter de sa présence. Habitué depuis toujours aux ghettos des cités italiennes, le commandant de la place n'avait pas jugé utile d'exterminer quelques vieillards qui avaient d'ailleurs eu la bonne idée de lui acheter leur tranquillité.

Galeotto rejoignit son ami près de la fenêtre et considéra un instant la grisaille extérieure :

– Que trouves-tu de si passionnant à regarder tomber la pluie sur la rivière ?

– Ce n'est pas la pluie que je regarde : ce sont nos hommes. Ils sont tous nés au-delà des Alpes et ils sont tous aussi malheureux que moi.

– Malheureux ? En voilà un mot dans ta bouche ! Qu'est-ce qui te gêne ?

– Tout ! Et d'abord cette ville où tout est noir ! Noir comme cette terre où il ne pousse rien...

– Mais qui nous donne du fer avec lequel on forge des armes. Ce n'est pas un mince avantage.

– Tu crois ? Moi je donnerais tout le fer du monde pour revoir la baie de Naples et mes collines sous le soleil...

– Nous sommes condottieri, fit Galeotto en haussant les épaules avec philosophie. Un jour ici, un jour là et si la paye est bonne...

– Tu la trouves bonne, toi ? Nous n'avons rien touché depuis Neuss où nous espérions si beau butin. Ensuite, nous sommes venus ici pour nous refaire mais le pays n'est pas celui de Cocagne. N'importe, nous espérions la France que nous devions conquérir de compte à demi avec les Anglais et tu as entendu ce qu'a dit ce moine que nous avons pris ce matin : le roi Édouard, gavé d'argent et de vins français, a repassé la mer et nous, nous restons là comme des imbéciles dans ce nid à chauves-souris suspendu au-dessus de la Lorraine... dans laquelle nous n'avons pas le droit d'entrer!

– Il y a pourtant des Bourguignons en Lorraine. Nous tenons quatre villes...

– Nous? As-tu oublié que nous ne sommes que des mercenaires? Le duc Charles réserve les bonnes places à ceux de son proche entourage, à des seigneurs nés sur son terroir, pas à des coureurs d'aventures comme nous...

– Nous n'en avons pas moins un poste de confiance. Et la place n'est pas si mauvaise... ou bien es-tu en train de me dire que tu préférerais servir le roi Louis? Alors là je t'arrête! Louis XI n'a que faire de nous. Il possède peut-être la meilleure armée du monde, une armée permanente entretenue toute l'année sur le pied de guerre et il ne s'en sert même pas. Celui-là, c'est avec sa cervelle qu'il se bat!

– Il a pourtant des mercenaires. Sa fameuse Garde Écossaise...

– La plupart de ses hommes sont nés en France. Ils sont devenus plus français que les vrais...

– Mais ils sont couverts de privilèges, d'honneurs et d'or...

– Sans doute mais ils sont fidèles, ce que nous ne sommes ni l'un ni l'autre. Après tout fais-toi écossais si le cœur t'en dit!

– Ne sois pas stupide. Nous avons l'un et l'autre des hommes qui attendent de nous profit et gloire. Si nous...

L'entrée d'un page trempé dont les longs cheveux noirs dégouttaient d'eau sous un bonnet à la plume réduite de moitié lui coupa la parole. C'était un garçon d'une douzaine d'années, beau comme un ange mais dont le regard insolent avouait une assurance nettement au-dessus de son âge et de sa condition. Ce regard ignora Galeotto pour se poser, câlin et vaguement complice sur Campobasso qui sourit :

– Que veux-tu, Virginio?

– J'apporte des nouvelles, Monseigneur...

– Des nouvelles du duc? s'écria le condottiere avec une hâte qui lui mit le feu aux joues.

Le page haussa les épaules:

– Rien d'aussi important, Monseigneur. Trois voyageurs viennent d'arriver à la porte de France: deux hommes et une femme. La femme dit qu'elle est votre cousine?

– Ma cousine? Du diable si j'ai encore une cousine! Comment est-elle? Jeune?

– Je crois...

– Belle?

Le page haussa de nouveau les épaules avec un dédain qui amusa Galeotto.

– A ta place, fit-il, je demanderais à voir. Ce cher Virginio est mauvais juge en matière de femmes. Et puis une cousine qui t'arrive ainsi du bout du monde, cela mérite quelques égards.

– Si Monseigneur dit qu'il ne la connaît pas, ce ne peut être qu'une espionne. Je vais dire au corps de garde qu'on les jette en prison, elle et ses compagnons...

Avant que Campobasso ait trouvé le temps de répondre, Galeotto avait empoigné le page par le col de son tabard armorié et le soulevait de terre:

– Hé! là, moucheron! Pas si vite! Depuis quand est-ce que tu donnes des ordres ici? Pour que cette femme te déplaise tant, elle doit être intéressante...

– Repose-le! fit Campobasso. Et toi, Virginio, va chercher ces gens et amène-les-moi. Ou plutôt amène la femme et laisse les hommes au corps de garde. A propos, où est Salvestro?

D'une voix soudain enrouée, le page qui se massait la gorge en jetant à Galeotto des regards furieux répondit:

– Votre écuyer est chez le bourgmestre. Celui-ci a tué un cochon et il a oublié d'en envoyer la moitié au château.

– Dans ces cas-là il faut prendre le cochon tout entier. Je ferai des reproches à Salvestro. Va à présent!

– Tu lui laisses prendre un peu trop de place, dit Galeotto quand le garçon eut disparu. Il y a tout de même des femmes ici, sans compter les ribaudes de la troupe...

– Aucune de ces femelles n'est aussi belle que lui, fit le comte avec un sourire ambigu. Il a le corps d'un jeune dieu grec... et il aime l'amour.

– Un jour viendra où tu ne pourras plus t'en faire obéir. Tu devrais l'envoyer rejoindre ton fils à Pierrefort car si un jour le duc venait à s'apercevoir...

– Ai-je encore assez d'importance à ses yeux pour qu'il s'occupe de ce qui se passe dans mon lit? fit Campobasso avec amertume. Je me demande parfois si lui-même n'en fait pas autant? Jamais aucune femme ne franchit le seuil de sa chambre ou de sa tente...

– Il n'en a pas besoin. Le père a eu tellement de maîtresses qu'il en a dégoûté le fils. Et puis, on dit qu'il ne peut oublier sa première épouse, Isabelle de Bourbon. Même la seconde qui est cependant désirable n'a pu obtenir de lui qu'un intérêt poli. Il est vrai que l'on dit aussi qu'elle n'était pas vierge quand il l'a épousée... Par tous les saints du ciel!

Les yeux de Galeotto venaient de s'arrondir en même temps que la porte s'ouvrait pour livrer passage à Fiora. Elle se tenait debout au seuil, enveloppée de sa grande mante noire où brillaient les gouttelettes de pluie, le capuchon rejeté en arrière libérant sa tête fine que ses nattes brillantes où s'attachait un voile vert couronnaient superbement. Hautaine, elle posait ses grands yeux gris sur ces deux hommes qui la contemplaient, muets d'admiration.

– Voilà votre cousine, Monseigneur, lança Virginio. Sa voix mauvaise rompit le charme.

– Qu'elle soit la bienvenue! murmura Campobasso comme du fond d'un rêve. Va-t'en, Virginio! ... Toi aussi, Galeotto!

– Que je... commença l'autre, sidéré.

– Je veux être seul un moment... avec ma belle cousine, coupa le comte qui ne quittait pas Fiora des yeux. Sois sans crainte, tu pourras la revoir au souper... mais ce premier instant m'appartient.

Il demeura debout en face de la jeune femme jusqu'à ce que les deux autres eussent quitté la pièce dans un silence que troublait à peine le bruit du feu dans la cheminée. Fiora n'avait pas encore prononcé une seule parole et lui ne disait plus rien. Simplement il la regardait... comme si le temps venait de s'arrêter, comme si toute sa vie était suspendue à ce regard. Et ce fut Fiora qui rompit le silence.

– Ne m'offrirez-vous pas, dit-elle doucement, de m'asseoir auprès du feu? Je suis trempée...

– Et moi je suis impardonnable...

Il s'empressait à présent, conduisait sa visiteuse près de la cheminée, tisonnait les bûches qui s'écoulèrent en une multitude de braises étincelantes, ajoutait du bois avec des mains qui tremblaient un peu, avançait l'un des sièges recouverts de daim, enfin aidait Fiora à se débarrasser de sa mante mouillée. Ne sachant qu'en faire, il la mit sur son bras et frappa dans ses mains. Virginio, qui ne devait pas être loin, apparut instantanément :

– Encore toi? Est-ce qu'il n'y a plus de valets dans ce château?... Porte ce vêtement dans ma chambre où tu le mettras à sécher devant le feu. Et puis va aux cuisines : fais-nous porter du vin et veille à ce que l'on serve promptement le souper!

Le page arracha le manteau plus qu'il ne le prit et partit en courant, des larmes de rage au fond des yeux. Campobasso revint vers Fiora et s'assit devant elle sur la marche de l'âtre.

– Ainsi nous sommes cousins? C'est à n'y pas croire! fit-il avec un sourire plus émerveillé que sceptique. Êtes-vous napolitaine?

– Non, florentine. Je me nomme Fiora Beltrami. Mon père était l'un des puissants citoyens de Florence...

– Était?

– Je l'ai perdu voici quelques mois. Quant à notre cousinage il est, je crois, assez lointain et remonterait à une aïeule venue de Naples. Les Florentins prenant rarement femme hors de Toscane, le fait était assez exceptionnel pour qu'on en ait gardé le souvenir.

– Remercions donc cette aïeule! Personnellement je sais peu de chose sur les femmes de ma famille, hormis que certaines furent assez turbulentes. Mais que faites-vous si loin de votre ville? Ce n'est tout de même pas pour me rejoindre que vous avez fait ce long voyage?

– Non. Je vous l'ai dit: mon père est mort... et les Médicis m'ont chassée pour s'emparer de sa fortune. J'ai cherché refuge en France où il avait... de grandes amitiés...

– Si grandes que cela?

– Je crois qu'il ne saurait en exister de plus hautes. C'est dans cet entour que j'ai entendu prononcer votre nom pour la première fois et la fantaisie m'est venue, à moi qui n'ai plus de famille, de vous voir de plus près... L'été me semblait une bonne saison pour voyager. Hélas, le ciel n'était pas du tout de cet avis!

Elle se leva pour s'approcher du feu et les yeux de l'homme qui la regardait se mirent à briller d'un éclat sombre. La robe de fin drap, souple comme un gant, qui la revêtait épousait les formes d'une gorge exquise, ronde et ferme, la finesse d'une taille dont on avait envie de prendre la mesure. C'était plus une fantaisie de couturière parisienne qu'une robe vraiment à la mode mais Agnelle avait pressé Fiora d'acheter cette robe qui semblait peinte sur son corps, du moins jusqu'aux hanches, avant de s'évaser pour finir en une courte traîne que l'on pouvait attacher au poignet.

– Néanmoins, vous êtes arrivée jusqu'ici. Puis-je demander si vous regrettez ce pénible voyage?

Elle le regarda entre ses cils rapprochés et se mit à rire, un rire aussi doux que le roucoulement d'une colombe:

– Vous voulez savoir si je suis déçue? Eh bien non... Vous êtes... très beau, messire mon cousin, mais je pense que vous ne l'ignorez pas et que plus d'une belle dame vous en a persuadé. Telle est du moins votre réputation.

– J'ignorais que cette réputation fût allée jusqu'en France?

– Il faut bien qu'il en soit ainsi puisque je suis là. J'ai voulu vérifier... Mais n'en soyez pas surpris : à Florence les femmes sont accoutumées à dire librement ce qu'elles pensent, et ce qu'elles désirent. Il se trouve que je suis libre de faire ce qu'il me plaît...

Se moquait-elle de lui? Campobasso l'envisagea un instant mais il était déjà au-delà de tout raisonnement clair et ne savait plus qu'une chose : cette fille qui lui tombait du ciel ou qui lui venait de l'enfer, il fallait qu'elle soit à lui. Jamais il n'avait vu de femme aussi belle, aussi séduisante. Elle lui faisait bouillir le sang et il n'aimait pas attendre... Se levant d'un brusque coup de reins, il posa ses mains sur les hanches de Fiora pour la rapprocher de lui :

– Sais-tu, fit-il en italien, qu'il peut être dangereux de me plaire... un peu trop?

– Pourquoi dangereux? Je n'ai peur de rien, répondit-elle dans la même langue. Moins encore depuis que je t'ai vu. A cet instant j'ai espéré que tu me trouverais belle...

– Belle?...

Il voulut se pencher sur sa bouche, grisé par l'étrange odeur de fleur, d'herbe et de laine mouillée qui émanait de ce corps souple qu'il sentait vivre entre ses doigts, mais déjà elle lui échappait en tournoyant sur elle-même comme pour une figure de danse.

– Ne me regardez pas comme si vous étiez un loup affamé et moi une pauvre agnelle, cousin! fit-elle en souriant. Songez que je viens de faire un long voyage et que c'est plutôt à moi d'être affamée! Nourrissez-moi, cousin! Nous aurons tout le temps de... causer après, non?

Avec l'impression de s'échapper d'un rêve, Campobasso se secoua comme s'il sortait de l'eau et se tourna vers Fiora, craignant qu'elle n'ait été qu'un mirage, mais elle était toujours là. Les bras haut levés, ce qui faisait saillir ses seins, elle détachait les épingles qui retenaient son voile et sa chevelure :

– Mes cheveux sont tout mouillés et me coulent dans le cou! dit-elle en riant.

Instantanément, la masse noire et luisante glissa sur ses épaules et le long de son corps. L'homme qui la dévorait des yeux pensa que, dans cette robe verte, avec ses longs cheveux humides, elle ressemblait à une sirène et il la désira plus encore. Mais il résista à l'envie qui lui venait de se jeter sur elle, de déchirer sa robe et de la prendre tout de suite, sur les dalles de pierre. En bon Napolitain, il savait apprécier la savoureuse souffrance de l'attente, à condition qu'elle ne dure pas trop longtemps et, sur ce point, il était rassuré. Son orgueil de mâle lui soufflait que cette affolante sorcière aux yeux couleur de nuages n'était apparue que pour s'offrir à lui... Et puis ne venait-elle pas de France? Cette France où elle avouait avoir de si hautes amitiés?

Il levait les mains pour appeler de nouveau quand la porte s'ouvrit, livrant passage à des valets chargés de tréteaux, d'un plateau de bois et de nappes pour dresser la table. Virginio les suivait et ses yeux sombres s'arrêtèrent d'abord, pleins de haine, sur Fiora qui, devant le feu, faisait sécher ses cheveux, puis sur son maître avec une interrogation muette qui fit sourire celui-ci. Campobasso jouissait cruellement de la jalousie qu'il sentait bouillonner dans l'âme de son page.

– Où va-t-elle coucher? demanda Virginio en désignant la jeune femme d'un mouvement de tête dédaigneux.

– Donna Fiora, répondit le condottiere en appuyant sur l'appellation, couchera dans ma chambre, bien entendu. C'est la seule convenable avec celle du seigneur Galeotto. Tu veilleras à ce que les draps soient changés...

– Et vous alors? Où coucherez-vous?

– *Chi lo sa?...* Peut-être dans ma chambre? Pourquoi pas?

– Et moi? fit le garçon avec insolence.

– Toi?... Où tu voudras. Tiens... avec Salvestro quand il reviendra de chez son bourgmestre...

Le garçon devint très pâle et ses yeux noirs lancèrent des éclairs:

– Je la tuerai, tu entends, fit-il entre ses dents serrées. Je la tuerai si tu y touches...

D'un doigt négligeant, Campobasso caressa la joue duvetée du page et son sourire s'accentua, découvrant des dents fortes et blanches, de vraies dents de carnassier:

– Alors j'aurai le regret de te faire pendre, mon petit Virginio, fit-il doucement. C'est d'ailleurs ce qui t'arriverait si elle était victime du moindre accident... Avoue que ce serait dommage car nous pourrions avoir encore de belles heures tous les deux. Songes-y!

– Mais enfin qu'est-ce qu'elle est, cette femme, pour prendre tout d'un coup la meilleure place ici?

– Comment? Tu ne le sais pas encore? Mais... c'est ma cousine et j'ai toujours eu l'esprit de famille. Comme tous ceux qui n'en ont pas beaucoup.

La voix de Fiora résonnait, chaude et musicale à travers la vaste salle:

– A propos, mon beau cousin, me direz-vous ce que vous comptez faire de mes gens? Vous n'allez pas, j'imagine, les laisser toute la nuit dans votre corps de garde? Le voyage aura été aussi peu agréable pour eux que pour moi.

– Pardonnez-moi! Je les avais oubliés. Va les chercher, Virginio!... que je voie à quoi ils ressemblent, ajouta-t-il *sotto voce*.

Un moment plus tard, le Castillan et l'Écossais faisaient leur entrée dans la salle qui, avec sa table disposée pour le repas et les suppléments de chandelles et de torches que l'on y avait allumés, avait perdu son aspect glacial. Des odeurs de viandes cuites les accompagnaient:

– Voici Esteban, présenta Fiora. Il est tout à la fois mon écuyer, mon secrétaire, mon mentor et mon garde du corps. Et voici Denis Mercier qui a bien voulu me servir de guide depuis Paris.

Le condottiere considéra les deux hommes avec intérêt. Esteban avec sa tête carrée, son nez cassé, ses cheveux drus et son corps trapu était l'image même du soldat de fortune tel qu'il aimait à en recruter. Et n'avait guère l'aspect d'un secrétaire. Quant à l'autre avec ses épaules de corsaire et son air arrogant, il sentait le militaire plus encore que son compagnon...

– Pour connaître si bien les chemins, tu es de par ici? demanda-t-il à Mortimer qui, sans se soucier de formules de politesse excessives, répondit paisiblement :

– Non. Je suis du Berry mais j'ai beaucoup voyagé.

– Tant que ça? Un bon guide peut être très précieux. Je pourrais sûrement t'employer... à moins que tu ne préfères rentrer chez toi. A qui es-tu?

– A personne. Mais j'ai ma maison et mes habitudes et dès l'instant où ma mission est remplie...

« Le diable m'emporte, pensa Campobasso, si ce géant n'appartient pas à la fameuse Garde Écossaise du roi Louis? En ce cas, la belle cousine pourrait être... une messagère? » Et comme des valets entraient portant bassins, aiguières et serviettes, immédiatement suivis de Galeotto qui avait fait quelque toilette, il déclara :

– Passons nous laver les mains, ma belle cousine et puis à table!

– Tu pourrais me présenter! grogna Galeotto dont la figure, rasée de frais, montrait quelques estafilades.

– C'est trop juste. Donna Fiora, voici le seigneur Jacopo Galeotto, de Milan, qui commande avec moi le corps des Lombards de Mgr le duc de Bourgogne. Donna Fiora Beltrami, de Florence.

– Ah Florence! soupira le capitaine avec âme, je l'ai visitée, jadis quand le duc Galeazzo-Maria Sforza et la duchesse Bona sont allés visiter les seigneurs de Médicis! Quelle fête nous avons eue! Quelles belles joutes! Quels vins! Quelles femmes... C'était en...

– En 1471, il y a quatre ans, dit Fiora avec un sourire en voyant s'éclaircir sous cette précision qui affirmait sa qualité de Florentine le visage un instant soucieux de Campobasso. Votre duchesse Bona était bien belle! Mon père a eu l'honneur de danser avec elle...

Et l'on prit place à table en évoquant la splendeur du Magnifique pour le plus grand plaisir de Fiora, heureuse de pouvoir parler de sa ville bien-aimée, de cette Florence qui lui avait fait tant de mal et dont, pourtant, l'image et le souvenir ne quitteraient jamais son cœur...

Deux heures plus tard, debout dans l'embrasure de la fenêtre étroite de la chambre où on l'avait conduite, Fiora attendait Campobasso. Elle savait qu'il viendrait car il n'y avait pas à se tromper sur le regard appuyé qu'il avait eu, tout à l'heure, en lui baisant la main pour un «bonsoir» hypocrite. Elle y était résignée car Commynes, sur l'ordre du roi, lui avait tracé, du condottiere napolitain, un portrait à l'acide d'une extraordinaire fidélité. Elle savait sa propre situation ambiguë et aussi qu'elle avait affaire à un homme emporté et sans patience. Si elle se refusait après l'avoir si bien ensorcelé, elle risquait de le subir de force. Mieux valait lui laisser croire encore qu'elle était séduite: elle n'en aurait que plus de puissance...

Mais elle n'avait pas voulu se coucher et c'est debout qu'elle l'attendait. Le lit à courtines rouges, datant du siècle précédent et au moins assez vaste pour quatre personnes, que l'on avait ouvert, demeurerait vide aussi longtemps qu'elle le désirerait. Son orgueil, en effet, refusait de recommencer les prémices de la scène affreuse vécue chez Pippa, dans le bordel du quartier Santo Spirito: la fille offerte plus qu'à demi nue, telle une venaison sur un plat...

Autour de ses épaules qui frissonnaient malgré elle, comme si l'on eût été en plein hiver, elle serrait une écharpe. Elle n'avait pas peur pourtant. Campobasso allait être le troisième homme à posséder son corps, après Philippe et l'affreux Pietro. L'un lui avait apporté l'éblouissement de l'amour comblé, l'autre l'horreur d'un viol sadique dont elle gardait le souvenir épouvanté. Entre ces deux extrêmes, Campobasso n'avait guère de chance de laisser une trace quelconque. Elle l'attendait avec l'indifférence qui devait être celle d'une courtisane car elle acceptait de jouer ce rôle. Son corps était le piège tendu en vue de la perte d'un prince. Il fallait engluer le condottiere assez fortement pour le détacher entièrement du Téméraire. Néanmoins, c'était une chance – et Fiora l'admettait volontiers – que l'homme ne soit pas dépourvu de séduction.

A Florence... un siècle plut tôt, Démétrios lui avait promis de l'armer pour les combats à venir et il avait tenu parole. Un soir, sur le bateau qui les avait conduits en Provence, il avait dessiné pour elle un corps masculin en lui indiquant les zones érogènes. Il l'avait fait avec la froideur et le détachement d'un professeur d'anatomie en face d'une élève et celle-ci avait reçu son enseignement dans le même esprit...

– Dans certains pays d'Afrique et d'Orient, les filles sont éduquées dès le jeune âge en vue des plaisirs de l'homme, lui dit-il alors, et ce n'est pas une mauvaise chose car le pouvoir de la femme s'en trouve renforcé. Même une créature aussi belle que toi peut avoir besoin d'être initiée. Tu n'en seras que plus redoutable.

En outre, le Grec avait composé pour elle un parfum dont il lui avait recommandé de se servir avec modération et uniquement dans certaines circonstances.

– Les femmes de harem en usent pour exciter les sens de leur seigneur et maître mais, avait ajouté Démétrios avec une satisfaction d'inventeur, je lui ai apporté quelques perfectionnements.

Ce soir, pour la première fois, Fiora en avait mis. Très peu, juste, du bout du doigt, une goutte derrière l'oreille et une entre les seins. C'était peu mais elle avait tout de même l'impression d'embaumer comme une cassolette allumée. Elle en tirait plus d'assurance, sans doute, mais aussi la bizarre impression d'avoir changé de personnalité, d'être en train de se dédoubler en quelque sorte. Son âme s'éloignait un peu d'un corps dont elle allait pouvoir contrôler froidement les réactions et le comportement...

Au-dehors s'éteignaient les bruits de cette ville inconnue. Les feux qui mettaient un reflet rougeâtre au plafond de la chambre étaient ceux des postes de garde échelonnés sur les remparts et au long de la Moselle. Les cris que se renvoyaient les sentinelles étaient en dialecte lombard, si proche du toscan que la jeune femme ne pouvait s'empêcher d'en éprouver du plaisir... La cité luxembourgeoise, muette et noire au fond de la nuit, disparaissait complètement. Les troupes qui l'occupaient lui imposaient ainsi leur propre couleur...

La porte, en s'ouvrant, grinça légèrement. En dépit de son courage, Fiora sentit un frisson glacé courir le long de son dos. L'instant difficile était venu, l'instant où il fallait, plus que jamais, demeurer maîtresse d'elle-même...

De l'ombre se détacha une ombre plus dense que le reflet lointain de la veilleuse effleura à peine :

– Vous n'êtes pas encore au lit ? fit Campobasso. Ne saviez-vous pas que... j'allais venir ?

– Si fait... mais je ne me couche jamais pour attendre une visite. Ce serait me placer en état d'infériorité...

– Il y a visite et visite et je n'ai pas conscience que ma présence dans cette chambre en soit une... J'espérais...

Elle lui fit face brusquement, les yeux chargés d'éclairs.

– Quoi ? Me trouver dans ce lit, nue et les jambes écartées, n'attendant que votre bon plaisir ?

– Par San Gennaro ! Quelle violence soudaine ! Ne pouvons-nous reprendre notre conversation de tout à l'heure là où nous l'avions laissée ? Souvenez-vous ! J'allais vous prendre dans mes bras...

Elle s'attendait à une réaction brutale et il n'en était rien. Sa voix n'était au contraire que douceur et prière. Il était si près d'elle que Fiora pouvait entendre sa respiration courte et retint un sourire de triomphe : se pouvait-il qu'elle l'eût enchaîné si vite, alors même qu'il n'avait rien reçu d'elle sinon le droit de baiser sa main? Le fauve était-il déjà rendu à sa merci? Elle eut la tentation de l'éprouver en le renvoyant avec hauteur mais une phrase de son cher Platon délaissé depuis des mois lui revint en mémoire : « Donne et tu recevras... »

– Eh bien qu'attendez-vous? fit-elle avec un sourire provocant. Ou bien... préférez-vous me déshabiller d'abord?

Elle sentit frémir les mains qu'il posait déjà sur sa taille. Puis elles remontèrent, caressèrent sa gorge au passage, saisirent le décolleté de la robe et tirèrent... L'étoffe se déchira jusqu'à la taille mais, déjà, Campobasso serrait Fiora contre lui, enfouissait son visage dans la masse des cheveux noirs dénoués, couvrant son cou de baisers dévorants puis s'emparait de ses lèvres avant de l'emporter jusqu'au lit où il acheva de réduire sa robe à l'état de haillons avant de se jeter sur son corps dénudé... comme une bête assoiffée sur un ruisseau frais.

Emportée dans un ouragan de caresses et de baisers, Fiora, la première explosion de brutalité passée, découvrit que ce fauve pouvait être un amant passionné, et sachant jouer d'un corps féminin avec brio. Elle attendait un soudard, elle eut un amoureux. Elle avait cru pouvoir garder la tête froide mais, trahie par ses sens, elle dut laisser à plusieurs reprises le plaisir la rouler dans sa vague brûlante. Et la nuit allait vers sa fin quand le sommeil, à son tour, la vainquit et lui fit oublier que si elle avait, elle aussi, remporté une victoire, celle-ci ressemblait beaucoup à une victoire à la Pyrrhus.

L'oreille collée derrière la porte de la chambre, le page Virginio, ses dents plantées dans son poing et défaillant presque de rage impuissante, avait compté toutes les plaintes, tous les soupirs, tous les râles que le jeu ardent de l'amour avait arrachés à ce couple invisible...

Quand les tambours de la diane sonnèrent le réveil des soldats, Campobasso, trop entraîné aux combats de Vénus pour qu'une nuit d'amour l'ensevelît dans le sommeil au point de l'empêcher d'entendre, glissa du lit en prenant soin de ne pas éveiller Fiora, passa sa chemise et ses chausses puis gagna la grande salle où l'attendait déjà Salvestro, son écuyer.

– Va me chercher les deux hommes qui accompagnaient hier donna Fiora! ordonna-t-il tout en dévorant un quignon de pain resté sur la table. Puis tu amèneras une vingtaine de soldats dans l'escalier.

Esteban et Mortimer furent là presque aussitôt. L'inquiétude avait tenu le Castillan éveillé toute la nuit; quant à l'Écossais, il était habitué lui aussi à s'éveiller avec le jour.

– Vous allez pouvoir rentrer chez vous, leur dit Campobasso. Donna Fiora n'a plus besoin de vos services.

– Pardonnez-moi, monseigneur, fit Esteban dont le visage venait de se fermer, mais je suis à son service depuis longtemps et, si elle n'a plus besoin de moi, c'est à elle de me le signifier! Jamais je ne la quitterai de mon plein gré... ou sur un ordre étranger!

– J'ai reçu, moi aussi, l'ordre de veiller sur elle, dit tranquillement Mortimer, et j'ai pour habitude d'aller toujours jusqu'au bout de mon devoir.

– Un grand mot pour un guide. Tu étais chargé de la conduire jusqu'à moi? Eh bien voilà qui est fait! Tu peux partir.

– Vous m'avez mal compris : je dois la conduire partout où elle souhaitera se rendre. Elle aura encore besoin de moi.

– Inutile de jouer au plus fin avec moi, je sais qui tu es : l'un des gardes écossais du roi de France. Alors écoute ceci : tu vas retourner vers ton maître et tu le remercieras grandement pour le beau cadeau qu'il m'a envoyé. Tu ajouteras que j'espère, un jour, pouvoir lui en marquer ma gratitude... lorsque donna Fiora sera devenue la comtesse de Campobasso. Va à présent! Quant à toi, ajouta-t-il à l'adresse d'Esteban, tu as entendu : je vais épouser ta maîtresse et je peux t'assurer que je saurai la défendre de tous périls. Je te conseille de suivre ton compagnon.

– Et si je refuse? grogna le Castillan qui sentait monter sa colère.

– C'est tout simple: avant une heure tu seras pendu.

– Je n'ai pas envie, moi non plus de repartir, articula Mortimer. Où alors, allez chercher donna Fiora. D'elle j'accepterai un ordre...

Il avait tourné les yeux vers Esteban et celui-ci lut sans peine que la Bourrasque était sur le point de se déchaîner. Entre eux deux, le condottiere désarmé ne pèserait pas lourd... Mais Campobasso soupirait d'un air excédé:

– Dieu que vous êtes fatigants!

Il frappa dans ses mains et, aussitôt, une vingtaine d'hommes armés pénétrèrent dans la salle:

– Vous n'aurez pas le dernier mot avec moi. Partez tranquillement et séparons-nous bons amis. Mes hommes vous donneront quelques vivres pour la route... et vous pourrez vous partager ceci.

Il détacha la bourse attachée à sa ceinture et la lança vers les deux hommes mais aucune main ne se tendit pour la saisir et son contenu se déversa sur les dalles. A nouveau l'Écossais consulta son compagnon du regard puis, haussant les épaules, déclara:

– Partons! Je ferai vos commissions à mon supérieur... toutes vos commissions!

– Parfait! On va donc vous accompagner hors des portes de la ville.

Mortimer et Esteban partirent sans se retourner, suivis par les soldats. Salvestro fermait la marche. Quand ils eurent disparu, Campobasso se mit en devoir de récupérer les pièces d'or qui avaient roulé à terre, les remit dans la bourse qu'il fit sauter dans sa main avec satisfaction tout en se dirigeant vers la chambre.

Fiora dormait toujours dans la masse brillante de ses cheveux en désordre qui sertissaient son corps charmant.

Le comte la contempla un instant puis, ôtant ses vêtements, il se glissa auprès d'elle et, appuyé sur un coude, il se mit doucement à la caresser. Elle gémit, sans ouvrir les yeux, s'étira pour mieux s'offrir à la main qui glissait sur elle, dispensatrice d'un plaisir dont elle sentait déjà la chaleur monter au creux de ses reins. Quand elle commença à se tordre avec une plainte heureuse, il entra en elle pour la rejoindre dans le spasme suprême...

CHAPITRE IX

L'ARRESTATION

Durant trois jours et trois nuits, Campobasso et Fiora demeurèrent enfermés dans le double isolement de leur chambre et des rideaux du lit. Seul Salvestro franchissait, deux fois le jour, la porte de celle-ci pour apporter des repas mais sans jamais rien voir de ce qui se passait derrière ceux-là. Galeotto avait été chargé d'assurer le commandement et de veiller à l'ordre dans Thionville. Il s'en acquittait avec hargne, serrant les poings quand il lui arrivait de tourner les yeux vers certaine fenêtre close où il imaginait bien qu'on ne faisait point pénitence.

Ces heures ardentes, Fiora les vécut entièrement dans les bras de son amant. Il la gardait contre lui pour dormir, pour la faire manger et boire et quand, au bout de vingt-quatre heures, elle réclama un bain, la porta lui-même dans le bassin que le vieil écuyer avait rempli d'eau fraîche, la lava, la sécha sans cesser de lui prodiguer caresses et baisers. Quand il ne lui faisait pas l'amour, il la regardait avec émerveillement, touchait ses paupières, ses lèvres, son cou, ses seins, ses pieds et ses mains, et lui murmurait des mots d'amour qu'elle ne comprenait pas toujours.

Jamais la jeune femme n'avait imaginé qu'elle allait allumer pareille passion. Cet homme n'était jamais comblé, jamais rassasié et la possession, au lieu d'apaiser ses sens, semblait les exaspérer et décupler son désir au point, parfois, d'effrayer Fiora. Il dormait peu et ne la laissait lui échapper dans le sommeil que durant de courts laps de temps : une heure ou deux après quoi elle le retrouvait plus affamé d'elle que jamais :

– Tu es à moi pour toujours, lui dit-il un soir en la serrant à l'étouffer. Je ferai de toi ma femme...

Prise de court par cette déclaration inattendue, elle choisit le parti de rire.

– Tu veux m'épouser?... et je ne sais même pas ton prénom...

– Cola... ici, on dit Nicolas comme le jeune duc que j'ai perdu et que j'aimais servir. Mais je ne veux de toi d'autres mots que d'amour.

– Je ne crois pas avoir dit que je t'aimais? Seulement que tu me plaisais...

– Qu'importe si ta bouche ne le dit pas! Ton corps, lui, le crie sans cesse, ton corps qui m'appelle, ton corps que je fais chanter, vibrer, crier même. Cela vaut toutes les fadaises des poètes. Et d'ailleurs tu m'aimes déjà sans même t'en rendre compte...

– Peut-être, mais tant que je ne m'en rendrai pas compte, je ne t'épouserai pas...

Nouant ses poings dans ses cheveux il lui tira cruellement la tête en arrière :

– Tu en aimes un autre? Dis-moi! Est-ce que tu aimes un autre homme? Allons, réponds!

Emporté par une fureur subite, il planta ses dents à la naissance de son cou. Les yeux soudain pleins de larmes, Fiora poussa un cri de douleur...

– Pourquoi serais-je ici... si c'était le cas?

Il la lâcha, vit que des larmes coulaient et que sa peau portait une marque rouge...

– Pardon! pardon mon amour!... Je deviens fou... Tu brûles mon sang et tu me donnes des joies que je n'ai jamais connues avec aucune femme. Et toi, dis-moi... un autre homme t'a-t-il jamais donné autant de plaisir? Dis-moi! Je veux savoir...

– Non, murmura Fiora en pensant qu'elle ne mentait qu'à peine car sa nuit de noces avait été brève auprès de ce déchaînement de passion, de cette orgie d'amour qu'elle vivait et qui l'épuisait mais qui, curieusement, lui rendait toute sa présence d'esprit.

Elle avait pleinement conscience de la dualité existant entre sa tête et un corps dont elle ne pouvait contrôler les réactions. Et sa tête lui disait qu'elle n'aurait plus jamais besoin d'utiliser le parfum de Démétrios dont la senteur avait disparu depuis des heures et que Campobasso était bel et bien son prisonnier. Entre elle et un duc dont d'ailleurs le service lui plaisait moins qu'il ne l'avait cru, le condottiere n'hésiterait pas... mais tandis qu'il léchait la petite blessure de son épaule, Fiora pensa, repue d'amour, qu'elle aimerait voir s'achever cette claustration à deux que rien ne semblait susceptible de faire cesser.

Pourtant, au matin du quatrième jour, le vantail de la porte retentit des coups que lui portait un gantelet de fer. En même temps, la voix rude de Galeotto braillait :

– Sors d'ici... Cola! Il faut que je te parle et c'est urgent!

Campobasso s'arracha du lit nu, traversa la chambre et courut ouvrir. Il reçut en plein visage le regard furieux de son ami.

– Que se passe-t-il ?

– Le page a disparu!

– C'est cela ta nouvelle? Qu'il aille au diable et que...

– Non. Ce n'est pas seulement cela : le duc Charles est à son château de Soleuvre, à douze lieues d'ici. Que crois-tu qu'il va se passer si ce damné Virginio est allé lui raconter que tu délaisses ton commandement parce que tu ne peux plus t'arrêter de baiser une espionne du roi de France?

La main de Campobasso fila comme un serpent jusqu'à la gorge de son compagnon qu'elle serra furieusement :

– Je t'interdis de parler ainsi, tu m'entends? Elle sera ma femme!

– Alors, si tu veux qu'elle vive assez longtemps pour ça, tu ferais bien de la renvoyer d'où elle vient! rugit Galeotto en s'arrachant à la poigne de son ami.

– Jamais je ne la renverrai!

– Alors mets-la à l'abri mais fais quelque chose. Le gamin a dû partir dans la journée d'hier...

Le comte réfléchit un instant puis grogna :

– Tu as peut-être raison. Envoie-moi Salvestro et donne l'ordre qu'on cherche une litière et que l'on prépare une escorte : dix hommes!

– A quoi penses-tu ?

– Je vais la faire conduire à Pierrefort!

– En plein pays lorrain donc en pays ennemi ? Tu es fou ?

– Justement. Le Téméraire n'ira pas la chercher là si ce sale petit bougre est allé me dénoncer. Pierrefort m'appartient toujours comme nous appartiennent toujours les villes que ce jeune imbécile de René II nous a laissé occuper.

L'heure qui suivit fut difficile pour Fiora. Non que les projets de son amant lui déplussent particulièrement – car elle était prête à n'importe quoi pour dormir une grande nuit tranquille – mais les choses se gâtèrent quand il lui avoua qu'il avait renvoyé ses compagnons de route. Il dut faire face à une fureur tout italienne qui le stupéfia quelques instants.

– De quel droit t'es-tu permis de renvoyer mes serviteurs ? criait-elle. Parce que tu as couché avec moi, tu t'imagines que tu peux tout faire, tout détruire de ce qui est ma vie ? Esteban m'est attaché depuis longtemps et tu l'as renvoyé comme un valet indélicat! Je ne te pardonnerai jamais et je refuse de rester ici plus longtemps!

– Calme-toi, je t'en supplie. Tu vas partir, je viens de te le dire...

– Sans doute, mais pas comme tu l'entends! Si tu crois que je vais me laisser enfermer dans ton château, tu te trompes lourdement. Fais-moi seller un cheval et adieu!

– Tu es folle! Où iras-tu...

– A présent que je n'ai plus de guide? Je vais te surprendre: j'irai rejoindre le duc de Bourgogne!

– Il te fera pendre!

– Crois-tu? M'as-tu fait pendre, toi, quand je suis arrivée, parfaite inconnue et même un peu suspecte? Non. Tu m'as mise dans ton lit et j'ai accepté car je te croyais un homme. Mais tu es là à trembler comme un gamin parce que, peut-être, ton page est allé te dénoncer. Le Téméraire me paraît d'une autre envergure... et ce pourrait être amusant d'essayer de le séduire.

Envahi d'une rage soudaine, il la prit à la gorge:

– Sale petite putain! Tu en as assez de moi, n'est-ce pas? Un lit princier serait plus intéressant que le mien?... Mais je ne te laisserai pas faire. Je t'ai dit que je voulais te garder et je te garderai!

– Tu... garderas mon cadavre... alors! souffla-t-elle à demi étranglée.

Comprenant qu'il était en train de la tuer, Campobasso la lâcha mais ce fut pour l'expédier à terre d'une bourrade:

– Tu feras ce que j'ai dit! Lève-toi et habille-toi... si tu ne veux pas que je te fasse habiller par mes hommes...

Elle se releva en effet mais ce fut pour lui éclater de rire au nez:

– Voilà qui serait amusant! Bonne idée! Appelle donc tes hommes! Quelques archers en guise de chambrières, cela peut être drôle...

L'absurde défi le calma net mais réveilla son ardeur. D'un geste brutal il la saisit dans ses bras, la poussa contre l'une des colonnes du lit et la prit debout avec tant de violence qu'elle cria de douleur.

– Ne me pousse pas à bout, Fiora! Jamais je n'accepterai de te perdre, tu entends? Je veux pouvoir te posséder encore et encore chaque fois que j'en aurai envie et pour cela il faut que je te cache, que je t'éloigne du danger. Si le duc ordonnait ta mort, je serais capable de le tuer... Je t'aime, comprends-tu? Je t'aime, je t'aime, je t'aime!...

– Que vas-tu faire? demanda-t-elle un moment plus tard tandis qu'avec des gestes redevenus caressants il l'aidait à s'habiller.

– Dès que tu auras quitté Thionville, je partirai pour Soleuvre et je verrai le duc sans attendre qu'il m'appelle. Je lui dirai à quel point je tiens à toi et aussi que je veux faire de toi ma femme. Il n'osera plus, dès lors, s'en prendre à toi. Il a trop besoin des troupes que je commande. Alors, je t'enverrai chercher et nous nous marierons...

– Pourquoi ne pas le quitter au lieu de braver sa colère? Pars avec moi!

Il hésita, visiblement tenté car la pensée de voir s'éloigner de lui, même pour peu de temps, cette femme adorable le déchirait mais il fallait bien, enfin, que la raison reprît ses droits...

– Je ne peux pas, avoua-t-il. J'ai à payer mes hommes et le duc me doit de l'or...

– Un autre t'en donnerait peut-être davantage?...

– Je sais... et il se peut que j'y vienne un jour. Mais pour l'instant, j'entends recevoir mon dû. Le Téméraire a envoyé en Lombardie le Grand Bâtard Antoine, son demi-frère et son meilleur capitaine, pour ramener des mercenaires. J'entends que les miens soient payés avant ces nouveaux venus...

Fiora n'insista pas. Une idée lui venait : elle allait se laisser conduire où il l'avait décidé. De là elle trouverait sûrement un moyen de s'enfuir et, s'il tenait à elle autant qu'il le disait, Campobasso abandonnerait tout pour la rejoindre...

Une heure plus tard, étendue sur les coussins d'une litière un peu antique mais solide et dont les rideaux de cuir fermaient hermétiquement, Fiora quittait Thionville dont elle n'avait pratiquement rien vu et traversait le camp planté au bord de la Moselle pour tous les soldats qui n'avaient pas trouvé place dans la ville. Salvestro, indifférent à son ordinaire, chevauchait auprès d'elle cependant qu'une escorte de dix hommes partagée en deux groupes précédait et suivait l'attelage. Par précaution, les hommes d'armes portaient, au lieu du tabard vert à croix de Saint-André blanche qui était de Bourgogne, la cotte d'armes à la double croix de Lorraine... On prit la direction du sud à vive allure. Il fallait couvrir dans la journée la petite vingtaine de lieues qui séparaient la ville luxembourgeoise du château lorrain de Campobasso. Quitte à arriver au cœur de la nuit, le condottiere préférant de beaucoup que cette arrivée se fît dans l'obscurité.

Bâti au siècle précédent par Pierre de Bar, le château de Pierrefort, baptisé selon son géniteur, dressait ses murailles sur un éperon dominant un vallon encaissé qui formait une voie naturelle entre le Barrois et la Moselle. C'était un pentagone d'environ vingt mille mètres carrés défendu par quatre tours représentant chacune un échantillon de l'architecture militaire de l'époque : une tour carrée, une tour ronde, une tour à bec et enfin une grosse tour octogone : le donjon. C'était cette tour que la colère du duc René II avait à demi détruite mais le château n'avait que peu souffert de l'incendie [1]. Donnant, au nord et à l'est, sur un ravin abrupt, il était bordé, au sud et à l'ouest, par de larges et profonds fossés qu'enjambait un pont dormant sur lequel venait s'abattre le grand pont-levis. Une première ligne de défense, faite de palissades et d'échauguettes de bois qui avaient brûlé en partie, précédait les fossés. C'était à la fois un ouvrage d'art et une puissante forteresse où Campobasso gardait une garnison d'une vingtaine d'hommes sous le commandement d'un de ses fils...

Mais Fiora ne vit rien de ces abords, pas plus d'ailleurs que de la route suivie car, sans souci des cahots de la litière sur le chemin raboteux, elle dormit comme une souche tout au long du voyage et n'ouvrit les yeux qu'au

1. Pierrefort est encore debout en partie, mais il renferme une exploitation agricole qui ne l'améliore pas.

bruit apocalyptique du pont-levis qui s'abaissait et de la herse que l'on relevait. La troupe passa sous l'arc brisé de la porte, pénétra dans une cour immense qu'éclairaient mal quelques pots à feu et s'arrêta enfin devant l'entrée d'un beau logis dont les fenêtres étaient élégamment sculptées et portaient sous le gable les armes des anciens seigneurs de Bar.

Un jeune homme qui ressemblait à Campobasso, vêtu de cuir sous une cotte de mailles brillantes, se tenait debout sur le seuil.

– Salut à toi, Salvestro, vieux brigand! cria-t-il joyeusement. Tu as bien failli recevoir quelques carreaux d'arbalète avec tes cottes lorraines. En voilà une idée?

– La Bourgogne n'est pas en odeur de sainteté. C'était plus prudent...

– Et quel bon vent t'amène?

– Un vent qui va te remporter, messire Angelo. Ton père te réclame et m'envoie tenir Pierrefort à ta place.

– Dis-tu vrai? Je vais enfin quitter ce nid de hiboux et revoir la guerre? Vive Dieu! Voilà des jours que j'attends ça!

Les deux hommes s'embrassèrent, se bourrèrent de quelques coups de poing en riant puis Angelo demanda:

– Qu'est-ce qu'il y a dans cette litière?

– Le précieux trésor de ton père. Celle qui sera bientôt la dame de ces lieux: ta future belle-mère, quoi!

Ouvrant les rideaux de la litière, il offrit la main à Fiora pour l'aider à descendre. Mal réveillée, la jeune femme clignait des yeux dans la lumière des torches que tenaient deux valets.

– Sommes-nous arrivés? demanda-t-elle.

– Oui, madonna. Voici messire Angelo qui est l'aîné des fils de Mgr Cola.

Mais, déjà, le jeune homme s'inclinait, avec une grâce inattendue chez un homme vêtu d'acier et s'emparait de la main de la jeune femme.

– Il n'y a qu'un instant, je croyais être heureux de

m'éloigner d'ici, belle dame. Mais voilà que l'envie m'en passe puisque vous allez rester alors que je m'en vais!

– Merci de votre accueil, messire! Je n'espérais pas rencontrer un galant homme dans cette forteresse...

– Moi non plus, fit Salvestro goguenard. Tu as fait des progrès dans l'art de parler aux dames, gamin. Quant à la guerre, n'y compte pas trop! Le duc Charles qui est à Soleuvre a dépêché, paraît-il, messire Hugonet, son chancelier, à Vervins pour y discuter de la paix avec les envoyés du roi de France.

Toute gaieté s'effaça du visage du jeune homme:

– La paix? Le Téméraire veut la paix avec son plus mortel ennemi? C'est à n'y pas croire! Le Français lui a repris la Picardie et ses troupes ont attaqué le nord de la Franche-Comté depuis la fin de la trêve, en mai.

– Il a d'autres chats à fouetter et préfère sans doute tenir Louis XI à distance même au moyen d'une paix boiteuse. On dit qu'à l'appel du duc René de Lorraine, les Suisses et les Alsaciens sont entrés aussi dans la Franche-Comté qu'ils ravagent. Après tout, tu pourrais bien l'avoir quand même, ta guerre! acheva-t-il avec un sourire narquois.

– Tout cela est fort intéressant, messieurs, dit Fiora avec un sourire qui corrigea son rappel à l'ordre, mais j'aimerais assez entrer dans cette maison... et souper si possible?

– Pardonnez-nous, fit Angelo, vous avez mille fois raison. Mais vous arrivez bien car j'ai chassé tout le jour et j'allais me mettre à table.

– Vous pouvez chasser alors que cette forteresse bourguignonne en pays lorrain doit être en péril continuel?

– Nous ne sommes pas vraiment en Lorraine mais à la frontière du duché et de la France. Comme cette frontière n'est pas très bien délimitée, je vis à peu près tranquille mais vous le serez plus encore si nous sommes en paix avec Louis XI... Et le duché ne bouge pas. René II a rejoint le roi. Mais entrons!

En pénétrant dans le logis, Fiora découvrit que l'on pouvait être homme de guerre et homme de goût. Des tapis et de grandes tentures brodées habillaient la salle où ne manquaient ni les meubles, ni les coussins, ni les beaux objets. Elle en fit compliment à son jeune hôte ajoutant que Thionville, cependant ancien château ducal, n'offrait rien de comparable.

– Mon père ne fait qu'y passer. Il s'en accommode simplement. Ici, c'est chez lui, comme d'ailleurs à Ainvelle-aux-Jars, non loin de Neufchâteau où il ne va guère, se contentant d'y maintenir mon frère et un bailli chargé de récupérer les impôts mais où le château mériterait qu'on fît quelques aménagements. Vous vous en chargerez sans doute puisque vous allez devenir son épouse? Ce dont je me réjouis sincèrement...

Fiora fit honneur au souper de poissons et de venaison qu'on lui servit et se déclara ensuite satisfaite de la chambre que l'on venait de préparer pour elle, une pièce agréable avec ses rideaux à grands ramages et la tapisserie mille fleurs qui enjolivait le panneau faisant face aux fenêtres... Celles-ci, malheureusement, donnaient sur la seule cour comme les autres fenêtres du logis.

La jeune femme s'y enferma à clé, craignant que ce jeune homme, qui la contemplait avec un plaisir évident, ne voulut vérifier par lui-même les charmes dont son père se voulait captif. Mais personne ne vint frapper et elle s'en trouva grandement soulagée.

Livrée à elle-même pour la première fois depuis des jours – et surtout des nuits! –, Fiora employa une grande partie de celle-ci à réfléchir. Ayant dormi toute la journée, elle n'avait plus sommeil et se retrouvait l'esprit clair pour faire face à une situation tout à fait inattendue. En arrivant à Thionville, elle espérait plaire à Campobasso, sans doute, mais de façon paisible, se l'attacher peu à peu et l'amener doucement là où Louis XI voulait le voir venir : abandonner la cause du Téméraire et rentrer en France avec elle, en emmenant, bien sûr, ceux de ses soldats qui lui étaient attachés. Le tout avec l'appât d'une honnête quantité d'or...

Cela aurait pu, aurait dû marcher si deux facteurs nouveaux ne s'étaient présentés : d'abord la présence de Galeotto, de ses hommes d'armes et d'une partie de l'armée bourguignonne dans la cité luxembourgeoise : ils auraient empêché Campobasso de partir par tous les moyens. Ensuite la passion insensée qu'elle avait allumée dans le cœur et dans les sens du condottiere. Violente, exclusive, voire dangereuse, elle avait joué dans le sens contraire de ce qu'espérait Fiora : au lieu de la suivre, Campobasso n'avait plus pensé qu'à une chose : garder pour lui seul celle qu'il aimait, la cacher le temps qu'il le faudrait puis l'épouser au grand jour : tout cela sans quitter pour autant le clan bourguignon. D'ailleurs, si la paix avec la France était faite, sa trahison ne serait que de peu de prix et le priverait des grands avantages offerts sans doute par un prince lancé à la conquête d'un royaume. Et maintenant, Fiora se retrouvait au cœur d'un pays inconnu, enfermée dans un château fort sans aucune possibilité d'assistance pour en réchapper. Privée de l'astuce d'Esteban et de la force prodigieuse de Mortimer ainsi que de leur courage à tous les deux, elle était presque désarmée car elle se voyait mal tentant sur le vieux Salvestro une entreprise de séduction dans l'espoir de se faire ouvrir la porte.

Où se trouvaient-ils, à cette heure, le Castillan et l'Écossais ? Campobasso les avait fait reconduire, d'après ce qu'il en avait dit, à une lieue de Thionville. On ne leur avait restitué leurs armes qu'à ce moment-là et ceux qui les accompagnaient avaient pu les voir s'éloigner en direction de la France. Y étaient-ils déjà arrivés et les choses s'étaient-elles passées comme on le lui avait raconté ? Leur avait-on « vraiment » rendu leurs armes ou bien les avait-on égorgés sans plus de façon ? Fiora connaissait assez son amant, à présent, pour savoir que tout était à redouter de son génie tortueux...

S'il n'en était rien – et elle l'espérait de tout son cœur – Douglas Mortimer devait être en train de revenir à bride abattue vers son roi pour lui rendre compte de sa mission. Mais Esteban? Était-il parti avec lui dans l'espoir de ramener un quelconque secours? Fiora en doutait un peu. Le Castillan lui était attaché. En outre, pour rien au monde, il n'eût transgressé un ordre de Démétrios et celui qu'il en avait reçu était formel: veiller sur Fiora en tout temps et en toutes occasions. Peut-être n'était-il pas si loin qu'on le pensait?... En tout cas, une chose était certaine: il fallait parvenir à sortir d'ici, coûte que coûte. Peut-être alors, apprenant qu'elle lui avait échappé, Campobasso se lancerait-il à sa recherche, privant ainsi le Téméraire d'un de ses meilleurs capitaines? De toute façon, elle ne voulait plus être le jouet de cet homme et revivre ces jours et ces nuits qu'elle ne pouvait même plus évoquer sans honte: elle s'était conduite comme une courtisane sans doute, s'y étant d'ailleurs préparée mais le pire est qu'elle y avait pris plaisir. Elle avait découvert qu'elle pouvait aimer les jeux de l'amour sans en éprouver le sentiment, tout comme un garçon, et qu'un parfait inconnu, s'il était habile, saurait faire vibrer ses sens et lui faire oublier un instant qu'elle était autre chose qu'une chair avide de jouissances.

Et ce fut en pensant à sa prochaine évasion qu'elle finit par s'endormir, si profondément même qu'elle n'entendit pas, au petit matin, le jeune Angelo partir avec l'escorte qui l'avait amenée.

Quand il eut quitté le château, Salvestro fit baisser la herse et relever le pont-levis. Puis, jetant un rapide coup d'œil à la fenêtre derrière laquelle dormait cette femme qui avait envoûté son maître, il esquissa un sourire, haussa les épaules et s'en alla inspecter les quartiers et les armes des hommes chargés de garder la forteresse. Fiora ne le savait pas encore mais elle était prisonnière d'un vieux soldat qui ne l'aimait pas et qui ferait tout pour qu'elle comprenne bien le rôle qu'on lui attribuait: celui d'un bel objet entièrement voué au repos du guerrier et à ses plaisirs. Rien de plus!

Elle s'aperçut très vite du sort qui lui était fait. Dès le matin, constatant que, pour une fois il ne pleuvait pas et que le ciel était presque clair, elle demanda un cheval pour faire un tour dans les environs. On lui répondit alors que c'était impossible, les promenades à cheval ou à pied n'étant pas compatibles avec la défense d'une place forte frontalière. Et on lui désigna l'escalier qui, près de la porte d'entrée, montait d'un seul jet jusqu'au chemin de ronde. Mais quand elle commença à en gravir les degrés, elle entendit sonner derrière elle les pas ferrés des deux soldats chargés de l'accompagner. Et c'est escortée de leur présence vigilante qu'elle parcourut le chemin de ronde du château à pas lents, regardant à peine le paysage alentour qui cependant n'était pas sans charme, envahie qu'elle était par une sensation désagréable.

Ce fut pis encore quand, redescendant, elle s'aperçut que deux maçons étaient occupés à sceller des barreaux à la fenêtre de sa chambre sous la surveillance attentive de Salvestro. Emportée par une brusque colère, elle courut à lui :

– Qui vous a permis de faire cela? Ignorez-vous que votre maître souhaite que je devienne son épouse?

– Soyez sans crainte : personne ne vous manquera de respect dans ce château mais, voyez-vous, je ne suis pas certain que vous ayez, vous, très envie de devenir sa femme et, comme il tient à vous, je veux être assuré que vous serez prête à le recevoir quand il le souhaitera.

– Quelle sottise! Ne suis-je pas venue à lui de bon gré?

– Sans doute... mais dans quel but? Parce que vous rêviez de lui depuis longtemps? Je ne crois pas cela : vous êtes toute jeune et lui sera bientôt vieux.

– Ne savez-vous pas que je suis sa cousine?

– C'est possible... mais ce n'est pas certain. Quant à moi, j'ai reçu mission de vous garder et je vous garderai, au besoin contre vous-même. Et croyez bien qu'il m'en coûte! Sans vous je serais à ses côtés pour la guerre qui se prépare.

– Quelle guerre? On est en train de signer la paix...

– Et moi je vous dis que le duc va repartir en guerre.

– A la mauvaise saison? Comme c'est vraisemblable!

– C'est sans importance pour d'authentiques soldats. Voulez-vous rentrer à présent?

– Je me plaindrai du sort que l'on m'a fait ici!

– Mais le maître, lui, ne se plaindra pas : ce qu'il veut, c'est vous avoir dans son lit, et moi je veillerai à ce que vous n'en sortiez pas, justement, de ce lit!

Furieuse, Fiora rentra au logis en se donnant le plaisir dérisoire de faire claquer la porte derrière elle.

Et les jours, et les nuits se mirent à couler, tristes, gris, tous pareils et étouffants d'ennui. Le temps avait repris ses couleurs désolantes et l'été s'était achevé dans les grandes pluies et les vents démesurés de l'équinoxe. Pierrefort, environné de nuages et de tourbillons, ressemblait à un vaisseau dans la tempête et Fiora aimait alors à monter sur les remparts pour le plaisir violent de se laisser fouetter par les bourrasques. Elle rêvait d'être emportée par l'une d'elles et de pouvoir, comme un oiseau, voler par-dessus les créneaux pour se plonger dans la campagne détrempée comme elle eût plongé dans la mer... Mais il fallait toujours redescendre... et au logis elle étouffait.

Elle passait de longues heures assise dans la salle, au coin de l'immense cheminée où le bois brûlait tout le jour, sans rien faire, le regard perdu dans le jeu capricieux des flammes. Elle n'avait aucun moyen de s'occuper car on ne trouvait pas un livre dans ce château ni rien qui permît de broder ou d'occuper ses mains à quelque ouvrage. La nuit, Salvestro l'enfermait à clé dans sa chambre et couchait en travers de la porte pour plus de sûreté encore : Fiora pouvait l'entendre ronfler comme une toupie d'Allemagne. Entre-temps n'ayant rien à se dire, ils n'échangeaient que peu de mots. La seule péripétie notable était représentée par les nouvelles que, deux fois la semaine,

Salvestro envoyait chercher à Toul ou à l'abbaye de Domèvre quand on allait aux provisions.

Ainsi que l'avait prédit le vieil écuyer, le Téméraire avait levé son étendard violet et noir et rouvert les portes de la guerre. Après avoir envoyé, le 15 septembre, au jeune duc René un manifeste qui n'était rien d'autre que la plus belliqueuse des déclarations, il avait pris le commandement de son armée et commençait à envahir la Lorraine. Il était précédé par un premier corps de troupes aux ordres du maréchal de Luxembourg et de Campobasso qui avaient mis le siège devant Conflans-en-Jarnisy. René II était parti pour la France afin d'essayer d'obtenir l'aide de Louis XI sans y croire tout à fait puisque le roi venait de signer la paix de Soleuvre avec la Bourgogne. L'écho des combats faisait frémir le vieux Salvestro comme un cheval de bataille qui entend la trompette et le rendait plus désagréable encore s'il était possible.

Une nuit, Fiora fut réveillée par le vacarme de la herse et du pont. Il y eut le galop d'un cheval, des cris. Elle sauta à bas de son lit et enfilait sa chemise pour aller voir ce qui se passait mais n'eut qu'à peine le temps de se poser des questions. Déjà Campobasso, le casque sous le bras, son armure dégouttante et le regard étincelant était entré. Un instant ils se regardèrent en silence puis, laissant tomber son heaume et arrachant ses gantelets, il marcha vers elle...

– Il fallait que je vienne! dit-il. Conflans se passera de moi pendant une vingtaine d'heures...

– Tu veux dire... que tu as abandonné ton poste pour venir jusqu'ici?

– Oui... au risque de me déshonorer mais je n'en pouvais plus... J'ai besoin de toi... plus encore que de l'air que je respire. Viens m'aider à ôter cette ferraille! J'ai deux heures environ.

Au lieu d'obtempérer, elle s'empara d'une grande écharpe pour en couvrir son trop mince vêtement, croisa les bras sur sa poitrine et s'adossa à la fenêtre :

– Non! C'est un peu trop facile de tomber ici comme la foudre en déclarant que tu as besoin de moi! Eh bien, vois-tu, moi, je n'ai nullement besoin de toi, aucune envie de toi et, si tu me veux, il faudra me faire violence!

Décontenancé par sa réaction, il ne sut que balbutier penaud :

– Mais... Fiora... nous nous aimons! As-tu déjà oublié Thionville, notre chambre... et comme nous nous sommes aimés?

– Je n'oublie rien. Toi, en revanche, tu sembles avoir perdu de vue ce que l'on doit à une femme de ma qualité. Que suis-je ici? Une fille soumise à ton bon plaisir? Regarde ces barreaux à ma fenêtre! Sais-tu que je n'ai le droit de prendre l'air que sur le chemin de ronde et flanquée de deux gardes? Sais-tu que ton écuyer couche en travers de ma porte?...

– N'en sois pas fâchée, je t'en supplie! C'est moi qui ai donné ces ordres à Salvestro. Il le fallait... pour ta sûreté!

– Qu'est-ce que ma sûreté peut bien venir faire ici?

– Il faut comprendre! Outre que cette place n'est pas absolument sûre, je ne pouvais te laisser seule au milieu d'une garnison sans prendre quelques précautions. Je sais trop qu'aucun homme n'est à l'abri de ta beauté. Ceux d'ici sont faits comme les autres et, après boire, une fenêtre est vite escaladée... Salvestro!

Le vieux soldat apparut aussitôt. Il devait être collé contre la porte, comme d'habitude...

– Aide-moi à enlever tout ça! lui ordonna Campobasso.

– Peine superflue, ricana Fiora car tu repartiras comme tu es venu. Je n'accepterais jamais d'être traitée comme une ribaude!

– Je te traite comme ma femme, un point c'est tout.

– Vraiment? On dit que tu l'as tuée! Vas-tu recommencer?

– Vous êtes bien indulgent, Monseigneur, de discuter avec cette créature, grogna Salvestro qui achevait d'ôter les pièces d'armure. Je vais vous la maintenir et vous en userez à votre plaisir...

Mais Campobasso, d'une bourrade, l'envoya balader sur le mur :

– Va me chercher du vin! Ensuite, ferme cette porte à clé et reviens me quérir dans deux heures. Que l'on me tienne un cheval frais!

Pendant ce temps, l'esprit de Fiora travaillait. Deux heures, ce n'était pas beaucoup. Et, même, ce n'était pas suffisant... Que se passerait-il si elle réussissait à l'empêcher de repartir? Il serait déshonoré, certes, mais de cela elle ne se souciait d'aucune façon... Et le jeu en valait comme on dit, la chandelle...

Lorsque Salvestro eut rapporté le vin et que le bruit de la clé tournant dans la serrure se fut fait entendre, elle se mit à rire. Il restait là, à quelques pas d'elle, le front soucieux, remâchant visiblement l'accusation qu'elle lui avait jetée à la tête :

– Cesse de rire! Qui t'a dit...

– Que tu as tué ta femme? Mais mon cher, cela fait partie de ta légende. Au surplus, cela ne me préoccupe en rien!

– Qu'est-ce qui te préoccupe alors?

– Toi, peut-être! Je n'aime pas être traitée comme une esclave captive mais j'aimerais assez tenir pour assuré d'être réellement ta maîtresse... dans tous les sens du terme.

– Alors, mets-moi à l'épreuve! Commande! J'obéirai... Mais, je t'en supplie, ne te refuse pas!

– Soit! je consens à t'éprouver. Je t'ordonne de rester où tu es et de n'en bouger sous aucun prétexte avant que je ne te le dise.

– Que veux-tu faire?

– Juger de ton obéissance. Tu ne bougeras pas, sinon...

Lentement, très lentement, sans le quitter des yeux, elle ôta l'écharpe de ses épaules, dénoua le ruban de sa chemise et la laissa glisser à terre, puis s'étira voluptueusement en soulevant la masse lustrée de ses cheveux. Campobasso était devenu violet :

– Fiora! implora-t-il.

– Non, tu ne bouges pas!

Sans se hâter, gracieuse et nue, elle alla jusqu'au coffre sur lequel Salvestro avait posé le vin, s'en versa un gobelet et le but à petites gorgées sans cesser de sourire à l'homme qu'elle torturait ainsi. Il tomba à genoux et cria son nom :

– Fiora! Le temps passe! Cesse ce jeu cruel!

– C'est vrai : tu as soif! Attends!... Je vais te faire boire.

Cette fois elle se détourna pour remplir la coupe d'étain mais, en même temps, prit sur le coffre son aumônière dans laquelle elle gardait son parfum ainsi qu'une petite fiole, cadeau de Démétrios, bien entendu, et qui contenait un somnifère dont elle versa deux gouttes. Ses grands cheveux formaient un abri suffisant pour que Campobasso ne vît pas ce qu'elle faisait. Enfin, élevant la coupe entre ses deux mains, elle s'approcha de lui et lui tendit le vin.

– Bois! fit-elle doucement. Pendant ce temps, je vais te déshabiller. Ensuite... nous irons au lit!

Il avala le breuvage d'un trait puis, jetant la coupe, enleva la jeune femme dans ses bras et alla s'effondrer avec elle sur le lit qui protesta. Mais l'effet du somnifère n'était pas assez rapide pour que Fiora évitât l'assaut furieux que son amant lui infligea.

Quand il fut endormi, elle se glissa hors du lit, s'en fut rincer le gobelet avec un peu de vin qu'elle jeta par la fenêtre, en reversa dans le récipient qu'elle posa au chevet et vida le restant du pot au-dehors. La pluie faisait rage et diluerait les traces. Puis elle revint se coucher, but un peu de vin, renversa la coupe sur les draps, et fit semblant de dormir.

Naturellement, quand Salvestro entra pour rappeler son maître au devoir, il fut impossible de le réveiller :

– Il a bu comme une éponge, soupira Fiora. Il est ivre mort!

– Il est surtout ivre de fatigue. Et vous y êtes pour quelque chose... N'importe! Il faut qu'il reparte sinon il est perdu. Aidez-moi à l'habiller!

Détournant les yeux pour ne pas voir Fiora se lever, il commençait déjà à passer les chausses au corps inerte qui émettait des grognements de protestation entre deux ronflements. A eux deux, ils réussirent à l'habiller puis Salvestro alla chercher le sergent qui commandait la petite garnison pour qu'il l'aide à enfermer Campobasso dans son armure. Cachant sa déception, Fiora les regardait faire. Elle découvrait que la pire ruse féminine était impuissante contre le dévouement aveugle d'un vieux serviteur.

Habillé et armé, le condottiere fut hissé et attaché sur un cheval que Salvestro, qui s'était équipé en un clin d'œil, prit par la bride :

– Je vais le reconduire jusqu'à ce qu'il se réveille. S'il faut aller jusqu'à Conflans, j'irai jusqu'à Conflans, dit-il au sergent.

Et, se penchant sur sa selle, il lui glissa quelques mots à l'oreille et quitta le château.

Avec un haussement d'épaules résigné, Fiora retourna se coucher dans son lit taché de vin...

Salvestro revint dans la journée. Campobasso avait repris conscience à l'aube et regagnait son camp à francs étriers, sans rien comprendre à ce qui lui était arrivé.

Cependant son escapade allait avoir, pour son orgueil, de rudes conséquences. Durant cette nuit, du secours était arrivé à Gratien d'Aguerre, le vaillant gouverneur de Conflans, en la personne de Gérard d'Avilliers, gouverneur de la ville frontière de Briey [1] qui venait à son aide avec une partie de ses troupes. Campobasso réussit néanmoins à regagner son camp mais ce fut pour voir arriver sur ses arrières le duc René II en personne, revenu de France avec quatre cents lances (environ deux mille cinq cents hommes) placées sous le commandement de Georges de La Tremoille, qui lança sur lui cette force nouvelle

1. Le dessin des frontières du Luxembourg, de la Lorraine et de la France est alors extrêmement tortueux, avec des poches et des redans qui en rendent l'appréhension assez difficile.

augmentée d'un corps de chevaliers et d'arbalétriers lorrains. Comprenant qu'il allait y laisser la vie, le condottiere se hâta de lever le siège... et essuya l'une des plus terribles colères du duc de Bourgogne. Traité de lâche et d'incapable, Campobasso, la rage au cœur, ne put que courber le dos sous l'orage en jurant qu'il se rattraperait.

Quand la nouvelle en parvint à Pierrefort, Salvestro jeta feu et flammes et Fiora fut un instant en danger :

– Il me tuera peut-être ensuite mais s'il recommence pareille folie pour vous, je jure que je vous étranglerai de mes mains! brailla-t-il en lui mettant sous le nez deux puissantes tenailles velues capables de briser le cou d'un ours mais qu'elle considéra froidement :

– Vous me rendriez peut-être service, fit-elle. Croyez-vous que je puisse aimer ce genre de vie?

Et, haussant les épaules, elle tourna les talons et se dirigea vers la chapelle attenante au logis. Les bâtisseurs du château avaient dû être des gens fort pieux car, outre cette chapelle, un oratoire avait été édifié entre les cuisines et le corps de garde à l'usage des serviteurs et des soldats.

Ce n'était pas la première fois que Fiora entrait dans le petit sanctuaire mal éclairé, lourdement voûté d'ogives dont personne ne prenait soin. Un autel nu, une croix de pierre et, sur les murs, des fresques en partie désagrégées par l'humidité, un vieux banc mangé des vers... c'était tout ce que l'on y voyait. Pourtant la jeune femme aimait à y venir à cause de la qualité de silence qu'elle y trouvait. Et elle restait assise de longues heures sur le vieux banc sans prier – elle en avait perdu l'habitude et n'essayait même pas de la retrouver – les mains nouées sur ses genoux, cherchant à démêler un fil clair dans l'écheveau embrouillé de sa vie naufragée.

Ce brin lumineux auquel, avec obstination, elle s'était accrochée durant tant de jours, c'était l'amour de Philippe mais cela même n'avait plus de sens puisqu'il était marié, ou remarié. Elle n'avait plus le droit de penser à lui et, malgré tout, il était toujours au fond de son cœur, comme la pointe de flèche qu'aucun chirurgien ne saurait arracher sans causer la mort du patient. Et Dieu sait si elle en souffrait parfois! L'espérance qu'elle avait emportée avec elle en quittant Florence s'était éteinte sans parvenir à guérir l'invisible blessure qu'empoisonnait à présent le souvenir de Campobasso et des joies charnelles qu'elle en avait reçues. Que ferait-elle quand le Téméraire aurait reçu son châtiment? Le couvent? A aucun prix! Le souvenir de Santa Lucia renforçait la répulsion qu'elle avait toujours eue pour la vie monastique. Rejoindre Démétrios et continuer avec lui son errance à la recherche du savoir? Cela ne la tentait guère et d'ailleurs Démétrios n'avait pas besoin d'elle. Alors... mourir serait peut-être la meilleure solution, mais à condition que cette mort vînt la prendre sous le ciel de Florence afin que ses cendres pussent reposer dans la terre même qui recouvrait le corps du seul homme qui l'eût aimée vraiment et sans rien demander en échange: Francesco Beltrami... son père. Quant à Campobasso, jamais plus il ne la toucherait, dût-elle se tuer si c'était la seule façon de l'éviter.

Cette décision, elle la changea en serment quand on apprit ce qui s'était passé à Briey tandis que le duc Charles, à la tête du gros de son armée, descendait vers le sud pour contourner Nancy et s'attaquer à Épinal. Campobasso chargé de réduire la ville frontière s'y était attaqué avec la rage et la fureur nées de son humiliation. Briey n'avait pour garnison que quatre-vingts Allemands et ses habitants, plus la troupe que lui avait laissée René II avant de repartir quêter d'autres soldats car, ayant conscience de la faiblesse de son armée, il l'avait répartie dans ses villes principales avant de s'éloigner. L'artillerie non plus n'était pas fameuse: trois ou quatre pièces. Le condottiere avec ses six mille hommes l'emporta sans beaucoup de peine mais il se souvenait de l'aide que Gérard d'Avilliers, le gouverneur, avait apportée à Conflans. Une fois entré dans la ville qui s'était défendue courageusement et que ses soudards mettaient au pillage, il fit pendre à des arbres tous les soldats de la garnison sous les yeux de leurs chefs et surtout de Gérard d'Avilliers dont un bras avait été emporté par un boulet de canon. L'horreur submergeait la Lorraine en ce mois d'octobre tandis que le Téméraire, qui avait tourné la capitale par Custines et la Neuveville, ravageait le sud du duché qu'il voulait s'assurer avant d'attaquer Nancy. Toute la Lorraine en criait vers le ciel tandis que son peuple essayait de fuir la férocité des vainqueurs.

Du haut des remparts de Pierrefort, Fiora pouvait voir des files de paysans misérables, n'ayant plus ni toit ni foyer, traînant avec eux des enfants et des vieillards, des blessés aussi et se cherchant au moins un abri contre cette pluie qui ne cessait pas et qui grossissait rivières et ruisseaux. Certains venaient vers le château, suppliant qu'on voulût bien leur ouvrir et les secourir mais Salvestro était impitoyable et les chassait à coups de pierres et de flèches, sans se soucier de la fureur écœurée de Fiora.

– Quelle sorte de mère t'a porté, vieux misérable! lui jeta-t-elle à la face devant ses archers. Même les loups ne tuent que s'ils ont faim. Toi et ton ignoble maître, vous tuez par plaisir parce que vous vous croyez à l'abri du châtiment...

– Mon ignoble maître? Tu ne le trouves pas si affreux quand il te baise, sale petite putain florentine. Je sais quelle chanson tu chantes quand il te couvre. Et il y reviendra encore!

– Jamais, tu entends? Jamais plus il ne me touchera. Sur le salut de mon âme!

– Ton âme? ricana le vieux. Il ne lui reste plus grand-chose à perdre! Celle d'une coureuse de routes, d'une espionne prête à faire n'importe quoi. Ote-toi de là avant que je ne perde patience.

Alors, à toute volée, elle le gifla puis lui cracha au visage avant de s'enfuir en courant, poursuivie par la voix rauque de fureur de Salvestro :

– Il va venir! Il va venir bientôt, celui qui est ton maître et le mien, et je saurai quoi lui dire!

Haussant les épaules, elle courut s'enfermer dans sa chambre mais elle passa d'abord par la cuisine où elle rafla un couteau, bien décidée à s'en servir contre quiconque l'attaquerait et, s'il n'y avait plus d'espoir, contre elle-même.

Mais Campobasso ne revint pas... Ce qui vint, par un matin chargé de brume des premiers jours de novembre, ce fut, sous la bannière de Bourgogne, une troupe de cavaliers escortant un officier déjà âgé, à la mine hautaine, devant lequel il fallut bien ouvrir les portes quand il eut crié :

– De par Monseigneur Charles, prince et duc de Bourgogne, comte de Charolais, moi, Olivier de La Marche, chevalier de l'honorable ordre de la Toison d'or et capitaine des gardes de mondit seigneur le duc, vous somme d'ouvrir à notre requête l'accès de ce château!

Rassemblant en hâte un piquet d'honneur et passant son meilleur tabard, Salvestro fit abaisser le pont et lever la herse. Aussitôt les cavaliers s'engouffrèrent et s'avancèrent jusqu'au milieu de la cour.

– J'ai à parler, dit le chef, à celui qui commande cette place.

– C'est moi, monseigneur. Salvestro da Canale, écuyer de Mgr le comte de Campobasso et tout à votre service.

– Je l'entends bien ainsi. Vous devez me remettre une femme, une certaine Fiora Beltrami. Elle est bien ici?

– Certes... mais j'ai reçu ordre de veiller sur elle et de la garder par-devers moi tant que mon maître ne me donnera pas ordre de la libérer.

Le capitaine se pencha et, sans effort apparent, saisit Salvestro par le col de sa tunique et le souleva de terre :

– Moi, c'est au duc de Bourgogne que j'obéis et il m'a commandé de quérir cette femme et de la lui amener! As-tu entendu?

– Il a très bien entendu, coupa la voix froide de Fiora qui s'avança de quelques pas hors du logis. Je suis Fiora Beltrami. Que me voulez-vous?

Sans songer à cacher sa surprise en face de cette mince jeune femme à l'allure fière et toute de noir vêtue qui posait sur lui le calme regard des plus grands yeux qu'il ait jamais vus, Olivier de La Marche baissa involontairement le ton pour déclarer :

– J'ai ordre de vous arrêter et de vous conduire par-devers mon maître.

– M'arrêter ? Ai-je donc commis quelque crime ?

– Je l'ignore. Êtes-vous prête à me suivre de bon gré ?

– Et même avec plaisir! fit-elle avec un étroit sourire dont elle adressa la fin à Salvestro qui luttait visiblement contre une colère. Puis-je emporter ce qui m'appartient ? C'est peu de chose, d'ailleurs.

– Sans doute. Un de mes hommes va vous assister. Pendant ce temps j'entends qu'on amène ici un cheval tout sellé.

Un moment plus tard, Fiora revenait, enveloppée de sa mante noire et suivie d'un soldat qui portait son léger bagage. Un cheval attendait. Elle se dirigea vers lui mais le capitaine qui avait mis pied à terre s'interposa. Il tenait à la main une cordelette :

– Je dois vous attacher. Si vous promettez de ne pas tenter de vous échapper, je lierai vos mains devant vous...

– Ah!... C'est à ce point ?

– Oui.

– Bien... De toute façon, soupira-t-elle, je vous ai dit que j'étais heureuse de quitter cette prison.

– Même si une autre vous attend ?

– Quelle qu'elle soit, je suis certaine de m'y plaire davantage.

Ses poignets une fois liés, on l'aida à enfourcher son cheval et l'officier disposa même son manteau autour d'elle, rabattant le capuchon sur sa tête pour la garantir de la pluie. Puis, remontant en selle, il prit la bride du cheval de la jeune femme qu'il passa au-dessus de son gantelet.

– Avez-vous le droit de me dire où vous me conduisez ?

demanda Fiora tandis que, côte à côte avec La Marche, elle franchissait la porterie de Pierrefort.

– Il n'y a là aucun secret. Je vous conduis devant Nancy au camp de Monseigneur le duc. Nous y serons ce soir.

– Alors, tout est bien ainsi.

Sous l'abri de la capuche, elle se permit un sourire. Tout valait mieux que demeurer la captive de Campobasso, même si cela signifiait l'échec de sa mission. Elle allait enfin approcher ce prince fabuleux dont ses amis ne disaient jamais assez de bien et ses ennemis jamais assez de mal, ce Charles le Hardi ou le Téméraire auquel Philippe de Selongey était enchaîné par son serment de chevalier de la Toison d'or et sa foi féodale... cet homme enfin que Démétrios et elle-même avaient juré de tuer. Et voilà qu'elle était à présent sa prisonnière et que c'était lui qui, peut-être, la ferait mourir. Mais, au fond, c'était sans importance... à condition, toutefois, que le destin ne la remît pas en présence de Philippe... Il ne fallait pas que la blessure secrète se remît à saigner si elle voulait affronter la mort d'un front serein.

CHAPITRE X

DEVANT NANCY...

Des hauteurs du village de Laxou, Fiora vit s'étendre à ses pieds deux villes. L'une, faite de tentes aux couleurs vives surmontées de flammes aux teintes assorties, disposées autour d'une bâtisse à demi écroulée entre de minces tours pointues; l'autre, couronnée de fumées, dressait ses remparts et ses tours, défendus par des fossés et des ouvrages de terre. Rangés en ligne devant l'une et sur les murailles de l'autre, des canons tiraient dont le vacarme s'accompagnait de cris. Des hommes s'agitaient de part et d'autre. En dépit du temps gris, on voyait briller les armes et les cuirasses. Des hommes tombaient sur les parapets des tranchées creusées devant la ville de toile et sur les boulevards [1] de la ville de pierre dans laquelle on pouvait voir flamber, avec de hautes flammes rouges et des nuages de fumée noire, ce qui devait être une maison...

Nancy n'était pas une très grande ville. Cinq à six mille habitants vivaient dans ce quadrilatère long d'environ six cents mètres sur quatre cents, mais c'était tout de même la capitale du duché de Lorraine et une noble ville pour la défense de laquelle ses princes avaient édifié de hauts murs dont de grands hourds de bois protégeaient les cré-

1. Ces boulevards se présentaient comme de grosses masses de terre reposant sur des estacades de pieux de chênes disposés en quinconces. Ils étaient destinés à renforcer les postes de guet.

neaux. Peu de tours cependant : en dehors de celles, jumelles, qui défendaient la porte de la Craffe – celle du nord – et la porte Saint-Nicolas – celle du sud – et les deux poternes, celle que l'on appelait Sarate et la poterne Saint-Jean, quatre tours seulement : celle du Vannier au nord-est, celle de Sar au nord-est; celle du Terreau, plein ouest, et enfin la grande tour, véritable donjon qui commandait, au sud-est, la route vers la commanderie Saint-Jean. Plus, bien sûr, celles qui défendaient le palais ducal sur le long côté est regardant vers la Meurthe.

Cinquante ans plus tôt, le duc Charles II, conscient des progrès de l'artillerie et du fait que les vieilles murailles droites et les fossés ne formaient plus pour sa ville une défense suffisante, avait ordonné, pour éloigner l'ennemi de la base des remparts et protéger les portes tout en permettant des sorties, la construction de ces « bellewarts » – ou boulevards. On avait renforcé les loges de guet et, un peu plus tard, le duc Jean II avait érigé les tours jumelles à poivrières d'ardoise qui défendaient la porte de la Craffe [1]. Et telle qu'elle était, la capitale lorraine résistait fièrement aux assauts de l'armée bourguignonne... Une armée qui, cependant, grâce à des contingents luxembourgeois, comtois, savoyards et anglais, était redevenue puissante et redoutable et qui, de Metz [2] par le nord ou de Franche-Comté par le sud, pouvait recevoir aide et ravitaillement, ce qui n'était pas le cas de la cité investie : dès le début du siège, Campobasso avait capturé les troupeaux qui paissaient hors des murs. Combien de temps, dans ces conditions et par cet automne froid et pluvieux, Nancy résisterait-elle ?

Apparemment insoucieux de la canonnade, Olivier de La Marche dirigea sa prisonnière vers l'immense camp et traversa les divers quartiers où travaillaient nombre de corps de métiers : armuriers, charrons, bourreliers, charpentiers, couteliers, boulangers, bouchers et même un apo-

1. La seule qui existe encore.
2. L'évêque de Metz était l'allié au Téméraire.

thicaire. Une armée, c'était alors un gros bourg où ne manquaient ni les tavernes ni les ribaudes dont le campement se trouvait un peu à l'écart sur les bords de l'étang Saint-Jean. Le duc Charles en avait réduit le nombre à trente par compagnie mais cela faisait encore pas mal de monde.

Avec la tombée du jour – et le jour baissait vite par ce novembre maussade – les bouches à feu cessèrent de tirer. Les assaillants regagnèrent leur camp en rapportant leurs blessés, ceux tout au moins qui n'étaient pas au-delà de tout secours humain. Dans la cité assiégée, les cloches de Saint-Epvre et de Saint-Georges sonnèrent l'Angélus et, d'un côté comme de l'autre, les têtes se découvrirent tandis que l'on s'immobilisait pour une courte prière. L'escorte de Fiora fit de même... Enfin, passé les anciennes fortifications de la vieille commanderie des chevaliers de Saint-Jean de Jérusalem, qui se trouvaient à environ douze cents mètres des remparts, on découvrit, gardé militairement, un groupe de tentes fastueuses rangées autour de la plus grande, un immense tref pourpre dont la pointe centrale était surmontée d'une bulle d'or couronnée. Une grande bannière violet, noir et argent était plantée tout auprès et un peuple d'écuyers, de valets et de pages habillés aux armes de Bourgogne s'agitait autour. Les autres tentes portaient les armes du duc de Clèves, du prince de Tarente, de divers ambassadeurs et de nombreux chevaliers de la Toison d'or mais celle qui était la plus proche du logis ducal était un peu plus grande que les autres, d'une riche teinte violette surmontée d'une croix d'or et abritait le légat du pape, Alessandro Nanni, évêque de Forli.

Toutes ces habitations provisoires, dont certaines auraient pu rivaliser avec de vraies maisons pour la solidité et l'élégance, étaient, à cette heure, pleines d'activité cependant que dans les bâtiments encore debout de la commanderie, les cuisiniers poussaient leurs feux sous les rôtis et les ragoûts dont les parfums épicés emplissaient l'air. Cela donnait lieu à un joyeux brouhaha grâce auquel on pouvait oublier un peu que l'on était en guerre...

L'apparition du capitaine des gardes menant en bride une belle jeune femme vêtue de noir aux poignets entravés suscita plus que de l'intérêt mais, apparemment sourd et insensible aux appels et aux questions de ses compagnons d'armes, Olivier de La Marche poursuivit son chemin sans même tourner la tête. Fiora, elle non plus, ne regardait rien ni personne. Très droite sur son cheval, elle avait l'attitude hautaine d'une reine captive et ne vit pas, à quelques pas d'elle, deux chevaliers dont l'un aidait l'autre à se débarrasser d'un heaume cabossé. Une immense stupeur figea un instant le visage du premier qui, du coup, arracha le casque un peu trop vite :

– Doucement, s'il te plaît! protesta Philippe de Selongey. Tu as failli m'arracher le nez!

– Regarde!... et dis-moi si, par hasard, je n'aurais pas des visions ?

De son bras tendu, Mathieu de Prame désignait les deux cavaliers qui se dirigeaient vers la tente du duc. Sous son hâle Philippe rougit brusquement.

– Ce n'est pas possible! Cela ne peut pas être elle? murmura-t-il. Si elle était encore vivante, que ferait-elle ici ? Et prisonnière?

– Je ne sais pas. Mais crois-tu que pareille ressemblance soit possible? J'aurais cru cette beauté unique...

– Il faut savoir!

Philippe s'élança, mais déjà La Marche et sa captive avaient mis pied à terre devant la demeure ducale où veillaient des gardes et étaient entrés. Les lances se croisèrent silencieusement devant Selongey quand il voulut pénétrer à son tour.

– Je veux entrer! protesta-t-il. Il faut je voie Monseigneur le duc sur l'heure!

– Impossible! Messire Olivier vient de donner ordre de ne laisser passer quiconque après lui.

– Mais enfin, cette femme qui vient de pénétrer avec lui les mains liées, qui est-elle?

– Je l'ignore...

Avec fureur, Selongey arracha son gantelet et le jeta à terre. Prame, qui l'avait rejoint, s'efforça de l'apaiser:

– Calme-toi! La colère ne te servirait à rien. Il suffit d'attendre qu'elle sorte... Le duc ne va pas la garder éternellement chez lui...

– Tu as raison... Attendons!

Et tous deux allèrent s'asseoir sur le tronc d'un des nombreux arbres qui avaient été abattus...

Pendant ce temps Fiora, après avoir attendu quelques instants seule dans une sorte d'antichambre tendue de velours pourpre, accédait, toujours guidée par le capitaine des gardes, à une pièce somptueuse, tendue d'une toile entièrement brodée d'or qui brillait comme une mitre d'évêque. Au milieu, éclairé par un candélabre où brûlaient une profusion de cierges, et par des lampes de cristal, une sorte de trône se dressait sous un baldaquin de pourpre frappé des armes de Bourgogne. Sur ce trône, un homme était assis que Fiora reconnut aussitôt pour l'avoir entendu décrit par sa nourrice: « Il a le visage large et coloré au menton puissant, aux yeux sombres et dominateurs. Ses cheveux sont noirs et drus... » Cet homme, c'était le Téméraire.

Il portait une longue robe de velours rouge ceinturée d'or, réchauffée d'un collet d'hermine sur lequel s'étalait le collier de la Toison d'or. A son bonnet de même velours brillait un joyau étrange et fascinant: une aigrette de diamants retenue par un petit carquois fait de perles et de rubis, et la prisonnière pensa qu'il ressemblait à l'un de ces princes de légendes dont son père lui contait les belles histoires quand elle était enfant. Très certainement l'empereur n'était pas plus imposant que lui. Cependant, elle n'en eut pas peur et même elle eut un peu envie de rire en pensant que, depuis des mois, elle rêvait d'abattre cet homme défendu par une armée de gardes et une autre de serviteurs, plus encore que par sa propre légende. Elle, simple fille sans aucune puissance, et son ami Démétrios, un médecin grec vieillissant, ils avaient juré de tuer le Grand Duc d'Occident sans même savoir s'ils pourraient un jour l'approcher... Et voilà qu'elle était devant lui, mais captive, liée de cordes et que, sans doute, elle ne vivrait pas assez pour voir se lever la prochaine aurore, car ce visage sombre, ces yeux chargés d'éclairs qui la considéraient en silence n'auguraient rien de bon. Mais elle n'avait toujours pas peur.

– Ainsi, dit-il enfin d'une voix grave et sonore qui aurait pu être celle d'un chanteur, ainsi tu es la fille pour laquelle un de mes meilleurs capitaines oublie ses devoirs et abandonne son poste devant une ville assiégée? D'où sors-tu donc pour ne pas savoir que l'on s'incline devant un prince?

– Une femme ne s'incline pas, monseigneur, et je ne saurais saluer comme il convient avec les mains liées. Je cherche d'ailleurs, depuis que l'on m'est venu chercher, la raison de ceci, ajouta-t-elle en élevant ses poignets entravés. Je n'ai, que je sache, tué ni volé personne?

– Tu es une espionne au service de mon beau cousin, le roi Louis de France. C'est pire à mes yeux.

– Vraiment? N'ai-je pas entendu dire qu'une trêve de neuf années avait été signée à Soleuvre entre le roi et Votre Seigneurie? Je pensais qu'il était possible de voyager à son aise dès l'instant où les armes se sont tues?

– Ici elles parlent encore. Ainsi, tu as eu fantaisie de visiter les frontières et singulièrement une ville où, comme par hasard, était concentrée une grande partie de notre armée?

– J'ai eu le désir de rencontrer le seul cousin qui me reste, oui monseigneur.

– Cousin! Campobasso est ton cousin?

– Je ne vois pas en quoi, dit Fiora avec un demi-sourire, ce lien de parenté peut offenser le puissant duc de Bourgogne. Et puisque nous parlons d'offense, j'aimerais,

Monseigneur, que vous cessiez de me tutoyer. Je suis de bonne naissance et le roi Louis que j'ai rencontré, en effet, m'a toujours parlé avec déférence. Je n'ai pas entendu dire que Sa Majesté soit de moins bonne maison que Votre Seigneurie.

Devant l'audace de cette femme dont les grands yeux gris le considéraient avec une ironique insolence, la colère de Charles éclata. Le visage soudain aussi rouge que sa robe, il se dressa debout et ordonna :

– La Marche! Obligez cette femme à s'agenouiller devant nous et faites-lui comprendre que sa vie ne tient qu'à un fil. Elle a tout intérêt à cesser d'exciter ainsi notre colère!

Sans un mot, le capitaine des gardes vint derrière Fiora et pesa sur ses épaules jusqu'à ce que ses genoux plient. Ils tombèrent assez rudement sur le tapis mais la jeune femme ne baissa pas la tête pour autant.

– Il eût été plus simple, dit-elle, de me délier les mains. Vous auriez pu constater alors, monseigneur, que je sais saluer un prince comme il convient de le faire. Un geste obtenu par force n'a jamais été signe de respect... Cela dit, faites-moi exécuter si cela peut vous satisfaire.

Ce tranquille courage éteignit la fureur de Charles. C'était, en effet, de toutes les vertus, celle qu'il appréciait le plus :

– Vous ne craignez pas la mort?

– Pourquoi la craindrais-je? La vie ne m'a rien apporté qui mérite d'être regretté.

Le Téméraire s'approcha et se pencha un peu pour scruter les profondeurs de ce regard qui ne fuyait pas le sien. Soudain, il tira de sa ceinture une dague dont la poignée d'or était enrichie de pierreries et en appuya la pointe sur le cou de la jeune femme :

– Je vous accorde le temps de dire une prière!

– C'est inutile, murmura Fiora. Dieu n'a rien à me pardonner car je ne crois pas l'avoir jamais offensé gravement. Lui, en revanche, s'est plu à me faire souffrir. S'il consent à entendre de moi une prière, qu'il me réunisse à mon père assassiné!

Elle ferma les yeux, attendant que l'arme s'enfonce mais déjà elle s'éloignait. D'un geste vif, le duc trancha les cordes qui liaient les mains de la jeune femme :

– Je crois, pardieu, que vous dites vrai, fit-il d'une voix sombre. Vous n'avez pas peur... Sors, La Marche! Et vous, relevez-vous!

Mais Fiora n'eut pas le temps d'exécuter cet ordre : Campobasso venait de faire irruption dans la pièce. Il vit Fiora à genoux et le duc, un poignard à la main :

– Monseigneur! cria-t-il. Pour l'amour de Dieu ne touchez pas à cette jeune femme! Je l'aime et je veux l'épouser!

Il se précipitait vers Fiora, la relevait et, passant un bras autour de ses épaules, il reprit :

– Ne la rendez pas responsable des fautes que j'ai pu commettre, mon prince! Sans bien s'en rendre compte, elle a allumé en moi un feu dévorant qui ne me laisse ni trêve ni repos. Je ne peux plus vivre sans elle et...

– Dehors! hurla le duc. Qui t'a donné l'audace d'entrer ici sans y être appelé? Où sont mes gardes?... La Marche!

– Non, n'appelez pas, Monseigneur! pria Campobasso avec un regard douloureux à Fiora qui l'avait repoussé. Je ne cherche en rien à offenser Votre Seigneurie mais on m'a dit que vous aviez fait conduire ici donna Fiora et à la pensée qu'elle était livrée sans défense à votre colère...

– Sans défense? Je trouve, moi, qu'elle s'en tire fort bien? Qui t'a prévenu?

– Mon écuyer, Salvestro da Canale, que j'avais chargé de la garder en mon château de Pierrefort. Il a suivi l'escorte qui l'amenait ici. Ne me la prenez pas, Monseigneur, je vous en conjure, car elle ne mérite pas l'irritation où je vous vois. Comprenez! Nous sommes l'un à l'autre, nous nous aimons et il ne manque, à notre bonheur, que la permission de notre prince et la bénédiction...

– Et pourquoi pas ma permission à moi? claironna une

voix furieuse dont le son fit manquer un battement au cœur de Fiora. Mal contenu par Olivier de La Marche et un page qui faisaient de courageux efforts pour le maîtriser, Philippe de Selongey venait de faire irruption à son tour dans la tente ducale. Le visage du duc devint couleur de brique :

– Selongey maintenant ? gronda-t-il. Ah ça, mais on entre ici comme dans un moulin ! Que venez-vous faire ici ? Sortez !

Au lieu d'obéir, Philippe mit un genou en terre mais sans baisser la tête et sans perdre un pouce de sa fierté :

– Je demande excuse, monseigneur, pour ce manquement à l'étiquette ! Votre Seigneurie me connaît : elle sait combien je lui suis fidèle et attaché mais il fallait que je vienne et je n'ai pas pu m'en empêcher quand j'ai vu ce reître forcer votre porte...

– Personne apparemment n'aurait pu vous en empêcher ! J'attends à présent que vous me disiez ce que vous venez faire ici. Avez-vous cru – et ce serait une bonne excuse – que Campobasso en voulait à notre vie ?

– Non, monseigneur. Je viens réclamer ce qui m'appartient. Cette jeune dame est ma femme !

Un boulet tombant au milieu de la tente princière n'eût pas causé surprise aussi grande. Le duc considéra un instant chacun des trois personnages de cette étrange scène avec un regard qui ne présageait rien de bon puis retourna, plus sombre que jamais, siéger sur son trône. Campobasso réagit le premier. Tirant son épée, il voulut se jeter sur Philippe qui se relevait sur un geste du duc :

– Par tous les diables de l'enfer, tu mens, misérable ! Mais tu ne me la prendras pas...

– Assez ! cria le duc et déjà Olivier de La Marche avait bondi sur le condottiere et lui arrachait son épée cependant que son maître reprenait : On n'assassine pas, chez moi ! Pour avoir osé dégainer devant moi, vous devriez être puni, comte de Campobasso ! Retirez-vous !

– Mais, monseigneur...

– Ne m'obligez pas à répéter si vous voulez éviter la honte d'être jeté dehors!... Et maintenant Selongey à nous deux! Faites très attention à ce que vous allez dire car il n'a jamais été permis à quiconque de se moquer de moi et moins encore à ceux qui sont dans ma faveur.

– Dieu me garde de jamais vous déplaire, mon prince. Depuis l'enfance je suis votre féal et je mourrai avant d'avoir usé à votre encontre d'une ironie qui serait sacrilège à mes yeux.

– Je te crois, Philippe! En ce cas, réponds sans crainte: tu prétends que cette femme est tienne?

– Je l'ai épousée à Florence où vous m'aviez envoyé auprès des Médicis, en février dernier. Son père, Francesco Beltrami, était alors l'un des deux ou trois hommes les plus riches et les plus puissants de la ville. Nous nous sommes mariés...

– Afin de pouvoir offrir au trésor de guerre de Votre Seigneurie les cent mille florins d'or qui constituaient ma dot et que les Fugger d'Augsbourg vous ont versés! coupa Fiora enfin parvenue à maîtriser l'émotion ressentie quand Philippe était apparu devant elle, tellement semblable au souvenir qu'elle en gardait et pourtant différent.

Cela tenait peut-être à cette armure qu'il portait avec aisance et qu'elle ne lui avait jamais vue, à ces cheveux plus courts, à ces traits creusés par la fatigue, à cette petite cicatrice qui entaillait sa joue mais son cœur avait bondi vers lui et la blessure secrète saignait à nouveau en dépit de la joie fugitive éprouvée lorsqu'il avait revendiqué son titre d'époux. Une joie qui s'était vite effacée. Reniée et abandonnée jadis, trompée à présent puisqu'une autre femme portait son nom, Fiora appela sa rancune au secours de ce cœur trop faible.

– Certes, admit Selongey, et je n'ai pas caché à votre père l'usage auquel je destinais cette somme importante mais je vous ai épousée pour une autre raison, Fiora. Souvenez-vous!

– N'allez pas prétendre aujourd'hui que vous m'aimiez

alors que vous ne vouliez de moi qu'une seule nuit? Vous m'avez abandonnée sans esprit de retour au lendemain de nos noces pour revenir à la seule femme que vous aimiez réellement et que vous avez dû épouser dès que vous m'avez crue morte. En admettant que vous ne l'eussiez point épousée avant?...

– Une autre femme? Moi j'ai épousé quelqu'un d'autre? Moi, Philippe de Selongey, chevalier de la Toison d'or, je serais bigame?

– Je ne vois pas d'autre terme à employer. Ou alors expliquez-moi qui est cette Béatrice qui règne en votre château de Selongey. On m'a appris là-bas qu'elle en était la dame...

– Béatrice? s'écria Philippe. Elle est encore là?

– Et pourquoi donc n'y serait-elle pas si elle est chez elle?

Selongey se mit à rire de bon cœur, une petite flamme de gaieté soudain allumée dans ses yeux noisette.

– Je la croyais rentrée depuis longtemps chez ses parents. Sachez qu'elle est ma belle-sœur et rien de plus.

– Quand dites-vous la vérité et quand mentez-vous? Une belle-sœur, cela suppose au moins un frère et vous avez dit à mon père que vous n'aviez aucune famille.

– Et c'était vrai. Mon frère aîné, Amaury, a été tué à la bataille de Montlhéry, il y a dix ans. Sa veuve espérait, je ne vous le cache pas, que je l'épouserais, ainsi que cela se fait assez couramment dans nos familles. Mais je n'ai jamais pu me résoudre à prendre pour femme qui je n'aimais pas. Vous, Fiora... je vous aimais.

– Vous m'aimiez... et cependant vous êtes parti sans me laisser l'espoir de vous revoir un jour.

– Je suis revenu pourtant et ce fut pour apprendre quelle catastrophe s'était abattue sur vous. On vous disait morte. Je n'avais aucune raison d'en douter.

– Philippe! ... Mon Dieu... je vous ai tant haï!

A la fois bouleversée et envahie d'une joie presque trop forte après tout ce qu'elle avait enduré, Fiora, oubliant la présence du prince, tendait déjà les mains vers son amour retrouvé et Philippe allait peut-être s'élancer vers elle quand la voix froide du Téméraire, qui les observait en silence, les cloua sur place.

– C'est une belle histoire sans doute mais puisque, Madame, vous avez l'honneur d'être la comtesse de Selongey, voulez-vous m'expliquer comment il se fait que vous soyez aussi la maîtresse du comte de Campobasso et une maîtresse assez ardemment aimée pour qu'il souhaite l'épouser lui-même?

Comme s'ils s'éveillaient d'un songe, ils se tournèrent vers lui du même mouvement automatique. La joyeuse lumière du bonheur vacilla et s'éteignit dans l'âme de Fiora comme elle venait de s'éteindre dans les yeux de Philippe; la jeune femme comprit que ce prince, qui les dominait de sa splendeur quasi barbare, allait tout faire pour lui arracher l'homme qu'elle aimait et elle se prépara à combattre.

– N'ayant plus personne au monde, pourquoi n'aurais-je pas recherché le seul parent qui me restât, même si ce n'était qu'un lointain cousin? fit-elle calmement.

– Et votre hâte était si grande que vous n'avez pas hésité à venir le trouver à Thionville, au milieu de nos armées? Comment saviez-vous où il était?

– Il suffisait de savoir où se situaient ces armées. Les faits et gestes d'un aussi grand prince que Votre Seigneurie sont vite connus. En allant vers l'endroit où résidait le duc de Bourgogne, on pouvait espérer rencontrer l'un de ses principaux capitaines. Il n'était que d'interroger en chemin...

– Et l'idée de rejoindre celui que vous aviez épousé ne vous effleurait pas?

– J'ai déjà dit que je ne croyais plus à la réalité de notre mariage. D'ailleurs... je pensais qu'il n'était plus de ce monde. Il avait assuré à mon père que, pour effacer la mésalliance dont il marquait son nom en le donnant à la fille... d'un marchand, il espérait trouver au combat une mort honorable...

Le duc se tourna vers Philippe qui, le regard au loin, avait écouté sans rien dire, aussi froid que son armure.

– Est-ce vrai?

– Que je voulais mourir? Oui, monseigneur mais j'avais présumé de mes forces et surtout je n'avais pas prévu que j'aimerais autant. Au lendemain de notre mariage, je savais déjà que je n'accepterais pas de ne plus la revoir et qu'il faudrait qu'un jour ou l'autre je revienne...

Il parlait comme du fond d'un rêve, de cette étrange voix blanche et détachée de ceux que Démétrios soumettait à son pouvoir hypnotique. Fiora voulut aller vers lui mais un geste impérieux du Téméraire l'en empêcha.

– Vous m'aimiez donc vraiment, Philippe? Pourquoi n'avoir rien dit? Pourquoi être parti sans un mot, sans...

– Assez! s'écria le duc. Je ne vous ai pas autorisée à parler au comte de Selongey. Dites-moi plutôt d'où vous veniez quand vous avez atteint Thionville?

– De France, bien entendu. Après la mort de mon père j'ai rejoint à Paris messer Agnolo Nardi, son frère de lait qui tient rue des Lombards le comptoir et la banque Beltrami...

– Des marchands! Des boutiquiers! fit le duc avec un écrasant dédain. Voilà ce que vous avez épousé, Philippe de Selongey, vous dont les ancêtres étaient aux croisades! La fille est belle, j'en conviens, mais il en est d'autres...

– Ces autres vous apportent-elles en mariage cent mille florins d'or? gronda Fiora souffletée par ce mépris. Chez nous, la noblesse tient à honneur de contribuer à la richesse de l'État en menant de grandes affaires et plus d'une Florentine a épousé un prince.

– Baissez le ton, s'il vous plaît! Vous n'êtes pas ici devant l'un de ces Médicis nés à l'ombre d'un comptoir! En outre, vous oubliez un peu facilement que vous avez été dénoncée comme étant une espionne de Louis XI chargée par lui de séduire Campobasso... et que vous avez scrupuleusement accompli votre mission. Nierez-vous qu'au soir même de votre arrivée chez votre « cousin » vous l'avez accueilli dans votre lit? Nierez-vous que durant trois jours et trois nuits les portes de votre chambre ne se sont point ouvertes? Nierez-vous qu'il vous a fait conduire à son château de Pierrefort où, pour coucher encore avec vous, il a abandonné son poste devant Conflans? Tout à l'heure encore, n'était-il pas à cette même place, prêt à se traîner à genoux pour que je vous rende à lui et lui accorde de vous épouser? « Nous nous aimons, disait-il. Nous sommes l'un à l'autre »... Que vous faut-il de plus? Dois-je l'appeler pour qu'il nous conte ici, par le menu, ce que furent ces jours et ces nuits de Thionville?

Brusquement, Selongey perdit son immobilité de statue et plia un genou :

– Avec votre permission, monseigneur, je me retirerai.

Et sans attendre son congé, il tourna les talons et quitta la tente. Sa figure était celle d'un homme que l'on vient de frapper à mort. Fiora, envahie par le désespoir, le regarda sortir mais ses yeux étaient secs. Pour rien au monde, elle ne laisserait voir sa souffrance à cet homme féroce qui attendait sans doute des cris, des pleurs et des supplications mais pas ce silence atterré qui changeait la jeune femme en statue. Quand Philippe eut disparu, elle se tourna vers le duc, très droite dans sa longue robe noire et leva vers sa splendeur pourpre ses yeux aussi gris que le ciel d'hiver :

– Il semblerait, monseigneur, qu'il fasse meilleur servir un prince né derrière un comptoir que le Grand Duc d'Occident. Votre Altesse déteste sans doute messire de Selongey?

– Lui? Il a notre estime et notre amitié.

– C'est l'évidence même. Que serait-ce si vous le haïssiez?

– Ne vous flattez pas trop. Il préférera souffrir que

vivre aussi publiquement bafoué. L'adultère, chez nous, est puni de mort.

– Sauf quand il est princier, si j'en crois la légende du père de Votre Seigneurie. Eh bien, faites-moi exécuter : cela arrangera tout.

– Et serait d'un bon exemple car je hais l'adultère et vous me faites horreur, si belle que vous soyez! Nous verrons la suite à donner à ceci. Pour l'instant, vous allez rester dans ce camp sous bonne garde. Ceux qui veilleront sur vous m'en répondront sur leur tête car je ne vous permettrai pas d'échapper au sort que vous méritez. Mais pour l'heure, nous avons une ville à prendre... Soyez cependant certaine que nous ne vous oublierons pas!

Remise à nouveau au seigneur de La Marche, elle allait sortir quand le Téméraire l'arrêta :

– Un instant! Avant que de vous rendre en France, aviez-vous déjà quitté Florence?

– Non, monseigneur. Jamais...

– Bizarre!... Il me semble pourtant vous avoir déjà vue... il y a fort longtemps...

– On dit qu'en ce bas monde nous avons tous un sosie, Votre Seigneurie aura rencontré une femme qui me ressemble... Dans une rue peut-être?... Ou dans quelque marché? Ou derrière un comptoir?...

Haussant les épaules, il lui fit signe de sortir. Alors sans incliner la tête si peu que ce soit, elle lui offrit la plus gracieuse et la plus parfaite des révérences puis quitta le pavillon ducal environnée de gardes. La nuit était venue mais les entours du grand tref étaient éclairés par de nombreuses torches et de larges feux près desquels se chauffaient les hommes étaient allumés un peu partout.

Quand Fiora apparut au-dehors, Campobasso, qui attendait sur ce même tronc d'arbre où s'étaient assis tout à l'heure Philippe et Mathieu, s'élança vers elle mais La Marche l'écarta :

– Éloignez-vous! Les ordres de Monseigneur le duc sont formels : aucun entretien n'est permis...

– Où la conduisez-vous?

– Ici près, mais ceux qui seront chargés de veiller sur elle en répondront sur leur vie... Il vous est interdit de l'approcher.

Le condottiere recula comme si on l'avait frappé : Fiora était passée devant lui sans même lui accorder un regard. Alors il voulut s'élancer vers l'intérieur du pavillon mais, prévoyant son geste, les gardes avaient déjà croisé leurs lances... Fou de rage, il les insulta sans réussir à troubler leur impassibilité, ce que voyant il s'élança sur les traces de l'escorte afin d'apprendre au moins où l'on conduisait celle qu'il aimait.

Il n'alla pas loin. Derrière le grand tref pourpre, des tentes beaucoup moins spacieuses étaient attribuées à certains des officiers de la maison ducale. Ce fut dans l'une de celles-ci, laissée libre par la mort récente de son propriétaire, que La Marche fit entrer sa prisonnière, éclairant d'une torche prise au-dehors un intérieur assez confortable où se voyaient un lit de camp garni de coussins et de couvertures, deux coffres dont l'un contenait des ustensiles de toilette, un grand chandelier de fer, un brasero éteint et un tapis posé sur le plancher qui isolait la tente de l'herbe rase sur laquelle on l'avait plantée. Une provision de bois attendait contre l'une des parois...

L'un des soldats alluma le feu tandis qu'à l'aide de sa torche le capitaine des gardes enflammait les chandelles :

– Je vais vous faire porter à souper, dit La Marche à Fiora qui s'était assise, frissonnante, sur le lit. J'enverrai aussi votre bagage et, demain, une femme viendra s'occuper de vous.

– Grand merci. Mais pourquoi tant de soins? Ne suis-je pas prisonnière?

– Nous n'avons guère de cachots à notre disposition. En outre, les ordres de monseigneur sont que vous ne manquiez de rien. Je dois y veiller personnellement...

– C'est trop de bonté... mais consentiriez-vous à y mettre un comble en me disant où loge messire de Selongey? Est-ce loin d'ici?...

– Je n'ai pas le droit de vous l'apprendre, madame. Vous êtes ici au secret en quelque sorte avec défense d'en sortir ou de communiquer avec qui que ce soit en dehors de moi ou de qui aura la permission d'entrer...

Fiora hocha la tête, signifiant qu'elle avait compris puis se leva et alla offrir ses mains froides à la chaleur du brasero qui emplissait son étroit logis d'une bonne odeur de bois brûlé. La tête vide comme cela doit être lorsque l'on a subi un naufrage, elle n'essayait même pas de penser, uniquement occupée de sentir son corps transi et douloureux se réchauffer lentement. Dans ses os et dans sa chair, elle ressentait une immense fatigue qui allait jusqu'à une sorte de souffrance; tout cela bien au-delà de la lassitude procurée par une chevauchée de cinq ou six lieues, mais le passage avait été cruel d'une joie éblouissante à un profond chagrin et Fiora ne désirait plus qu'une seule chose : dormir! plonger pour des heures dans ce sommeil des bêtes harassées qui ressemble à la mort! Tôt ou tard, il faut bien émerger mais il arrive alors que le courage et les forces soient restaurés. Sinon, il ne reste plus quà chercher un sommeil plus profond encore et, surtout, irrémédiable...

Elle allait se jeter sur son lit quand, dans l'encadrement de toile, un jeune garçon, vêtu avec élégance d'un justaucorps de velours violet brodé d'argent sur des chausses gris clair et des bottes courtes de daim violet, apparut un plateau entre les mains :

– La noble dame m'accorde-t-elle permission d'entrer? demanda-t-il en s'inclinant avec aisance.

Il avait parlé italien et Fiora, presque machinalement, lui sourit. C'était le premier mâle qui la traitait avec respect.

– Bien sûr! fit-elle. Est-ce que nous serions compatriotes?

– Pas tout à fait. Je suis romain : Battista Colonna, des princes de Paliano, page de mon cousin, le comte de Celano, mais récemment passé au service de Mgr le duc de Bourgogne. A présent, si vous y consentez, madame, nous parlerons français pour ne pas inquiéter les sentinelles, ajouta-t-il dans cette langue tout en posant son plateau sur un coffre.

– Le service du comte de Celano ne vous convenait plus?

– Ce n'est pas cela mais je chante assez bien et Mgr Charles, qui entretient un chœur de jeunes chanteurs, aime que je joigne ma voix aux leurs. Je suis, pour ainsi dire, prêté.

– Et l'on vous a chargé de m'apporter à souper, vous qui êtes de très noble famille si je vous ai compris? Qui vous a donné l'ordre?

– Messire Olivier de La Marche. Nous n'avons guère au camp que des valets d'armes et faute de femme sachant servir une noble dame florentine, messire Olivier a pensé qu'il vous serait plus... quel terme a-t-il employé?... Ah oui : réconfortant d'être servie par un garçon né dans la péninsule.

– Voilà une attention que je n'aurais jamais imaginée il y a seulement cinq minutes. J'espère seulement que le duc Charles n'en sera point contrarié?

– Messire Olivier ne fait jamais rien sans l'autorisation de monseigneur. A présent, donna Fiora, je vous souhaite bon appétit et un bon repos!

– Vous connaissez mon nom?

– Messire Olivier n'oublie jamais rien, fit le jeune Colonna avec un salut qui était presque une pirouette et un joyeux sourire.

Un peu revigorée par la visite inattendue de ce gamin – il pouvait avoir une douzaine d'années – chaleureux et charmant, Fiora remercia mentalement l'impassible capitaine de la garde ducale en se promettant bien de le faire de vive voix quand l'occasion lui en serait donnée. Puis elle découvrit qu'elle avait faim et dévora littéralement le pâté d'anguilles, les rissoles et les fruits séchés que le page avait apportés avec une petite cruche de vin de Bourgogne. Après quoi, se jetant tout habillée sur le lit en s'enveloppant d'une couverture, elle laissa sa fatigue l'emporter vers un paradis paisible où les anges chantaient la gloire de la bienheureuse Vierge Marie... Dans sa chambre somptueuse, le Téméraire, le menton dans la main, écoutait la maîtrise de sa chapelle composée de vingt-quatre jeunes garçons sous la direction du maître Adam Busnois, interpréter un motet à Notre-Dame... Les voix célestes emplissaient la nuit froide annonciatrice d'un hiver précoce et dans l'immense camp étendu bien au-delà de l'étang Saint-Jean jusqu'au pied des coteaux de Malzéville, chacun retenait son souffle pour puiser dans tant de beauté un peu de réconfort pour les combats à venir.

Durant plusieurs jours, Fiora demeura enfermée sous sa tente sans voir personne d'autre que le jeune Battista Colonna qui lui apportait ses repas et la fille visiblement terrifiée et apparemment muette qui venait vaquer à un semblant de ménage, lui portant du bois et de l'eau, nettoyant l'âtre et les bassins sans que Fiora réussît à lui tirer seulement une parole.

Heureusement, Battista était un peu plus bavard. Fiora, à demi assourdie par la canonnade qui faisait rage tout le jour, apprit de lui que Nancy se défendait bien. Le bâtard de Calabre qui en était le gouverneur était un habile homme de guerre. Non content d'avoir, à l'approche de l'armée bourguignonne, fait ajouter aux bastions, demi-lunes, redoutes et contrescarpes déjà existant des terrasses, des cavaliers[1] et des parapets en tout genre, son artillerie, aux mains d'un maître canonnier nommé Desmoulins qui était peut-être le meilleur artificier de son siècle, rendait coup pour coup à l'assaillant. Les deux canons que Desmoulins avait fait monter sur la Grande Tour regardant la commanderie avaient déjà obligé deux fois le Téméraire à changer la place de ses tentes et mis en pièces le « Courtois », la longue couleu-

1. Ouvrage de fortification dominant des retranchements à l'arrière.

vrine avec laquelle les Bourguignons attaquaient ladite tour et celle de la porte Saint-Nicolas. Le jeune Romain ne cachait pas qu'un certain découragement commençait à poindre chez les assaillants. Allait-on recommencer l'interminable siège de Neuss? Dans la ville, par ailleurs, l'espoir renaissait en dépit des réserves de vivres qui commençaient à diminuer. La pluie d'ailleurs venait à l'aide des gens de Nancy, transformant le camp ennemi en cloaque...

Malheureusement pour eux, les Bourguignons reçurent du renfort: le Grand Bâtard Antoine de Bourgogne, demi-frère du Téméraire et son meilleur général, arriva du sud, amenant avec lui les troupes lombardes fraîches qu'il était allé chercher à Milan. Avec son aide, Charles put achever l'encerclement de la cité, trop serré pour que le moindre ravitaillement pût être apporté...

– Est-ce à dire, demanda Fiora, que le siège va bientôt s'achever ou sommes-nous ici pour des mois?

– J'espère pour vous que la résistance des Lorrains ne sera pas éternelle. Cette tente est assez agréable mais à condition d'en sortir plus que vous ne le faites.

En effet, Fiora avait le droit, la nuit venue et sous la surveillance étroite des soldats qui veillaient à sa porte, de sortir quelques minutes pour respirer un peu d'air frais. Le reste du temps, elle pouvait ouvrir les rideaux masquant la porte mais pas davantage. En général, elle ne profitait guère de la permission pour éviter les paquets de pluie que le vent charriait. Néanmoins, la remarque du page l'inquiéta:

– Voulez-vous dire que je ne sortirai pas d'ici avant que Nancy ne se soit rendue?

Battista hésita un instant puis, baissant la voix, répondit en italien:

– C'est tout à fait exact. Je ne devrais pas vous le dire mais après tout vous avez, selon moi, le droit de savoir ce qui vous concerne: Campobasso a attaqué messire de

Selongey et les deux hommes ont commencé à se battre quand Monseigneur le duc est intervenu. Il leur a commandé de remettre l'issue de leur querelle jusqu'à ce que l'armée soit entrée dans Nancy, ajoutant qu'il ne voulait pas risquer d'avoir l'un, ou peut-être deux de ses meilleurs capitaines, hors d'état de servir. Et même en faisant peser sur eux sa colère, il a eu du mal à en venir à bout. Il a fallu qu'il menace... de vous faire exécuter immédiatement. Cela les a calmés net. Chacun est reparti vers son commandement...

– Sauriez-vous me dire quand cela est arrivé?

– Le lendemain matin de votre venue et je ne sais, en vérité, lequel des deux était le plus acharné. Si on les avait laissés faire, ils s'entre-tuaient. Aussi, pour éviter que cela ne se reproduise, monseigneur en a envoyé un à l'est et l'autre à l'ouest...

– Merci de m'avoir renseignée, dit Fiora. Vous agissez envers moi en ami véritable et j'en suis extrêmement touchée. Puis-je encore vous demander quelque chose?

– Si c'est en mon pouvoir... et ne contrarie pas trop mes ordres.

– J'espère que non. Je voudrais que vous acceptiez de me prévenir au cas où... il arriverait quelque chose au comte de Selongey.

Le jeune Colonna lui sourit et son étroit visage, brun comme une châtaigne, s'illumina puis, s'inclinant bien bas devant Fiora, il lui fit un beau salut :

– Ce fut toujours dans mon intention... Madame la comtesse! C'est trop naturel...

La gentillesse de cet enfant était bien le seul rayon de soleil qui mît un peu de chaleur dans les jours uniformément gris et tristes de la jeune femme. Les heures s'écoulaient lentes, interminables, toutes semblables. Un couvent avec sa rigidité eût été préférable à cette prison de toile d'où l'on ne voyait rien mais où l'on entendait tout. Le crépitement de la pluie alternait avec le bruit du canon, les cris de joie ou de douleur et le vacarme des assauts sans cesse repoussés. L'écho des prières aussi arrivait jusqu'à la captive car la tente du légat papal était proche et il y avait eu l'énorme explosion de joie suscitée par l'arrivée triomphale du Grand Bâtard de Bourgogne. Enfin, et c'était au moins agréable, Fiora entendit plusieurs fois chanter la maîtrise que dominait parfois la voix sonore de Battista. Mais Fiora avait tout de même l'impression déprimante d'être l'une de ces recluses comme elle en avait vu deux à Paris, qui vivent toute leur existence entre quatre murs de pierres que l'on maçonne autour d'elles et qui n'ont plus, sur la vie, que la vue très limitée d'une étroite fenêtre par laquelle leur arrivent les dons de la charité, et l'ouïe de ce qui se passe autour de ce tombeau à peine ouvert que l'on boucherait tout à fait à leur mort. Sans le jeune Colonna elle se fût crue oubliée mais elle ne savait plus très bien si elle souhaitait tellement la fin du siège qui ouvrirait sa prison – sans doute pour une autre et peut-être pour l'échafaud – et qui serait le signal du combat à mort auquel se livreraient les deux hommes qui déchiraient sa vie...

Un soir où le tintamarre avait été particulièrement fort et où elle avait même entendu rugir, non loin d'elle, la voix du Téméraire, elle attendit Battista avec plus d'impatience encore que de coutume pour savoir ce qui se passait et, quand elle entendit des pas, elle jeta le livre d'heures qu'elle avait trouvé dans l'un des coffres et qui était la seule lecture à sa disposition, donc sa seule distraction même si les prières qui s'y trouvaient n'éveillaient guère d'écho sensible dans son cœur.

Elle le vit apparaître dans l'ombre de la porte et constata qu'il avait tiré son bonnet jusque sur son nez.

– Fait-il donc si mauvais? lui dit-elle gaiement. Je n'entends pourtant pas la pluie...

Sans répondre, il posa le plateau couvert d'une serviette à terre et, presque d'un même mouvement, arracha son bonnet et tira une dague de sa ceinture en s'avançant dans le cercle de lumière dispensée par le candélabre :

– Vous n'êtes pas Battista? s'exclama Fiora. Qui êtes-vous?

En même temps qu'elle posait la question, elle le reconnut. C'était le page de Campobasso, ce Virginio dont elle n'avait pu oublier le regard haineux et qui, à présent, dardait sur elle des yeux flambant d'une joie féroce :

– Qui je suis? Je suis ta mort, ribaude! grinça-t-il, en continuant à avancer lentement, un pas après l'autre, dégustant cet instant qu'il avait dû appeler de toutes ses forces durant des jours.

Une seule chose le troublait un peu : la femme ne manifestait aucun signe de crainte.

– Remettez cette dague au fourreau et allez-vous-en! s'écria Fiora. Je n'ai qu'à appeler...

– Tu peux toujours appeler. J'ai endormi tes gardes avec du vin drogué. Tu n'as plus devant ta porte que deux paquets inertes et tu ne m'échapperas pas.

– Pourquoi voulez-vous me tuer? Que vous ai-je fait?

– Je veux te tuer pour être sûr que Campobasso ne retournera plus jamais dans ton lit. Avant toi, je régnais sur lui. Il aimait mes baisers et mes caresses et puis, tu es venue... A présent, quand nous faisons l'amour, son esprit est absent et ça je ne peux pas le supporter.

Virginio se détendit soudain comme un ressort et fondit sur Fiora, la dague haute. De toutes ses forces, celle-ci hurla :

– A l'aide! A moi!... Au secours!...

Elle tendait toutes ses forces pour écarter la lame meurtrière mais le page était grand pour son âge et bien entraîné alors que la claustration avait ôté à Fiora une partie de ses moyens. Il allait avoir le dessus et, dans une seconde, l'arme s'enfoncerait dans sa gorge. Elle ferma les yeux appelant encore à l'aide.

– J'arrive! cria une voix qui lui parut celle même d'un ange.

Virginio fut arraché d'elle, désarmé, jeté à terre et bientôt il se tordit sous le genou vigoureux qui coinçait sa poitrine.

– Un peu jeune, l'ami, pour faire un assassin! dit Esteban mais, apparemment, la valeur n'attend pas le nombre des années. Et maintenant qu'est-ce qu'on va faire de toi?

– S'il vous plaît, messire, tenez-le-moi et prêtez-moi votre dague que je lui règle son compte, fit Battista qui apparaissait en chemise, couvert de boue et se frottant la tête où se gonflait une énorme bosse. Cette brute m'a assommé, dépouillé de mes vêtements et de mon plateau et, si j'ai bien compris, il a mis aussi les gardes hors d'état de servir?

– Vous êtes dans le vrai. Mais si vous voulez m'en croire, vous feriez mieux d'aller chercher du secours... Je peux très bien tenir encore quelque temps. Je ne fatigue pas.

– Vous devez avoir raison. On ne peut pas étouffer l'affaire surtout quand on s'en prend aux soldats de monseigneur... et à son otage préféré. Le duc nous a tous rendus responsables de donna Fiora sur nos têtes...

Et Battista, s'enveloppant dans la couverture que lui tendait Fiora, repartit en courant et en appelant « A la garde! ». Cependant, la jeune femme qui n'avait pas encore bien retrouvé ses esprits vint s'accroupir auprès d'Esteban qui maintenait toujours Virginio à terre en lui pointant une dague sur la gorge et considéra non sans stupeur la cotte verte à croix de Saint-André blanche serrée par un ceinturon sur une chemise de mailles, la longue épée qui pendait à son côté et le chapel de fer qui avait roulé à terre quand il s'était jeté sur le page.

– Esteban! soupira-t-elle. Mais c'est un miracle! Vous voilà bourguignon à présent?

– C'est tout récent, donna Fiora! fit-il avec un sourire aussi paisible que s'ils s'étaient quittés la veille. Mais je n'en ferai pas moins un bon soldat, ajouta-t-il avec un clin d'œil qui conseillait la prudence. Vous allez bien depuis notre dernière rencontre? C'était... en Avignon, je crois? Quant à moi, en faisant une ronde, j'ai vu ce gredin qui assommait un page, lui volait ses habits et son plateau, revêtait l'un et prenait l'autre et je l'ai suivi pour voir ce qu'il comptait faire. J'ai vu... mais c'est une vraie chance de vous rencontrer! Si j'avais pu supposer que vous étiez là, en plein milieu de ce camp!...

Fiora avait compris à quoi rimait ce bavardage à bâtons rompus : même mis hors d'état de nuire, Virginio restait dangereux car il avait malheureusement une langue de vipère et savait s'en servir.

Ils causèrent ainsi sur un ton superficiel et parfaitement irréaliste jusqu'à ce que revînt Battista toujours aussi sale. Mais cette fois, La Marche en personne l'accompagnait avec quelques-uns de ses gardes. Le garçon fut remis debout sans douceur tandis que le Castillan faisait toute une affaire d'épousseter ses genouillères. Le capitaine des gardes était visiblement furieux :

– De soldats endormis, un page attaqué! Qu'est-ce que cela signifie? Et d'abord qui es-tu?

– Virginio Fulgosi, sire capitaine. Je suis attaché à la personne de Mgr le comte de Campobasso, fit le jeune prisonnier qui visiblement reprenait son aplomb. C'est sur son ordre que je suis venu ici... Cette... cette femme avait fait tenir à mon maître un billet le suppliant de la faire évader...

– Curieuse façon de faire évader quelqu'un en l'attaquant avec ça! s'écria Fiora indignée en brandissant la dague tachée de sang et la blessure qu'elle avait reçue à la main en se défendant. Ce misérable a tenté de me tuer et sans ce brave homme, ajouta-t-elle en désignant Esteban qui avait recoiffé son chapel et qui prenait un air modeste, je serais morte à l'heure qu'il est. Interrogez-le : il vous dira comment cela s'est passé... Ensuite vous pourrez toujours demander à Campobasso quels ordres il a donnés à ce garçon...

– Elle ment! hurla Virginio qui se tordait comme une couleuvre sous la poigne des hommes qui le maintenaient. Cet homme et elle se connaissent. C'est un de ses anciens amants!

La gifle que lui asséna le Castillan avait de quoi assommer un bœuf mais sa voix n'était que vertueuse indignation quand il proclama :

– Bien sûr que je connais donna Fiora depuis longtemps! Elle était haute comme trois pommes, quand je l'ai vue pour la première fois, à Florence chez son noble père. Et je connais aussi donna Léonarda, sa pieuse gouvernante, et Mgr le prince Lascaris, son grand-oncle... et je voudrais bien savoir ce qu'elle fait ici au milieu de tous ces hommes d'armes et à la merci du premier coquin venu!

– C'est bien, l'ami! Nous verrons ce que Monseigneur le duc pensera de tout cela. Tu vas venir avec moi pour lui raconter ce qui s'est passé. Ensuite je ferai appeler messire Campobasso... Donna Fiora, je vous demande excuses pour tout ceci. Je vais vous envoyer maître Matteo de Clerici, le médecin de monseigneur, pour panser votre blessure.

– N'en faites rien, messire Olivier. Ce n'est pas profond et je saurai soigner moi-même cette écorchure. Mais je vous remercie de votre courtoisie et je vous recommande ce brave garçon, qui ne peut être qu'une excellente recrue pour l'armée de Monseigneur le duc : c'est un cœur vaillant et un bras solide.

Elle n'avait plus qu'un désir : être seule puisqu'il était impossible de parler avec Esteban mais, de le savoir près d'elle, veillant sur elle, était d'un grand réconfort. Ce qui ne l'empêchait pas de griller de curiosité. Par quel incroyable cheminement le Castillan en était-il venu à s'engager dans l'armée bourguignonne? Il avait dit cette péripétie récente : mais qu'avait-il fait durant ces deux mois?... Incapable de trouver une réponse, elle mangea un peu de viande froide, une ou deux cuillerées de confiture et alla s'étendre sur son lit, y étalant son manteau pour suppléer la couverture qu'elle avait donnée à Battista. Pour la première fois depuis bien des nuits, son sommeil fut paisible, confiant, tant il faut peu de chose à un être jeune pour se sentir en sécurité. Pour qu'Esteban ait pu arriver à point nommé et sauver Fiora d'une mort certaine, c'est qu'une providence veillait sur elle. Mais ce secours venu de l'au-delà, elle ne l'attribuait pas à Dieu. Non parce qu'elle n'y croyait plus – elle n'avait jamais cessé de croire – mais parce que le Tout–Puissant semblait ne s'occuper des humains que pour les submerger de souffrances et d'épreuves. Non, si quelqu'un, là-bas, veillait sur elle, ce ne pouvait être que l'âme douloureuse de l'homme qui lui avait consacré sa vie, de ce Francesco Beltrami qu'elle ne cesserait jamais d'appeler son père.

Quand il revint, le lendemain, Battista apportait un plein panier de mauvaises nouvelles : d'abord, Philippe de Selongey avait été blessé – légèrement il est vrai – au cours d'une sortie tentée par les assiégés pour faire entrer un convoi de vivres par la porte de la Craffe. Ensuite, le page Virginio que Campobasso, fou de rage, avait ordonné d'exécuter, avait été sauvé par l'intervention du Téméraire en personne. Selon le duc, il n'était pas du tout certain qu'il n'ait pas dit la vérité et qu'il n'y eût pas tentative d'évasion. Le garçon avait été remis au prévôt de l'armée en attendant que l'affaire fût tirée au clair. Enfin, la pluie diluvienne avait provoqué un glissement de terrain qui avait enseveli toute une compagnie. L'armée, exaspérée par ce temps abominable, était à deux doigts de la rébellion et, selon le page, l'évêque de Metz, Georges de Bade, qui aurait voulu voir son frère le margrave devenir au moins gouverneur de Lorraine, ne cessait de parcourir le camp pour exhorter les hommes à la patience affirmant que le camp abondait en vivres, ces vivres qui manquaient cruellement à la ville bloquée...

– Mais, enfin, dit Fiora, leur fameux duc René, où est-il ? Ne va-t-il pas venir au secours de sa capitale affamée ?

– Je crois qu'il voudrait bien mais ne peut pas. Il est en France pour essayer d'obtenir du secours et des troupes du roi Louis mais celui-ci, si j'ai bien compris, ne tient pas du tout à rompre encore une fois les accords signés à Soleuvre...

– La place d'un chef est à la tête de ses troupes, surtout quand le combat est désespéré. Quant à vos Bourguignons je ne vois pas de quoi ils se plaignent : ils n'ont qu'à attendre tranquillement que la ville meure de faim. Est-ce si difficile ?

– Peut-être pas, mais c'est le second hiver qu'ils voient venir à se geler devant des portes qui refusent de s'ouvrir. Ils n'ont pas digéré Neuss et Nancy ne leur inspire aucune confiance. Il faut comprendre !

La dernière mauvaise nouvelle surgit en la personne du capitaine des gardes : le duc Charles ordonnait qu'on lui amenât sa prisonnière. Sans un mot, Fiora prit son manteau, jeta le capuchon sur sa tête et suivit l'officier à travers les rafales de pluie dans lesquelles le camp commençait à se dissoudre...

Elle trouva le duc dans une pièce plus petite que celle où il l'avait reçue la première fois. C'était, tendu de précieuses tapisseries d'Arras parfilées d'or, une sorte de cabinet d'armes. Le duc s'y tenait assis en compagnie d'un petit homme tout rond dont la figure avenante couronnée de courts cheveux gris frisottants était surmontée d'une mitre violette brodée d'or. Des flots de cendal couleur d'améthyste emballaient un corps qui donnait l'impression d'être ovoïde. Une grande croix d'or et de rubis pendait à son cou au bout d'un ruban assorti à la robe d'où dépassaient de petits pieds chaussés de pantoufles de velours et de petites mains blanches et dodues que l'anneau pastoral avait l'air d'écraser.

Comprenant que ce devait être là le légat papal, Fiora plia le genou devant lui, se donnant ainsi le plaisir de faire attendre un instant au Téméraire le salut qu'elle lui devait. Quand elle lui eut rendu cet hommage de politesse, elle attendit calmement ce qui allait suivre.

– Voici, dit le duc d'un ton bref, la femme dont j'ai parlé à Votre Eminence et dont on ne sait trop ni qui elle est ni d'où elle vient. Elle se nomme Fiora Beltrami, secrètement épousée paraît-il par le comte de Selongey, notre fidèle serviteur, mais il semblerait qu'elle soit aussi une espionne de Louis de France qui, dans un but obscur, est devenue la maîtresse du comte de Campobasso. Elle l'a rendue à moitié fou et il a provoqué en duel, comme vous le savez, messire Philippe...

– J'ai cru comprendre, coupa l'évêque avec un demi-sourire, qu'ils s'étaient provoqués mutuellement. On dit qu'ils se sont empoignés comme charretiers dans une taverne et qu'il a fallu cinq hommes pour les séparer...

– Certes, certes!... Il n'en demeure pas moins qu'il y a là, pour la paix de cette armée, un danger que j'ai voulu éloigner en ordonnant aux deux adversaires de remettre le combat après la chute de Nancy. Ils y ont consenti mais, en dépit de la parole donnée, un page de Campobasso s'est introduit la nuit dernière chez cette femme. Il y a eu bataille et, à présent, on parle... trop. Les esprits sont en émoi...

– J'en demeure d'accord, mais, mon fils, ce grand émoi me semble venir davantage de ce siège interminable et du temps détestable que nous envoie le Seigneur Dieu pour notre pénitence à tous.

Fiora regarda Alessandro Nanni avec étonnement. Ses précédentes relations avec le moine Ignacio Ortega lui avaient donné une idée toute différente de ce que pouvait être un envoyé de Sixte IV. Celui-là semblait à la fois aimable et plein d'humour. Le froncement de sourcils du Téméraire la convainquit de ce que cette impression était la bonne.

– Quoi qu'il en soit, reprit le duc, il faut que cette situation scandaleuse cesse. Le mariage de Selongey et de cette femme a été célébré à Florence dans le secret. En outre, il n'est pas valable à nos yeux. Selongey a violé le droit féodal qui lui interdisait de contracter union sans l'assentiment de son suzerain, c'est-à-dire nous!

– C'est une faute sans doute mais je crains, mon fils, qu'aux yeux de Dieu il en aille autrement. Qui vous a mariés, mon enfant?

– Le prieur du couvent San Francesco à Fiesole, Eminence.

– Vous étiez consentante ou contrainte?

– Consentante... et si heureuse!

– Et messire de Selongey? Était-il heureux lui aussi?

– Il le disait... mais peut-être vaudrait-il mieux le lui demander. Il avait juré de m'aimer et de n'aimer que moi. Il se peut qu'il ait menti...

– Vous en aviez juré autant? Et cependant, si ce que l'on rapporte est vrai...

– Je me suis donnée au comte de Campobasso, c'est exact. Je croyais mon mariage nul... et je pensais avoir été bafouée.

– L'aimez-vous donc, lui aussi?

– Non... murmura Fiora qui sentit ses joues s'enflammer, mais... j'ai été... trahie par la nature et j'avoue y avoir pris plaisir.

– Je vois... et je vous sais gré de votre franchise. A présent, monseigneur, je souhaiterais apprendre de vous comment vous entendez faire cesser ce que vous appelez... « une situation scandaleuse » puisque, à l'exception des intéressés, de Votre Seigneurie et de moi-même, personne jusqu'à présent n'en sait rien?

– Elle l'est à mes yeux, et devrait l'être aussi à ceux de Votre Eminence, fit le duc avec hauteur. Certes, Selongey et Campobasso n'ont pas donné la véritable raison de leur querelle et le duel découle naturellement de la rixe qui les a opposés. C'est à l'issue de la rencontre qu'il nous faudra prendre une décision : si Selongey l'emporte il n'en demeure pas moins l'époux d'une femme adultère et celle-ci devra être exécutée...

– N'est-ce pas une solution un peu... excessive? Donna Fiora me semble avoir quelques excuses et, avant de la livrer à l'épée du bourreau...

– Je ne souhaite pas en venir là car, même en la faisant mourir au fond d'une prison, il en resterait toujours une trace. Voilà pourquoi je fais appel à Votre Eminence. En tant que légat de Sa Sainteté Sixte IV, vous avez tous pouvoirs pour prononcer l'annulation du mariage. Ainsi, et quelle que soit l'issue du combat, cette créature pourra aller se faire pendre ailleurs et, s'il plaît à Campobasso de la ramasser, personne n'y verra d'inconvénients.

Dans un bruissement soyeux, Mgr Nanni se leva brusquement et, bien que debout il fût vraiment petit, il revêtit une impressionnante majesté qui dut frapper Charles de Bourgogne car il se leva à son tour :

– Vous faites, il me semble, très bon marché de la vie d'une femme et des sacrements du Seigneur, fit sévèrement le légat. Nul n'a le droit de séparer, fût-ce par le glaive, ceux qui se sont unis devant Dieu de bonne foi. Si votre Selongey a été assez bête pour s'estimer amoindri par un mariage avec la fille d'un riche Florentin, il est l'unique responsable de ce qui lui arrive. Un autre a pris ce qu'il dédaignait et c'est tant pis pour lui. Qu'il s'en explique avec cet autre et qu'ils s'entre-tuent est leur affaire. Mais je refuse que cette pauvre enfant, déjà bien éprouvée, devienne leur victime expiatoire. Attendons l'issue du duel. Si, à ce moment, l'un des deux époux demande l'annulation, j'étudierai la question. Pas avant!

– Je peux vous prédire que Philippe désirera cette annulation. Il ne peut souhaiter demeurer uni à une telle femme!

– Surtout si vous l'y contraignez. Songez seulement qu'il va se battre pour elle...

– Pas pour elle! Pour son honneur bafoué!

– L'honneur paraît infiniment plus précieux quand il a d'aussi beaux yeux!

– Eminence! protesta le duc indigné, votre indulgence envers cette créature est, en vérité, excessive, déroutante. Est-ce parce qu'elle est italienne, comme vous?

– Je pourrais m'estimer offensé si je ne savais à quels excès peut vous porter la colère, monseigneur. En tout cas, je serais fort surpris que cet étrange mari vous laisse conduire sa femme à l'échafaud.

– Alors, ce sera l'annulation. Je saurai bien l'en

convaincre car il est digne d'une princesse et cette fille de marchands...

– Pourrait alors avoir le regret de vous réclamer, coupa Fiora, les cent mille florins d'or de sa dot! Vous voyez, monseigneur, vous n'avez d'autre solution que de la faire exécuter...

Elle salua l'évêque puis, jetant au Téméraire que la colère empourprait un regard de mépris glacial, elle tourna les talons et sortit de la tente...

Peut-être aurait-elle eu à pâtir de la colère qu'elle avait allumée chez le duc si un événement inattendu ne s'était produit presque simultanément : dans la ville assiégée, les trompettes et les tambours se mirent à battre la chamade, ce qui était signe certain que Nancy souhaitait se rendre et le duc Charles en éprouva une grande joie.

On apprit, plus tard, qu'une lettre du duc René était parvenue à entrer dans la cité : « Puisque pour mon malheur, écrivait le jeune prince, je me trouve réduit à ne pouvoir rien faire pour votre bien et à ne pouvoir rien tenter pour ma gloire, je vous exhorte par l'intérêt même de la patrie pour laquelle vous vous êtes sacrifiés, de ne point prodiguer davantage votre sang par de plus longs efforts qui vous conduiraient à des pertes plus grandes et à une capitulation moins favorable... »

Ce message que tous écoutèrent en pleurant n'entama pas la résolution du gouverneur : le bâtard de Calabre voulait se battre encore, car les fortifications n'étaient pas endommagées ni le peuple effrayé. On pouvait tenir encore deux mois et, dans deux mois, le Téméraire se découragerait... mais les échevins et tout le conseil de la ville furent d'avis qu'il fallait obéir au duc dont on savait qu'il était à présent retiré chez sa mère, Yolande de Vaudémont, au château de Joinville. On ne viendrait jamais à bout de cette grande armée. Mieux valait essayer d'obtenir une capitulation honorable.

Le gouverneur brisa son épée et en jeta les morceaux devant les robes rouges des magistrats. C'était le 29 novembre 1475...

Quatrième partie

LA COURSE À L'ABÎME

CHAPITRE XI

LE DUEL

Le lendemain 30 novembre, jour de la Saint-André qui était le protecteur de la Bourgogne, le duc Charles fit son entrée dans Nancy à huit heures du matin par la porte de la Craffe. Le temps gris mais sans pluie, apportait au moins cet apaisement au peuple muet et en grand deuil qui regardait, contenu par une double haie d'infanterie étirée sur toute la longueur de la ville et jusqu'à la porte Saint-Nicolas par laquelle, la veille, était sortie la garnison avec les honneurs de la guerre.

Le Téméraire avait tenu à assister en personne à ce départ. Il avait pour ainsi dire passé en revue les deux mille Allemands qui repartaient vers l'Alsace, les six cents Gascons vers la France et les quelque deux mille Lorrains dont les uns rentraient chez eux et les autres allaient renforcer la garnison de Bitche. Le bâtard de Calabre vint le dernier, escorté uniquement du banneret qui portait son étendard. Armé de toutes pièces, à cheval mais tête nue, altier et superbe, il vint au petit trot de son destrier jusqu'au Téméraire et lui jeta :

– S'il n'avait tenu qu'à moi, tu te serais cassé les dents sur cette ville, Charles de Bourgogne. J'en jure Dieu! Mais les bourgeois tiennent à la vie plus qu'à l'honneur. Que vas-tu en faire? Les passer tous au fil de l'épée?

– Non pas. Je me suis engagé à maintenir Nancy dans la possession de ses privilèges et de la régir selon ses anciennes coutumes. J'en ferai la capitale de mon royaume. Pourquoi, toi qui es vaillant et de sang royal n'en redeviendrais-tu pas le gouverneur? J'aime les hommes de valeur.

– Moi aussi et c'est pourquoi je pars. Il ne sera jamais dit, tant que je vivrai, qu'un prince lorrain, même bâtard, se sera incliné devant toi...

– D'autres le feront peut-être? Tu sais que ton grand-père, le vieux roi René, songe à me léguer la Provence par testament afin que soit reformé l'antique royaume burgonde?

– Libre à lui. Nous n'avons que faire de la Provence. Seule la Lorraine nous intéresse et tu n'en as pas fini avec nous!

Enlevant son cheval, le bâtard de Calabre partit au galop sur la route de France. Une tache de boue projetée par les sabots du destrier vint maculer le manteau de velours rouge que le Téméraire portait sur son armure... Celui-ci fronça le sourcil mais l'ombre qui passait sur son visage se dissipa rapidement :

– Nancy est à nous, mes fidèles! lança-t-il à pleine voix. Songeons à présent à y faire notre joyeuse entrée! Et que l'on sache que quiconque molestera l'un des habitants ou l'attaquera dans ses biens sera puni de mort!

A sa surprise, ce même soir décidément fertile en événements, Fiora apprenait que le légat du pape avait obtenu qu'elle fût placée sous sa protection immédiate et qu'elle suivît tous ses déplacements jusqu'à ce que l'issue du combat entre Selongey et Campobasso permît de statuer sur son sort. Le jeune Colonna demeurait momentanément attaché à son service et elle comptait bien obtenir de l'aimable prélat qu'on lui rendît Esteban.

Aussi, dès le lever du jour, Battista la conduisit rejoindre la petite troupe de prêtres et de moines qui composaient l'escorte de Mgr Nanni. Annoncée pour le commun des mortels comme une dame pèlerine désireuse de se recueillir devant les reliques de saint Epvre, elle prit place dans la litière de voyage du prélat cependant que celui-ci enfourchait une mule pour faire, dans la ville, une entrée plus proche du cœur des habitants. Par une de ces délicatesses inattendues et dont il avait le secret, le Téméraire avait décidé que Dieu, en la personne du légat, entrerait le premier dans la cité conquise avec l'espoir que ce geste apaiserait quelques rancœurs et disposerait favorablement pour lui les cœurs de ces ennemis d'hier dont, en toute bonne foi, il souhaitait faire les loyaux sujets de demain.

Aucune manifestation de joie, cependant, n'accueillit ce prélat qui précédait le vainqueur mais, devant lui, la foule, d'un mouvement unanime, s'agenouilla sous sa main bénissante :

– Reprenez espoir, mes enfants, répétait-il avec une pitié qui ressemblait à de la tendresse, le duc Charles ne vous veut aucun mal et vous n'aurez point à souffrir de son fait...

Derrière les rideaux de la litière frappée aux armes papales, Fiora regardait ces gens vêtus de noir, ces visages creusés par les privations, ces maisons dont certaines montraient des toits crevés par les boulets de canon et d'autres de plus graves blessures. L'odeur de la mort et des incendies semblait attachée aux murailles et elle eut honte d'entrer ainsi, cachée sans doute, mais présente, dans ce cortège qui préludait à celui du vainqueur. Heureusement, la litière pénétra directement dans le palais ducal qui se composait alors de quatre bâtiments ordonnés autour d'une cour centrale [1] et s'arrêta dans ladite cour tandis que le légat allait prendre place dans la collégiale Saint-Georges, voisine immédiate du palais, pour y accueillir le nouveau maître. Battista Colonna apparut aussitôt devant Fiora :

– Les fourriers de monseigneur Charles ont travaillé toute la nuit pour préparer des logements. Il y en a un

1. Il n'en reste rien. Le duc René II l'a fait reconstruire en partie et il a été complété par ses successeurs.

pour vous. Voulez-vous qu'on vous le montre tout de suite ou préférez-vous regarder la «joyeuse entrée»?

– Ce que j'en ai aperçu jusqu'ici n'augure pas une franche liesse mais je préfère néanmoins assister à l'arrivée du duc...

Elle eut juste le temps de gagner, dans une grande salle déserte, une fenêtre du premier étage: les six trompettes d'argent qui ouvraient la marche sonnaient sous la porte de la Craffe. Derrière elles venaient une centaine d'hommes d'armes précédant une compagnie de chevaliers empanachés sous les flammes brillantes de leurs pennons diversement colorés. Le Téméraire apparut à quelques pas derrière eux et sa splendeur coupa le souffle des assistants: montant son cheval favori, le Moro, caparaçonné de pourpre et d'or, il portait un ample manteau entièrement brodé d'or qui s'étalait sur la croupe du cheval, le grand collier de la Toison d'or et, sur la tête, la plus fabuleuse coiffure qui se puisse admirer: une haute barrette de velours couverte de perles, entourée d'une guirlande de rubis et de diamants et surmontée d'un fermail composé de trois gros rubis, célèbres d'ailleurs, et que l'on appelait les Trois Frères, de quatre perles énormes et d'un diamant pyramidal qui captait le moindre reflet lumineux. Sous ce chapeau de parade, plus précieux sans doute que la couronne impériale, le Grand Duc d'Occident rayonnait d'orgueil et jouissait visiblement de la stupeur émerveillée de la foule [1] attendant des acclamations qui ne venaient pas: rien qu'un chuchotement qui courait sur la foule comme une risée de vent sur de l'eau calme... Dans le miroir de sa mémoire, Fiora revit la silhouette grise du roi de France et pensa qu'en vérité la comparaison n'était pas à l'avantage de celui-ci; mais il n'était pas certain qu'une intelligence égale, un esprit aussi acéré fussent cachés sous cette éblouissante apparence de prince de légende...

1. Cette fantastique coiffure, prise par les Suisses à Grandson fut vendue par eux aux Fugger d'Augsbourg.

Derrière le duc, sur des chevaux de parade magnifiquement caparaçonnés venaient le duc Engelbert de Nassau, le Grand Bâtard Antoine, le comte de Chimay Philippe de Croy, le duc Jean de Clèves, le prince de Tarente, le comte de Marle, fils du Connétable de Saint-Pol qui ignorait encore que son père, livré par le traité de Soleuvre au roi de France – qu'il avait abondamment trahi d'ailleurs –, était enfermé à la Bastille et subissait un jugement qui le mènerait à l'échafaud, Jean de Rubempré, seigneur de Bièvres, et beaucoup d'autres parmi lesquels, avec un serrement de cœur, Fiora reconnut Philippe...

Il n'avait pas sacrifié au souci d'élégance des autres seigneurs. Sous le tabard à ses armes – aigles d'argent sur champ d'azur – qui habillaient aussi son destrier, il portait le harnois de guerre. Seule, la visière relevée du casque ceint d'une couronne comtale permettait de reconnaître son profil arrogant. Retenant d'une main ferme son cheval qui encensait, il allait son chemin d'un air absent, ne regardant rien ni personne mais, dans le cadre d'acier bleui, son visage était très pâle et Fiora se souvint qu'il avait été blessé l'avant-veille... Son regard s'attacha à cette fière silhouette qui s'éloignait et elle ne vit pas, un peu après, Campobasso, rutilant et doré sur tranche, qui chevauchait en compagnie du marquis de Hochberg, du comte de Rothelin et de Jacopo Galeotto.

Mais lui l'aperçut et, pour qu'elle le regardât, s'agita tellement sur sa selle que son cheval fit un écart et bouscula ceux de ses voisins, d'où il résulta quelque désordre et Fiora, machinalement, tourna les yeux de ce côté. Alors quand elle reconnut Campobasso, elle se recula vivement et quitta la fenêtre. La seule vue de cet homme qui avait possédé son corps lui répugnait à présent parce qu'elle y prenait la mesure de sa propre honte. Elle aurait donné n'importe quoi pour qu'il n'y eût pas de Thionville dans son existence.

– J'en ai assez, dit-elle à Battista qui était rentré avec elle, et j'aimerais gagner mon appartement.

– Êtes-vous si pressée? Vous savez que des gardes vont être placés à votre porte comme il y en avait devant la tente?

– Je n'ai guère d'illusions sur mon sort, Battista. Le duc me déteste et ne souhaite qu'une chose : me voir disparaître de son horizon, que ce soit par la mort ou par l'annulation...

– C'est possible... mais vous, que souhaitez-vous? Vous n'êtes pas beaucoup plus âgée que moi et c'est bien prématuré pour désirer mourir...

– Je ne le désire pas mais je suis lasse de lutter contre un destin qui ne cesse de m'accabler. J'avais un père et je ne l'ai plus; j'avais un époux et je l'ai perdu, par sa faute autant que par la mienne, et je m'aperçois qu'à vouloir me venger j'ai tout perdu. Alors, ce qui peut arriver est de peu d'importance. Je crois, voyez-vous, Battista, que je suis surtout très, très fatiguée... Je voudrais dormir et ne plus jamais me réveiller...

– Ce n'est pas raisonnable. Deux hommes vont se battre pour vous, pour votre amour...

– Non : pour leur amour-propre. Ce n'est pas du tout la même chose...

Cependant, arrivé devant la collégiale Saint-Georges [1], le duc Charles mit pied à terre et confia, selon la coutume du pays, son cheval à un chanoine, après quoi le prévôt du chapitre, Jean d'Haraucourt, le conduisit dans l'église pour y entendre la messe et y prêter le serment qu'au jour de leur couronnement prêtaient toujours les ducs de Lorraine. Il aurait pu s'en dispenser mais il tenait, pour rassurer les populations, à ne négliger aucune des coutumes locales pensant qu'on lui en saurait gré.

Agenouillé devant l'autel scintillant, il savourait pleinement son heure de gloire car, pour la première fois, les pays de par-deçà et les pays de par-delà se trouvaient unis grâce à ce chaînon manquant que constituait la Lorraine.

1. Elle n'existe plus.

Bientôt l'Empereur, dont il espérait fiancer le fils à sa fille, poserait sur sa tête une royale couronne et la Bourgogne, enfin détachée du vieux tronc capétien comme de toute obédience impériale, voguerait librement vers le destin prodigieux auquel lui donnaient droit sa puissance et sa richesse... Bientôt... mais pas encore tout de suite. Restait à faire payer aux cantons suisses, ce ramassis de bouviers et de manants, l'audace dont ils avaient fait preuve, en lui ôtant le comté de Ferrette, en attaquant sa Comté Franche et en s'aventurant sur les terres de la duchesse Yolande de Savoie, sa fidèle alliée. Et cela ne tarderait pas. Ensuite, après un temps de repos qui permettrait au nouveau roi de lever la plus grande armée du monde, on irait jeter à bas du trône aux fleurs de lis le trop subtil Louis XI, et la France aurait enfin un souverain digne de sa grandeur passée...

Ainsi rêvait le Téméraire dans cette église où, hier encore, s'élevaient les prières pour que Dieu éloigne, du vieux pays lorrain, l'envahisseur et son armée, mais Charles ne doutait pas une seconde d'amener promptement ses nouveaux sujets à remercier le ciel de leur avoir donné pour maître un prince si fastueux, si magnanime et si vaillant. Cela les changerait de « l'Enfant », ce pauvre petit René II qui, au lieu de mourir au combat, avait préféré courir se réfugier dans les jupes de sa mère pour y pleurer son impuissance...

Tandis que s'ordonnaient un grand banquet et une fête publique pour tenter de faire oublier passagèrement aux Nancéens leurs morts et leurs maisons détruites, Fiora, dans la chambre qu'on lui avait donnée et qui se situait dans une des tours regardant vers la Meurthe, recevait la visite de Mgr Nanni. Elle le remercia de la protection qu'il lui accordait et grâce à laquelle, bien certainement, on lui avait donné ce logis au lieu d'une prison.

– Je n'y suis pas pour grand-chose, mon enfant. Même si cela lui déplaît souverainement, le duc ne peut faire que vous ne soyez la très légitime comtesse de Selongey. Il vous doit des égards.

– Il n'en caresse pas moins l'idée de me faire exécuter, ce qui aurait le double avantage de libérer Philippe et d'effacer cette histoire de dot que, de toute évidence, il n'apprécie guère.

– Soyez sûre qu'alors vous auriez droit à tous les honneurs dus à votre rang, fit le prélat avec un sourire, mais nous n'en sommes pas là. Je dirai même que votre plus grande chance d'échapper au bourreau réside dans cette dette que le duc a envers vous. Cent mille florins sont une somme énorme... et il est tout à fait incapable de la restituer. Son sens chevaleresque s'oppose à ce qui serait une manière peu élégante de se débarrasser d'un créancier. C'est ce que je suis venu vous dire pour vous rassurer un peu... et aussi que le duel entre le comte de Selongey et Campobasso aura lieu demain soir, à minuit, dans le pourpris du château, sans autres témoins que le duc lui-même, vous, moi, deux assistants qui seront Galeotto pour le Napolitain, et messire Mathieu de Prame pour votre époux. Le Grand Bâtard Antoine tiendra le rôle de juge d'armes. Le combat sera... à outrance.

– Ce qui veut dire?

– Que seule la mort de l'un ou l'autre adversaire pourra y mettre fin.

Un filet glacé coula le long du dos de Fiora qui frissonna comme si le vent d'hiver était entré dans sa chambre pour l'envelopper de froidure:

– C'est épouvantable, articula-t-elle. Ce n'est pas possible! Le duc ne peut pas accepter une chose pareille?... Je ne veux pas y croire. C'est monstrueux!

– Il le faudra bien pourtant. Vous ignorez tout des lois féodales de ces pays. J'admets d'ailleurs que les coutumes de nos gens d'au-delà des Alpes ne sont pas meilleures sinon pires: chez nous on loue des spadassins pour se débarrasser d'un ennemi...

– Qu'elles soient meilleures ou pires, je ne veux pas le savoir.

Et tournant le dos au légat elle marcha rapidement vers

la porte de la chambre, l'ouvrit et repoussa violemment les hallebardes qui se croisaient devant elle :

– Je veux voir le duc! fit-elle avec hauteur. Et si vous tentez de m'en empêcher, je crierai si fort que l'on viendra. Je dirai alors que vous avez essayé de me tuer!

– Mon enfant, plaida Alessandro Nanni alarmé, vous n'y pensez pas?

– Je ne pense qu'à cela! Conduisez-moi sinon je saurai bien trouver seule mon chemin.

Le petit évêque trottinait à ses côtés en essayant de la retenir mais c'était impossible : Fiora avait décidé que, ce soir, elle verrait le Téméraire et ainsi, l'une courant et l'autre presque à bout de souffle ou peu s'en fallait, ils parvinrent jusqu'à l'antichambre où veillaient une demi-douzaine de gardes. Olivier de La Marche s'y promenait en compagnie du valet de chambre du duc, Charles de Visen. L'entrée tumultueuse de la jeune femme les arrêta :

– Annoncez-moi à monseigneur! ordonna-t-elle aussi sèchement que si elle se fût adressée à un serviteur. Je veux le voir!

– C'est impossible, fit La Marche. Monseigneur est en conférence avec l'ambassadeur de Milan et vous n'avez rien à faire ici! Gardes, ramenez cette femme chez elle!

– Ne me touchez pas! cria Fiora. Il est urgent que je le voie : il y va de la vie d'un homme!

– Et moi je vous dis...

– Qu'est-ce que c'est? Quel est ce bruit?

La porte venait de s'ouvrir sous la main du Téméraire. Il embrassa la scène d'un coup d'œil, vit Fiora qui se débattait aux mains des soldats et le légat qui faisait de dérisoires efforts pour la raisonner :

– Encore vous! fit-il. Vous forcez ma porte à présent? Je croyais, éminence, que vous répondiez de cette folle?

– Je ne peux répondre des élans du cœur, fit Nanni avec un soupir. Et donna Fiora est très, très émue...

– Eh bien, voyons cette émotion! Entrez, tous les deux!

Sans un regard pour la vaste pièce dont les domestiques

de Charles avaient fait une splendeur d'or et de pourpre ordonnée autour d'une admirable tapisserie où des milliers de fleurs cernaient les armes de Bourgogne, ni pour l'élégant personnage qui se tenait debout auprès d'un dressoir orné de deux statues d'or, Fiora dès le seuil offrit au duc une profonde révérence :

– Monseigneur, pria-t-elle, je viens d'apprendre que le duel doit avoir lieu demain. Je supplie Votre Seigneurie de l'empêcher...

– Une rencontre où l'honneur de deux chevaliers est engagé ? Il faut être une fille de marchands pour songer à cela...

– Il faut être surtout une femme soucieuse de justice... et une femme qui aime. Messire de Selongey est blessé : le combat ne sera pas égal.

– Vous savez cela aussi ? Pour quelqu'un que j'ai mis au secret, vous n'ignorez apparemment rien de ce qui se passe dans mon armée ? fit le duc avec l'ombre d'un sourire qui emplit d'espérance le cœur de la jeune femme. Rassurez-vous, la blessure de Selongey est bénigne.

– Mais c'est un combat à outrance !

– Et alors ?

Les jambes de Fiora se dérobèrent sous elle ; elle tomba à genoux et cacha son visage dans ses mains :

– Par pitié, monseigneur !... Faites de moi ce que vous voulez, jetez-moi en prison, livrez-moi au bourreau mais empêchez cette horreur ! Je ne veux pas le voir mourir !

Il y eut un silence que troublait seulement le bruit de la respiration de la jeune femme. Mgr Nanni se penchait déjà vers elle pour la réconforter mais le duc l'arrêta d'un geste puis, lentement, il vint à Fiora :

– Vous l'aimez à ce point ?... Alors pourquoi Campobasso ?

– Par vengeance... et pour le détacher de vous... de vous pour le service duquel Philippe est toujours prêt à tout sacrifier. Il n'a voulu de moi qu'une fortune pour vos armes... et une seule nuit.

Il se pencha, prit les deux mains qu'elle gardait obstinément devant son visage et l'obligea doucement à se relever :

– Vous me détestez, n'est-ce pas ?

Elle n'hésita qu'à peine et répondit, ses yeux gris dans les yeux noirs du prince :

– Oui... Sans vous, je serais heureuse!

– Sans moi, vous ne le connaîtriez même pas. Que serait-il allé faire à Florence ? Rentrez chez vous, à présent, et priez Dieu! Je sais que vous semblez décidée à vous passer de son secours mais Mgr Nanni réussira peut-être à vous convaincre de vous tourner vers Lui. Il arrive qu'il exauce les prières... Quant au duel, je n'ai même pas la possibilité de le retarder : aucun des adversaires n'y consentirait...

Guidée par le légat qui avait pris son bras, elle se dirigeait vers la porte mais, avant de la franchir, elle se retourna :

– Ne pourrais-je au moins... lui parler ?

– S'il y consent, je ne m'y opposerai pas. Dois-je aussi accorder permission à Campobasso qui ne cesse de réclamer un instant d'entretien avec vous ?

– S'il vous plaît, monseigneur... à aucun prix! Je voudrais... ne plus le voir jamais. Mais je vous remercie de permettre que je rencontre Philippe...

Ils étaient face à face à présent, dans ce qui avait été l'oratoire des duchesses de Lorraine, un petit sanctuaire de pierre grise que le faste bourguignon avait déjà rhabillé d'azur, d'argent, d'une très belle statue de la Vierge et de quelques reliquaires devant lesquels, à l'entrée de Fiora, Philippe priait, à genoux.

Au léger grincement de la porte, il s'était levé et, une main posée sur la table de communion, il regardait la jeune femme venir à lui mais elle s'arrêta à quelques pas.

– Je ne souhaitais pas vous rencontrer, dit Selongey d'une voix basse où Fiora crut percevoir une lassitude.

Mais le duc a insisté sans d'ailleurs m'en donner la raison.

– C'est moi qui l'en ai prié. Je voulais vous voir avant que... oh, Philippe, vous êtes blessé!

La tempe droite, en effet, portait une écorchure tout juste refermée autour de laquelle la peau avait bleui mais Philippe haussa les épaules:

– Si c'est de cette estafilade que vous souhaitiez me parler...

– Un peu oui... mais surtout de ce duel qui m'épouvante. Est-il indispensable que vous vous battiez...

– Avec votre amant? J'espère bien le tuer! J'ai quinze ans de moins que lui et ce n'est pas cette égratignure qui m'en empêchera. Vous avez peur, dites-vous? Alors vous auriez dû comprendre qu'en venant prier pour lui vous ne feriez qu'accroître mon envie de l'abattre.

– Prier pour lui? C'est une pensée qui ne m'effleurait même pas. C'est pour vous que je tremble...

– Vous êtes bien bonne mais vous devriez plutôt vous inquiéter pour ce batteur d'estrade, car je ne le ménagerai pas et il trouvera cela très déplaisant. Inhabituel surtout: un condottiere, chacun le sait, est fort ménager d'une vie qu'il entend conserver pour pouvoir jouir à l'aise, sur ses vieux jours, des fruits de ses services mercenaires...

– J'ai supplié le duc d'empêcher ce combat.

– Il vous a ri au nez, j'imagine? Croyez-vous que je puisse endurer qu'un homme vienne à la cour de mon prince réclamer ma femme comme son bien?

– Votre femme? dit Fiora avec amertume. Dans votre esprit je ne l'aurai été que durant quelques heures mais jamais, au grand jamais vous n'avez imaginé de vivre avec moi, de faire de moi la compagne de tous vos instants. Croyez-vous que j'ignore les termes de ce contrat insensé que vous avez arraché à la faiblesse de mon père et par quel moyen, indigne d'un chevalier, vous avez emporté la victoire? Dans tous les pays du monde cela s'appelle du chantage!

– Je vous voulais à tout prix et j'aurais employé tous les moyens, même les pires...

– N'est-ce pas ce que vous avez fait?

Il détourna la tête pour ne plus rencontrer ce regard étincelant de colère où il ne pouvait lire que sa condamnation.

– Je l'avoue à ma honte mais vous m'avez rendu fou...

– Moi ou ma fortune?

– Je croyais vous avoir prouvé que je vous aimais?

– Vous me l'avez prouvé? Était-ce preuve suffisante que cette nuit où vous avez fait de moi une femme, après quoi vous vous êtes enfui comme un voleur sans vous demander, même un seul instant, si vous ne me laissiez pas irrémédiablement blessée? Vous emportiez une lettre de change et une mèche de cheveux, m'a-t-on dit. C'était cela votre victoire...

– Je suis revenu à Florence.

– Vous l'avez déjà dit et cela non plus ne prouve rien. Vous avez écouté, en regardant brûler mon palais, les premiers ragots venus et vous êtes reparti, avec de grands soupirs sans doute mais, ces soupirs, je ne suis pas certaine qu'ils n'étaient pas de soulagement. Vous vous retrouviez veuf avec, devant vous, un nouvel avenir.

– Ce n'est pas vrai. Je suis revenu parce que je vous aimais, parce que je voulais vous revoir...

– C'est sans doute ce que vous avez essayé de vous faire croire à vous-même? Si vous m'aviez aimée... comme moi je vous aimais, vous auriez détruit Florence, pierre par pierre, vous auriez creusé la terre avec vos ongles jusqu'à ce que vous eussiez retrouvé au moins mon cadavre mais vous êtes reparti tranquillement. L'histoire était finie, il n'y avait plus le moindre Beltrami au monde pour vous rappeler que, pour l'amour de votre maître, vous étiez allé jusqu'à souiller les aigles d'argent de vos armes en épousant l'enfant de l'inceste et de l'adultère, la fille de Marie de Brévailles. Vous n'aviez plus besoin de mourir comme vous l'aviez annoncé emphatiquement à mon père... et d'ailleurs, je suis bien obligée de constater que vous n'êtes pas mort!

– Et vous me le reprochez? Vous me haïssez à ce point?

– Décidément, vous n'avez rien compris...

L'une des broderies dorées que l'on avait tendues sur les murs de l'oratoire venait de se soulever sous la main du Téméraire qui s'avança vers Fiora, trop surprise par cette soudaine apparition pour songer au moindre salut. Philippe, lui, était devenu très rouge et voulut s'approcher de son maître mais celui-ci l'écarta d'un geste.

– Va-t'en Philippe! Et songe à te confesser avant d'affronter Campobasso! Je te verrai plus tard...

– Monseigneur! Il faut que je vous dise... que je vous explique...

– Il n'y a rien à expliquer. J'ai tout compris. Laisse-moi avec elle!

Avec un dernier regard à Fiora, Philippe baissa la tête et quitta la chapelle dont les dalles résonnaient sous ses solerets d'acier sans que le duc eût seulement tourné les yeux vers lui. Charles fixait la jeune femme avec l'expression de qui vient de trouver la solution d'un problème difficile. Il vint jusqu'à elle et, avec des gestes d'une grande douceur, ôta les longues épingles qui maintenaient sa coiffure. Quand les lourds cheveux retombèrent le long du cou mince, il recula de quelques pas:

– Jean de Brévailles! Je savais bien que ce visage appartenait à mon passé mais je ne le croyais pas si lointain! Cela fait combien d'années?

– Que vous avez refusé leur vie à une mère désespérée? Dix-huit dans quelques jours. Je suis née très peu de temps avant leur mort. Ce qui m'étonne, c'est que vous en ayez conservé le souvenir?

– Cela est, pourtant. Je l'aimais bien avant que la pure image de ce garçon fier et beau ne s'abîme dans la honte et le déshonneur...

– Pourquoi, monseigneur, n'ajoutez-vous pas, dans le sang, celui que vos bourreaux ont fait couler sur ce vieil échafaud que j'ai vu à Dijon? Encore n'était-ce pas assez : il fallait aussi la boue, l'ordure, l'ignoble tombe où par votre ordre on les a jetés et où j'ai failli mourir...

– L'ordre venait de mon père, pas de moi.

– Mais vous n'avez rien fait pour y changer quoi que ce soit! Si un homme, un de ces marchands que Votre Seigneurie dédaigne si hautement ne s'était trouvé là pour exercer cette pitié qui aurait dû être le fait du prince, je me serais dissoute au fond du même cloaque. Cet homme m'a recueillie, nourrie, éduquée, aimée... Il a voulu faire de moi sa fille et, ce dernier printemps, il en est mort après avoir été obligé de me marier à messire de Selongey qui avait percé son secret...

Le visage brun du prince devint couleur de brique et son regard s'enflamma :

– Ne me dites pas que Philipe, la loyauté, la droiture, l'honneur mêmes, que Philippe, chevalier de la Toison d'or a osé employer pareil moyen?...

– Pour vous rapporter l'argent que lui avait refusé Lorenzo de Médicis, il eût été capable de pis encore. Il vous est attaché corps et âme, même si cela me déchire le cœur de le reconnaître. Et vous savez à présent pourquoi il n'a voulu de moi qu'une nuit, pourquoi je devais couler ma vie entière à Florence sans jamais paraître en Bourgogne, afin que nul ici n'apprenne qu'il avait été jusqu'à souiller son nom en épousant la fille des Brévailles, et vous moins encore que quiconque... vous, son véritable dieu!

– Taisez-vous! Par saint Georges, je vous ordonne de vous taire!

Les mains sur les oreilles, le duc alla s'effondrer sur l'une des deux chaires armoriées qui se faisaient vis-à-vis dans le chœur. Il resta là un moment, respirant difficilement comme un homme qui étouffe et ouvrant d'un geste brusque le col de sa longue robe fourrée de martre. Il ferma les yeux puis, quand le souffle devint plus régulier, il darda son regard noir sur Fiora :

– Vous avez admis tout à l'heure que vous me détestiez. Le mot était faible n'est-ce pas? Vous me haïssez?... et c'est pour me nuire que vous avez séduit Campobasso?

– Au point où nous en sommes, monseigneur, il serait absurde de mentir : je n'ai qu'une seule tête à vous offrir. Et puis, à la vérité, je ne me sens plus tellement envie de vivre.

– Vous voulez mourir?

– Cela arrangerait si bien les choses...

– C'est à moi d'en juger... Sortez à présent et laissez-moi prier! J'ai, sur mon honneur, grand besoin de prier...

Après une génuflexion qui s'adressait au duc aussi bien qu'à Dieu, Fiora quitta l'oratoire dont elle referma très lentement la porte derrière elle. Assez lentement pour voir que le Téméraire s'était laissé tomber à genoux sur la marche de l'autel et avait enfoui sa tête dans ses mains. Au mouvement des épaules, on pouvait même supposer qu'il pleurait...

Il était près de minuit, le lendemain soir, quand Battista Colonna vint chercher Fiora dans sa chambre. Silencieusement, éclairés par la lanterne que le page balançait dans sa main, la jeune femme et son guide parcoururent des salles, des galeries, descendirent des escaliers en colimaçon qui semblaient interminables et finalement débouchèrent dans le pourpris du palais dont les quelques arbres, dépouillés par l'hiver, montraient à nu leurs branches tordues, soulignées d'un léger liseré blanc. Il était tombé de la neige dans la journée et elle avait couvert l'enclos d'une mince couche floconneuse.

Autour de ce qui était, au printemps, un doux tapis d'herbe émaillé de fleurs où les dames aimaient à venir s'asseoir pour deviser, entendre des vers ou danser des rondes, se tenaient quelques hommes enveloppés de longs manteaux noirs, comme Fiora elle-même, qui les faisaient semblables à des fantômes. Deux d'entre eux étaient assis sur des escabeaux que l'on avait apportés là : c'étaient le duc Charles et le légat. Un troisième siège, auprès de ce dernier, attendait Fiora qui y prit place après avoir salué silencieusement le prélat, le prince et un homme d'une cinquantaine d'années et de haute mine qui se tenait debout auprès du Téméraire et dont elle savait qu'il était son demi-frère, ce Grand Bâtard Antoine qui, par ses exploits avait élevé sa naissance illégitime à la hauteur d'une légende. Personne ne disait mot...

Dans la flaque de lumière dispensée par les torches que portaient trois valets noirs – et peut-être muets – apparurent les deux adversaires. Leurs armures cannelées, forgées toutes deux par les célèbres Missaglia de Milan les appariaient et, à première vue, on ne put les reconnaître que grâce à ceux qui les accompagnaient : Mathieu de Prame pour Selongey et Galeotto pour Campobasso. Ils étaient sensiblement de même taille. Chacun d'eux était armé d'une épée et d'une dague...

D'un même mouvement, ils vinrent mettre genou en terre devant le duc et le légat. Le premier ne bougea pas mais quand le second leva la main pour un geste de bénédiction, Philippe ôta le grand bacinet qui emprisonnait sa tête et le jeta à terre affirmant ainsi son intention de combattre sans sa protection...

– Souhaitez-vous tellement vous faire tuer ? demanda le Téméraire d'une voix sourde où perçait une angoisse. Reprenez ce casque !...

– Avec votre permission, monseigneur, je n'en ferai rien. Nous ne sommes pas ici pour bosseler de l'acier. L'un de nous n'en sortira pas vivant. Ce sera plus facile ainsi...

– Comme il vous plaira mais vous vous infligez là un grave désavantage... à moins que votre adversaire ne montre pareil dédain de la vie ?...

Tous les regards se tournèrent vers Campobasso qui paraissait changé en statue. Son hésitation était palpable mais il tourna les yeux vers Fiora et lut dans son regard tant d'implacable mépris qu'il se décida et libéra également sa tête :

– Après tout, pourquoi pas? fit-il avec un haussement d'épaules...

Tous deux se relevèrent ensuite et vinrent se mettre aux ordres du Grand Bâtard qui leur assigna une place à chacun puis se recula et se tourna vers le duc. Celui-ci fit un signe d'assentiment :

– Allez, messeigneurs, et que Dieu juge de vos causes laquelle est la meilleure.

Comme dans une figure de danse bien réglée, les deux lourdes épées se levèrent en même temps et Fiora enfonça ses ongles dans sa main, le cœur étreint d'une angoisse mortelle. Hors de leurs carapaces de fer les deux têtes nues paraissaient étrangement fragiles. Qu'une épée s'abattît sur l'une d'elles et c'était la mort assurée, les deux hommes se battant avec une violence qui donnait la juste mesure de la haine qu'ils se portaient. Le jardin clos résonnait du choc des armes d'où naissaient parfois des étincelles. Leur habileté était sensiblement égale et le duel risquait de durer longtemps. Selongey était peut-être plus rapide et plus souple, mais Campobasso possédait une plus longue expérience car ce n'était pas la première fois qu'il affrontait un homme en combat singulier et il était impossible de prédire lequel, finalement, aurait le dessus...

Fiora aurait voulu fermer les yeux, ne rien voir, mais cela lui était impossible : il lui fallait regarder... Parfois son regard glissait, plein d'appréhension, vers le visage immobile du Téméraire dans lequel, seuls, les yeux semblaient vivre. Ils étincelaient, ces yeux, en suivant les phases de la lutte qui, pour son âme guerrière, devait être un spectacle de choix et une amère rancœur s'empara de Fiora. Comment avait-elle pu être assez stupide pour aller lui demander d'interdire un duel dont il avait dû se promettre beaucoup de plaisir et qu'il appréciait à présent, en connaisseur averti? L'émotion de cette femme affolée avait dû l'amuser comme l'amusait sans doute l'anxiété qu'il devinait... De toute façon, et quelle que soit l'issue du combat, Fiora avait perdu tout espoir en l'avenir. Sa vie était définitivement saccagée car elle n'accepterait jamais d'être le prix d'une victoire du condottiere sur l'homme qu'elle aimait et, si Philippe l'emportait, il la rejetterait loin de lui à tout jamais.

– Qu'il vive, mon Dieu! implora-t-elle, retrouvant soudain à cet instant de péril extrême le recours désespéré à la prière, qu'il vive et je le libérerai de moi. Je demanderai l'annulation de ce mariage insensé!...

Elle avait froid jusqu'à l'âme. La neige qui couvrait le pourpris et qui, sous les pas des duellistes, n'était plus que boue, lui glaçait les pieds et la faisait trembler. C'était comme si tout ce froid s'insinuait dans ses veines pour remonter sournoisement jusqu'au cœur...

Le souffle des deux hommes s'écourtait et devenait bruyant. Le combat durait, durait et, à tant frapper, la lourde épée devait à présent peser dix fois son poids dans les muscles fatigués. Les coups semblaient moins violents et aucune blessure n'apparaissait sur l'un ni sur l'autre. Fiora reprenait espoir. Le duc allait-il enfin arrêter cette lutte par trop égale? Soudain, en voulant éviter une charge de son adversaire, Philippe recula, glissa, tomba lourdement sur le dos. Déjà Campobasso allait se précipiter sur lui, l'épée haute pour frapper à la tête, quand la jeune femme, avec un cri d'épouvante, se jeta entre les deux hommes, bousculant Campobasso dont l'épée s'abattit sur son épaule tandis que le bras vêtu de fer la frappait à la tête. Elle sentit une douleur fulgurante mais s'évanouit aussitôt, emportant dans les profondeurs apaisantes de l'inconscient l'écho des clameurs qui s'élevaient autour d'elle; puis elle ne sut plus rien de ce monde impitoyable des hommes, contre la cruauté duquel elle venait de se briser volontairement...

En reprenant conscience, elle retrouva la douleur. Son épaule, que des mains cependant douces maniaient lentement, la faisait affreusement souffrir comme si l'on était en train de la lui arracher. Sa tête aussi lui faisait mal et les sons y résonnaient tels qu'une cloche vide... Elle ouvrit péniblement les yeux et vit qu'on l'avait ramenée dans sa chambre du palais et qu'un homme en qui elle reconnut Matteo de Clerici, le médecin ducal, était penché sur elle et lui donnait des soins :

– Aucun os ne semble brisé, commentait-il en italien. L'épaisseur du manteau et de la robe ont un peu amorti le coup, porté d'ailleurs avec une arme dont le tranchant s'émoussait, mais c'est un vrai miracle que l'épaule n'ait pas été arrachée... Ah! je crois qu'elle revient à elle!

– Vous êtes certain que sa vie n'est pas en danger? fit la voix du duc Charles et Fiora, en dépit des brumes qui lui obscurcissaient le cerveau, découvrit qu'il employait l'italien avec aisance.

– A moins de complications, certainement pas. J'ai enduit la blessure d'un baume qui devrait apaiser la douleur et aider à cicatriser les chairs. Quant au coup reçu à la tête, c'est chose bénigne : une bosse qui est déjà d'un joli bleu...

– Philippe, souffla Fiora... Est-ce que... Philippe est vivant?

La puissante silhouette noire du Téméraire émergea de l'ombre et apparut dans la clarté des chandelles allumées au chevet du lit :

– Sain et sauf... de même que son adversaire d'ailleurs. Mais quelle folie que ce geste! Croyez-vous sincèrement que j'aurais laissé Campobasso égorger Selongey?

L'expression du visage de Fiora indiqua clairement le doute, et elle murmura :

– Le combat n'était-il pas à outrance?

– J'ai toujours le droit d'arrêter un duel quand bon me semble. Je savais que l'un comme l'autre aurait beaucoup de mal à venir à bout de son ennemi et j'espérais que la fatigue finirait par avoir le dessus. J'avoue que, cependant, j'eusse préféré que l'on gardât les casques...

– Ne... pouviez-vous... ordonner qu'on... les remît?

– Cela, non. Chacun a le droit de se battre de la façon qui lui convient...

– Monseigneur! reprocha le médecin, ma patiente a perdu beaucoup de sang et elle a besoin de repos. Je vais lui faire absorber une potion qui la fera dormir et nous verrons, au jour, comment se comporte la plaie...

– Un moment encore... s'il vous plaît, dit Fiora. Je voudrais vous demander... monseigneur... de parler pour moi à Sa Grandeur le légat. Je... je demande l'annulation... de mon mariage...

– Vous voulez?...

– Oui... et le plus tôt sera le mieux. Dites à messire de Selongey... qu'il est délié de tout engagement.. envers moi. Ainsi que... vous-même. Mon père... savait que cet or vous était destiné... Je ne reviendrai plus sur un don... qu'il a fait librement!

Épuisée par l'effort qu'elle venait de s'imposer, elle ferma les yeux, ne vit pas le duc se pencher sur elle, mais elle sentit la chaleur de sa main quand il y emprisonna la sienne :

– Ne hâtez rien, je vous en supplie! Vous n'êtes pas vous-même en ce moment...

– Parce que j'ai perdu... toute agressivité? fit la jeune femme avec un pâle sourire.

– Peut-être. Nous reparlerons de tout cela quand vous serez rétablie. Je dois vous dire que Selongey est là, dehors. Voulez-vous lui permettre d'entrer?

– Non... non! Ni lui... ni l'autre! Par pitié!

– Vous avez droit à beaucoup mieux que de la pitié, mais il en sera comme vous le désirez. Reposez-vous!

– Il en est plus que temps, en effet, dit aigrement le médecin. D'autre part, il conviendrait de trouver une femme pour veiller donna Fiora. En dehors des filles de cuisine, ce palais est plein d'hommes et je ne compte pas les deux mille filles de joie qui poursuivent notre armée. Les soins d'une femme de bien seraient...

– Souhaitables? Je partage votre avis et m'en occuperai dès le matin. En attendant, ne lui mesurez pas vos soins...

Après son départ, Matteo de Clerici fit absorber à la blessée une tisane qu'il venait de préparer sur le feu de la cheminée et dans laquelle il versa quelques gouttes d'un flacon qu'il avait apporté avec lui.

La drogue devait être efficace car, à peine la dernière gorgée avalée, Fiora s'endormit profondément...

Derrière la porte de la chambre, le duc avait retrouvé Philippe qui arpentait nerveusement le dallage : il était visible qu'il avait pleuré :

– Comment va-t-elle ? interrogea-t-il. Puis-je la voir ?

– Elle n'est pas en danger immédiat mais tu ne saurais entrer, Philippe.

– Pourquoi ?

– Parce qu'elle ne le veut pas.

– C'est l'autre qu'elle attend ? s'écria le jeune homme avec fureur. Il n'est pas loin : Olivier de La Marche le retient au bas de cet escalier...

– Elle ne veut voir ni l'un ni l'autre... et elle désire expressément que je sollicite du légat l'annulation de votre mariage. Elle te fait savoir que tu es délié, envers elle, de tout engagement. Ce sont là ses propres paroles et je crois qu'elle a raison.

– Monseigneur ! protesta Selongey. N'aurai-je pas, moi aussi, la possibilité de parler ? Cela me concerne, il me semble ?

– Baisse le ton, s'il te plaît ! C'est au duc de Bourgogne que tu t'adresses. Au duc de Bourgogne qui est en droit de te demander compte de ta conduite : d'abord tu t'es marié sans ma permission, ensuite, tu as usé de chantage pour obtenir la main d'une malheureuse née dans la honte et que le plus misérable de mes sujets eût été libre de refuser pour épouse. Tu mériterais que je t'oblige à rendre ta Toison d'or. A présent, je t'interdis de chercher à la revoir et plus encore à l'approcher. Contente-toi de savoir qu'elle t'a sauvé la vie et va-t'en ! Oublie-la !

– Si vous croyez que c'est facile ! s'exclama Selongey avec amertume. Voilà des mois que j'essaie car je la croyais morte. Et puis je l'ai revue et j'ai senti...

– Vos sentiments ne m'intéressent en rien. Moi, votre prince, je vous ordonne, sous peine de déshonneur public, de vous détourner à jamais d'une femme adultère, née de l'inceste et de surcroît espionne de notre beau cousin de France.

– Qu'allez-vous faire d'elle? Vous n'allez pas au moins lui faire de mal? Elle est si jeune et elle a tant souffert!

– Cela dépendra de votre obéissance. Tout à l'heure, je verrai le légat mais vous, préparez-vous à partir pour la Savoie où la duchesse Yolande, envahie par les gens des Cantons, appelle au secours. Vous lui annoncerez notre venue prochaine et resterez auprès d'elle jusqu'à ce que je vous rappelle. Il faut qu'avant midi vous ayez quitté Nancy avec cinquante lances!

– Monseigneur, par grâce! Elle est innocente et vous ne l'ignorez pas.

– Beaucoup moins que vous ne le croyez. De toute façon, ce mariage doit être dissous. Ne m'obligez pas par votre obstination à la faire disparaître elle-même! Sachez que je la tiendrai dorénavant sous mon regard pour m'assurer de votre obéissance.

– Vous a-t-elle jamais fait défaut? Laissez-moi au moins lui dire adieu? Je lui dois la vie!

– Non... vous ne pourriez plus partir et je vous ai donné un ordre.

La mort dans l'âme, Philippe salua et se retira avec un dernier regard sur ce panneau de bois derrière lequel reposait la seule femme qu'il eût jamais aimée. Il se dirigea vers l'escalier mais, sur le point de descendre, se ravisa:

– Un mot encore, monseigneur. Je désire que l'on vende tous mes biens. Fiora n'a plus rien et je ne le supporte pas. Faites au moins cela pour moi!

– Vraiment? Comment vivrez-vous puisque c'est vous alors qui n'aurez plus rien?

– Votre victoire définitivement assise, mon prince, j'irais offrir mon épée au doge de Venise. Une fortune, cela peut se reconstituer au hasard d'une guerre... à moins que tout ne s'y achève.

Saluant derechef mais avec une raideur qui traduisait bien sa colère contenue, Selongey disparut enfin dans les profondeurs de l'escalier, suivi des yeux par le Téméraire qui se prit à sourire :

– C'est ce que nous verrons... fit-il.

La maison de l'échevin Georges Marqueiz, dans la rue Ville-Vieille et près de l'église Saint-Epvre, était l'une des plus belles de Nancy et n'avait pas souffert des bombardements. C'est là qu'au matin on transporta Fiora encore à demi inconsciente afin qu'elle y reçût des soins féminins impossibles à assurer dans un palais transformé en caserne. Dame Nicole, l'aimable épouse du magistrat, avait accepté très volontiers de donner au nouveau maître ce gage de bonne volonté. C'était une grande femme dont les cheveux blonds blanchissaient harmonieusement, sans beauté réelle, mais elle avait des yeux bruns pleins de chaleur et un charmant sourire. La blessée n'eut aucune peine à gagner son cœur et fut elle-même conquise sur-le-champ.

Cependant, le nouveau duc déployait toutes ses grâces – et quand il le voulait, il en avait beaucoup – pour séduire ses nouveaux sujets. On ne vit que fêtes et réjouissances. Charles se répandait en libéralités, en magnificences et en caresses. Il convoqua, dans son nouveau palais, les états de Lorraine où il prononça un discours mémorable :

– ... On s'apercevra bientôt que je cherchais par mes armes bien plus votre félicité que la mienne, dit-il à ces gens qu'il avait affamés et dont il avait réduit quelques-uns à coucher dans des décombres, la Providence qui vous a soumis à mes lois vous réservait sans doute le bonheur de vivre sous mon gouvernement; vous allez en effet désormais retrouver votre nation opulente, heureuse, tranquille et cette ville, maintenant le centre de mes états, sera le lieu de ma résidence. Je vais l'embellir d'un superbe palais, l'augmenter d'un grand nombre d'édifices, pousser ses remparts jusqu'à Tombelaine et lui donner le même lustre sous mon règne que Rome en reçut autrefois sous l'empire d'Auguste...

Il terminait en demandant une assurance d'inviolable attachement à sa personne et l'assemblée, enthousiasmée, n'attendit même pas qu'il en ait terminé pour lui jurer fidélité.

– C'est quelque chose que devenir la capitale d'un grand royaume, dit Nicole Marqueiz à sa pensionnaire. Quand on sait à quelle richesse ont atteint Bruges, Lille et Dijon, cela donne à rêver...

– N'aimez-vous pas votre jeune duc?

– Il est charmant mais c'est un enfant, comme dit monseigneur Charles. Il n'est pas de taille à se mesurer à un tel prince. Il faut vivre avec son temps, que voulez-vous!

Une partie de la noblesse lorraine se rallia d'ailleurs au nouveau seigneur. Cela choquait quelque peu Fiora qui se rétablissait doucement et qui commençait à se demander ce qu'il en adviendrait d'elle-même. Battista Colonna venait chaque jour prendre de ses nouvelles et causer avec elle. Il lui avait appris le départ de Philippe pour la Savoie et aussi la scène violente qui, à cause d'elle, avait opposé Campobasso au duc Charles. Le condottiere, ayant su que Fiora demandait l'annulation de son mariage, conçut de grands espoirs et exigea qu'on lui accordât le titre de fiancé, réclamant du même coup l'autorisation d'aller visiter chaque jour celle qu'il considérait comme la future comtesse de Campobasso.

– Monseigneur, raconta Battista, lui a déclaré qu'il n'était nullement question que vous puissiez l'épouser, qu'en ce qui le concernait il s'y opposait formellement et que, d'ailleurs, il entendait vous garder par-devers lui comme otage...

– Comme otage? Mais de quoi? et pourquoi?

– Je ne saurais vous en dire plus, madonna. C'est le

terme que Monseigneur Charles a employé. Toujours est-il que Campobasso est parti en claquant les portes et en jurant que, de sa vie, il ne servirait un prince qui ne reconnaissait pas à leur valeur les services rendus.

– Parti? Mais pour où?

– Vous n'allez pas me croire: pour Saint-Jacques-de-Compostelle où il veut faire pèlerinage!

Fiora éclata de rire, Campobasso sous la bure et le chapeau du pèlerin lui semblait une image du plus haut comique.

– Et il s'y rend avec toute sa troupe de mercenaires? Cela va faire un beau cortège!

– Je crois qu'il va laisser sa *condotta* à son château de Pierrefort, ce qui le dispensera de la payer. On dit que, depuis pas mal de temps déjà, il réserve pour lui-même l'argent qu'il perçoit du duc. Il a annoncé aussi qu'il comptait rendre visite au duc de Bretagne qui serait un peu son parent...

– N'importe quoi! soupira Fiora mais, en son for intérieur, elle était plutôt satisfaite.

D'une part d'être débarrassée d'un homme qu'elle jugeait à présent plus qu'encombrant et ensuite d'avoir, somme toute, parfaitement accompli sa mission. En effet, connaissant le condottiere comme elle le connaissait, le grand saint Jacques et le duc de Bretagne devaient se résumer en un seul personnage: le roi de France, auprès duquel, très certainement, Campobasso allait déverser ses griefs. Et c'était bien à cela qu'elle avait souhaité l'amener. Ce qui lui permit de se réjouir pleinement d'en avoir terminé avec une aventure qu'elle jugeait peu glorieuse...

En revanche, cette excellente nouvelle s'accompagnait d'une autre... qui l'était moins. Peu de temps après l'entrée à Nancy, elle avait demandé au légat qu'on lui retrouve Esteban afin qu'il puisse reprendre son service auprès d'elle. Or, le jeune Colonna lui apprit que le Castillan était introuvable. Il semblait qu'au lendemain du soir où il avait sauvé Fiora du poignard de Virginio, Esteban se fût volatilisé. Ni le chef de la compagnie où il s'était engagé ni les autres soldats ne savaient ce qu'il était devenu... Et Fiora, à l'inquiétude qu'elle en éprouva, comprit qu'à son humble place, le Castillan avait gagné une petite partie de son cœur, comme Démétrios et comme tous ceux qui s'étaient comportés envers elle en amis véritables.

Cette disparition faisait qu'elle se sentait plus déracinée que jamais et elle ne comprenait pas pourquoi le duc tenait tant à la garder auprès de lui. Ne l'avait-il dit que pour se débarrasser de Campobasso ou bien cette histoire d'otage était-elle sérieuse? Du fond de ce lit étranger, dans cette maison étrangère au cœur d'une ville et d'un pays étrangers, la jeune femme ne souhaitait plus que de retourner à Paris pour y rejoindre sa chère Léonarde dont l'absence lui était de plus en plus pénible. Noël approchait et elle appréhendait à présent cette douce fête où se réunissent ceux qui s'aiment. Pour elle ce serait le Noël de la solitude, le premier qu'elle allait vivre sans son père et sans Léonarde. Même Philippe, cette ombre d'époux, était au loin, perdu à jamais pour elle... A dix-huit ans, le cœur n'a pas encore oublié les tendres joies de l'enfance ni la douceur du foyer paternel et Fiora, durant la nuit entière, pleura, elle dont l'orgueil détestait les larmes, sur les cendres, encore chaudes, de son palais incendié et de son bonheur détruit.

– Moi aussi je suis séparé des miens, lui confia au matin Battista en remarquant ses yeux rougis, et si vous ne souhaitez pas vous mêler à vos hôtes pour la fête, je pourrais m'en venir et vous chanter de jolies chansons de chez nous...

Ce qui eut pour conséquence immédiate de la faire pleurer de plus belle à sa grande confusion. En vérité, elle devenait d'une affligeante sensibilité! Elle embrassa l'enfant sur les deux joues pour le remercier de son amitié.

Or, à la veille de la Nativité, trois cavaliers qui ne ressemblaient en rien aux rois mages, surgirent des chemins enneigés et franchirent la porte de la Craffe : un homme, une femme et un jeune garçon. C'étaient, dans l'ordre : Douglas Mortimer superbe sous son harnois de la Garde Écossaise mais de fort méchante humeur de se présenter en pareille compagnie, Léonarde, juchée sur une mule et emmitouflée de lainages et de fourrures, aussi sereine que son compagnon était grognon, enfin le jeune Florent, l'apprenti banquier gagné par le démon de l'aventure, qui s'était pendu aux basques de la vieille demoiselle en refusant farouchement de s'en séparer avec, bien sûr, au fond de son cœur innocent, l'espoir de revoir la belle dame de ses pensées...

Tout ce monde se retrouva bientôt devant Olivier de La Marche un peu déconcerté par cette arrivée pittoresque :

– Je dois remettre à Monseigneur le duc une lettre du roi de France et en attendre réponse, dit Mortimer du ton rogue qui lui était habituel.

– Vous serez conduit à lui dans un instant... mais quelles sont ces personnes? Vous voyagez en famille?

Avant que l'Écossais qui avait viré au rouge brique ait libéré les mots que la colère coinçait dans sa gorge, Léonarde s'était chargée de la réponse.

– Moi, de la famille de cet ours mal léché? Sachez, sire capitaine, qu'il a seulement été chargé par Sa Majesté le roi de nous protéger, moi et ce jeune homme, au long du voyage depuis Paris. Sachez aussi que je désire voir votre maître. Je suis la gouvernante de donna Fiora Beltrami qu'il retient prisonnière et je suis venue la chercher car il ne convient pas qu'une jeune dame de sa qualité se trouve seule en compagnie de soudards!

– Je vois, dit La Marche. Et celui-là? ajouta-t-il en désignant Florent.

– Mon jeune valet, ou mon page comme il vous plaira. Je suis dame Léonarde Mercet, déclara-t-elle du ton altier qu'elle eût employé pour dire : je suis la reine d'Espagne.

– Vous m'en direz tant! fit le capitaine, mi-figue, mi-raisin. Votre nom, messire?

– Douglas Mortimer, des Mortimer de Glen Livet, officier de la Garde Écossaise du roi Très-Chrétien, Louis, onzième du nom, lança celui-ci en homme qui sait ce qu'il représente...

La Marche d'ailleurs s'inclina :

– Veuillez me suivre!

Quelques instants plus tard, l'Écossais et la vieille fille pliaient le genou devant le Téméraire qui, superbe à son habitude, donnait ses audiences du mardi dans la salle des états de Lorraine. Si Léonarde fut impressionnée par le faste qui l'entourait, elle n'en montra rien et ce fut un regard fort paisible qu'elle posa sur l'homme dont on disait qu'il faisait trembler la moitié de l'Europe.

Avec tout le cérémonial requis par le protocole, Mortimer, familier des usages de cour, remit au duc de Bourgogne une lettre aux termes de laquelle Louis XI, après l'avoir félicité de sa victoire sur Nancy et l'assurant de sa fraternelle affection, demandait que soit remise à son envoyé « très noble et très gracieuse dame Fiora Beltrami dont nous tenions le défunt père en très particulière estime et amitié et dont nous avons appris avec inquiétude qu'elle s'était aventurée jusqu'en Lorraine pour y retrouver un sien cousin. Cette jeune dame étant chère à notre cœur paternel, nous déplorerions qu'il lui fût advenu dommage ou peine et nous considérerions comme une particulière marque d'amitié qu'elle soit confiée à notre messager et à la dame qui l'accompagne afin d'être ramenée au-delà de la ville frontière de Neufchâteau où le seigneur comte de Roussillon pourra s'en charger et la faire conduire en sûreté jusqu'à nous... ». Suivaient les effusions rituelles mais le Téméraire n'en parcourut pas moins la royale épître avec un air manifestement renfrogné. Neufchâteau, qui d'ailleurs s'était rendu à lui, ne se trouvait qu'à quinze lieues de Nancy et le comte de Roussillon, l'un des meilleurs capitaines du roi, n'avait pas coutume de ne commander qu'une poignée d'hommes.

Charles laissa la lettre s'enrouler sur elle-même avant

de la tendre à son secrétaire puis considéra un instant les deux personnages qui attendaient son bon plaisir :

– Nous sommes heureux d'apprendre, dit-il enfin, que les frontières de France sont si bien gardées et, en vérité, nous n'en avons jamais douté. Quant à donna Fiora, nous concevons parfaitement qu'elle soit chère au cœur de notre cousin le roi Louis. Malheureusement, nous ne la détenons pas par-devers nous...

Il prit un temps sans paraître s'apercevoir de la pâleur soudaine de Léonarde et de l'angoisse qui montait dans ses yeux, ni d'ailleurs des sourcils froncés de Mortimer.

– Et puis, reprit-il, nous ne la connaissons pas en tant que telle. Nous n'avons ici que la comtesse de Selongey, épouse de l'un de nos meilleurs capitaines et nous sommes étonné que le roi ignore ce détail. Mais il est bien certain que nous ne saurions remettre au roi de France une grande dame de Bourgogne. Nous en écrirons dans ce sens à notre cher et aimé cousin. En attendant, sire Mortimer, vous êtes notre hôte jusqu'après les fêtes de Noël qu'il ne conviendrait pas de vous faire passer dans la froidure des grands chemins. Quant à vous, madame, vous allez être conduite sur l'heure auprès de votre élève tenue de garder la chambre à la suite d'un... léger accident.

Quand, un moment plus tard, Nicole Marqueiz introduisit Léonarde auprès d'elle, Fiora, incrédule, ferma les yeux en les serrant très fort comme il arrive lorsque l'on se trouve en présence d'une lumière trop violente, mais déjà celle-ci s'était élancée vers elle et l'avait prise dans ses bras :

– Mon agneau! Enfin je vous retrouve!

Les quatre mois de séparation qu'elles venaient de subir leur paraissaient à présent quatre siècles et pendant un long moment ce fut un festival de questions à bâtons rompus et d'embrassades. Chacune avait tellement à raconter que l'on ne savait plus par quel bout commencer...

– Nous n'y arriverons jamais, dit Fiora, si nous ne mettons un peu d'ordre dans nos propos. Comment avez-vous pu savoir que j'étais ici?

– La réponse tient en un seul nom: Esteban.

Léonarde expliqua comment, chassés par Campobasso, le Castillan et l'Écossais avaient résolu de se séparer: l'un pour retourner rendre compte au roi de l'issue de sa mission, l'autre pour rester aux alentours de Thionville ou même dans la ville afin de surveiller ce qui se passait au château. Quand Fiora était partie pour Pierrefort, il avait suivi, de loin, l'escorte de la jeune femme et grâce à un peu d'argent il avait trouvé asile chez l'un des paysans qui ravitaillaient le château en bois ou en fourrage. L'entrée en scène d'Olivier de La Marche ne lui avait pas échappé et, comme à l'aller, il avait suivi Fiora jusqu'au camp bourguignon où il s'était engagé dans une compagnie franche afin de pouvoir circuler dans le camp.

L'arrivée de la jeune femme avait suscité au moins la curiosité et Esteban situa très vite l'endroit où elle était enfermée. Cela lui permit de la sauver du poignard de Virginio mais, après la prise de Nancy et comprenant qu'il ne pouvait rien faire avec ses seules forces, il s'enfuit en pleine nuit, brûlant les étapes, et rentra à Paris d'où Agnolo Nardi l'avait emmené chez le roi au château de Plessis-lez-Tours... avec Léonarde qui avait fermement insisté pour les accompagner.

– Étant désormais en paix avec la Bourgogne, poursuivit Léonarde, notre sire a pensé que rien ne s'opposait à ce qu'il vous réclame. Je crois que le roi a beaucoup d'estime pour vous et nous étions tous fort affligés de votre sort.

– Vous n'aviez pas tout à fait tort de l'être. Mais vous ne me parlez point de Démétrios? Est-il toujours auprès du roi Louis?

– Non. Il est au château de Joinville, pas bien loin d'ici avec le duc René II de Lorraine. Le roi l'a «prêté» au jeune duc pour qu'il prodigue ses soins à la vieille princesse de Vaudémont, sa grand-mère, qui est fort malade.

En outre Démétrios a tiré l'horoscope de ce prince et ce qu'il y a lu l'a si fort attaché à lui qu'il ne veut plus le quitter. Le roi y a consenti. Quant à Esteban, il est allé rejoindre son maître et nous avons fait route ensemble jusqu'à Saint-Dizier...

– Ainsi Démétrios m'abandonne? dit Fiora avec un peu de tristesse. Je croyais que nous avions conclu un pacte? Mais apparemment mon sort l'intéresse moins que celui de « l'Enfant »...

– L'enfant?

– C'est ainsi que le duc Charles appelle celui qu'il vient de déposséder de ses terres et de sa couronne.

– Il est assuré que lui n'a rien d'un enfant. C'est un homme impressionnant. Mais ne croyez-vous pas qu'il serait temps de m'apprendre ce que vous avez fait de tout ce temps passé sans votre vieille Léonarde?

Le récit de Fiora fut plus long. Elle le fit honnêtement, sans concessions pour elle-même ou pour sa pudeur et il advint que, parfois, Léonarde rougît à l'écouter mais quand ce fut fini, celle-ci se contenta de se moucher vigoureusement, ce qui chez elle était signe de grande émotion et s'en vint embrasser sa Fiora sur le front.

– J'aimerais bien vous voir oublier tout cela au plus vite, mon agneau, mais ce me paraît difficile avec ce duc Charles qui tient essentiellement à vous garder par-devers lui.

– Il a dit à Campobasso que j'étais un otage.

– J'ai bien entendu. Mais alors pourquoi donc répond-il hautement à cet insupportable Mortimer que la place de la dame de Selongey est auprès de lui? D'autant que, si je vous ai bien comprise, vous venez de renoncer à cet honneur en demandant l'annulation de votre mariage?

– C'est étrange, en effet, mais ne me demandez pas de vous expliquer le Téméraire. Personne n'est en mesure de le faire, je crois... et peut-être non plus lui-même!

La nuit venue, les deux femmes, laissant les Marqueiz aller entendre à Saint-Epvre la messe de minuit, suivirent

Battista Colonna venu, au nom du duc Charles, les convier à l'office de la collégiale Saint-Georges.

C'était la première fois, depuis Notre-Dame de Paris, que Fiora assistait à une messe. Mais sa paix avec Dieu était faite puisqu'il avait permis que Philippe ne succombât pas sous l'épée de Campobasso et, dans cette église illuminée qui, avec ses grandes brassées de houx et de gui, ressemblait à quelque forêt enchantée, elle se laissa bercer par les voix angéliques des jeunes chanteurs de Bourgogne... Scintillant de ses plus beaux joyaux, le Téméraire étalait dans le chœur la fabuleuse splendeur d'un manteau tissé d'or et semé de pierreries. Autour de lui ses officiers, bien qu'ayant revêtu leurs plus riches atours, passaient inaperçus...

– Est-il permis à un homme né de la femme de se glorifier lui-même à ce point? murmura Léonarde.

– Je crois, répondit Fiora, qu'il considère tout cela comme très naturel. N'est-il pas le Grand Duc d'Occident et, si j'en crois les rumeurs, il pourrait être bientôt roi. Mais les fêtes de ce soir ne constituent pour lui qu'une étape. Battista m'a dit que, d'ici peu, il va reprendre les armes pour libérer les terres de la duchesse de Savoie et tirer vengeance des Suisses qui se sont emparés de son comté de Ferrette [1] et ont mis à mal la Comté Franche...

– Que va-t-il faire de nous en ce cas? Pense-t-il vous traîner à sa suite comme ces reines de l'Antiquité que l'on attachait au char du vainqueur?

– On ne se sépare pas d'un otage et il prétend que j'en suis un. Je pense d'ailleurs que ce ne sera pas plus pénible pour nous que pour ces ambassadeurs étrangers que vous voyez auprès de lui et qui doivent le suivre partout...

Des « chut! » énergiques rappelèrent aux deux femmes qu'une église n'est pas un endroit pour causer. Elles se le tinrent pour dit et joignirent leurs voix à celles des fidèles qui entonnaient un chant de Noël.

La fête passée, il leur fallut faire face à un problème

1. Le Landgraviat de Haute-Alsace.

quand, au moment de partir, Mortimer vint leur faire ses adieux et réclamer Florent qu'il devait emmener : le duc n'autorisait aucun Français à demeurer dans son entourage. Le garçon pleura, pria, supplia, mais rien n'y fit, jusqu'à ce que l'Écossais lui déclarât de sa voix tranquille :

– On vous fait beaucoup d'honneur en vous traitant en homme. Après tout, je peux peut-être obtenir du duc qu'il laisse le gamin pleurnicheur que vous êtes dans les jupes des dames ?

Ce fut magique. Florent devint très pâle puis alla faire son baluchon. Quand il revint en silence saluer Fiora et Léonarde, il leur lança un regard si désespéré que la vieille fille, une fois le garçon parti, s'exclama :

– Ce Mortimer est assommant mais, au moins, il n'est pas amoureux de vous, contrairement à tant d'autres – et vous n'imaginez pas comme je trouve cela reposant...

CHAPITRE XII

LES TROMPES DE LA MORT

Les tourbillons de neige balayaient le col de Jougne où la trace du chemin ne se voyait presque plus. Depuis que l'on avait quitté Pontarlier et le fort château de Joux où le sire d'Arbon, qui le tenait pour le duc, avait reçu son maître en mettant sa cave et son garde-manger au pillage, le vent s'était levé jusqu'à devenir tempête tandis que l'armée montait péniblement vers la ligne de faîte entre le Rhône et le Rhin.

L'armée? En fait c'était un monde qui s'étirait interminablement sur la route jurassienne. Cela évoquait l'Exode car, outre les vingt mille hommes de troupe sous divers capitaines, il y avait des centaines de chariots transportant les tentes et les pavillons d'apparat, les tapisseries, les coffres de joyaux, les vêtements somptueux, les manuscrits, l'argenterie, l'argent monnayé, le fabuleux trésor qui composait la chapelle ducale avec les statues d'or des douze apôtres, les châsses et les objets de culte, tous précieux, sans compter les prêtres et les chantres, enfin tout l'attirail de la Chancellerie avec ses gratte-papier et son chancelier Hugonet, les meubles et encore bien d'autres choses... Tout cela destiné à démontrer, non seulement aux Suisses mais à l'Europe entière, que la puissance, la force et l'organisation bourguignonnes étaient sans rivales au monde. D'ailleurs, dans l'esprit du duc Charles, cette guerre qu'il entamait devait être rapide et sans appel : une simple expédition punitive destinée à asseoir sa puissance plus solidement que jamais.

En haut du col, les pieds dans la neige, le Téméraire regardait défiler ce train immense qui faisait chanter son orgueil. Il n'était plus le duc de Bourgogne, il était Hannibal franchissant les Alpes en plein hiver et peu lui importait qu'il s'agît du Jura! Son seul regret était sans doute qu'il n'y ait pas le moindre éléphant...

Il était là depuis des heures, insensible aux bourrasques de neige et au vent coupant, contemplant avec avidité cette affirmation de sa souveraineté que traduisaient les bannières, pennons et oriflammes. Ceux qui passaient devant lui s'efforçaient de les tenir droits et de redresser l'échine en dépit de la tourmente. Et apparemment, il n'était pas question qu'il quittât la place...

A son côté, son frère Antoine et, un peu en arrière, emmitouflés jusqu'aux yeux, ceux dont il faisait sa société habituelle depuis que l'on était sortis de Nancy : l'ambassadeur milanais Jean-Pierre Panigarola, et enveloppé d'un grand manteau doublé de martre, les cheveux entièrement cachés par un vaste chaperon de velours rubis, un mince jeune homme qui n'était autre que Fiora. On avait dû laisser à Salins Olivier de La Marche, atteint de dysenterie.

La veille du jour où l'on allait quitter Nancy, c'est-à-dire le 10 janvier, le Téméraire avait appelé auprès de lui la jeune femme, tout à fait remise de sa blessure. Il l'avait reçue seul à seule dans son cabinet d'armes où il examinait un nouveau type d'arbalète qu'un armurier allemand lui avait fait porter.

– Donna Fiora, dit-il sans se retourner, vous avez appris, je pense, que nous partons demain pour châtier les Suisses pillards et envahisseurs? J'ai décidé que vous voyageriez en compagnie de messire Panigarola, ambassadeur de Mgr le duc de Milan, qui est l'un des hommes les plus sages et les plus aimables qu'il m'ait été donné de connaître et, comme il n'est jamais bien loin de moi, c'est dire que nous cheminerons assez souvent de compagnie.

– Monseigneur, coupa Fiora, pardonnez-moi de vous interrompre, mais pourquoi tenez-vous tant à m'emmener... et sous quel nom? Suis-je un otage et, dans ce cas, pourquoi? Vous avez dit à Douglas Mortimer que j'étais la comtesse de Selongey et cependant Votre Seigneurie sait très bien que j'ai demandé l'annulation. Une annulation qu'elle souhaite d'ailleurs autant que moi.

Tenant toujours son arbalète, le duc se retourna et considéra la jeune femme d'un œil amusé:

– Vous avez pourtant été bien élevée, donna Fiora! Ne vous a-t-on pas appris que l'on ne questionnait jamais un souverain? Voilà, il me semble, une belle série de questions?... Mais, pour une fois, je vais répondre... à condition que vous m'accordiez une faveur...

– Une faveur? De moi au puissant duc de Bourgogne?

– Mais oui. Je vous dirai tout à l'heure ce que je souhaite. Pour l'instant, voyons ce que vous m'avez demandé... Êtes-vous un otage? En un certain sens oui. Vous savoir sous ma main... et peut-être en danger, vous assure à vous une certaine tranquillité et à moi l'obéissance de deux hommes...

– Deux? Campobasso est parti à ce que l'on m'a dit.

– Il reviendra. L'important est que Selongey et lui ne passent pas leur temps à s'entre-tuer et à vous chercher aux quatre horizons. Parlons à présent de cette annulation! Le légat s'est rendu auprès de l'empereur Frédéric pour m'assurer de sa neutralité durant la guerre que j'entreprends. Il réglera cette question à son retour. Donc, jusqu'à ce moment, vous avez droit au titre de comtesse de Selongey.

– Ce n'est pas du tout mon sentiment et je ne veux pas le porter.

– Comme il vous plaira. C'est donc sous votre nom florentin que vous serez présentée demain à l'ambassadeur. Votre gouvernante voyagera dans son chariot le plus confortable. Quant à vous... et c'est là que j'en viens à cette faveur dont nous parlions, vous me suivrez à cheval... si toutefois vous savez monter.

– Vous avez bien voulu admettre, monseigneur, que j'ai été bien élevée.

– C'est parfait mais ce sera mieux encore si vous acceptez de revêtir le costume que l'on a dû, à cette heure, déposer chez vous. Un costume... de garçon.

Fiora se mit à rire :

– Si c'est cela que vous désirez, monseigneur, c'est bien peu de chose. Je possède déjà un costume masculin grâce auquel j'ai voyagé plus commodément depuis Florence.

– Si vous y êtes accoutumée, ce n'en est que mieux mais je souhaite vraiment vous voir porter celui que j'ai envoyé. C'est... la raison profonde du désir que j'ai de vous garder auprès de moi durant cette campagne...

En rentrant chez les Marqueiz, Fiora trouva, en effet, étalées sur son lit, des chausses collantes de soie noire, de fines chemises brodées et une tunique de velours d'un beau rouge profond sur la manche de laquelle étaient brodées les grandes armes de Bourgogne chargées d'un lambel d'argent à trois pendants qui la laissèrent perplexe. Un chaperon de même velours, frappé d'une médaille d'or représentant saint Georges, une lourde chaîne d'or, un superbe manteau de cheval de fin drap noir doublé de martre et des bottes de daim noir fourrées accompagnaient ces vêtements, mais la jeune femme ne leur accorda qu'une attention distraite. Elle contemplait toujours le pourpoint quand Léonarde entra, les bras chargés de vêtements qu'elle allait mettre dans un coffre et Fiora pensa qu'elle pourrait peut-être l'éclairer :

– Vous êtes bourguignonne, dit-elle. Alors vous devez savoir quel est cet écu ? Monseigneur Charles m'a fait porter ces vêtements tout à l'heure. Je dois les revêtir et chevaucher près de lui.

Léonarde prit la tunique mais ne répondit pas tout de

suite. D'un doigt songeur, elle suivait le dessin compliqué de la broderie et, quand elle laissa retomber le vêtement, Fiora eut l'impression qu'elle avait pâli :

– Eh bien ? fit-elle avec impatience.

– Plus personne n'arbore ces armes. Elles étaient celles de Monseigneur Charles quand il n'était que comte de Charolais. Le lambel d'argent est la marque du fils aîné... Je suppose qu'étant son écuyer, Jean de Brévailles a dû en porter de semblables...

– Ah !

C'était donc cela ! Le lendemain, à la halte de Neufchâteau où le Téméraire devait prendre le commandement de l'armée, Fiora s'approcha du prince tandis qu'il faisait vérifier les fers de son cheval :

– Je vous ai obéi, monseigneur, dit-elle, mais j'avoue ne pas comprendre le pourquoi de ce costume. Est-ce... pour accentuer une ressemblance ?

– Oui, répondit le duc en italien. Il m'est doux, pour cette guerre, d'avoir à mes côtés l'image d'un compagnon d'autrefois... d'un compagnon que j'aimais.

– Que vous aimiez ? protesta Fiora indignée. Vous osez dire cela quand vous n'avez rien fait pour le sauver ?

– Je ne pouvais rien faire. Le crime était sans pardon possible car il offensait Dieu autant que l'humanité. Mieux valait, cent fois, que cette tête tombât sur l'échafaud plutôt que l'enfouir dans quelque cul-de-basse-fosse. Jean était mon ami. Nous avons lu Plutarque ensemble, navigué ensemble au large de Gorcum, jouté ensemble, bu et ri ensemble. Il pouvait espérer de mon amitié un grand état, une belle alliance et cependant... cependant, continua-t-il avec une brusque flambée de colère, il est parti sans même un mot, il a rejeté tout cela, renié tout cela pour le corps d'une femme qui était sa sœur. Alors que je le croyais pur, il était comme tous les autres, comme mon père que le premier jupon venu mettait en folie... pire que tous les autres !

– Non, dit Fiora doucement. Il était seulement victime

d'un amour impossible, défendu... mais c'était tout de même de l'amour.

Il la regarda avec, dans les yeux, une sorte d'égarement.

– Vous croyez?

– J'en suis certaine. Et vous aussi monseigneur... sinon, pourquoi serais-je auprès de vous et sous ces vêtements?

– C'est vrai. Il m'a... beaucoup manqué. Vous me donnez l'illusion de sa présence, d'autant plus précieuse que vous avez l'âge qu'il avait alors... Eh bien, ajouta-t-il en français, est-ce enfin fini?

Le maréchal-ferrant avait achevé son ouvrage. Le duc s'enleva en selle et rejoignit, au trot, le Grand Bâtard qui l'appelait. Fiora le regarda s'éloigner sans parvenir à comprendre d'où venait le bizarre sentiment, assez proche de la pitié, qu'elle éprouvait soudainement...

Depuis, il s'était montré plein de gentillesse à son égard, surtout pendant les quinze jours que l'on avait passés à Besançon pour adjoindre à l'armée quelques compagnies comtoises. Il était même étonnant de constater que, du jour où il avait su la vérité sur la naissance de Fiora, le duc avait complètement changé d'attitude envers elle. De hargneux et méprisant, il s'était fait presque amical alors que le contraire eût été plus normal. Parfois, le soir, il l'invitait à venir écouter ses chanteurs et même, ayant découvert qu'elle savait jouer du luth et possédait une jolie voix, il la faisait chanter en duo avec Battista Colonna et il lui arrivait de chanter avec eux. Les seuls bénéficiaires de ces concerts intimes étaient Antoine de Bourgogne et l'ambassadeur milanais.

Fiora noua vite amitié avec Jean-Pierre Panigarola. C'était un homme d'une quarantaine d'années, avec ce visage étroit et méditatif que l'on voit à certaines statues de saints – mais il n'en avait que l'apparence. Fin, cultivé, sachant manier l'humour, il était un observateur attentif de la nature humaine et un excellent diplomate. Presque chaque jour, il écrivait de longues lettres au duc de Milan,

Galeazzo-Maria Sforza, son maître, et Fiora découvrit rapidement qu'il connaissait le Téméraire mieux que ses propres frères. De même qu'il semblait se retrouver fort aisément dans la politique sinueuse de Louis XI, auprès duquel il avait rempli avec succès des fonctions d'ambassadeur avant que la mort de Francesco Sforza, père du duc actuel, grand chef d'État et ami du roi de France, ne vînt renverser les alliances et tourner Milan vers la Bourgogne.

Le faux garçon, nourri de Platon, de Sophocle et d'Hésiode, l'enchantait d'autant plus qu'il savait parfaitement que c'était une femme ravissante et qu'il appréciait les filles d'Ève en amateur éclairé de la beauté sous toutes ses formes.

– Vous devriez être florentin, lui dit un soir Fiora en riant. Je crois que vous en avez les qualités et peut-être les défauts...

– Je me trouve fort bien d'être milanais, encore que notre ville ne se puisse comparer à la cité du Lys Rouge. Néanmoins, j'avoue que je vous envie le seigneur Lorenzo! Quelle intelligence! quelle profondeur de vues! Je ne vois guère que le roi de France pour lui être comparé...

– N'admirez-vous donc pas Monseigneur Charles?

Panigarola hocha la tête et se mit à contempler d'un air songeur la coupe de précieux verre de Venise emplie de vin à travers laquelle les flammes d'un chandelier faisaient scintiller des rubis:

– Il me fascine et il m'effraie. Il est le dernier représentant d'une époque révolue, d'une race en voie de disparition. Le dernier féodal, le dernier chevalier peut-être, l'élève de Jacques de Lalaing toujours captif des exploits de ce paladin errant qui usa sa vie à courir l'Europe pour y rompre des lances en joutes et tournois et se mesurer aux meilleures épées connues. La vie de chaque jour avec ses contraintes, ses petitesses aussi lui échappe complètement. Il a été trop riche et trop puissant trop tôt... Il ne s'est jamais soucié de ses peuples destinés seulement, selon lui, à produire richesse et puissance guerrière et il est triste de penser que de l'énorme fortune léguée par son père, le duc Philippe, il ne reste rien à l'exception des joyaux et des objets précieux...

– Rien? Je sais qu'il lui arrive de faire appel à des banques étrangères, mais je ne pensais pas...?

– Qu'il en était là? Malheureusement si. Il vit dans un rêve de gloire et d'hégémonie quasi européenne car il se veut le plus grand capitaine de son temps. Malheureusement pour lui, il est affronté à un roi qui est peut-être l'homme le plus intelligent et le moins pourvu de scrupules qui soit. Le superbe bourdon doré pourrait bien se prendre dans la toile que tisse patiemment « l'universelle aragne »...

– Mais le roi Louis n'a-t-il pas signé la trêve de Soleuvre?

– Bien sûr que si, mais vous ne vous imaginez pas qu'il se tient tranquille pour autant? Certes, ses troupes ne bougent pas des frontières et il a refusé d'aider le duc de Lorraine pour ne pas renier sa signature de façon trop évidente, mais il fait la guerre autrement.

– Comment cela?

– La fille de Francesco Beltrami... que j'ai eu le plaisir de connaître, devrait me comprendre aisément car la guerre du roi Louis est une guerre économique. Il a certes une puissante armée, mais c'est son or qu'il fait marcher et soyez certaine que les Suisses que nous allons attaquer étourdiment en ont reçu une bonne part. En outre, Louis anémie le commerce flamand et les foires bourguignonnes par une concurrence systématique. Ses navires détournent les bateaux génois et vénitiens des ports bourguignons d'Anvers et de l'Écluse qui approvisionnent Bruges, ce qui enrage les Flamands. Il interdit les expéditions de blé. Sa main est partout... Il a réussi à réconcilier Sigismond d'Autriche et les Cantons, cependant ennemis farouches jusque-là. Il a renvoyé, toujours avec de l'or, les Anglais hors de France...

– Il n'y avait pas que de l'or. Il y avait du vin et des victuailles...

– Je sais. Les Parisiens en ont même fait une chanson.

J'ai vu roi d'Angleterre
Amener son gros ost
Pour la française terre
Conquérir bref et tôt
Le roi voyant l'affaire
Si bon vin leur donna
Que l'autre sans rien faire
Content s'en retourna

– Inutile d'ajouter que Monseigneur Charles a trouvé proprement scandaleuses et la chanson et la manière de se débarrasser d'un ennemi, ajouta Panigarola en riant...

Grâce à lui, ce soir-là, Fiora ne s'abandonna pas trop aux regrets et au désenchantement qui ne pouvaient que l'assaillir : il y avait un an tout juste qu'elle avait mis sa main dans celle de Philippe et s'était unie à lui en croyant fermement que c'était pour toujours. Mais la fin de la nuit fut plus pénible car en dépit de la fatigue d'une journée de cheval par un temps affreux, elle ne réussit pas à trouver un seul instant de sommeil...

Le 11 février 1476, le Téméraire remporta, sans coup férir d'ailleurs, sa première victoire. L'interminable cortège de ses troupes franchit le col de Jougne et vint s'installer dans Orbe qui était à trois lieues et demie du col et à pareille distance de Grandson, but premier de l'expédition. En même temps, les lances italiennes de Pierre de Lignana, qui constituaient l'avant-garde et s'étaient dirigées vers le lac Léman, récupérèrent Romont sur les confédérés. Mais le plus important c'était Grandson, une ville et un fort château situés à l'extrémité sud du lac de Neuchâtel.

En fait et en l'occurrence, le Téméraire ne voulait que reprendre ce qui, un an auparavant, était de son obédience. En 1475, les gens des cantons de Berne, Bâle et Lucerne, décidés à conquérir le pays de Vaud appartenant à la Savoie, ont fait sauter ce verrou bourguignon dont le seigneur, Hughes de Chalon-Orange, s'ennuyait alors devant Neuss avec le reste de l'armée du duc Charles. Grandson, solidement défendue par le bailli Pierre de Jougne mais envahie par les paysans refluant des campagnes, n'a pas résisté longtemps à la famine et à l'artillerie lourde des Suisses. A l'automne, le pays de Vaud tout entier tombait dans leurs mains alors sans tendresse. Seule Genève échappait à la dévastation en payant une rançon de 26 000 florins d'or qui coûta leurs bijoux aux dames de la ville et leurs cloches aux églises...

Le 19, on arrive enfin devant Grandson par un temps vraiment affreux : il pleut, il neige et il fait froid :

– On ne peut pas dire que la France et la Bourgogne vous aient réservé leurs plus beaux sourires, fit Léonarde que Fiora avait rejointe dans son chariot tandis que tentes et pavillons se montaient. A part la canicule, vous n'avez guère connu que la pluie, le vent et les pires intempéries... Vit-on jamais automne et hiver semblables ?

– Vous avez peut-être un peu oublié votre jeunesse, répondit Fiora. A Florence le temps est si doux !... Il est vrai que lorsque l'on a perdu quelque chose ou quelqu'un on ne se souvient plus que de ses qualités.

Le Téméraire avait choisi d'établir son camp près de Giez. Ses pavillons de pourpre et d'or couronnèrent superbement une colline [1] tandis que cinq cents autres tentes d'une grande richesse et des centaines de bannières multicolores étalaient sur les environs le plus fabuleux des tapis. Le reste du camp, celui en « rase campagne », couvrait la plaine en demi-cercle, entre la ville et la montagne, et s'étendait jusqu'à l'Arnon, une

1. Si superbement que le souvenir en est resté et que la colline s'appelle encore aujourd'hui « le Duc de Bourgogne »...

étroite rivière débouchant dans le lac près d'une lieue plus loin.

– Grandson ne devrait nous donner aucun mal, confia le duc Charles à Panigarola et à Fiora tandis qu'ensemble ils regardaient la nuit tomber sur le lac dont les lointains se perdaient dans une brume glacée et la ville tassée derrière les cinq tours de son château. Depuis trois semaines déjà, les bourgeois se sont emparés du chef de la garnison bernoise, Brandolphe de Stein, et nous l'ont livré... Il est captif en Bourgogne.

– Comment se fait-il alors que les portes ne soient pas grandes ouvertes et qu'aucune délégation ne soit encore venue à vous, monseigneur? fit l'ambassadeur. Je crois, moi, qu'ils vont se défendre durement. Ce sont de bons soldats que les Suisses...

– Ces bouviers, ces paysans? lança le duc méprisant. Nous n'aurons aucune peine à les balayer. Qu'ils prennent garde à ma colère car je pourrais porter la guerre dans les cantons de la Haute Ligue [1].

– Ce que je ne saurais conseiller à Votre Seigneurie car, dans certains d'entre eux, la rudesse des montagnes double la valeur des hommes...

– C'est ce que nous verrons!

Le siège de Grandson dura neuf jours, neuf jours pendant lesquels bombardes, couleuvrines et fauconneaux dirigèrent, même la nuit, un feu meurtrier sur la petite cité. A l'intérieur du château, des incendies se produisirent, allumés par des brandons enflammés et par l'explosion de la soute à poudre qui détruisit en partie le beau logis seigneurial... La fin était d'ailleurs prévisible, cinq cents hommes ne pouvant lutter contre quinze mille. Bientôt, bloquée de toutes parts et démoralisée d'ailleurs par l'absence de son chef, la garnison se rendit. Alors commença l'horreur...

1. Berne, Fribourg, Bâle, Zurich, Lucerne, Uri, Schwyz, Soleure et Unterwalden composaient la Haute Ligue cependant que dix villes alsaciennes formaient la Basse Ligue, ennemie elle aussi du Téméraire après les exactions de son bailli, Pierre de Hagenbach.

Debout derrière le duc au milieu des seigneurs qui composaient son état-major, Fiora, Panigarola et Battista Colonna, pétrifiés, assistaient au carnage. Du haut de la tour Pierre, les Bourguignons précipitaient les soixante-dix défenseurs du chemin de ronde au milieu des rires et des quolibets en criant très fort qu'il était temps pour eux d'apprendre à voler sans ailes... Cependant, au pied des murailles, les quatre cents autres soldats de la garnison étaient pendus par grappes de trois ou quatre aux arbres d'un bois situé aux abords du château ou bien noyés dans le lac avec une pierre au cou...

L'ambassadeur milanais ne put retenir une protestation indignée :

– Est-ce façon, monseigneur, de traiter des soldats ? Ils se sont battus parce que c'était leur devoir. Pardonnez-moi mais ceci est indigne d'un grand chef de guerre.

– Allons! Ces gens ne méritent pas d'autre traitement. Souvenez-vous que leurs pareils ont dévasté plusieurs cités du pays de Vaud... Il en arrivera autant d'ailleurs à tous les Suisses qui me tomberont sous la main.

– Encore une fois, monseigneur, ce sont des soldats! et ils se sont rendus...

– Je vous trouve bien sensible, Panigarola ? Cela servira de leçon à ce ramassis de marchands, de toucheurs de bœufs et de chasseurs...

– Certains de ces chasseurs traquent l'aigle et l'ours.

– Et je dis, moi, que c'est une infamie! cria Fiora qui ne pouvait plus contenir son indignation. Tuer des hommes désarmés est une lâcheté à laquelle je refuse d'assister plus longtemps!

Tournant les talons et bousculant ses voisins, elle prit sa course en direction du camp, gagna sa tente où Léonarde lisait ses heures et y pénétra en trombe :

– Venez, Léonarde! Nous partons. Je vais chercher des chevaux. Emballez vite le peu que nous possédons et préparez-vous!

– Que se passe-t-il ?

– Le duc Charles est en train de faire assassiner les malheureux qui se sont rendus ce matin. Il arrivera ce qu'il arrivera mais je ne resterai pas auprès de ce bourreau une minute de plus!

– Enfin! soupira la vieille demoiselle en se précipitant sur un sac de cuir qu'elle se mit en devoir de remplir. Voilà des jours que j'espérais cela!

– Vous êtes contente de partir? Par le temps qu'il fait et alors que je ne sais même pas où nous allons?

– Il tomberait des hallebardes et des grêlons gros comme le poing que je me précipiterais dehors quand même. Quant à savoir où nous allons, je vous le dirai tout à l'heure. Allez chercher les chevaux!

Un moment plus tard, les deux femmes galopaient sur la route de Montagny dans l'intention de refaire le chemin parcouru à l'aller et de repasser le col de Jougne puisque c'était le seul itinéraire qu'elles connussent. La route défoncée par le passage de l'armée et de l'artillerie serait au moins facile à suivre...

Soudain, à un détour du chemin, elles virent se dresser devant elles ce qui leur parut être un mur de fer: une cinquantaine de chevaliers armés de toutes pièces, en tête desquels Fiora, dont le cœur manqua un battement, reconnut les aigles d'argent sur champ d'azur. D'ailleurs, la visière relevée du casque ne laissait aucun doute sur l'identité de son propriétaire. Fiora hésita un instant mais constata vite que toute échappatoire était impossible et elle décida de faire front...

En dépit de son déguisement, Philippe la reconnut aussitôt.

– Vous?... Et dans cet équipage? Mais où prétendez-vous aller? Et avant que Fiora ait pu répondre, il ajoutait: je suis heureux de vous revoir, dame Léonarde, mais je vous croyais plus de sens.

Il avança son cheval jusqu'à toucher celui de Fiora et ne put s'empêcher de sourire:

– Quel charmant garçon vous êtes! Mais, pour l'amour du ciel, dites-moi ce que vous faites là?

– C'est assez évident il me semble? Je pars, je m'enfuis, je me sauve! L'otage a pris la clé des champs! lança-t-elle avec colère. Pour tout l'or du monde, je ne resterai pas un instant de plus, quoi qu'il puisse arriver, auprès de ce monstre qu'est votre duc!

– Le duc un monstre? Mais que vous a-t-il fait?

– A moi? rien... encore qu'il y ait peut-être matière à discussion, mais là n'est pas la question. Je viens de voir comment il traite les soldats de Grandson dont la seule faute est d'avoir osé lui résister. Ils se sont rendus à merci et on les massacre, par dizaines. On les jette du haut des remparts, on les pend ou les noie afin qu'il n'en reste plus un seul pour appeler sur votre maître la vengeance du ciel. Ce qui n'empêche qu'elle l'atteindra un jour!

Le silence qui suivit traduisit la gêne de Philippe qui avait pâli :

– Quand la colère le prend, il peut être effrayant, je le sais et...

– En colère, lui? Pas le moins du monde. Il sourit et même il rit tant il trouve plaisant le spectacle...

– Il semble d'ailleurs coutumier du fait, dit paisiblement Léonarde. J'ai entendu parler de ses exploits à Dinant et à Liège où il n'a même pas accordé la vie sauve aux chats!

– Laissez, chère Léonarde! Vous ne convaincrez pas messire de Selongey. Le Téméraire est son dieu... mais moi qui préfère en servir un plus clément, je vous prie de nous livrer passage afin que nous puissions continuer notre voyage.

– Etes-vous si pressées? temporisa Philippe. J'avoue que j'espérais vous voir en rejoignant le camp...

– Nous n'avons plus grand-chose à nous dire, Philippe. J'ai demandé que notre mariage soit annulé. Ainsi vous serez libre et le cher duc sera content. Je crois qu'il vous tient en réserve quelque grande dame...

– Que voulez-vous que j'en fasse? cria Selongey que le ton de persiflage de la jeune femme agaçait. Quant à cette annulation, je n'en veux pas. Je n'ai aimé et n'aimerai jamais que vous, Fiora, et quoi que vous ayez pu faire...

– Ce que « j'ai » pu faire ? Apparemment ce serait vous qui auriez quelque chose à me reprocher ?

– Il me semble, oui ! Avez-vous déjà oublié. Thionville ?

– Inutile de crier et de réjouir vos compagnons avec nos querelles. J'en vois plus d'un sourire. Il est vrai que les distractions anodines sont plutôt rares dans ce pays. Mais, dans quelques instants vous pourrez leur offrir beaucoup mieux : des arbres supportent des grappes humaines. Le duc vous expliquera que c'est le summum du comique. A présent, je veux passer !

– Je ne vous laisserai pas partir ! dit Philippe en s'emparant de la bride du cheval de Fiora.

A cet instant d'ailleurs, un nouveau cavalier, lancé au galop, débouchait du tournant de la route et dut faire preuve d'une réelle science équestre pour arrêter sa monture avant la collision.

– Donna Fiora ! s'écria Battista Colonna. Dieu soit loué ! je vous retrouve !

– Vous me cherchiez ?

– Monseigneur vous cherche. Il ordonne que vous rentriez au camp immédiatement. J'ai ordre de vous ramener à tout prix.

– Voilà qui est fait, Battista. A présent, vous pouvez retourner dire à votre maître que je refuse de revenir. Il a exigé que je le suive dans cette guerre mais je ne m'en sens vraiment plus le courage. J'en ai vu plus que je n'en peux supporter. Dites-le-lui !...

– Ah !

Le jeune garçon devint très rouge et détourna la tête.

– C'est là votre dernier mot ? murmura-t-il.

– Absolument... Pardonnez-moi, Battista ! Je sais que je vous confie là une mauvaise commission mais...

– Je crois qu'elle est même plus mauvaise encore que vous ne l'imaginez, intervint Philippe. Que se passera-t-il si donna Fiora ne revient pas avec nous, Colonna? Je jurerais que vous en répondez... peut-être même sur votre tête?

– Ce n'est pas possible! protesta Fiora. Il ne peut pas rendre cet enfant responsable de ma conduite?

– C'est très possible au contraire. Quand le duc Charles entre en fureur, il ne raisonne plus, ne se contrôle plus... et vous l'avez peut-être offensé gravement? Que lui avez-vous dit?

– Je ne sais plus exactement mais je crois que j'ai parlé d'infamie... de lâcheté... Battista, je vous en prie, dites-moi la vérité! Messire de Selongey a-t-il raison?

Pour toute réponse le jeune Colonna baissa la tête...

– C'est indigne! fit Fiora avec dégoût. Comment peut-on abuser à ce point de son pouvoir! Et vous, Philippe, comment pouvez-vous servir un tel maître?

– Je connais ses défauts mais aussi ses qualités. En outre, il a reçu mon allégeance lorsqu'il m'a armé chevalier et derechef lorsqu'il m'a conféré la Toison d'or...

– Moi aussi j'ai reçu votre serment, dit Fiora doucement.

– L'un ne me délie pas de l'autre. Je reviens vers lui pour me battre à ses côtés contre les Suisses dont l'armée se rassemble. D'autre part, j'ai un message de la duchesse de Savoie qui a quitté Turin pour sa ville de Genève. Il faut que je le voie... mais vous, si cela vous est trop pénible, partez! Rentrez en Bourgogne! Allez m'attendre à Selongey! Je vais ramener Battista et croyez-moi, il ne lui arrivera rien! C'est moi qui en réponds!

Un instant ils se regardèrent au fond des yeux et, dans le cœur de Fiora, quelque chose s'épanouit, s'illumina. Se pouvait-il que les temps douloureux eussent pris fin et que le bonheur pût renaître? Le regard de Philippe était brûlant d'amour comme il l'était durant la nuit de Fiesole et, pour ce regard-là, Fiora savait qu'elle était déjà prête à endurer bien des souffrances... Elle lui sourit avec une tendresse infinie...

– A moins qu'il ne vous supprime tous les deux? C'est un risque que je ne veux pas courir... Rentrons, Battista! Et vous, Philippe, poursuivez votre chemin mais... s'il vous plaît... prenez bien soin de vous!

Elle posa sa main sur le gantelet de fer et une joyeuse étincelle s'alluma dans les yeux noisette du jeune homme :

– Allez donc parler d'amour à la dame de vos pensées sous cette ferraille! murmura-t-il. Ne pensez plus à cette stupide annulation, ma douce! Vous êtes mon épouse bien-aimée... et il faudra bien que le Téméraire s'y fasse!

Un quart d'heure plus tard, Fiora et Léonarde avaient regagné le camp des Bourguignons. Battista Colonna les déposa chez elles et s'en allait rendre compte de sa mission lorsque, sur le point de quitter la jeune femme, il mit genou en terre devant elle :

– Je n'oublierai jamais ce que vous venez de faire pour moi, madonna. Vous pourrez me demander ma vie si un jour vous en avez besoin...

– Voilà un jour qui ne viendra jamais, Battista, mais je vous remercie tout de même!

Quand elle l'eut vu s'éloigner, elle se tourna vers Léonarde qui, avec la grande philosophie qui était sienne, sortait les vêtements des sacs pour les replacer dans les coffres :

– Qu'entendiez-vous tout à l'heure quand vous m'avez dit que nous parlerions plus tard de l'endroit où nous pourrions aller?

Léonarde ne répondit pas tout de suite comme si elle hésitait puis, tirant d'un étui de velours un rouleau de parchemin, elle le garda entre ses mains :

– Je pensais ne vous donner ceci que lorsque nous aurions recouvré notre liberté mais, dans le fond, je peux aussi bien vous le remettre maintenant : le roi Louis vous a fait don d'un petit castel en pays de Loire, non loin de sa demeure de Plessis-lez-Tours pour vous remercier des peines endurées à son service. Il y a ici le titre de propriété... et un message du roi...

Elle lui tendit le rouleau que Fiora repoussa :

– Je ne crois pas que je l'habiterai jamais. Ma vie, après tout, pourrait bien se fixer en Bourgogne. Oh, Léonarde, vous n'imaginez pas comme je suis heureuse! Je n'aurais jamais imaginé que c'était encore possible. Il me semble que je reviens à la vie après une longue, longue maladie... Nous renverrons ceci au roi avec un beau remerciement.

– Sans doute, sans doute... mais ne nous hâtons pas! Quelque chose me dit que vous n'en avez pas encore fini avec Monseigneur Charles. C'est un homme avec lequel il faut compter...

Et Léonarde rangea soigneusement l'étui de velours rouge.

A la grande surprise de Fiora, le Téméraire, lorsqu'il la revit le lendemain, ne fit aucune allusion à ce qui s'était passé mais il dit au jeune Colonna, assez haut pour être entendu de la jeune femme.

– Ce que j'ai exprimé hier vaut pour demain. Je t'ai confié une personne que je tiens à garder, Battista! Veille à ce qu'elle ne s'écarte plus...

Le sourire de la jeune femme réconforta l'enfant. Pour rien au monde, à présent, Fiora ne s'éloignerait du camp bourguignon puisque Philippe l'avait réintégré...

Ô la joie de le voir venir avec le Grand Bâtard pour prendre les ordres dans le pavillon ducal, de rencontrer son regard et son sourire! Un instant, ils furent seuls tous les deux et la foule chamarrée qui se pressait autour du Téméraire disparut. Mais ce fut très court et il fallut bien revenir sur terre. Philippe allait repartir avec Antoine et l'avant-garde de l'armée que le duc chargeait, afin de préparer son avance prochaine vers Neuchâtel, de s'emparer du château de Vaumarcus, clé du passage le long du lac.

En effet, la longue plaine accidentée qui s'étendait entre les monts du Jura et l'immense nappe d'eau était large d'une demi-lieue à la hauteur de Grandson mais allait en se rétrécissant pour se trouver enfin coupée par un éperon boisé qui, de la montagne, descendait jusqu'au rivage. Deux routes seulement permettaient de franchir cet obstacle : l'une, la « Via Detra » qui suivait au flanc de la montagne le tracé d'une ancienne voie romaine et l'autre qui longeait le lac dont les lointains se perdaient vers le nord. Vaumarcus commandait cette seconde voie...

Le duc expliqua :

– Notre belle cousine Madame la duchesse de Savoie nous a donné avis des bruits qui courent le pays de Vaud. Quelques milliers d'hommes des Cantons menés par ceux de Berne se rassembleraient à Neuchâtel pour marcher ensuite contre nous. Ils ne sont guère à craindre pour les guerriers que nous sommes mais nous allons tout de même les gagner de vitesse...

– Pourquoi ne pas les attendre ici ? fit le Grand Bâtard. Le camp est bien protégé, tant par le cours de l'Arnon et par les fossés et autres ouvrages que nous avons établis que par nos canons. En outre, ces montagnards ont peu de cavalerie. La nôtre, en plaine, pourrait s'éployer largement...

– Peut-être mais je crois que notre meilleure alliée est la rapidité. Allez vous assurer de Vaumarcus pour nous y appuyer au besoin. Ensuite je mettrai l'armée en marche. L'effet de surprise jouera pleinement et nous tomberons sur Neuchâtel avant même que ces gens aient formé de véritables corps de troupe.

– Donc vous levez le camp ?

– Non. Rien ne presse. Je vous l'ai dit, la vitesse est notre arme la meilleure et nous ne pouvons nous encombrer des chariots de bagages, des registres de la Chancellerie et de toutes ces femmes que nous traînons après nous. Croyez-moi, nous allons faire là une promenade militaire et nous serons devant Neuchâtel sans avoir peut-être besoin de tirer l'épée.

– Emmenez-vous les ambassadeurs [1] ?

1. Inquiet, le duc de Milan avait envoyé en effet trois ambassadeurs extraordinaires, un Palavicini, un Visconti et un Grimaldi pour être encore mieux informé. Le Téméraire refusa de les garder et les renvoya à Orbe.

– Pour ce qui me concerne, dit Panigarola, je suivrai monseigneur à moins qu'il ne me le défende. Ne suis-je pas les yeux et les oreilles de mon noble maître? Sa voix aussi parfois...

– Vous êtes plus qu'un ambassadeur car nous avons de l'amitié pour vous, fit le duc aimablement. Vous serez à nos côtés...

– Puis-je espérer que vous y serez seul? fit audacieusement Philippe les yeux sur Fiora. Certains pages me semblent un peu fragiles pour le poids de l'armure...

Le Milanais surprit ce regard et sourit :

– Monseigneur le duc laisse au camp ses trésors. Avec sa permission, j'en ferai autant de celui qu'il m'a confié.

Le lendemain 1er mars, le château de Vaumarcus tombait sans coup férir aux mains des Bourguignons qui y placèrent garnison et, à l'aube du samedi 2 mars, l'armée s'ébranla pour ce que le duc avait appelé « une promenade militaire »...

Le souvenir de ce matin frileux devait rester longtemps gravé dans la mémoire de Fiora. Debout au seuil de sa tente, serrant autour d'elle le grand manteau fourré que le duc Charles lui avait donné, elle le regarda s'éloigner dans la plaine, statue de fer couronnée d'un lion d'or, sur le puissant destrier le Moro, son cheval favori que le caparaçon d'acier changeait en bête apocalyptique et sous la flamme ondoyante de son étendard haut tenu par un chevalier banneret. Autour de lui, des chevaliers de la Toison d'or que distinguaient seulement leurs écus : un monde fantastique de griffons, de léopards, d'alérions, de taureaux, de chimères et de sirènes... Une fleur de lis d'or dont les pointes étaient des pierres précieuses dansait sur la tête du cheval ducal, symbole dérisoire et jamais abandonné de ce sang royal français que cependant le Téméraire abhorrait...

Le jour qui se lève est gris, le ciel blême... Sur la gauche, le mont Aubert et le Chasseron sont encore enneigés et le lac a des reflets de mercure... Tout là-bas, l'avant-garde, revenue de Vaumarcus, serpente à travers les vignes sur la « via Detra » cependant que le gros de l'armée contourne Grandson pour suivre le chemin de la rive et finir par disparaître. Mais cette armée semble bizarre à celle qui l'observe : le duc n'a pas pris soin de la ranger en bataille; elle progresse sans discipline et même avec une sorte de laisser-aller. Il est vrai qu'en principe on ne va pas se battre mais parcourir une certaine distance pour aller surprendre les Suisses chez eux... C'est tout juste si l'on n'espère pas les trouver à table.

Ce que le Téméraire n'imagine pas un seul instant, c'est qu'à Neuchâtel s'est rassemblée une armée qui réunit des soldats d'élite, les meilleurs d'un pays qui en comporte presque autant que d'habitants mâles. Il y a là ceux de Bâle, venus avec un contingent de Strasbourg, ceux de Fribourg, de Soleure, de Bienne, de Baden et de Thurgovie. L'avoyer Hassfürter a mené de Lucerne mille neuf cents hommes. Heinrich Göldli et Hans Waldmann ont conduit les gens de Zurich tandis que Schachnachthal et Hallwyll sont à la tête des sept mille hommes de Berne. Schwyz a envoyé le tiers de sa population sous le commandement de Rudolph Reding, soit mille deux cents hommes et les petits cantons montagnards d'Uri et d'Unterwalden chacun cinq cents. En tout quinze à vingt mille hommes qui, eux aussi et à la même heure que les Bourguignons, se sont mis en marche vers Grandson pour venger leurs frères massacrés... Charles va trouver en face de lui la plus redoutable infanterie d'Europe mais il ne le sait pas encore et il devise agréablement au long du chemin avec son autre demi-frère Baudoin, avec le prince d'Orange, avec Jean de Lalaing et Olivier de La Baume...

Vers midi, Fiora et Battista qui jouaient aux échecs s'arrêtèrent et se tournèrent d'un même mouvement vers le nord. Dans le lointain, un bruit étrange se faisait entendre : une sorte de long mugissement que la distance atténuait mais qui, sur place, devait être effrayant. Cela s'arrêtait puis reprenait et la jeune femme sentit un frisson glacé courir le long de son dos :

– Qu'est-ce que c'est? demanda-t-elle.

– Ma foi, je n'en sais rien, dit Léonarde qui cousait assise auprès de la table et qui, à tout hasard, fit un signe de croix.

– J'ai entendu dire, fit le page d'une voix changée, que les montagnards suisses ont de grandes trompes dans lesquelles ils soufflent et que l'on peut entendre à plusieurs lieues... Si c'est bien cela, c'est que...

– Que le duc, qui ne s'y attend pas, a rencontré les Suisses, acheva Fiora... Mon Dieu! Ce bruit terrible vous glace le sang.

Ensemble, la jeune femme et l'enfant sortirent. Le meuglement s'était tu et c'était à présent le silence. Dans Grandson où, sur la rive, les cadavres des suppliciés n'avaient pas été dépendus, on n'apercevait aucun mouvement. Sur les chemins de ronde, les gardes étaient immobiles écoutant eux aussi... Puis, il s'éleva une grande rumeur...

– C'est trop loin pour voir quelque chose, dit Battista, mais on se bat là-bas!...

Plus personne, dès lors, ne parla. Le cœur serré, Fiora pensait à Philippe. Sa vaillance était connue. Il devait être au plus chaud de la bataille, toujours prêt à donner sa vie pour son duc... Alors, elle alla s'agenouiller auprès de Léonarde qui priait et partagea de tout son cœur son oraison...

Ce fut vers le milieu de l'après-midi que la catastrophe se produisit. On vit soudain l'armée bourguignonne, semblable à une énorme vague étalée sur la plaine, refluer en désordre, hommes, chevaux et voitures mêlés dans une effroyable confusion tandis que rugissaient de nouveau – et tellement plus proches! – les terribles trompes d'Uri et de Lucerne que, cependant, un énorme « Sauve qui peut! » réussissait à couvrir.

– En fuite! articula Battista effondré. L'armée est en fuite!...

Ce qui suivit fut, pour Fiora, comme un mauvais rêve. Panigarola surgit couvert de poussière avec des taches de sang :

– Vite! Aux chevaux! Il faut rejoindre le duc!...

Quelques instants plus tard, Fiora se retrouva, galopant en direction d'Orbe avec Léonarde, Battista et l'ambassadeur qu'avaient rejoints son secrétaire, ses serviteurs et ses chevaux. Ils n'étaient pas seuls d'ailleurs : tous ceux qui avaient la garde du camp fuyaient, à pied, à cheval ou en voiture, sans trop savoir où ils allaient mais terrifiés par les rugissements qui se rapprochaient...

– Que s'est-il passé? demanda Fiora.

– Une chose invraisemblable : alors que certaines de nos troupes effectuaient un repli, celui-ci a été pris pour une fuite par les troupes qui montaient en ligne. D'autant que des bandes de Suisses sortant de la forêt s'apprêtaient à attaquer par le flanc. Tout de suite ça a été la panique... une déroute sans précédent, impensable et absurde. Les deux tiers de l'armée ont fui sans avoir combattu...

– Vous avez donc rencontré les Suisses?

– Oui. Et, je l'avoue, c'était assez effrayant. J'ai vu surgir tout à coup une phalange énorme : quelque huit mille hommes marchant au coude à coude, dardant devant eux des piques deux fois plus longues que nos lances, un gigantesque hérisson sur lequel flottaient trente bannières vertes et un grand étendard blanc. Ces gens combattent bras nus, vêtus de demi-cuirasses sur des jaques de cuir, la tête couverte de chapeaux de fer. Ils ont le visage rasé et des anneaux d'or aux oreilles. Ils ont l'air sortis d'un conte fantastique... et ils ont semé la terreur...

Se retournant sur sa selle, Fiora aperçut l'immense camp abandonné avec ses tentes magnifiques, son énorme matériel et ses canons. Un rayon de soleil rouge, apparu soudain entre deux nuages gris, fit étinceler la sphère d'or sur les grands pavillons pourpres du Téméraire :

– Est-ce que... le duc Charles abandonne vraiment tout ceci?

Panigarola haussa les épaules :

– Cela aussi est insensé, n'est-ce pas? Mais nous avons eu assez de mal à l'empêcher de se jeter seul au milieu des ennemis. On l'a entraîné de force... Quant à ce camp, les Suisses vont ramasser à coup sûr le plus fabuleux butin de l'Histoire[1]...

« Je crois, ajouta-t-il en retenant son cheval que nous pouvons ralentir. Personne ne nous poursuit... Les Suisses ont peu de cavalerie. En outre, le pillage va les occuper un long moment.

– Où est Monseigneur le duc? demanda Battista.

– Devant nous. C'est à Nozeroy, en France-Comté que nous le rejoindrons. Mais nous prendrons quelque repos à l'hospice de Jougne. Je crois, fit-il avec un demi-sourire, que donna Léonarde appréciera.

– J'apprécie déjà beaucoup, messire ambassadeur, que vous m'épargniez les joies du galop bien que ce soit toujours intéressant de faire une nouvelle expérience...

Une poignée d'hommes resserrés autour d'un prince

1. Fabuleux, en effet. Outre la totalité du camp avec ses pavillons, ses vivres, ses chevaux, ses armes, ses canons et tout un matériel suffisant pour équiper une armée, les Suisses s'emparèrent des statues d'or, des reliquaires et autres objets précieux de la Chapelle ducale, du chapelet de Philippe le Bon fait de pierres précieuses, de la vaisselle d'argent, du Grand Sceau de l'État et de celui du Grand Bâtard Antoine, de centaines de vêtements brodés d'or, de tapisseries admirables, du siège doré du duc et de son fabuleux chapeau de parade, enfin de ses joyaux uniques au monde : le Grand Diamant de Bourgogne qui ne sera jamais retrouvé, celui qui deviendra le « Sancy », un grand diamant jonquille que l'on appellera « le Florentin », la « Rose d'York », la « Plumette » faite de perles, de rubis et de diamants, les « Trois frères » déjà cités, des perles énormes : la « Pérégrine » et la « Non Pareille », l'ordre de la Jarretière du duc orné de diamants et de perles, son collier de Grand maître de la Toison d'or, fabuleux joyaux pesant plusieurs kilos, d'autres joyaux encore composant un trésor digne des *Mille et Une Nuits,* les plus riches habits du Téméraire, ses coffres d'or et d'argent monnayés et cent autres choses. En résumé une pluie de richesses qui s'abattit sur la Suisse et dont on peut affirmer qu'elle constitua un bon début pour la fortune des Cantons. Encore faut-il ajouter que les Fugger purent acheter à des prix plus que raisonnables, à des gens qui n'en connaissaient pas la valeur, des joyaux qui se chiffreraient aujourd'hui en millions de dollars. Disons enfin que les musées helvétiques possèdent nombre d'objets provenant de Grandson. D'autres pièces se retrouvent dans le trésor de Vienne et certains joyaux ont fait partie des bijoux de la Couronne de France, de ceux d'Angleterre, d'Autriche et de Toscane. Le « Sancy » racheté par le président Giscard d'Estaing a fait retour à la France.

éperdu de chagrin et d'impuissante fureur, c'est tout ce qui, dans la nuit, atteignit la petite ville de Nozeroy, dressée sur sa colline balayée par les vents comme une main tendue vers le ciel. L'armée, la grande armée réunie par le duc Charles n'était plus qu'un souvenir. Non qu'elle comptât beaucoup de morts mais, à la suite des troupes italiennes qui avaient pris peur, toutes les autres s'étaient égaillées, éparpillées, dispersées dans toutes les directions. En quittant lui-même le champ de bataille, le duc avait donné des ordres pour qu'on tentât d'endiguer un peu cette panique mais c'était à peu près impossible. Les soldats, sourds et aveugles, avaient fui comme une horde de cerfs devant un incendie de forêt.

Au matin blême, les braves Comtois de la petite cité virent passer devant eux, toujours magnifique sous ses armes splendides, un homme pâle qui semblait vidé de toute vie et dont le regard fixé loin devant lui ne regardait personne. Il allait son chemin dans la neige qui étouffait le bruit des pas du cheval, marchant vers le château qui allait l'accueillir et chacun s'inclinait devant lui. Mais des chuchotements couraient dans le vent du matin car, parmi ceux des chevaliers qui escortaient le duc, ne se trouvait pas le seigneur de Nozeroy, Hughes de Chalon-Orange. Pour qu'il ne fût pas là afin d'ouvrir sa demeure au maître qu'il aimait, il fallait qu'il lui fût advenu quelque malheur et la tristesse pesa sur Nozeroy autant et plus que les sombres nuages du ciel [1].On saluait mais, presque en se cachant, on se signait comme devant un convoi funèbre. Et le château se referma sur ce prince qui venait de regarder en face et pour la première fois le visage de la défaite... Il semblait frappé à mort.

Pourtant, quand Panigarola et ses compagnons le rejoignirent, un peu plus tard, ils trouvèrent un homme bouillonnant d'activité. Il envoyait sur toutes les routes pour qu'on lui ramène autant de fuyards que possible, il expédiait des messagers en Lorraine et en Luxembourg pour

1. Les Suisses devaient renvoyer plus tard son corps au duc Charles.

qu'on lui acheminât de l'artillerie, en Bourgogne et à Besançon pour avoir des vivres et de l'argent. Et surtout il parlait, il parlait, lui si volontiers silencieux. Il expliquait : cette bataille de Grandson n'était qu'un accident dû à la lâcheté de ses soldats italiens d'abord mais aussi picards, anglais et wallons. Dès qu'il aurait reconstitué de nouvelles troupes, avec d'authentiques braves cette fois, il retournerait combattre les Suisses :

– Dans huit jours au plus, déclara-t-il à Panigarola sidéré, nous reformerons le camp à Salins, à deux lieues d'ici. Olivier de La Marche à qui j'en ai écrit et qui doit être guéri prendra toutes les dispositions nécessaires...

Puis, se tournant vers Fiora qui le regardait avec de grands yeux incrédules :

– Pour votre première guerre vous n'avez pas eu de chance mais je vous promets que vous verrez mieux bientôt... très bientôt.

– Monseigneur, murmura-t-elle, pardonnez-moi d'oser vous questionner mais... sait-on des nouvelles de... du comte de Selongey ?

La flamme de gaieté factice se voila dans les yeux sombres du duc Charles.

– Non... et pas davantage de mon frère Antoine avec lequel il combattait. J'espère sincèrement qu'aucun mal ne leur est advenu car j'ai vu disparaître dans la mêlée le prince d'Orange qui avait aussi en charge une partie de l'avant-garde... Peut-être aurons-nous bientôt des nouvelles.

On en eut vers la fin du jour quand le Grand Bâtard Antoine fit son entrée dans la ville, amenant avec lui un fort escadron. A son côté, chevauchait Mathieu de Prame, livide et les yeux encore bouffis de larmes, qui vint s'abattre plutôt que s'agenouiller devant le duc. Ce qu'il avait à dire tenait en peu de mots : il avait vu Philippe de Selongey tomber, submergé par ce qui ressemblait à une lame de fond mais, emporté lui-même par l'irrésistible reflux suscité par la panique, il lui avait été impossible de lui porter secours et pas davantage de rechercher son corps.

De derrière lui, Charles entendit un faible cri, à peine une plainte. Se retournant, son regard rencontra celui de Fiora dilaté par la douleur. Elle ne pleurait pas, ne vacillait pas comme il arrive lorsque l'on va s'évanouir; elle semblait changée en statue et seul le léger tremblement de ses lèvres disait qu'elle vivait encore. Alors, passant un bras paternel autour des épaules tétanisées :

– Viens, mon enfant, dit-il avec beaucoup de douceur, viens! Allons pleurer ensemble...

Et il sortit avec elle...

CHAPITRE XIII

DANS UNE TENTE ABANDONNÉE...

Une étrange amitié se noua, dès lors, entre ce souverain rongé par tous les démons de l'orgueil et de la honte, auquel sa lourde défaite venait d'enseigner le doute, et cette jeune femme qui avait perdu son unique raison d'espérer. Nul ne put jamais savoir ce qui se dit durant les longues heures qu'ils passèrent ensemble dans la petite chapelle du château sous la garde du seul Battista Colonna, raide d'orgueil en dépit de la fatigue qui le ravageait...

Au matin, Fiora, les yeux secs et résolus, tendit à Léonarde une paire de ciseaux et lui ordonna de lui couper les cheveux à la hauteur du cou, à la mode italienne :

– Le duc Charles, déclara-t-elle pour mettre fin aux protestations de sa vieille amie, a juré de ne plus raser sa barbe tant qu'il n'aura pas vengé son honneur et tiré des Suisses une éclatante revanche. Moi, je ne quitterai plus le costume de garçon parce que j'ai résolu de suivre monseigneur partout où il ira jusqu'à ce que...

– Jusqu'à ce que la mort vous prenne comme elle a pris messire Philippe? fit Léonarde navrée. Oh, mon agneau, n'existe-t-il pas d'autre chemin pour vous que celui-là? Vous êtes si jeune!

– Quelle voie voudriez-vous que je suive? Celle du couvent comme font beaucoup de celles dont le cœur ne peut guérir? Je n'en ai jamais eu le goût et l'ai moins encore à présent s'il se peut.

– Qui vous dit que votre cœur ne guérira jamais? Souvenez-vous : quand vous avez connu le comte de Selongey, vous étiez amoureuse de Giuliano de Médicis et très jalouse de monna Simonetta?

– J'aimais tout ce qui brillait et Giuliano brillait de tant de feux! Mais ils se sont éteints quand Philippe est apparu et j'ai compris alors que je n'aimais pas Giuliano...

– Combien j'aurais souhaité que vous ne l'apprissiez jamais! soupira Léonarde! Mais pour en revenir au duc, n'aviez-vous pas juré d'en tirer vengeance?

– Je ne l'ai pas oublié mais... comment vous dire? Il me semble qu'il est en train de se détruire lui-même et j'éprouve la même impression que lorsque j'ai vu Pierre de Brévailles cloué à sa chaise, devenu un mort vivant. Il ne demandait qu'à mourir. Lui laisser la vie était une punition plus cruelle. Démétrios qui peut voir l'avenir penserait peut-être la même chose que moi...

– C'est possible mais ce n'est pas certain. Démétrios est plus dur que vous ne le croyez. Cela dit, n'allez pas croire que je cherche à vous lancer de nouveau à la poursuite d'une vengeance que j'ai toujours redoutée. Si vous avez compris qu'il vaut mieux laisser faire Dieu...

– Dieu? Il vient de me prendre l'homme que j'aime à l'instant même où nous nous retrouvions enfin. Je crois, décidément, qu'il n'a pas beaucoup d'amitié pour moi. Non, ne dites rien et surtout laissez-moi faire ce que j'ai décidé! Et pour commencer, voulez-vous couper mes cheveux ou préférez-vous que je le fasse moi-même?

– Sûrement pas! Au moins ils ne seront pas massacrés.

Avec décision, Léonarde s'empara des ciseaux et d'un peigne puis, la mine farouche, commença à tailler dans l'épaisse chevelure en pensant, pour empêcher sa main de trembler, que des cheveux, après tout, cela repousse...

Quand Fiora rejoignit le duc le lendemain, vêtue de la tunique de velours noir qu'il lui avait envoyée, il la regarda mettre genou à terre devant lui comme l'eût fait un garçon et lui sourit :

– Quel dommage de ne pouvoir vous armer chevalier! Mais je peux au moins faire ceci...

Il alla prendre dans un coffre ouvert une dague richement damasquinée dont la poignée était ornée d'améthyste et, faisant se relever Fiora, accrocha lui-même l'arme à sa ceinture :

– Deux de mes serviteurs, voyant le désastre, ont réussi à sauver un chariot dans lequel ils ont entassé tout ce qui leur tombait sous la main. Ceci en faisait partie. Quand nous irons au combat, je vous donnerai d'autres armes...

– Je ne veux pas d'autres armes, monseigneur. Je n'en saurais que faire. Je veux seulement vous suivre comme fait l'ambassadeur de Milan qui est toujours auprès de vous.

– Il estime que c'est encore la meilleure place pour pouvoir décrire les événements à son maître[1]. En outre j'aime causer avec lui. Mais, ajouta-t-il d'une voix où perçait une émotion, votre présence me sera douce, je l'avoue. Même si en cela je fais preuve d'un insupportable égoïsme... Je crois que je vais avoir bien besoin d'amitié...

Les jours qui suivirent furent en effet des jours sombres. Les conséquences de la défaite commençaient à se manifester par une sorte de refroidissement dans les relations diplomatiques. En dépit des lettres de Panigarola, le duc de Milan auquel on demandait de nouveaux mercenaires répondit par de vagues excuses et n'envoya rien. Le vieux René, qui devait léguer au Téméraire son comté de Provence et sa couronne de roi de Sicile et de Jérusalem, fit volte-face et, poussé par les agents de Louis XI, commença à s'intéresser à son petit-fils, ce jeune duc René à qui l'on avait pris la Lorraine.

Cependant le duc Charles subissait le contrecoup moral de ce qu'il appelait sa honte, et après une courte période d'agitation fébrile, il tomba dans une crise de noire mélan-

1. Le rôle d'un ambassadeur était alors assez exactement celui d'un correspondant de guerre pour un grand journal.

colie. Il s'enferma chez lui, ne tolérant personne à ses côtés. Il restait étendu, refusant la nourriture mais buvant beaucoup de vin, lui qui n'en buvait que très peu. Il ne se lavait plus et, dans son visage creusé où la barbe naissante mettait son ombre noire, les yeux sombres brûlaient d'un feu désespéré...

– Il est assez sujet à ces crises de dépression, confia le Milanais à la jeune femme. C'est son sang portugais qui les lui apporte. Là-bas on appelle cela la « saudade » mais j'avoue que celle-ci est plus grave que les autres. Il faudrait faire quelque chose mais quoi?

– Il aime tant la musique! Pourquoi ne pas lui amener les chanteurs de sa chapelle?

– Pardonnez-moi cette image hardie, ma chère Fiora, mais le diable seul sait où ils sont, ceux-là!

– Croyez-vous qu'il soit possible de trouver un luth ou une guitare dans cette cité des vents?

Le château du défunt Hughes de Chalon était mieux pourvu que Fiora ne le pensait et le soir même, tenant un luth d'une main et Battista Colonna de l'autre, elle s'installa sur le coin d'un coffre dans la petite pièce qui servait d'antichambre et, après un court conciliabule avec son jeune compagnon, entama le prélude d'une chanson française déjà ancienne mais que l'on chantait un peu partout en Europe. Gardant un œil inquiet sur la porte close, Battista se mit à chanter :

Le roi Loys est sur le pont
Tenant sa fille en son giron
Elle lui demande un cavalier
Qui n'a pas vaillant six deniers...

Mais cette première strophe n'était pas achevée que la porte volait plus qu'elle ne s'ouvrait sous la main furieuse du Téméraire qui apparut, titubant, la bouche mauvaise et l'œil injecté de sang :

– Qui ose ici chanter un roi Louis quel qu'il soit?

– C'est moi, monseigneur, qui ai demandé à Battista de faire entendre cette mélodie, dit Fiora tranquillement.

– Vous vous croyez tout permis apparemment? Je vous ai montré trop d'indulgente faiblesse et...

– C'est à vous-même que vous montrez trop de faiblesse, monseigneur. J'ai voulu vous rappeler que, tandis que vous vous laissez aller à une mélancolie hors de saison, le roi de France, lui, est toujours à l'ouvrage.

La main levée pour frapper retomba sans force le long du corps et peu à peu la fureur quitta le regard trouble que la jeune femme osait fixer. Le duc se détourna enfin pour regagner sa chambre.

– Que l'on aille chercher mes valets et que l'on m'apporte un bain! ordonna-t-il. Quant à vous deux, continuez à chanter mais trouvez autre chose!

Le concert improvisé dura jusqu'à ce que Charles de Visen, le valet de chambre du duc, vint dire aux jeunes musiciens que son maître venait de s'endormir et qu'ils pouvaient rentrer chez eux. Il était minuit passé.

– Vous avez fait là du bon ouvrage, leur dit Panigarola qui était venu s'installer auprès d'eux pour les entendre. Je gage que la crise est passée et que demain monseigneur aura retrouvé toute son activité.

Au matin, en effet, après avoir expédié quelques dépêches dont l'une ordonnait de prendre les cloches des églises de Bourgogne pour les porter aux fondeurs de canons, le duc décida que l'on quitterait sur l'heure Nozeroy pour gagner Lausanne où il voulait réunir la nouvelle armée avec laquelle il comptait aller assiéger Berne, cheville ouvrière de son désastre, Berne où le magistrat le plus influent de la ville, Nicolas de Diesbach, menait le parti français avec son compère Jost de Silinen, tous deux amis personnels de Louis XI.

– Tant que je n'aurai pas détruit Berne, les armes de Bourgogne ne retrouveront pas leur éclat, déclara le Téméraire, et il se lança dans la préparation minutieuse de cette nouvelle campagne où il espérait restaurer sa gloire ternie.

Le Grand Bâtard Antoine et le prince de Tarente, qui avaient réussi à regrouper une partie des fuyards, choisirent d'installer le camp sur un large plateau dominant le lac Léman entre Romanet et Le Mont. On y monta la grande maison de bois qui avait abrité le duc Charles devant Neuss et qui, moins somptueuse sans doute que les pavillons perdus, en offrait tout autant de confort. Autour de ce bâtiment campèrent les nouvelles troupes que l'on avait commandées. Il en vint trois mille d'Angleterre, six mille de Bologne, six mille de Liège et du Luxembourg, enfin six mille « Savoisiens » que la duchesse Yolande amena elle-même, de Genève, à son allié le duc de Bourgogne.

La vue de cette belle femme blonde, qui avait à peu près l'âge du Téméraire, étonna Fiora. Elle ne ressemblait en rien à son frère Louis XI et montrait une féminité épanouie et rayonnante qui n'était pas sans charme. En la voyant s'avancer, souriante et les deux mains tendues vers son allié préféré, Fiora comprit soudain pourquoi cette princesse française joignait ses armes à celles du pire ennemi de son frère.

– Elle l'aime, n'est-ce pas? dit-elle à Panigarola.

– Cela n'a jamais fait pour moi aucun doute mais je la trouve bien imprudente. Le roi Louis est à Lyon et rassemble une armée de ses fidèles Dauphinois à Grenoble. Quant à mon maître, le duc de Milan, je sais qu'il a envoyé des messagers à Louis pour lui proposer un accord... et tenter de s'approprier la Savoie.

– Est-ce que vous ne devriez pas prévenir le duc Charles?

– Je n'ai reçu aucune commission officielle. En outre, s'il était question de prendre la Savoie, je serais fort étonné que le roi nous la laisse. Il n'empêche et je le répète que je trouve la belle duchesse bien peu sage...

Néanmoins, elle apportait avec elle le printemps qui éclata soudain avec l'irrésistible ardeur de la nature, le long des chemins défoncés par les charrois de guerre, sur ces terres où plus d'un village avait été rasé. L'herbe repoussait, verte et tendre sur les blessures de la terre et au milieu des ruines. Le lac, gigantesque miroir du ciel d'un bleu léger, avait des moirures d'argent et sur ses bords les amandiers et les pommiers refleurissaient. L'air était léger avec, au plein du jour, les douceurs caressantes d'un soleil peut-être décidé à faire oublier le désastreux automne et le rude hiver. A Lausanne que les malheurs avaient épargnée, la vie bouillonnait dans les rues aussi bien que dans les jardins où tout s'épanouissait. Les ambassadeurs étrangers s'y pressaient avec leur suite car il était impossible de les héberger au camp. Panigarola et ses confrères vénitiens, napolitains, gênois et autres gens d'Italie avaient élu domicile à l'auberge du Lion d'or, la plus belle de la ville. Les autres hôtelleries et les couvents étaient pleins et les marchands affluaient attirés par tant de nobles personnages.

Le point culminant fut l'arrivée commune du légat Alessandro Nanni et du protonotaire apostolique Hessler, envoyés tous deux par l'empereur pour conclure le mariage du prince Maximilien avec la jeune Marie de Bourgogne, héritière des Grands Ducs d'Occident. La messe de Pâques, célébrée dans la cathédrale de Lausanne le 14 avril, en révêtit un éclat exceptionnel.

Fiora y assista, en vêtements féminins cette fois, ses cheveux coupés cachés par un hennin de toile d'argent voilé de noir comme il convenait à son grand deuil. La veille et en présence du légat, le duc Charles l'avait, pour faire taire peut-être les inévitables bruits que sa présence auprès de lui faisait courir, reconnue solennellement pour « très noble et très haute dame comtesse de Selongey, veuve de messire Philippe de Selongey, chevalier de la Toison d'or, mort vaillamment, accablé sous le nombre sur le champ désastreux de Grandson pour l'honneur de nos armes. Puis il avait ajouté : « Désormais seule au monde, Mme de Selongey a fait vœu de nous suivre au combat afin d'y prendre part, au nom de son défunt époux, à l'éclatante vengeance qu'avec l'aide de Dieu nous allons tirer d'un ennemi indigne du sang qu'il a versé. »

Durant tout l'office pascal, Fiora eut conscience, comme elle l'avait eue la veille, de nombreux regards fixés sur elle avec plus de curiosité sans doute que de sympathie mais elle s'en souciait peu. Qu'est-ce qui pouvait avoir la moindre importance à présent que Philippe avait quitté ce monde, que ses yeux à lui ne la regarderaient plus, que ses mains ne la toucheraient plus ? Qu'on la jugeât bien ou mal ne signifiait rien. Hormis le jeune Battista et Panigarola, il n'y avait aucun de ces gens qui lui tînt par quelque lien que ce soit. Hormis le duc aussi bien sûr, mais elle n'arrivait pas à analyser le sentiment qui l'attachait à lui. C'était une sorte de fascination où entrait de la pitié et cette attirance qu'exercent ceux, très rares, dont le destin exceptionnel semble prometteur de grandes catastrophes. Il était seul à poursuivre un rêve chimérique et démesuré au milieu d'une Europe positive où la plus grande puissance, désertant les vieilles lois chevaleresques, appartenait aux plus habiles et aux plus riches... Une voix secrète soufflait à la jeune femme que l'ange de la mort suivait les pas du Téméraire et que, sans en avoir conscience, c'était l'ombre de ses ailes noires qu'il essayait de fuir, que c'était contre elle qu'il se débattait.

Depuis Nozeroy, sa santé demeurait chancelante. Il souffrait d'une fièvre constante et de maux d'estomac, passait des nuits au milieu de ses hommes sans quitter l'armure et avalait au matin les tisanes que lui préparaient Matteo de Clerici et un autre médecin envoyé par la duchesse de Savoie, inquiète de cet état, mais ce n'étaient pas ces maux, nés surtout d'un système nerveux détraqué qui menaçaient la vie du prince. Le mal résidait dans son âme qui ne parvenait plus à croire en son étoile...

Au sortir de la cathédrale, Fiora, suivie de Léonarde aussi raide et hautaine qu'une duègne espagnole, regagnait l'auberge du Lion d'or où Panigarola lui avait trouvé une chambre. Le duc ne voulait pas qu'elle séjournât alors au camp où régnait trop souvent l'indiscipline et où les rixes étaient nombreuses. Soudain elle eut l'impression que quelqu'un s'était attaché à ses pas. Elle pressa l'allure et entendit que l'on courait derrière elle. Alors, s'arrêtant brusquement, elle se retourna. Un homme d'armes était en face d'elle en qui, avec stupeur, elle reconnut Christophe de Brévailles. Il avait les yeux pleins de larmes.

– Pourquoi, fit-il avec un mélange de colère et de douleur, pourquoi m'avez-vous caché votre mariage? Quand nous nous sommes rencontrés, vous m'avez menti! Dans quel but?

– Cela avait-il de l'importance? Souvenez-vous: vous veniez de fuir votre monastère et vous vouliez être soldat. Qu'aviez-vous à faire de ma vie passée?

– Rien, bien sûr... mais c'est en vous voyant, je crois, que j'ai tant désiré une autre vie. Acquérir la gloire, la fortune et ensuite vous rechercher afin de...

– N'en dites pas plus! Vous saviez très bien que rien ne serait jamais possible entre nous. Vous êtes mon oncle, que cela vous plaise ou non, et moi, à présent que tout est accompli, je ne veux plus même me souvenir qu'il existe encore au monde des Brévailles.

– Tout est accompli? Que voulez-vous dire?

– Que Regnault du Hamel est mort, mort de peur en me voyant une nuit paraître à son chevet. Quant à votre père...

En quelques mots, Fiora raconta le retour de Marguerite au château de ses ancêtres et ce que toutes deux y avaient trouvé:

– Votre mère est en paix, ajouta-t-elle et même je crois qu'elle a retrouvé quelque chose qui ressemble au bonheur...

– Mais vous, coupa Léonarde qui observait le jeune homme avec attention, vous qui espériez tant de la vie militaire, êtes-vous plus heureux que dans votre couvent?

– Oui, parce que j'ai trop souffert à Cîteaux mais

j'avoue volontiers que je n'aime pas beaucoup plus ce que je fais. Quand je vous ai quittés, je me suis enrôlé, en me donnant pour fils d'un artisan de Dôle, dans les troupes du comte de Chimay. Et j'ai assez vite compris mon erreur : j'enviais la vie brillante des chevaliers mais moi, n'ayant plus droit à mon propre nom, je n'avais rien à espérer que vieillir sous le harnois, au milieu des soldats avec le droit d'appeler une ribaude pour apaiser mes besoins d'amour. Et puis la guerre me fait horreur... J'ai vu trop d'atrocités...

– Alors, allez-vous-en! fit Fiora d'une voix pressante. Rentrez chez vous! Votre mère sera heureuse de vous revoir et vous n'avez plus rien à redouter de votre père...

Christophe secoua ses épaules comme pour en chasser la lourde tristesse qui l'accablait :

– Vous oubliez mes vœux rompus! Je suis un moine en rupture de monastère. Que je reparaisse en Bourgogne et l'on me ramènera au couvent où je serai condamné à l'*in pace* jusqu'à ce que la mort me prenne. Je préfère encore qu'elle me trouve sur le champ de bataille, à la face du ciel plutôt qu'au fond d'une oubliette...

– Je peux peut-être vous aider encore. Le légat du pape est ici et je le connais. Si j'obtiens que vous soyez délié de vos vœux, rentrerez-vous à Brévailles?

Christophe détourna la tête pour que son interlocutrice ne puisse lire dans son regard :

– Peut-être... mais pas maintenant! Le duc va attaquer les Suisses et l'on dit que vous serez auprès de lui. Je veux y être aussi.

– Christophe! soupira Fiora, il faut que vous cessiez à tout jamais de penser à moi. Cela ne me cause aucune joie et me gêne. Puisque vous avez appris mon mariage, vous savez aussi que je suis veuve...

– Vous pourrez dire ce que vous voulez. On ne commande pas à son cœur...

– Je le sais mieux que vous car j'aime d'un amour unique celui que la mort m'a enlevé et tant que j'aurai la vie, je ne cesserai pas de l'aimer. La seule chose que je souhaite, c'est le rejoindre... A présent disons-nous adieu...

– Un moment, fit Léonarde. N'oubliez pas votre promesse de parler au légat!

– C'est vrai. Sous quel nom êtes-vous engagé chez le comte de Chimay?

– Christophe Laîné. Un grand nom comme vous voyez, fit amèrement le jeune homme.

– Tous les grands noms sont sortis d'un autre, nettement plus petit, dit Fiora avec sévérité. Même ceux des rois. Vous auriez peut-être pu faire quelque chose de celui-là mais, puisque vous regrettez le vôtre, je vais tenter de vous le rendre afin que vous puissiez rentrer chez vous en toute tranquillité...

– Vous me méprisez, n'est-ce pas? murmura Christophe devenu tout rouge. Mme de Selongey n'a que dédain pour moi?

– Non mais j'avoue que vous me décevez! Il serait temps que vous deveniez un homme...

– Alors gardez votre aide et ne vous occupez plus de moi! cria-t-il, soudain furieux et, avant que l'on ait pu le retenir, il avait fait volte-face et s'enfuyait en courant. Fiora eut un mouvement pour le suivre mais Léonarde la retint...

– Eh bien? fit-elle, allez-vous vous mettre à courir par les rues avec une robe à traîne et un hennin haut comme une flèche de cathédrale? Laissez ce garçon faire comme il désire même s'il ne sait pas très bien ce qu'il veut... en dehors du fait qu'il est amoureux de vous et souhaiterait ne vous quitter ni de jour ni de nuit.

– Ce dont je ne veux pas. Le mieux est, je crois, que je parle à Mgr Nanni...

– N'en faites rien pour l'instant! Si le jeune Brévailles décide finalement de rentrer chez lui, il saura bien venir vous le dire.

Cette rencontre troubla tout de même Fiora. L'idée que

sa bonne action de l'été précédent semblait tourner mal lui était insupportable et elle regretta plus que jamais l'absence de Démétrios qui savait toujours dans quelle direction il fallait se diriger, mais Démétrios semblait l'avoir abandonnée pour s'attacher à ce jeune duc de Lorraine qui accumulait les catastrophes. Fiora n'était pas très sûre de ne pas lui en vouloir.

Dans les jours suivants, le duc Charles tomba sérieusement malade et Christophe sortit de la pensée de Fiora. Atteint d'une gastrite aiguë et d'hydropisie, les jambes enflées, défiguré par la douleur, le prince fut ramené d'urgence à Lausanne où la duchesse de Savoie lui fit préparer un appartement au château. Durant trois jours et trois nuits, on craignit sérieusement pour sa vie et ses médecins ne quittaient plus son chevet. La ville fit silence, suspendue à ce souffle haletant dont on ne savait pas s'il allait s'éteindre tout à coup.

– Si encore on avait quelque bonne nouvelle à lui porter, soupira Panigarola, cela le ranimerait un peu mais toutes celles qui arrivent sont détestables. En Lorraine, les troupes du duc René, sous les ordres du bâtard de Vaudémont, ont repris Épinal ainsi que Vezelise, Thenod et le Pont-Saint-Vincent. Personne, bien sûr, n'ose le lui dire. Ce serait peut-être empoisonner ses dernières heures.

– C'est à ce point ?

– Autant qu'on puisse le savoir. La duchesse Yolande monte la garde et ferait la sourde oreille s'il réclamait l'un de nous deux, ou tous les deux. Mais on le dit inconscient. Seul, le Grand Bâtard peut l'approcher et, hier soir, je l'ai vu sortir avec des larmes dans les yeux...

– Quel dommage ! A Florence, j'avais un ami, un grand médecin de Byzance capable de miracles...

– A Florence ? Il a dû perdre de son talent alors, car votre ville natale est en deuil, ma chère Fiora.

– En deuil ? Ce n'est pas... Monseigneur Lorenzo ?

– Non. C'est une jeune femme merveilleusement belle à ce que l'on dit et peut-être la connaissiez-vous ? On l'avait surnommée là-bas l'Étoile de Gênes...

– Simonetta! souffla Fiora atterrée. Simonetta est morte?

– Il y a peu de jours, dans la villa des Médicis à Piombino où on l'avait conduite dans l'espoir que l'air de la mer la guérirait, mais tout a été inutile. On l'a portée en terre le surlendemain à l'église d'Ognissanti au milieu d'un peuple en larmes...

Ainsi la prédiction de Démétrios venait de se confirmer! Elle crut entendre la voix profonde du Grec au soir du bal tandis que tous deux regardaient Simonetta et Giuliano se sourire et se parler à voix basse: « Elle n'a plus que quinze mois à vivre. Alors Florence sera dans l'affliction mais vous ne le verrez pas... » Sincèrement désolée, Fiora pensa que Giuliano de Médicis devait être bien malheureux.... Et aussi que le monde fragile et charmant de sa jeunesse continuait de s'abîmer, peut-être de se détruire. Florence avait vécu ses plus belles fêtes, ses plus douces heures parce que c'était le sourire de Simonetta qui les inspirait.

Qui veut être heureux se hâte
Car nul n'est sûr du lendemain

disait la chanson prophétique de Lorenzo. Fiora pensa que, par deux fois, le bonheur était passé auprès d'elle sans qu'elle pût le saisir. Il ne repasserait pas une troisième fois...

Contrairement à ce que l'on craignait, le Téméraire se rétablit, rasa sa barbe et revint à ses affaires. Le 6 mai, encore convalescent, il signait en privé, dans sa chambre, avec le protonotaire Hessler et en présence de Mgr Nanni, l'accord de mariage entre sa fille et le fils de l'empereur. Le mariage devrait avoir lieu en novembre à Cologne ou à Aix-la-Chapelle.

C'était la seule bonne nouvelle.

Les mauvaises par ailleurs affluaient. Les Suisses poursuivaient leurs combats contre la Savoie. Les gens du

Valais tenaient la haute vallée du Rhône et, dans le Val d'Aoste, les troupes vénitiennes et lombardes recrutées pour le Téméraire ne pouvaient franchir le col du Grand-Saint-Bernard. Envoyé contre les Valaisans, le beau-frère de Yolande, le vaillant comte de Romont, avait dû battre en retraite et les Suisses avaient envahi l'est et le sud du lac Léman. De Lausanne on pouvait voir les incendies qu'ils avaient allumés... Enfin il fallut bien avouer au duc ce qui s'était passé en Lorraine.

Charles était trop faible encore pour piquer l'une de ses colères dévastatrices mais il pressa ses préparatifs. Trois jours après l'accord de mariage, il montait à cheval vêtu d'une tunique de soie brodée d'or et doublée de martre – le poids de l'armure était encore trop lourd pour ses épaules amaigries et pendant quatre longues heures alla passer la revue de ses troupes dont il avait modifié l'armement. Ainsi ses hommes avaient reçu des piques aussi longues que celles des Suisses et il avait réduit sa cavalerie. L'effectif était d'environ vingt mille combattants dont un tiers de mercenaires peu sûrs et un quart de Savoisiens fermement décidés, eux, à se battre jusqu'au dernier. Il fut décidé que le 27 mai on se mettrait en route pour Berne. L'armée, elle, allait prendre position à Morrens, à environ une lieue au nord de Lausanne. La veille du départ, Fiora, qui rejoignait le duc avec Panigarola, fit ses adieux à Léonarde qui devait rester à l'auberge du Lion d'or en compagnie de Battista. Car, bien sûr, il ne pouvait être question d'emmener la vieille demoiselle dans cette expédition militaire.

Ce furent des adieux muets. Sachant toute prière inutile devant la farouche détermination de la jeune femme, Léonarde embrassa Fiora sans rien dire mais elle la serra très fort contre elle et des larmes coulaient lentement sur son visage.

– N'ayez pas trop peur, donna Léonarda, rassura Panigarola qui vint la saluer après la sortie de Fiora. Je veillerai sur elle. Il est bien rare que l'on tue un ambassadeur...

– Mais on dit... que les Suisses ont juré de ne pas faire de prisonniers!

C'était exact. Dans tous les cantons, on avait levé un homme sur deux, ce qui représentait une puissante armée et tous avaient fait serment de tuer sur-le-champ leurs captifs.

– Sans doute. Et monseigneur en a dit autant mais je ne serai pas prisonnier non plus et donna Fiora demeurera auprès de moi. La bannière de Milan est connue. Sa vipère sera pour nous deux une bonne protection...

– Je sais que vous êtes bon et que vous l'aimez bien, messire ambassadeur,... mais elle veut mourir... et elle est l'enfant de mon cœur.

Il prit les deux mains de la vieille demoiselle et les serra :

– Je saurai bien l'en empêcher. Et puis... elle ne sait pas ce que c'est que se trouver au cœur d'une bataille. Si courageuse soit-elle, l'instinct de conservation sera le plus fort...

– Je ne la comprends plus. Faut-il qu'elle aime encore Philippe de Selongey pour en arriver là!...

– Il n'arrive jamais que ce que Dieu a voulu. Priez pour elle... mais ne vous tourmentez pas outre mesure!

Lui, cependant, n'était pas sans inquiétude. Cette campagne était une folie plus grave encore que celle de Grandson. Vaincre les Suisses ne rapporterait rien à Charles, ou si peu, alors qu'une défaite serait irrémédiable. Il eût été si simple de s'asseoir autour d'une table et de discuter... mais comment faire entendre raison à un homme obsédé par les blessures de son orgueil? « Mourir plutôt que d'accepter la honte!... » Il ne cessait de répéter cela et tout ce que Panigarola put obtenir de lui c'était que l'armée avancerait avec une sage lenteur. En revanche, il fut impossible de l'empêcher, au lieu de se diriger droit sur Berne, d'aller mettre le siège devant la petite ville forte de Morat, au bord du lac du même nom.

– Comment ne comprend-il pas, confia le Milanais à

Fiora, qu'il va user ses forces contre cette taupinière au lieu de marcher droit sur l'ennemi ? A Grandson il n'a pas su attendre enfermé dans son camp retranché, cette fois il va s'arrêter, ce qui donnera aux Suisses tout le temps de le prendre à revers...

Mais le duc était au-delà de tout raisonnement logique. Il voulait abattre tout ce qui se trouvait sur son chemin et qui portait le nom de Suisse. Le 11 juin, il faisait investir Morat et installer son camp au bord du petit lac qu'une mince arête montagneuse séparait de celui de Neuchâtel...

Au matin du samedi 22 juin, Panigarola et Fiora, au trot paisible de leurs chevaux, effectuaient une promenade sur les arrières du camp. Il ne faisait pas beau et même il pleuvait mais ni l'un ni l'autre ne se supportait plus dans les tentes où il régnait une accablante chaleur. Il y avait eu une petite escarmouche dans la nuit du 20 au 21 mais rien de sérieux et tout était tranquille. La campagne, verte et boisée, était belle et fraîche et, en tournant le dos au camp, il était possible d'oublier un instant que l'on y était en guerre. Fiora avait même retiré le chapeau de fer que le duc l'obligeait à porter. Elle en aurait fait volontiers autant de la chemise de mailles dont il l'avait nantie quand elle lui avait refusé de s'introduire dans une armure, en disant qu'elle serait incapable de bouger sous une telle carapace. Mais Panigarola ne le lui aurait pas permis.

Les deux cavaliers avaient traversé le camp en répondant gaiement aux saluts et aux sourires qu'ils récoltaient. La jeune femme était populaire dans l'armée. Non parce qu'elle était la seule de son sexe – le Téméraire, en effet, avait fait chasser les ribaudes avant le départ de Lausanne – mais parce que l'on admirait son courage, sa gentillesse et ce vœu qu'elle avait fait de porter au combat les armes de son époux défunt pour que les aigles d'argent de Selongey puissent encore flotter au vent d'une bataille.

Fiora et son compagnon en dépit de la mise en garde des sentinelles avaient franchi la ligne de défense et atteignaient une petite éminence quand, soudain, la pluie s'arrêta et le ciel parut s'éclairer. Secouant sa tête mouillée, la jeune femme lui offrit un sourire et allait dire quelque chose quand l'ambassadeur s'écria :

– Regardez! Par Dieu... nous allons être balayés!

Des forêts avoisinantes, les Suisses jaillissaient par centaines, par milliers, arquebusiers devant, piquiers derrière. Ils couraient vers le camp ennemi qui ne les attendait pas. D'un même mouvement les deux amis firent volter leurs chevaux et foncèrent vers les palissades en hurlant à pleins poumons :

– Alerte!... Nous sommes attaqués, alerte! Le camp se referma derrière eux et avant même qu'ils eussent atteint la tente ducale, les canons et les arquebuses commençaient à tonner, étouffant l'appel lugubre des trompes montagnardes qui se faisaient entendre.

Le Téméraire était avec son médecin quand Fiora et Panigarola firent irruption chez lui.

– Vite! Mes armes, ordonna-t-il. Et tandis qu'un écuyer allait chercher son cheval, l'ambassadeur et Matteo de Clerici le bouclèrent dans son armure. Puis tous sortirent de la tente, sautèrent en selle et coururent sus à l'ennemi derrière le grand étendard que brandissait Jacques van der Maes. La bataille déjà faisait rage, les palissades étaient enfoncées, les lignes bourguignonnes rompues. Et tout de suite, Fiora épouvantée se trouva au centre d'une mêlée furieuse dans laquelle, tout à coup, elle vit s'abattre l'oriflamme de Bourgogne et celui qui la portait. Elle fit reculer son cheval pour échapper à ce piège, sans même songer à décrocher la hache d'armes qui pendait à sa selle. L'animal affolé s'enfuit vers le lac où les troupes lombardes se jetaient par paquets. Les mercenaires savaient déterminer infailliblement quand une bataille était perdue et s'efforçaient de préserver leur vie. Le lion d'or du cimier ducal était invisible et Panigarola lui-même avait disparu emporté sans doute par le flot...

Atteint d'un carreau d'arbalète, le cheval de Fiora

s'abattit. Elle s'en dégageait péniblement quand elle vit un gros Suisse qui fonçait sur elle avec une longue pique. La mort était là, devant elle, et elle en eut horreur. Pour ne pas la voir, elle ferma les yeux et, soudain, elle se sentit bousculée, jetée à terre. Un corps tomba sur le sien, qu'elle repoussa avec un cri. C'est alors qu'elle vit le Suisse courir vers une autre victime en brandissant sa pique tachée de sang... et qu'elle reconnut celui qui en avait été percé à sa place :

– Christophe!... Oh! mon Dieu, c'est Christophe!...

La poitrine du jeune homme était couverte de sang et un filet sombre commençait à couler au coin de ses lèvres mais il ouvrit les yeux et réussit à sourire.

– Vous voyez bien... qu'il fallait me laisser faire... ce que je voulais, fit-il péniblement. Sauvez-vous, Fiora! L'armée... est en fuite mais... la tente du duc est proche... Allez vous y cacher... et si l'on vous trouve... dites que vous êtes une femme... Il faut gagner du temps.

– Ne parlez plus! Je vais vous tirer jusque-là, chercher de quoi vous soigner. On dirait que les Suisses s'éloignent...

– Ils... poursuivent le duc et moi... je n'ai plus... besoin... de rien. Je... je... vous... aime...

Ce fut le dernier mot. La tête de Christophe roula sur son épaule. Fiora, désolée, ferma doucement les yeux gris, semblables aux siens, que la mort n'avait pas clos, puis posa un baiser léger sur la bouche entrouverte.

Voulant regarder où en étaient les choses elle vit trouble et s'aperçut ainsi qu'elle pleurait. Elle essuya ses yeux du revers de sa main, avisa une épée abandonnée sur l'herbe et s'en saisit. La grande tente rouge – le duc en avait fait refaire une autre presque aussi belle que celle perdue à Grandson – n'était pas loin en effet et le chemin presque dégagé. Se relevant, elle allait courir vers cet abri quand un homme se dressa devant elle, brandissant une masse d'arme. Elle esquiva le coup en se baissant puis, presque d'instinct, son bras armé se détendit avec une force décuplée par la peur et la rage. L'épée s'enfonça dans le ventre du soldat qui s'écroula avec un râle de douleur. Alors, abandonnant l'arme, Fiora courut jusqu'au pavillon ducal, s'y engouffra et alla s'abattre secouée de sanglots sur le lit aux draps froissés que personne ne refesait.

Combien de temps dura cette espèce de crise qui l'avait secouée des pieds à la tête quand elle avait compris qu'elle venait de tuer un homme? Une heure ou quelques minutes? Elle était incapable de l'évaluer et cela aurait pu durer longtemps encore si une main posée sur son épaule et qui la secouait sans ménagement n'était venue l'arracher de sa prostration:

– Assez pleuré! fit une voix rude. Levez-vous et dites qui vous êtes...

Au son de cette voix, elle sursauta et, en un instant, elle fut debout, face à Démétrios qui la considérait avec stupeur.

– Ce n'est pas possible? exhala-t-elle, hésitant à reconnaître le Grec dans ce guerrier casqué et couvert d'une tunique de cuir renforcée de plaques de métal. Ça ne peut pas être... toi?

– Pourquoi pas? fit-il durement. Serait-ce plus étonnant que de te retrouver dans cette tente? Ainsi les bruits que l'on colporte sont vrais? Comment croire une chose pareille?

– S'il te plaît... De quoi parles-tu? s'écria-t-elle, la joie de ces retrouvailles coupée net par la sévérité du ton et plus encore par celle du regard. Quelle est cette chose que l'on ne peut pas croire?

– Que tu sois la maîtresse du Téméraire! Mais il faut bien se rendre à l'évidence puisque je te trouve en train de te lamenter sur son lit...

– Moi? La maîtresse du duc Charles? Qui dit cela?

– Tout le monde. On parle beaucoup dans cette région de l'Europe d'une jeune femme déguisée en garçon qui suit le Bourguignon partout, dont il ne peut se passer, qui a accès auprès de lui de jour comme de nuit et qui...

– En voilà assez! Me connais-tu donc si mal pour croire une telle vilenie? Ceux qui colportent ces ragots démontrent en tout cas ceci: c'est qu'ils ne connaissent absolument pas le duc. Jamais, à l'exception de sa duchesse, il ne touche une femme. Jamais il n'a eu de maîtresse. Les débauches de son père lui en ont inspiré l'horreur.

– En ce cas, que fais-tu auprès de lui?

– Tu ne trouves pas que tu poses beaucoup de questions? A mon tour à présent de te demander ce que tu fais là? Aux dernières nouvelles que m'a données Léonarde tu t'étais pris d'une immense amitié pour René de Lorraine au point de ne plus le quitter d'une semelle? Et te voici chez les Suisses?

– Pour une excellente raison: le duc René est ici. Il a chargé les Bourguignons en fuite à la tête d'un corps de cavalerie alsacienne et, comme d'habitude, j'étais avec lui. Il sera là dans un instant.

– Qu'est-ce que tu veux que ça me fasse? Oh, je sais! il paraît que c'est un garçon de bel avenir? Tu aurais pressenti en lui un grand capitaine? Le moins que l'on puisse dire est qu'il n'en donne guère l'impression. Dès qu'il essuie une défaite, il se sauve à toutes jambes sous prétexte d'aller chercher du renfort... et on ne le revoit plus. Pendant ce temps les Lorrains ont supporté tout le poids de la guerre... Le duc Charles qui l'appelle « l'Enfant » sait ce qu'il dit – et, si je comprends bien, tu es devenu sa nourrice?

Démétrios se mit à rire, d'un rire qui avait quelque chose de féroce.

– C'est facile d'accuser quand on ne sait comment se défendre? As-tu oublié le serment du sang?

– Non, je ne l'ai pas oublié et j'ai rempli, moi, la mission dont m'avait chargée le roi Louis. J'ai détaché Campobasso du parti bourguignon et Dieu sait ce qu'il m'en a coûté! Dieu et Esteban d'ailleurs, car je suppose qu'il t'a rejoint?

– Oui. Il m'a dit en effet ce que tu avais dû supporter...

– Sans lui, je serais morte, mais les dangers que j'ai courus ne t'ont pas beaucoup empêché de dormir. J'ai failli être exécutée par le duc et j'ai manqué mourir sous l'épée de Campobasso... enfin j'ai perdu... Philippe... que je venais de retrouver et c'était pour essayer de le rejoindre et aussi pour que ses couleurs paraissent encore auprès de l'étendard de Bourgogne que je suis ici.

Les larmes qui enrouaient sa voix augmentaient sa colère car elle s'en voulait de trahir ainsi sa faiblesse devant cet homme. Elle l'avait cru son ami mais il avait suffi que ce misérable petit duc lorrain passât entre eux pour le changer en ennemi impitoyable.

– Bravo! Je vois que tu es devenue une bonne Bourguignonne, l'amie même de ce prince dont tu avais juré la mort?

– Je ne suis pas son amie mais il s'est montré bon pour moi. Il a essayé d'apaiser ma douleur et, même, il m'a avoué pourquoi il n'avait pas sauvé Jean de Brévailles que cependant il aimait...

– Et tu l'as cru, bien sûr. C'est si facile quand on a envie de croire!

– Et si facile de nier l'évidence quand on tient à rester aveugle! Seulement j'attends encore de voir ce que tu as fait, toi, pour tenir le serment?

– Plus que tu ne crois peut-être. Je sais que René II a été désigné par le destin pour vaincre le Téméraire et c'est ce qu'il vient d'effectuer aujourd'hui... Ton duc est en fuite et je te ferai remarquer qu'il t'a abandonnée.

– Si le tien a vaincu, ce n'est certes pas tout seul. Je dirai même que tout le mérite en revient aux Suisses. Mais, Démétrios, si tu tiens tant à la mort de Charles de Bourgogne, pourquoi donc ne cherches-tu pas à l'approcher? Un médecin étranger, ce serait d'autant plus facile qu'il est malade. Vas-y et tue-le?... Non? Cela ne te dit rien? Évidemment, tu n'en sortirais pas vivant et quelque chose me dit que tu tiens à la vie désormais.

– Pas plus qu'avant mais j'ai encore à faire. Par ailleurs, toi, il te serait facile d'en délivrer la terre qu'il écrase de son orgueil et de sa folie. Avec ceci, par exemple...

Du sac de peau qui pendait à sa ceinture, Démétrios tira une petite fiole qu'il fit miroiter à la lumière d'un chandelier :

– Trois gouttes et le Téméraire n'aura plus le loisir de faire massacrer ses peuples, à commencer par ses soldats! Tu entends ces cris? Les Suisses tiennent leur parole et égorgent tout ce qui leur tombe sous la main. Il en aurait fait autant s'il avait vaincu. C'est un monstre assoiffé de sang...

Il aurait pu parler longtemps ainsi mais Fiora ne l'écoutait pas. Elle regardait avec dégoût briller la petite fiole au bout des doigts du Grec.

– Non. Jamais tu ne feras de moi une empoisonneuse! Je te l'ai déclaré à Florence, le poison est une arme ignoble.

– Soit! soupira Démétrios en posant le minuscule flacon sur une table. Tu peux employer tel moyen qui te plaira mais sache ceci : c'est seulement quand le Téméraire aura cessé de vivre que je te rendrai ton mari.

– Mon mari?... Philippe? Philippe serait encore vivant?

– Oui. J'étais à Grandson moi aussi – sans le duc René pour une fois. J'ai trouvé Selongey sur le champ de bataille. Je l'ai relevé, soigné... et caché en un lieu où tu ne saurais le retrouver sans mon aide.

– Philippe vivant!... Mon Dieu! Il vous arrive donc parfois d'entendre une prière et de l'exaucer?...

– Laisse donc Dieu où il est! Le temps presse. Il faut que le Téméraire disparaisse, tu entends?... Tu peux penser de moi ce que tu veux, mais tu es la seule qui puisse l'approcher. Alors agis! Il faut qu'il meure...

Brusquement, Fiora recouvra tout son sang-froid. Fièrement redressée, elle toisa celui qu'elle avait cru si longtemps son ami :

– Quel homme es-tu donc, Démétrios Lascaris, pour oser employer pareil moyen? Ta haine aveugle ne te permet plus de juger sainement et j'ai l'horreur à présent de ce sang que tu as mêlé au mien...

– T'est-il donc si cher, ce Selongey dont tu sais pourtant bien qu'il t'a oubliée. Souviens-toi de la jeune femme...

– La veuve de son frère aîné mort voici des années. Encore que je ne discerne pas en quoi cela te regarde. Va ton chemin et laisse-moi suivre le mien.

A cet instant, deux hommes pénétrèrent ensemble dans la tente. L'un était Panigarola, couvert de boue et de sang, l'autre un jeune homme blond et mince, aux yeux bleus, portant sur son armure une tunique de drap d'or marquée d'une double croix blanche dont les manches étaient à ses couleurs, blanc et rouge. Voyant Démétrios mettre genou en terre devant lui, Fiora comprit que c'était le duc René...

– Elle est ici! s'écria le Milanais en courant prendre Fiora par la main. Monseigneur, voici la jeune femme dont je vous ai parlé et, grâce à Dieu, elle est toujours vivante!

– Vous m'en voyez ravi, messire Panigarola. En vérité il eût été dommage qu'il arrivât malheur à une aussi jolie dame... et je comprends que vous ayez pris tant de risques pour la retrouver...

– Le risque n'était pas si grand, monseigneur, dès l'instant où j'ai reconnu votre bannière. Je savais que vous feriez respecter la mienne.

– Où irions-nous si nous nous mettions à présent à exterminer les diplomates? Allez en sûreté maintenant. Mon banneret et quatre cavaliers vont vous reconduire hors d'ici... Je vous salue, madame, et j'espère sincèrement qu'il me sera donné de vous revoir... dans des circonstances moins tragiques...

Sans répondre, Fiora plia le genou devant René et sortit sans un regard pour Démétrios...

Mais ce qu'il lui fallut traverser ensuite lui mit le cœur au bord des lèvres. Partout on égorgeait, on assommait, on tirait des flèches sur les malheureux qui essayaient de fuir par le lac. C'était une effroyable vision, un enfer abominable et elle finit par fermer les yeux très fort en appuyant ses deux mains sur ses oreilles pour ne plus entendre les cris et les râles d'agonie, laissant Panigarola qui avait saisi la bride de son cheval le conduire en même temps que le sien. C'est seulement quand elle entendit faiblir ces affreuses plaintes qu'elle comprit que l'on s'éloignait du champ de mort.

– Vous pouvez ouvrir les yeux, dit calmement le Milanais, nous sommes seuls...

Elle obéit et s'efforça de lui sourire mais cet effort méritoire ne donna pas grand résultat.

– Comment vous remercier ? Vous êtes revenu pour moi dans cet enfer ?

– J'étais le seul à pouvoir le faire. Le duc a pu fuir entouré de quelques lances. Jamais je ne l'ai vu aussi éperdu, presque hagard... Je crois qu'il se serait laissé tuer sur place si plusieurs chevaliers ne l'avaient entraîné... Mais pensons à vous ! Si vous vous sentez mieux, Fiora, nous allons regagner Lausanne aussi vite que possible. D'après les bruits qui me sont parvenus, les Suisses, après cette victoire acquise, vont fondre sur la ville pour la mettre à sac... Il faut aller chercher donna Léonarda et le jeune Battista.

Fiora lui lança un coup d'œil épouvanté et lança son cheval au galop. Il ne manquerait plus qu'on lui tuât sa chère Léonarde !...

CHAPITRE XIV

L'ÉTANG GELÉ...

Trois jours plus tard, après un voyage mouvementé qui les avait contraints à remonter vers Orbe pour éviter les bandes incontrôlées et féroces qui se dirigeaient sur Lausanne, Panigarola, Fiora, Léonarde et Battista arrivaient dans la cité montagnarde de Saint-Claude, pittoresquement accrochée à des pentes rocheuses au-dessus du confluent de la Bienne et du Tacon. La ville, composée surtout d'artistes « ymagiers » et de tailleurs de pierre regroupés en une solide corporation, se serrait autour de ses torrents et de la grande abbaye bénédictine dont, au XIIe siècle, saint Claude, faiseur de miracles, avait été l'abbé. Ce furent les portes de ce monastère qui s'ouvrirent devant l'ambassadeur de Milan et ses compagnons.

Ils y trouvèrent le Grand Bâtard Antoine qui venait juste de descendre de cheval et qui, sans plus de façons, sauta au cou de Panigarola pour l'embrasser :

– Sire ambassadeur, vous direz à votre maître que je lui ai grande reconnaissance. Sans ce superbe coursier qu'il m'a donné, je laissais la vie à Morat. Sa rapidité m'a sauvé...

– Votre valeur aussi, monseigneur. Êtes-vous seul ici? Je croyais que le duc avait décidé d'y venir?

– C'était son idée en effet mais il en a changé. Apprenant que la duchesse de Savoie s'était réfugiée avec ses enfants dans son château de Gex, il s'y est rendu avec le sire de Givry et messire Olivier de La Marche pour convaincre Mme Yolande de le suivre en Bourgogne.

– En Bourgogne? Pour quoi faire?

– Je crois qu'il tient à s'assurer de sa fidélité.

– Ah!... Et... comment est-il?

– Tout furieux. Il ne décolère pas. Il jure qu'avant peu il aura réuni une armée de cent cinquante mille hommes pour fondre sur les Cantons et les ravager de fond en comble... Je crains, ajouta Antoine de Bourgogne avec tristesse que sa raison ne soit atteinte...

– Non, monseigneur... mais il rêve! Il n'a jamais cessé de rêver. D'empire d'abord, puis de l'antique royaume lotharingien. Et c'est ce rêve qu'il poursuit à travers la haine que lui inspirent les Suisses. Fasse Dieu que le réveil final ne soit pas trop cruel! Sait-on combien d'hommes ont été perdus?

– Vous voulez dire massacrés? Plusieurs milliers parmi lesquels Jean de Luxembourg, Somerset et la majeure partie des archers anglais. Galeotto qui a résisté aussi longtemps qu'il a pu devant la tente ducale a réussi à percer avec deux compagnies et à fuir. Ajoutez à cela que, cette fois encore, les Suisses ont fait main basse sur tout notre camp et sur notre artillerie neuve, comme à Grandson. C'est un désastre, pire encore que le premier...

– Puis-je demander quels sont vos ordres à présent, monseigneur? Attendrez-vous le duc ici?

– Non. Je pars demain pour Salins afin d'y rallier les survivants de Morat. S'il y en a!... Il m'y rejoindra. Voulez-vous faire route avec moi?

– Avec plaisir si mes compagnes ne sont pas trop épuisées.

Pendant ce temps, dans la maison des hôtes où elles avaient été conduites dès l'entrée de l'abbaye, Léonarde, à l'aide de chandelle fondue, soignait son séant pas encore habitué à ces galopades éperdues à califourchon mais sans pour autant cesser de bougonner et de vouer Démétrios à tous les feux de l'enfer. Elle n'avait pas décoléré depuis que Fiora lui avait raconté son entrevue avec le Grec.

– Il faut que ce vieux fou ait perdu l'esprit! Je ne vous ai jamais caché ce que je pense de la vengeance et, en dépit de cela, je vous ai laissée faire. Grâce à Dieu, il ne vous a pas été accordé de salir vos mains...

– Mes mains sont sales, Léonarde. J'ai tué un homme.

– C'était lui ou vous et cela fait la différence. Mais aller froidement empoisonner, ou poignarder ou étrangler un être vivant, j'étais bien certaine que vous ne le feriez jamais.

– J'aurais poignardé du Hamel sans hésiter et, pour ce qui est du duc, j'aurais pu le tuer devant Nancy quand, superbe et arrogant, il m'accablait de son mépris et disposait de moi comme d'un meuble. Je ne l'ai pas fait parce que, en retrouvant Philippe, je n'ai pas eu... le courage de me condamner à mort en assassinant le Téméraire. Mon amour était plus fort que ma haine, et puis, ensuite, j'ai compris bien des choses au point même de pardonner au duc de n'avoir pas gracié mes parents. A présent l'idée de tuer cet homme malade, affaibli, frappé dans tout ce qui faisait son orgueil et sa gloire, cette idée me fait horreur. Et pourtant...

– Pourtant quoi? Vous n'allez pas faire cela?

Fiora dégrafa sa tunique, l'ôta et la jeta sur l'une des deux couchettes monacales qui meublaient la chambre, puis alla prendre, dans le coffre de cuir qui suivait Léonarde partout et en quelques circonstances que ce soient, un miroir à main pour s'y regarder:

– Mes cheveux repoussent. Il va falloir...

– Les recouper? Ne comptez pas sur moi pour cela, et d'ailleurs je vous le défends. Votre époux est vivant. Que dirait-il en vous retrouvant tondue? Il est temps de redevenir une femme, Fiora!

– Pour quoi faire? Je ne reverrai Philippe que si...

Elle avait pris, à sa ceinture, la dague précieuse dont le

Téméraire lui avait fait présent et, l'air absent, en caressait doucement la lame brillante. Léonarde pâlit :

– Je vous quitte sur l'heure, Fiora, si vous ne me jurez d'abandonner cette idée insensée. Tuez le duc et vous serez pendue sur-le-champ : je ne veux pas voir ça! Quant à Démétrios...

– Je sais déjà ce que vous en pensez! dit Fiora avec un demi-sourire. Vous n'avez parlé que de lui depuis que nous avons quitté Lausanne...

– Peut-être, mais j'ai encore à dire ceci : vous n'avez pas à lui obéir. L'ignominie de son marché de lâche vous délie de tout lien envers lui.

– Mais Philippe?

– Il ne lui arrivera rien de mal tant que son geôlier espérera voir son chantage réussir. Ce qu'il faut, c'est essayer de savoir où se trouve le duc de Lorraine : Démétrios ne sera pas loin et je saurai qu'en faire.

– Vous avez sans doute raison mais comment savoir où est René II? D'après Panigarola, il ne cesse de se déplacer...

– Alors il faut rester auprès du duc Charles... et de ce cher ambassadeur qui sait toujours tout. Ils ont tous deux leurs espions et c'est là que nous aurons les meilleurs renseignements.

– Pourquoi ne pas rejoindre le roi à Lyon et lui demander de rappeler Démétrios? C'est son médecin et...

– Et rien ne dit qu'il obtempérera. En outre, souvenez-vous que le jeune Colonna répond sur sa tête de votre présence?

– Après tant de catastrophes, croyez-vous que le duc Charles pense encore à cela?

– Mieux vaut ne rien hasarder avec un homme tel que lui. Et malheureusement il tient à vous... assez pour avoir ordonné à un fils de prince de veiller sur la vieille bourgeoise que je suis. S'il revoyait Battista sans vous...

Panigarola confirma les vues de la vieille demoiselle. D'après le Grand Bâtard, Charles s'était inquiété de

« Madame de Selongey » en des termes qui ne laissaient aucun doute sur le prix qu'il y attachait. Fiora pensa qu'il n'y avait rien à ajouter à cela et qu'elle avait tout intérêt à suivre les conseils de Léonarde.

Victime de ses propres avis, celle-ci en fut réduite à faire fondre double quantité de chandelle : le lendemain, on repartait pour Salins en compagnie du Grand Bâtard. En dépit des menaces de Démétrios, Fiora se sentait plus heureuse qu'elle ne l'avait été depuis longtemps. Le plus important n'était-il pas que Philippe fût vivant, qu'il respirât quelque part sous le même ciel qu'elle ? La nuit sombre de son avenir s'éclairait d'une chaude lueur d'espérance. Enfin, elle avait une immense confiance dans la sagesse de Léonarde... Avec son aide, elle commençait à croire qu'il lui serait possible de vaincre Démétrios, peut-être en utilisant ses armes favorites : la patience et la ruse.

Quand, le 2 juillet, le Téméraire à la tête de quelques cavaliers fit son entrée dans Salins, Fiora eut peine à le reconnaître. Comme il avait changé en quelques jours ! Ce visage bouffi, ces yeux las marqués de poches, cette bouche amère, ce regard vitrifié... Était-ce bien le même homme ? Sans l'armure dorée et le casque au lion d'or couronné, elle eût douté d'être en face du duc de Bourgogne. Pourtant il souriait et saluait de la main les gens de sa ville qui l'acclamaient éblouis par cette image somptueuse à laquelle le soleil arrachait des éclairs.

En voyant s'approcher Fiora et Panigarola qui venaient le saluer, il eut pour eux un vrai sourire, chaud et communicatif et les embrassa tour à tour. Il semblait extraordinairement heureux de les revoir et les garda auprès de lui jusqu'au soir. Durant le souper qu'ils prirent ensemble et avec le Grand Bâtard, il fut d'une gaieté charmante qui confondit ses invités. Ses projets étaient immenses et il rejetait, avec dédain, la responsabilité de la défaite de Morat sur le manque de courage de ses troupes qui n'avaient su, une fois de plus, que tourner casaque et prendre la fuite.

– Monseigneur, intercéda Panigarola, montrez-leur quelque pitié. Beaucoup sont morts...

– ... Qui ne le seraient pas s'ils s'étaient bien battus et ceux de ma maison ont été les plus mauvais. Rien d'étonnant : beaucoup étaient des Français mais je vais battre le rappel de ma noblesse fieffée de toute la Bourgogne. Je sais déjà pouvoir compter...

Il alignait des chiffres, formait des escadrons, confiait des commandements à des chefs dont on ne savait pas au juste s'ils étaient déjà morts ou encore vivants...

– J'ai eu l'impression de souper avec des fantômes, confia Fiora au Milanais. Cette grande armée dont il parle existe-t-elle ailleurs que dans son imagination? J'ai peur qu'il ne soit encore malade.

– Moi aussi. En tout cas, une chose m'étonne? Où est passé le capitaine de sa garde qui en principe ne le quitte pas? Il paraît qu'il aurait été envoyé en mission? Et comme il était avec lui à Gex, je me demande ce que cela peut être?

Il allait l'apprendre trois jours après quand les échos du château retentirent des clameurs furieuses du Téméraire: Olivier de La Marche venait d'arriver avec un détachement de ses gardes et le duc braillait à tous les échos qu'il allait lui faire « ôter la tête »... En voyant accourir Panigarola visiblement bouleversé, Fiora qui se promenait avec Léonarde au bord de la Furieuse, le torrent qui longeait toute la ville de Salins, comprit qu'il se passait quelque chose de grave.

– Je commence vraiment à croire qu'il est dément, s'écria l'ambassadeur. Il vient de commettre la pire des folies: alors qu'en quittant le château de Gex, il a embrassé la duchesse de Savoie en lui jurant une amitié éternelle, il a, en même temps, commandé à Olivier de La Marche de s'assurer de sa personne ainsi que de celles de ses enfants alors qu'elle se rendait à Genève auprès de son beau-frère l'évêque.

– Il a fait arrêter la duchesse Yolande? Mais pour quoi faire[1]?

– Elle avait refusé de le suivre en Bourgogne et il espérait ainsi tenir fermement la Savoie. Malheureusement, un serviteur a caché le prince héritier Philibert et son jeune frère dans un champ de blé. Ils sont à Genève à présent et j'imagine d'ici le bruit qu'y fait l'évêque. Je gage qu'on va parler du baiser de Judas et que le roi Louis, qui lui n'est pas fou, va sauter sur l'occasion de s'ériger en protecteur de sa sœur et de ses neveux. C'est un coup à faire de la Savoie l'ennemie mortelle de notre duc... Comme s'il n'en avait pas assez!

– Où est la duchesse?

– Pas très loin d'ici : au château de Rochefort près de Dôle. Quant à La Marche, qui a manqué la moitié de sa mission, je le vois mal parti...

Il garda cependant sa tête. Le duc Charles avait trop de soucis pour s'attarder longtemps sur cet épisode : les Suisses continuaient leurs exploits. Après avoir mis Lausanne à sac, ils s'apprêtaient à prendre le chemin de Genève quand le roi de France intervint. Morat l'avait ravi mais il ne tenait pas du tout à ce que les Suisses continuassent à piétiner l'héritage de son neveu : en foi de quoi il envoya son outil préféré : un sac d'or plus une petite armée à Chambéry pour leur rappeler que, même s'il ne faisait pas souvent la guerre, il n'en possédait pas moins tous les moyens de la déchaîner. Peu de temps après, la Savoie et les Cantons signaient un traité de paix.

– Quel grand homme! s'écria Panigarola enthousiasmé. En voilà au moins un qui ne considère pas la guerre comme le dernier des beaux-arts!

Ce n'était évidemment pas l'avis du Téméraire qui avait réuni à Salins les états de Haute-Bourgogne pour leur expliquer la nécessité de lui venir en aide dans sa guerre contre les Suisses, cette guerre à laquelle il ne vou-

1. Transportée au château de Rouvres, la duchesse devait être délivrée quelques semaines plus tard par Charles d'Amboise envoyé par Louis XI.

lait pas renoncer. Il fit alors à ses sujets un superbe discours, appuyé sur Tite-Live et sur les grands exemples de combats perdus et de guerres gagnées. Il n'avait entrepris tout cela que pour les protéger, eux, leurs femmes, leurs enfants et leurs biens contre le danger mortel des Suisses et des Français. Il fit tant et si bien que son auditoire presque en larmes s'engagea à financer la protection des frontières mais à deux conditions : que le duc cessât de s'exposer en personne et qu'il conclût la paix dès que l'occasion s'en présenterait. Charles jura tout ce que l'on voulut et se remit au travail avec enthousiasme :

– Donna Fiora, déclara-t-il à la jeune femme un soir où, comme cela lui arrivait de plus en plus souvent, elle venait de chanter en compagnie de Battista, quand j'aurai vaincu tous ces croquants et leur aurai repris mes biens, je ferai de vous une princesse. Vous pourrez choisir dans mes états celui qui vous plaira le mieux. Et je vous rendrai votre dot.

– Je n'en demande pas tant, monseigneur. Vivre en paix dans le souvenir de mon époux – elle avait jugé plus prudent, en effet, de ne lui rien révéler de ce qu'elle avait appris – est tout ce que je désire. Je n'aime pas la guerre et qui gouverne un état doit toujours s'y préparer.

– Celle-ci sera la dernière. Ensuite, je ferai de vous le plus bel ornement de ma cour...

Fiora ne répondit rien, trouvant à cette phrase une résonance étrange. D'ailleurs l'attitude de Charles envers elle se modifiait encore. Il lui demanda de reprendre les vêtements féminins qui, même s'ils étaient de grand deuil, « mettaient si bien sa beauté en valeur ». Non seulement elle n'avait plus à essuyer ses colères mais il était envers elle d'une galanterie extrême, lui offrait des présents, l'interrogeait sur son enfance, ses études, sur la vie qu'elle menait dans cette Florence dont il rêvait souvent et dont il ne désespérait pas d'y entrer un jour en maître, car, parfois, il songeait même à conquérir l'Italie...

– Je crois, Dieu me pardonne, qu'il est tombé amoureux de vous, déclara Panigarola en regardant Fiora déployer une pièce d'un magnifique satin gris pâle broché d'or qu'un chevaucheur venait de rapporter de Dijon.

– Est-ce que vous n'avez pas un peu trop d'imagination ?

– Sûrement pas. Je ne saurais d'ailleurs le lui reprocher mais je ne suis pas certain que ce soit pour votre plus grand bonheur. Dans l'état d'exaltation où je le vois, une grande passion chez un homme dont on a toujours vanté la chasteté pourrait se révéler dangereuse.

– Que faudrait-il faire alors ?

– Fuir ! Le plus vite et le plus loin possible. Je vous y aiderai... tant que je serai là tout au moins.

– Est-ce que vous songeriez à partir ?

– Je crains fort d'être rappelé un jour prochain. Les conséquences de Morat sont désastreuses et la politique de mon pays est en train de changer. Milan se rapproche de la France et si mon prince rompt ses relations avec la Bourgogne..

Fiora garda le silence un instant. L'idée de voir cet ami discret s'éloigner lui faisait peine. Rejetant le tissu brillant elle marcha lentement jusqu'à la fenêtre qu'un somptueux coucher de soleil incendiait :

– Si vous partez, il vous faudra emmener Battista car je ne resterai pas non plus. De toute façon, je ne suivrai pas le duc dans une autre guerre. J'ai vu Grandson et Morat : cela me suffit.

Néanmoins, dans les jours qui suivirent, le duc se montra plus calme. Il décida de quitter Salins pour le château de La Rivière, grande bâtisse féodale hérissée de tours et pourvue d'un imposant appareil militaire, située à trois ou quatre lieues de Pontarlier, sur un haut plateau jurassien assez triste mais suffisamment vaste pour que l'on y rassemblât une armée. Sa maison et ses familiers l'y suivirent. Fiora y trouva un appartement plus riche qu'elle n'en avait eu depuis longtemps mais c'en était fini des jours paisibles de Salins où, dans la calme fraîcheur des

montagnes, les rescapés de Morat avaient pu prendre un peu de repos et retrouver leur souffle.

Les premières nouvelles qui arrivèrent à La Rivière jetèrent le Téméraire hors de lui. Alors que les états de Bourgogne avaient accepté de l'aider, ceux de Flandres, réunis à Gand, avaient non seulement refusé de lui apporter quelque aide que ce fût mais encore prétendaient rogner sur les sommes précédemment allouées à l'armée sous prétexte qu'il n'y avait plus d'armée.

– Plus d'armée! vociféra le duc. Ces misérables Flamands verront bientôt si je n'ai plus d'armée! Je marcherai contre leurs insolentes cités dès que j'aurai châtié les bouviers des Cantons. Quant à cet âne de chancelier Hugonet qui s'est laissé tenir pareil langage il en répondra sur sa propre fortune. Je vais faire saisir ses biens...

Plus grave encore : le duc René II dont la grand-mère, la vieille princesse de Vaudémont, venait de mourir en lui léguant une fortune avait enrôlé des mercenaires suisses et alsaciens, obtenu de la ville de Strasbourg qu'elle lui prêtât son artillerie et venait de libérer Lunéville. On prétendait qu'il allait se diriger sur Nancy pour en chasser les Bourguignons.

Cette nouvelle fit battre plus vite le cœur de Fiora. Elle savait où était Démétrios. Il fallait maintenant voir aux moyens de le rejoindre au plus tôt.

– Cela ne va pas être facile, dit Léonarde, soucieuse. Sortir à la fois de ce château plus fermé qu'un coffre de marchand et de ce camp qui se forme autour et qui grandit chaque jour pose un problème difficile à résoudre car, avec ce grand amour que vous porte le duc – et même si vous ne vous en êtes pas encore rendu compte – vous êtes aussi surveillée que si vous étiez sa fiancée...

– Il faudra tout de même bien trouver un moyen. Je ne vais pas me laisser emmener encore par-delà les monts quand c'est à Nancy que je dois aller?

Cette dernière crainte fut vite effacée. Une fois sa colère passée, le duc Charles changea ses plans du tout au tout :

plus question de courir sus aux Cantons avec lesquels d'ailleurs semblaient s'amorcer timidement quelques bruits de pourparlers. Désormais c'était vers le nord qu'il allait falloir marcher pour chasser définitivement de Lorraine les hommes de René II, car la Lorraine était le lien des deux Bourgognes, le maillon indispensable et trop chèrement acquis pour le laisser se rompre...

– Voilà qui simplifie les choses, commenta Léonarde. Nous ne savions pas comment nous rendre à Nancy et voici que l'on se propose de nous y conduire. L'armée se rassemble tous les jours. Bientôt nous partirons...

Le vaste plateau en effet se peuplait presque à vue d'œil. La Bourgogne tenait ses promesses et envoyait des troupes et des armes. On vit venir des Picards, des Wallons et des Luxembourgeois, quelques Anglais aussi obtenus non sans peine du roi Édouard par la duchesse Marguerite. Galeotto rejoignit l'un des premiers avec ses lances et ses charpentiers. Les soldats s'installaient dans les villages et les hameaux dont les habitants retenaient leur souffle en dépit des ordres sévères du Téméraire touchant le vol, le viol ou le pillage. D'autres campaient directement sous la tente et leurs feux de cuisine, la nuit venue, s'échevelaient sous le vent venu des montagnes. Le château s'emplissait de seigneurs et de capitaines qui y menaient grand bruit. Ce n'étaient que colloques, conciliabules, beuveries aussi il faut bien le dire, et Fiora ne quittait plus son appartement où Panigarola venait souvent se réfugier quand il était las des récits d'exploits guerriers. Elle ne voyait presque plus le duc et ne s'en plaignait pas. Le temps n'était plus aux chansons : le bruit des armes avait pris leur place et emplissait tout. Les oiseaux eux-mêmes et les animaux des bois fuyaient vers la montagne... Et puis, un matin, Panigarola vint faire ses adieux à Fiora.

En le voyant paraître botté et son manteau de cheval sur le bras, la jeune femme comprit ce qu'il en était avant même qu'il n'ait ouvert la bouche :

– Ne me dites pas que vous partez?

– C'est bien cela pourtant. Le duc vient de me donner mon congé avec plus de bonne grâce d'ailleurs que je n'aurais osé l'espérer dans de telles circonstances...

– Milan et la Bourgogne ne sont plus alliées?

– Non. Il est déjà inespéré que nous ne soyons pas en guerre. Monseigneur a bien voulu me dire qu'il me regretterait...

– Il n'est pas le seul. Je suis... navrée de vous perdre, mon ami. Nous reverrons-nous jamais?

– Pourquoi pas? Milan n'est pas si loin et je tiens à ce que vous sachiez que ma maison sera toujours prête à vous accueillir.

– Sauf si vous n'y êtes pas. Qui dit que l'on ne vous enverra pas demain chez le Grand Khan?

– Il y a peu de chance: sa langue m'est inconnue. Mais... je suis venu aussi vous communiquer la nouvelle que je viens d'apprendre de Galeotto: Campobasso revient!

– Ici?

– Peut-être pas. Mais il a écrit au duc pour lui proposer de reprendre du service avec sa condotta. Cela représente près de deux mille hommes et sa proposition a été accueillie avec transport.

Fiora rejoignit Léonarde qui cousait près de la fenêtre.

– Vous avez entendu? Il faut que nous nous préparions à partir sur l'heure. Attendez-nous un moment, mon ami, nous ferons route ensemble!...

Elle se précipitait déjà vers un coffre qu'elle ouvrit.

– Je vous en prie, n'en faites rien. J'avais prévu votre réaction et j'ai demandé la permission de vous emmener Monseigneur refuse formellement de vous laisser partir.

Laissant retomber le couvercle, Fiora hésita un instant puis marcha vers la porte:

– Il ne me le refusera pas à moi. Je ne veux plus rester ici, au milieu de tous ces hommes d'armes, dont les regards souvent me déplaisent, à attendre que Campobasso ne s'empare à nouveau de moi.

– N'y allez pas, Fiora! Ce sera inutile. Tout ce que vous y gagnerez sera peut-être de vous retrouver tout à fait prisonnière.

– Mais enfin, il y a peu, vous me proposiez de m'aider à fuir?

– En effet!... mais je ne savais pas tout. Et même je ne savais rien. Plus jamais le duc Charles ne vous autorisera à vous éloigner de lui. Et si vous prenez la fuite, vous savez quelle sera la conséquence?

– C'est insensé! s'écria Léonarde. Ce n'est plus de l'amour, c'est de la rage.

– Ni l'un ni l'autre, donna Léonarde... C'est de la superstition. Quand nous avons séjourné à Besançon, l'hiver passé, un rabbin versé dans la kabbale a dit à monseigneur que la mort ne l'atteindrait pas tant que vous seriez auprès de lui, Fiora. Voilà pourquoi il vous a reconnue si hautement pour la dame de Selongey car cela fait de vous une Bourguignonne; pourquoi il veut vous garder à sa cour quand la guerre aura pris fin; pourquoi enfin Battista doit mourir si vous prenez la fuite. Vous êtes devenue comme son ange gardien.

D'abord médusée, Fiora éclata brusquement de rire:

– Moi, son ange gardien? Moi qui en quittant Florence ne rêvait que de le tuer?... Il y a là de quoi me faire revenir à mes premières idées.

– N'essayez pas car vous n'y parviendrez pas quoi que vous fassiez. La lame du poignard cassera, le poison sera sans effet...

– Mais enfin vous croyez à ces folies, vous, si logique et si bon philosophe? Qui vous a dit cela? Le duc?

– Non. Le Grand Bâtard que je priais d'intercéder pour vous et qui, depuis longtemps, a demandé que l'on vous rende votre liberté.

– Il faudrait alors que Battista rentre chez lui. Après tout il est romain, cet enfant, et il n'appartient pas vraiment à la maison de Bourgogne. Son maître n'était-il pas le comte de Celano?

– Qui a disparu à Grandson et dont on ne sait ce qu'il est devenu. Mais je vous en prie calmez-vous! Rien n'est encore perdu. En vous quittant, je dois m'arrêter à Saint-Claude pour y attendre Mgr Nanni. Le légat espère toujours arriver à conclure la paix entre la Bourgogne et les Cantons. Le pape et l'empereur y sont attachés et il a désiré me rencontrer. Nous verrons ensemble ce que nous pouvons faire. Le jeune Colonna pourrait être rappelé à Rome... par un deuil familial, par exemple?

– Vous pensez obtenir du légat qu'il profère un aussi gros mensonge?

En dépit de la gravité du moment, Panigarola se mit à rire.

– Ma chère enfant, apprenez qu'en politique comme en diplomatie, le mensonge et la vérité sont des notions tout à fait abstraites. Il n'y a que le résultat qui compte... et Mgr Nanni est l'un des meilleurs diplomates que je connaisse. Ainsi donc prenez patience!... et permettez à un vieil ami de vous embrasser car vous lui êtes devenue chère. Portez-vous bien, donna Léonarda!

– Je n'y manquerai pas, messire, fit celle-ci avec une petite révérence et j'en souhaite tout autant à Votre Excellence!

Le soir venu, le duc Charles, à la surprise de Fiora, se fit annoncer chez elle. Et elle constata du premier regard qu'il était triste.

– Je viens vous demander à souper, donna Fiora, dit-il en prenant sa main pour la relever de sa révérence. Et, à moins que cela ne vous contrarie, on servira ici.

– Monseigneur ne sait-il pas qu'il est chez lui?

– Ne soyez pas si cérémonieuse. Vous devez être aussi affligée que moi. N'avons-nous pas perdu un ami?

– Je ne crois pas. Vous avez perdu l'ambassadeur, non l'ami qui vous reste certainement attaché.

– Puissiez-vous dire vrai mais je mesure à ces défections combien la gloire de la Bourgogne est ternie. Il est urgent qu'une grande victoire lui restitue tout son éclat. Heureusement vous me restez.

En dépit de ce qu'avait dit Panigarola, Fiora ne put s'empêcher de tenter sa chance :

– Tenez-vous vraiment à m'emmener encore en guerre, monseigneur? J'en suis... affreusement lasse! La guerre me fait horreur...

– Vous voulez me quitter, vous aussi? Qu'est devenu mon jeune écuyer si vaillant? Qu'est devenue la dame de Selongey qui tenait tant à maintenir auprès des miennes les couleurs de son époux?

– Elle a vu verser trop de sang. Ne lui accorderez-vous pas de se retirer à Selongey?

– Pour y vivre dans la solitude d'un château campagnard? Non, donna Fiora, je ne crois pas que cela vous tente. Il y a autre chose n'est-ce pas? Cette amitié qui m'était si douce n'était qu'un leurre? Comme les autres vous voulez me fuir parce que vous me croyez fini, détruit...

Il s'énervait. Sa voix montait déjà. Devinant alors qu'il lui fallait prendre le dessus, Fiora s'écria :

– Vous avez raison : il y a autre chose. Campobasso va vous revenir et moi je ne veux plus jamais revoir cet homme! C'est pour cela que je vous demande mon congé...

– Ce n'est donc que cela? Alors rassurez-vous. Je promets que vous ne le verrez pas. Il est vrai qu'il a demandé à reprendre du service sous ma bannière. C'est un bon capitaine et j'ai malheureusement besoin de ses soldats mais il ne viendra pas ici. Je lui ai ordonné d'aller prendre position entre Thionville et Metz où il attendra le prince de Croÿ et le duc Engelbert de Nassau qui vont venir des Pays-Bas avec cinq mille hommes de pied. Dans peu de jours il faut que nous ayons quitté La Rivière. L'Enfant a mis le siège devant Nancy et je veux le prendre à revers. Vous serez auprès de moi comme naguère mais Olivier de La Marche aura ordre de veiller sur vous et de vous tenir à l'écart lorsque Campobasso viendra me voir. Mais je ne veux pas que vous me quittiez. Il *faut,* vous entendez, il faut que vous demeuriez à mes côtés. Ne me demandez pas pourquoi!

Et, oubliant qu'il s'était invité à souper, le Téméraire s'enfuit. La porte retomba derrière lui et le bruit s'en prolongea un instant dans le silence qui s'était établi dans la chambre.

– Eh bien! soupira Léonarde. Nous souperons seules!

– J'aime autant cela mais avouez tout de même que c'est effrayant! Jamais je ne pourrai lui échapper...

– N'y pensez pas! Vous ne devez plus avoir en tête qu'une seule idée: nous allons partir pour Nancy. N'est-ce pas là le principal? Ce serait bien le diable si dans le tohu-bohu d'une guerre nous n'arrivions pas à fausser compagnie à monseigneur. Et si le jeune Colonna n'est pas encore parti, eh bien, nous l'enlèverons.

– Léonarde, dit Fiora avec conviction, vous m'étonnerez toujours. Enlever Battista?

– Pourquoi pas? Ce pourrait être très amusant...

Le 25 septembre au matin, l'armée si péniblement reconstituée quittait La Rivière... D'aucuns auraient dit une apparence d'armée tant le contraste était poignant avec la superbe machine de guerre que deux semblants de bataille avaient réduite en miettes. Vieux soldats recuits au feu des mitrailles et jeunes recrues, la Bourgogne, la Picardie, le Luxembourg et le Hainaut avaient apporté tout ce qu'ils pouvaient fournir pour les adjoindre aux lances fidèles de Galeotto, le seul mercenaire dont la loyauté n'eût jamais fait défaut. Mais c'étaient les troupes de la dernière chance. Qu'une nouvelle défaite les disperse ou les anéantisse et il n'y aurait plus rien, plus même de Bourgogne dont les clochers vides n'avaient plus de bronze à fournir. Dix mille hommes, pas plus, c'est tout ce que le Téméraire traîne après lui et sur lesquels il compte pour chasser une fois de plus l'Enfant de sa terre natale.

Sous le chaperon noir qu'elle a repris pour cacher ses

cheveux déjà longs, Fiora chevauche à la queue du cheval du Téméraire et en compagnie de Battista. Elle est si sombre que le page n'ose même plus chanter. Panigarola lui manque. Sa culture et sa philosophie en faisaient un compagnon inégalable grâce à qui le plus long chemin se parcourait sans peine. Les nouvelles qu'elle en avait reçues n'étaient pas des meilleures : en arrivant à Saint-Claude, le légat papal avait dû se coucher sous les assauts d'une bronchite jointe à une attaque de goutte. Il n'était pas près de rejoindre le duc Charles...

Celui-ci bouillait d'impatience. Savoir René II devant Nancy le rendait malade et aussi l'obligatoire lenteur d'une armée dont tous les membres n'étaient pas montés, tant s'en faut! Quatre à cinq lieues par jour, sous le poids des armes, c'était tout ce que l'on pouvait demander à l'infanterie alors que le Téméraire rêvait de voler comme l'aigle pour fondre enfin sur son ennemi.

Par Levier, Ornans, Besançon et Vesoul, on atteignit les confins de la Lorraine où l'on s'enfonça vers l'ouest afin d'éviter les villes déjà reconquises par René. Le Téméraire ne voulait pas gaspiller ses forces. Il voulait d'abord Nancy et, pour cela, il fallait qu'il rejoigne les troupes de Campobasso, de Chimay et de Nassau auxquelles il avait donné l'ordre de venir à sa rencontre à Toul... Le 7 octobre, il faisait son entrée dans Neufchâteau... à l'instant même où René II entrait dans sa capitale retrouvée et en chassait le gouverneur bourguignon, Jean de Rubempré seigneur de Bièvres. Fou de rage, le duc Charles faillit tuer le messager qui lui en apportait la nouvelle...

Néanmoins, son armée grossissait. Quand il eut fait, à Toul, sa jonction avec Campobasso – qui d'ailleurs se fit attendre – et récupéré les troupes – environ quinze cents hommes – évacuées de Nancy par Jean de Rubempré, il se vit à la tête d'un effectif de dix-huit mille soldats. C'était plus que n'en pouvait aligner le jeune duc de Lorraine et tous les espoirs demeuraient permis. D'autant que le 17, les Bourguignons battaient une partie de ses gens à Pont-à-Mousson. La route de Nancy était ouverte...

Charles crut tout de bon que son étoile enfuie brillait à nouveau au-dessus de sa tête quand il apprit que René venait, une fois de plus, de quitter Nancy pour se procurer un surcroît de troupes. Celui-ci laissait la ville aux plus coriaces de ses fidèles : Gérard d'Avilliers, les frères d'Aguerre, Petit-Jean de Vaudémont, renforcés de deux capitaines gascons : Pied-de-Fer et Fortune. Deux mille hommes avec eux :

– Nous tiendrons au moins deux mois, lui dirent-ils, mais faites vite! Sinon, ensuite, ce sera la faim qui nous décimera...

Jean de Rubempré, en effet, et la garnison en grande partie anglaise de la ville avaient résisté près de deux mois au duc René. Depuis que celui-ci y était entré, elle n'avait guère eu le temps de refaire des approvisionnements qui faisaient déjà cruellement défaut puisque l'on en était venu à manger les chevaux, et pas davantage de réparer ses murailles écornées. Aussi, quand, le 22 octobre, le Téméraire investit la ville et fit reconstruire auprès de la Commanderie Saint-Jean sa maison de bois, était-il sûr que la victoire était à portée de sa main.

– Nous fêterons Noël au palais comme l'an passé, dit-il joyeusement à Fiora, et je donnerai une si belle fête que vous dédaignerez le souvenir de celles des Médicis...

Elle le remercia d'un sourire machinal mais le cœur n'y était pas. A nouveau, il était avec elle amical, chaleureux, allant jusqu'à les installer, Léonarde et elle, dans une chambre de son logis de campagne. De même, il avait tenu sa parole et elle n'avait pas revu Campobasso. Elle lui était reconnaissante mais pas moins désorientée. Ce René II qui fuyait tel un mirage dès que l'on croyait s'approcher de lui en venait à l'exaspérer. Où était-il à présent ? A Strasbourg, à Berne, à Fribourg, Dieu sait où parmi les Cantons ? Démétrios était-il toujours avec lui ?

Et Philippe? Où était Philippe? Était-il guéri de ses blessures et, en ce cas, le retenait-on dans quelque prison? Les points d'interrogation se succédaient dans l'esprit découragé de la jeune femme et elle ne voyait pas où il fallait en chercher les réponses.

– Si le duc de Lorraine est parti chercher du secours, il finira bien par revenir, prédisait Léonarde toujours pratique. Cessez de vous tourmenter; vous ne changerez rien à cette histoire insensée que le duc Charles nous oblige à écrire avec lui...

– Savez-vous à quoi je pense? Je me demande si Démétrios n'est pas dans Nancy. Une cité assiégée a besoin d'un bon médecin tandis qu'un jeune prince en parfaite santé peut s'en passer...

– Cela n'a rien d'impossible. Mais je ne vois pas comment vous pourriez entrer dans cette ville pour vous en assurer?

Soir après soir, de la fenêtre de sa chambre, Fiora regardait le jour tomber sur Nancy avec le désir toujours plus ardent d'y pénétrer. Elle en venait à penser que ces murs meurtris par le tir des bouches à feu et cependant toujours debout retenaient aussi l'homme qu'elle aimait. Mais comment arriver jusque-là sans essuyer le feu des défenseurs ou se faire tuer par les assaillants? Et elle s'effrayait quand, en fin de journée, le rouge soleil d'automne habillait les remparts de flamme et de sang...

La ville se défendait farouchement. Des attaques incessantes harcelaient le camp bourguignon qui, chaque fois, y laissait des hommes. Le bâtard de Vaudémont que la légende commençait à auréoler avait même réussi, dans la nuit de la Toussaint, à s'approcher du quartier général des assaillants et le logis du Téméraire n'avait échappé à l'incendie que de justesse. Vaudémont s'était fondu dans la nuit avec ses hommes sans en laisser un seul sur le terrain mais des cadavres marquaient son passage.

Et puis l'hiver, avec un mois d'avance, arriva comme une tempête et mit tout le monde d'accord en ensevelissant sous ses nappes de neige et ses écharpes de brume assiégeants et assiégés. En une nuit tout fut blanc; les ruisseaux et l'étang Saint-Jean se figèrent et la Meurthe elle-même se mit à charrier des glaçons. La faim et ses souffrances s'installèrent dans Nancy, le froid, la maladie et la peur dans le camp des Bourguignons. Chaque jour qui se levait révélait des désertions.

Inquiet, Antoine de Bourgogne tenta de faire entendre raison à son frère :

– Pourquoi vous obstiner à cette campagne d'hiver? Nous perdons des soldats tous les jours. Levons le camp et allons nous abriter en Luxembourg. Au printemps nous reviendrons...

– Ce serait donner à René le temps de refaire une armée, à Nancy celui de se ravitailler. Non, mon frère. J'ai décidé de passer Noël dans cette damnée ville dont je voulais faire la capitale d'un empire. Ils ne tiendront plus longtemps. Ils ont mangé les chevaux. A présent ils mangent les chiens, les chats et même les rats...

Ce n'était que trop vrai. Nancy endurait vaillamment son martyre, brûlait ses meubles pour avoir un peu moins froid et tentait des sorties désespérées dans l'espoir de récupérer un peu de nourriture... Les Bourguignons en manquaient moins car ils contrôlaient, au nord de la ville, la route de Metz et du Luxembourg par où leur venait le ravitaillement. Le trésor de guerre, en effet, se trouvait à Luxembourg. Campobasso, Chimay et Nassau surveillaient cette route avec défense formelle d'en bouger. C'était le duc qui, chaque matin, s'en allait visiter les capitaines et les différents ouvrages avancés.

Fiora appréciait ces dispositions : elles tenaient Campobasso éloigné du camp de la Commanderie et lui permettaient de sortir sans craindre de mauvaises rencontres. Car dans la maison de bois, l'atmosphère, enfumée par les braseros, lui paraissait difficile à supporter. « Nous sortirons de là fumés comme des jambons », grognait Léonarde, et chaque jour, en compagnie de Battista, elle s'obligeait à une courte promenade autour de l'étang Saint-Jean ou vers le bois de Saurupt. C'est ainsi qu'un jour où, profitant d'un rarissime rayon de soleil, elle s'était avancée jusqu'à la lisière du bois, elle vit un bûcheron occupé à débiter un arbre dont il entassait les morceaux dans une sorte de traîneau. Elle eut l'envie soudaine de lui parler et s'approcha :

– Vous êtes de par ici, brave homme ? Il n'y a pourtant plus beaucoup de maisons aux alentours.

– J'habite assez loin mais, par ce fichu temps, faut bien trouver d' quoi s' chauffer, pas vrai ?

L'homme s'était redressé et se frottait les reins et, du haut de sa grande taille, considérait la jeune femme avec, dans ses yeux bleus, une lueur amusée. En dépit d'une barbe et d'une moustache envahissantes, Fiora stupéfaite reconnut Douglas Mortimer... Jetant un rapide regard autour d'elle pour voir où était Battista elle le vit bander l'arc qu'il emportait toujours avec lui par précaution pour tirer un vol de corbeaux. Il ne pouvait pas l'entendre :

– Qu'est-ce que vous faites là ? chuchota-t-elle.

– Vous voyez, je m'occupe. Ce n'est pas facile de vous rencontrer dites donc ? Le roi s'inquiète de vous et se demande si vous n'êtes pas devenue bourguignonne ? On lui a parlé d'une jeune femme qui ne quitte plus le Téméraire. Vous êtes sa maîtresse ?

– Ne dites pas de sottises : le duc n'a pas de maîtresse. Mais il tient à moi parce qu'il voit en moi une sorte de talisman.

La figure barbue se fendit d'un large sourire :

– Si vous étiez à Grandson et à Morat vous êtes en effet un sacré talisman.

– On lui a prédit que la mort ne l'atteindrait pas tant que je serai avec lui...

– Je vois. Mais vous avez des jambes et quelque chose qui ressemble à une intelligence. Pourquoi, depuis le temps, ne vous êtes-vous pas encore échappée ?

– Regardez cet enfant qui tire des corbeaux ! Si je m'enfuis, il sera exécuté.

– Ah!... C'est en effet un problème qu'il faut essayer de résoudre. Mais c'est aussi une chance que vous soyez venue jusqu'ici. Voilà plusieurs jours que je vais au camp proposer du bois, ou des lièvres comme hier. Je voulais qu'on s'habitue à me voir. Je continuerai d'ailleurs mais j'avais à vous dire ceci : le roi veut que je vous sorte de là car le danger augmente et il redoute pour vous...

– Remerciez-le mais, pour l'instant, je n'ai rien à craindre. Ce que je voudrais savoir, c'est où se trouve le duc René ? Le savez-vous ?

– Il est encore assez loin, je crois, mais il sera ici avant la fin de l'année. C'est ça, le danger.

– Je ne le redoute pas. Pourriez-vous me dire si Démétrios Lascaris est encore avec lui ?

– Le médecin grec ? Il ne le quitte pas. Dites, vous ne croyez pas que nous avons assez causé ?

– Encore une question : pourquoi Campobasso est-il revenu ?

– Pour l'argent... et pour vous. Prenez garde! c'est un truand qui a réussi à dégoûter jusqu'au roi qui l'a renvoyé. Il désertera certainement quand l'heure sera venue. Le Roi vous est reconnaissant de ce que vous avez fait mais il craint que vous n'en soyez victime. Campobasso vous veut, à tout prix, alors, à présent que nous nous sommes vus, ne bougez plus de votre logis. Je vais essayer de veiller sur vous mais, de toute façon, ce ne sera plus long.

Depuis un moment déjà, Mortimer avait repris sa cognée. Battista qui avait tué deux corbeaux revenait avec son gibier. Fiora le félicita de son adresse.

– Vous comptez les manger ? On dit que c'est très dur.

– Pas si on les fait bouillir assez longtemps, mais je comptais les offrir à ce pauvre homme. Le gibier est rare en ce moment.

Le faux bûcheron accepta le présent avec une gratitude touchante et un accent de terroir qui amusa tellement Fiora qu'elle préféra s'éloigner rapidement avec le page que les bénédictions de l'homme poursuivaient... Cette présence faisait plaisir à la jeune femme et l'inquiétait en même temps. Si Mortimer était pris, il serait pendu comme espion ainsi que cela venait d'arriver à un maître d'hôtel du duc René, un gentilhomme provençal nommé Suffren de Baschi [1] qui avait été découvert alors qu'il tentait de faire entrer dans la ville de la poudre et de la viande. Une curieuse histoire d'ailleurs! Le duc Charles dans un premier mouvement de colère avait ordonné qu'on le branche. Le Grand Bâtard, le sire de Chimay et Campobasso avaient prié qu'on lui laissât la vie mais, tandis que les deux premiers poursuivaient le prince de leurs objurgations, Campobasso le fit pendre séance tenante. Il est vrai que le malheureux avait crié à ses avocats « Dites au duc de m'accorder un instant d'entretien en tête à tête. Il donnerait un duché s'il savait ce que je peux lui révéler... » Après ce que Mortimer lui avait appris, Fiora tira une conclusion simple: Suffren savait que le condottiere allait trahir et c'était cela qu'il voulait révéler au duc.

Dans les jours qui suivirent, Fiora ne quitta pas sa chambre et tint compagnie à Léonarde qui avait pris un rhume en allant aider Matteo de Clerici à soigner les malades. Il y eut d'ailleurs grande assemblée en l'honneur du protonotaire Hessler venu apporter une lettre et des joyaux de la part du prince Maximilien pour sa fiancée Marie de Bourgogne. Le duc et ses capitaines s'efforcèrent de lui faire aussi bonne chère que possible étant donné les moyens restreints dont on disposait. Fiora, elle, se garda bien de paraître car elle avait aperçu Campobasso parmi les autres. Et puis, elle avait espéré que Mgr Nanni accompagnerait, comme d'habitude, l'abbé de Xanten, mais Hessler était seul et plus aucune nouvelle n'était venue de Panigarola. Elle pensa que le légat, étant déjà âgé, il était peut-être mort?

Et puis Noël vint, le plus tragique que l'on vit jamais pour les belligérants. Nancy crevait de faim et en était à

1. Un ancêtre du bailli de Suffren.

arracher les charpentes des maisons démolies pour obtenir un peu de chaleur autre que celle des incendies allumés par l'artillerie bourguignonne et que l'eau gelée empêchait d'éteindre mais dans le camp la situation n'était guère meilleure. Chaque jour passé coûtait des hommes. Le froid impitoyable les paralysait, leur gelait les pieds et les tuait par centaines. Les désertions atteignaient un taux alarmant et, dans cette nuit de la Nativité qu'il s'était promis de fêter dans le palais des ducs de Lorraine, le duc Charles, après avoir entendu la messe, erra jusqu'à l'aube au milieu de ses soldats en compagnie de son médecin et du Grand Bâtard, s'efforçant de les réconforter, distribuant du vin, de l'eau-de-vie, des médicaments et tançant les capitaines qui, selon lui, ne savaient pas prendre soin de leurs hommes pour au moins les maintenir en vie :

– Il faut vraiment vous être fidèle, monseigneur, lui lança Galeotto. Partout en Europe on célèbre la venue de l'Enfant Jésus et nous nous sommes là à crever de misère et de maladies devant cette putain de ville qui préférera se laisser détruire jusqu'à la dernière pierre plutôt que se rendre. Ne vaut-il pas mieux partir avant que la mort ne nous prenne tous?

– Il est un autre Enfant devant lequel nous ne fuirons jamais et je sais qu'il approche. Plutôt la mort!...

Après la messe du jour où personne ne chanta, le duc fit appeler Fiora.

– J'ai regrets et chagrin de vous avoir obligée à me suivre, madame de Selongey, dit-il – c'était la première fois qu'il l'appelait ainsi – et je vous en demande pardon du fond du cœur.. Je sais... que je n'ai plus grand-chose à attendre de la Fortune et peut-être ai-je lassé la patience de Dieu. Pourtant, je ne trouve pas le courage de me séparer de vous...

– A cause de la prédiction du rabbin? questionna Fiora doucement.

– Ah, vous savez cela? Mais vous vous trompez. Mourir au combat est désormais tout ce que je souhaite. La

Bourgogne dont je rêvais... demeurera un rêve. Quand le Lorrain viendra, il ne me restera peut-être que cinq mille hommes. Non, si je vous demande de m'accompagner encore c'est pour garder devant mes yeux, le plus longtemps possible, une image de pure beauté. Vous comprenez?

– Ne perdez pas courage, monseigneur! Cela ne vous ressemble pas. Vous êtes le grand duc d'Occident, vous êtes...

– Ce prince que vous haïssiez? Vous souvenez-vous?

– Il y a longtemps que j'ai changé d'avis. Mon époux vous aimait tant!...

– Merci, mais cessons de nous attrister. C'est Noël aujourd'hui et je voulais vous faire un présent... digne de vous.

Détachant de son cou une mince chaîne d'or, il la passa à celui de Fiora. Elle soutenait un diamant pyramidal d'une rare teinte bleutée.

– Gardez ceci en mémoire de moi car il est bien certain, ajouta-t-il avec un sourire, que vous ne reverrez jamais votre dot.

– Monseigneur! Je ne puis accepter...

– Oh mais si, vous pouvez parce que je le veux. A présent retirez-vous et envoyez-moi Olivier de La Marche...

Profondément émue, Fiora regagna sa chambre lentement, la main posée sur la pierre encore chaude. Elle avait compris que le rêveur venait enfin de s'éveiller et qu'il considérait avec une froide lucidité les dangers qui le menaçaient. Il était le sanglier acculé par la meute, il le savait et il ne ferait rien pour échapper à son destin, rien d'autre que de se défendre jusqu'au bout. Mais il ne se laisserait jamais prendre vivant...

Comme il arrive dans les grands drames, une note burlesque apparut dans les derniers jours de l'année sous l'aspect du roi Alphonse V du Portugal, cousin du duc. Il venait proposer ses bons offices pour reconcilier son beau cousin avec le roi de France dans le but d'obtenir de ce dernier une aide financière dans sa lutte contre la reine de Castille. Le duc Charles le regarda comme s'il tombait de la lune :

– Aidez-moi d'abord à prendre Nancy? fit-il en haussant les épaules. L'autre ouvrit de grands yeux puis, comprenant qu'il n'avait rien à attendre, s'éclipsa sans demander son reste.

Dans la nuit de la Saint-Sylvestre, Campobasso déserta, emmenant avec lui ses deux fils et trois cents cavaliers. Il allait rejoindre le duc de Lorraine qui n'était plus qu'à deux journées de marche pour lui demander, comme prix de sa trahison, la ville de Commercy. Il s'attendait à une réception chaleureuse, il ne trouva que des visages glacés. Les chefs suisses qui entouraient René II lui déclarèrent brutalement qu'ils n'entendaient pas combattre aux côtés d'un traître. On l'envoya garder le pont de Bouxières qui commandait le passage vers la Meurthe à une petite lieue au-dessus de Nancy :

– Vous m'accueillerez peut-être plus chaleureusement si je vous apporte la tête du Téméraire? leur lança-t-il, furieux.

– Ce serait grand dommage que si noble tête tombât dans des mains aussi sales! riposta Oswald de Thierstein.

Le 4 janvier 1477, l'armée lorraine s'installa à Saint-Nicolas-de-Port, un faubourg de Nancy, après en avoir massacré la garnison bourguignonne. La bataille était pour le lendemain.

Au matin de ce dimanche, Fiora regardait tomber la neige. Il faisait moins froid mais toute la campagne était blanche et le vent soulevait des tourbillons immaculés. Ni elle ni Léonarde n'avaient dormi de la nuit. C'était sans doute la délivrance qui leur arrivait mais elles n'en étaient pas moins angoissées comme à l'approche d'une catastrophe... L'une après l'autre, les compagnies quittaient le camp pour aller prendre position et s'enfonçaient dans la tourmente comme une armée de fantômes...

Après la messe qu'elles entendirent auprès de lui, le duc Charles leur fit ses adieux puis se livra à ses écuyers pour revêtir la lourde armure.

Soudain, comme l'un d'eux lui passait son heaume, le lion d'or du cimier tomba. Impassible, le Téméraire regarda, sur la prairie rouge et bleu du tapis, ce symbole de la grandeur de la Bourgogne, puis plongea son regard dans celui du Grand Bâtard :

– *Hoc est signum Dei!*[1] dit-il seulement tandis que son valet de chambre se hâtait de fixer à nouveau l'ornement. Puis il coiffa le casque et se disposait à sortir quand Battista apparut et vint mettre un genou en terre devant le prince :

– Faites-moi donner des armes, monseigneur! Je veux être auprès de vous pour cette bataille...

– Ne t'ai-je pas confié une mission? Celle de veiller sur une dame.

– Donna Fiora n'a plus besoin de moi et je veux combattre à vos côtés. Je suis un Colonna! Mon nom me donne droit au danger.

– Il en sera comme tu le désires, mon enfant, fit le duc tandis qu'un pâle sourire passait sur son visage immobile. Qu'on lui donne des armes! Adieu... adieu à tous!

Il sortit. Le Moro, son beau destrier noir, l'attendait, superbement caparaçonné au milieu d'un groupe de gentilshommes. Il l'enfourcha, fit aux deux femmes un salut de la main et se mit en marche avec ses compagnons. Fiora vit le lion d'or et le grand étendard violet et noir s'effacer puis disparaître dans la tourmente de neige.

– Vous devriez rentrer, dit Léonarde. Il fait encore froid.

– Rien qu'un moment encore...

Elle ne voulait pas que sa vieille amie vît les larmes qui coulaient de ses yeux et fit quelques pas. L'attaque, alors, fut soudaine : trois cavaliers apparurent; l'un d'eux s'empara d'elle et la jeta en travers de sa selle sans se sou-

1. C'est un signe de Dieu!

cier de ses cris puis il tourna bride et s'enfuit aussi vite que le permettait la neige déjà épaisse.

– J'ai assez attendu, cria-t-il. A présent tu es à moi et pour toujours!

Mais elle n'avait pas eu besoin de l'entendre. Elle avait déjà reconnu Campobasso et, sans cesser de crier, se mit à se débattre pour essayer de glisser à terre, ce qui ralentit la course de son ravisseur.

– Assommez-la, mon père! conseilla l'un des cavaliers. Une bosse n'a jamais tué une femme et nous devons faire vite.

– Tuez-moi donc! hurla Fiora. Cela m'évitera de le faire moi-même car jamais plus je ne t'appartiendrai. Tu me fais horreur...

Elle se meurtrissait à l'acier de l'armure mais n'en continuait pas moins sa défense désespérée. Le condottiere allait peut-être suivre le conseil d'Angelo quand trois autres cavaliers surgirent de l'impalpable rideau blanc et barrèrent le chemin.

– A nous deux, Campobasso! Je sais déjà que tu es un traître. Je vais voir à présent si tu es vraiment un lâche! déclara Philippe de Selongey. C'est ma femme que tu enlèves et tu vas le payer de ta vie...

– Viens la prendre si tu la veux! fit le ravisseur en s'efforçant de redresser Fiora contre lui pour s'en faire un rempart. Mais la voix de Philippe avait galvanisé la jeune femme. Toutes griffes dehors, elle s'attaqua furieusemet au visage que la visière relevée du casque découvrait. Campobasso poussa un hurlement et desserra son étreinte. Elle en profita pour lui échapper et glissa dans la neige...

– Belle défense! apprécia la voix traînante de Douglas Mortimer, mais écartez-vous car nous n'en avons pas fini avec ces gens.

Le troisième cavalier, qui était Esteban, avait d'ailleurs sauté à terre pour relever la jeune femme et l'installer contre un moignon d'arbre.

– Ça va? fit-il.

– Oui... mais d'où sortez-vous?

– On vous le dira plus tard. Pour l'instant on a besoin de moi...

Il remonta à cheval et rejoignit les deux autres. Le combat était déjà engagé entre Selongey et son ennemi et les armures résonnaient sous le choc de la hache que maniait Philippe et du fléau d'armes qu'avait empoigné son adversaire. Mortimer luttait contre Angelo et le troisième cavalier qui était Giovanni, l'autre fils. Esteban courut vers celui-ci.

Accrochée à son arbre, l'estomac noué d'angoisse mais ne sentant ni le froid ni l'humidité qui envahissaient ses vêtements Fiora suivait le furieux combat qui se livrait sous ses yeux. Elle s'efforçait de garder confiance: le miracle qui venait de se produire ne pouvait pas être vain. Il fallait que la victoire restât à la juste cause...

Soudain, dominant les injures qu'échangeaient les combattants, il y eut un cri d'agonie sitôt suivi d'un hurlement de douleur:

– Giovanni! hurla Campobasso.

Déjà le corps sans vie roulait dans la neige qui devint rouge. Esteban, armé plus légèrement que ses compagnons, avait sauté en croupe de son adversaire et, soulevant son casque, lui avait tranché la gorge. En même temps, l'instant où l'attention du condottiere avait été détournée suffit à Philippe pour asséner un coup de hache qui enfonça le casque et blessa le Napolitain à la tête... mais il resta en selle. Ce que voyant, Angelo se déroba devant la masse d'arme de Mortimer, saisit la bride du cheval de son père et l'entraîna:

– Au large, mon père! Nous ne gagnerons pas!

Les deux cavaliers disparurent en direction du nord...

Philippe avait déjà arraché son heaume et courait vers sa femme qu'il prit dans ses bras.

– Mon amour! Tu n'as rien?... Il ne t'a pas blessée?

– Non... Oh, Philippe, est-ce bien toi? J'ai tant désespéré de te revoir jamais... Je croyais...

Mais il lui fermait la bouche d'un baiser passionné, la serrant contre sa poitrine vêtue de fer avec une force qui lui arracha un gémissement.

– Vous allez l'écraser, remarqua tranquillement Mortimer, et à mon avis ce serait dommage. Laissez-la vivre un peu.

Philippe lâcha Fiora et se mit à rire :

– Tu as raison, compagnon, mais un trop grand bonheur peut rendre fou. Je vous la confie : prenez-en bien soin...

– Philippe! cria Fiora voyant qu'il remettait le pied à l'étrier, tu ne vas pas me quitter?

Elle se leva, courut à lui mais il était déjà en selle et son sourire s'effaça :

– Il le faut, Fiora! On se bat là-bas et mon prince n'a guère de chances d'emporter la journée. Je dois le rejoindre! Merci à vous, amis, et merci à monseigneur René qui, en vrai chevalier, m'a permis de rejoindre les miens une fois ma femme à l'abri...

– Philippe! hurla Fiora à s'en faire éclater le cœur, reste! Tu vas te faire tuer!

– J'espère bien que non, parce que je t'aime!

Il piqua des deux et Fiora voulut s'élancer sur sa trace mais Mortimer la saisit à bras-le-corps et la retint :

– Restez tranquille! fit-il rudement. Il ne vous pardonnerait pas de ne pas le comprendre : il y va de son honneur!

Au même instant, le mugissement lugubre des grandes trompes montagnardes se fit entendre. Il était un peu plus de midi et la bataille était engagée...

Elle ne dura guère en dépit de la défense désespérée de la petite armée bourguignonne. Tel un bélier gigantesque, la phalange suisse hérissée de piques avait jailli de la forêt de Saurupt pour enfoncer par le travers les troupes ennemies qui devaient faire face en même temps à l'assaut frontal des Lorrains. Deux ou trois fois encore, tandis que l'armée se débandait, que Galeotto blessé se retirait vers la

Meurthe avec ce qu'il restait de ses hommes, on aperçut dans la mêlée le Téméraire qui se battait furieusement avant de disparaître...

Au pas lent de son cheval, Démétrios longeait le ruisseau Saint-Jean, se dirigeant vers l'étang du même nom. Les cadavres couvraient le sol où la neige, sous les piétinements, était devenue boue sanglante. Déjà les pillards, habituels vautours des champs de mort, étaient à l'ouvrage cependant que sonnaient éperdument toutes les cloches de la ville délivrée.

En arrivant près de l'étang, le Grec crut entendre une plainte, un faible appel. Il mit pied à terre et prit son sac de médecine. L'étang était gelé mais la glace avait cédé par endroits sous le poids des corps sans vie. Avec précaution, il s'avança parmi les roseaux, tâtant le sol de la pointe du pied avant de le poser. La plainte se fit plus proche et, soudain, il le vit. Couché au milieu des plantes givrées, les pieds trempant dans l'eau, son armure dorée souillée de sang. Le Téméraire était là, devant lui, une longue pique enfoncée dans sa poitrine, une autre transperçant l'une de ses cuisses. Le casque au lion d'or reposait contre son épaule mais Démétrios n'avait pas besoin de cet emblème pour reconnaître l'homme qu'il haïssait depuis si longtemps.

Le blessé sentit sa présence et ouvrit les yeux :

– Sauve... Bourgogne! souffla-t-il et Démétrios se pencha. Son ennemi était là, pantelant, à sa merci. Il n'avait qu'un geste à faire pour assouvir enfin sa vengeance et déjà sa main cherchait à sa ceinture la poignée de la dague mais il entendit :

– Au nom du Dieu vivant... aidez-moi!

Alors, le Grec se souvint qu'il était médecin et qu'en aucun cas un médecin n'a le droit de tuer. Ses mains qui allaient frapper n'étaient pas faites pour cela mais pour panser les plaies, pour soigner et pour guérir... et le goût amer de la vengeance quitta sa bouche. Empoignant l'arme qui clouait le corps au sol, il la tira lentement avant de la jeter au loin, puis il déboucla l'armure et l'ôta avec d'infinies précautions :

– Ne bougez pas, dit-il. Je suis médecin... Je vais vous soigner puis j'irai chercher de l'aide...

Il se détourna et se releva pour chercher son sac qu'il avait déposé derrière lui. Le coup arriva à cet instant. Lancée d'une main sûre, une hache vint s'enfoncer dans le crâne de Charles qu'elle ouvrit. Le duc expira aussitôt et Démétrios, stupéfait, regarda fuir l'assassin. Il n'y avait plus rien à faire. Cette fois, le Téméraire était bien mort... et la Bourgogne avec lui sans doute.

Le Grec resta là un moment, à le contempler, cherchant en face de cette dépouille tragique à retrouver sa vieille hargne. Les armes de Lorraine qu'il portait sur sa manche le préservaient des hommes à la recherche d'un butin quelconque et l'on s'écartait de sa silhouette noire penchée sur ce nid de roseaux où commençait à se dissoudre ce qui avait été le plus fastueux des princes d'Europe...

– Vous n'avez pas pu le tuer, vous non plus ? fit une voix froide et, levant les yeux, Démétrios vit Léonarde qui le regardait les bras croisés, serrant autour d'elle une grande pièce d'étoffe grise...

– Non, fit-il avec une humilité nouvelle – non, je n'ai pas pu. Je suis médecin avant tout...

– Et vous vouliez qu'elle le tue, elle, cette innocente dont, mieux que personne, vous saviez ce qu'elle avait souffert ? C'est facile, n'est-ce pas, de dire : « Tue !... Poignarde ! Empoisonne ! » lorsque l'on est soi-même à l'abri et en sécurité ? Elle risquait la torture, l'échafaud, mais cela vous était égal. Et vous avez osé exercer sur elle le plus odieux des chantages...

– Ne m'accablez pas, dame Léonarde ! La pensée qu'elle ait pu devenir son amie me bouleversait. Elle avait juré de m'aider à le détruire...!

– Et vous fondiez vos espoirs sur une enfant, vous avez osé aller jusqu'à faire de l'homme qu'elle aime l'objet d'un marché ignoble? Et vous vous imaginiez que je vous laisserais faire? Je ne vous aimais pas, Démétrios; à présent je vous hais...

– Je ne peux pas vous en vouloir. Esteban, lui aussi, s'est tourné contre moi; il a aidé Philippe de Selongey à s'échapper et il a obtenu pour lui la protection de Guillaume de Diesbach et du duc René. A présent tout est fini. Demandez pardon pour moi à Fiora et dites-lui qu'en dépit de ce qu'elle a pu penser je l'aimais bien.

– Où allez-vous?

– Je ne sais pas. Vers qui pourrait avoir encore besoin de moi. Peut-être le roi Louis...

– C'est de peu d'importance. Ce qui compte, c'est que ce soit très loin. Elle vous pardonnerait peut-être. Moi, je ne peux pas...

– Bien sûr...

Comme si c'eût été un effort immense, il se hissa sur son cheval. En un instant, ses épaules s'étaient voûtées et il eut dix ans de plus. Une fois en selle, il se retourna vers la femme qui le regardait dressée au bord de l'étang gelé, semblable à quelque impitoyable statue de la justice...

– Adieu, dame Léonarde!

– Adieu ser Démétrios! Je ne peux rien vous souhaiter de mieux que la paix du cœur mais il faut pour cela changer de route...

Le soir même, à la lumière des torches, le duc René, au pas paisible de la Dame, sa jument blanche, faisait son entrée dans Nancy pour aller rendre grâce à la collégiale Saint-Georges. La ville était plus qu'à moitié ruinée et le palais ducal sans toit: on l'avait brûlé. Devant le couvent des Dames pêcheresses, on avait fait une pyramide avec les ossements des chevaux, des chiens et des chats que l'on avait mangés durant le siège mais, grâce aux provisions du camp bourguignon, la faim s'éloignait. Elle ne serait bientôt plus qu'un mauvais souvenir...

Les prisonniers étaient nombreux: le Grand Bâtard et son autre demi-frère Baudoin, le comte de Chimay, Olivier de La Marche, Jean de Chalon-Orbe, le seigneur de Blamont, le margrave de Roeteln et son beau-frère Philippe de Fontenoy, Philippe de Selongey et la fleur de la cavalerie bourguignonne. Ils seraient mis à rançon mais, par la grâce du duc René, Fiora, le soir même, retrouvait à la fois son époux et la chambre qu'elle avait occupée un an plus tôt dans la maison de Georges et Nicole Marqueiz...

Le duc René, cependant, n'était pas satisfait : on n'avait pas retrouvé le duc de Bourgogne et la seule idée qu'il pouvait être encore en vie mettait en péril sa victoire. Si le Téméraire avait pu fuir en Luxembourg ou ailleurs la couronne de Lorraine ne serait jamais solide sur sa tête.

Or, le lendemain, tandis que le peuple de Nancy tout entier pillait le camp bourguignon, un enfant vint aux genoux de René : c'était Battista Colonna :

– Je crois savoir où est le duc, monseigneur, car je l'ai vu tomber... Je peux guider les recherches.

On le suivit jusqu'à l'étang Saint-Jean où, parmi des dizaines de cadavres entièrement dépouillés, gisait un corps nu à moitié pris par les glaces et à peine reconnaissable. Le crâne était fendu jusqu'à la mâchoire, le corps troué de cent blessures et à demi écrasé par les chevaux, une joue dévorée par un loup ou par un chien. Auprès de lui gisait Jean de Rubempré qui avait été gouverneur de Lorraine. Les deux corps furent recueillis pieusement dans des draps blancs et rapportés dans Nancy, l'un chez un bourgeois nommé Hughes, et le duc chez Georges Marqueiz. On l'y lava, on le vêtit d'une longue robe de soie brodée, on couvrit sa tête blessée d'un bonnet de velours rouge puis on l'étendit sur un lit de parade couvert et drapé de velours noir, mains jointes, quatre torches brûlant aux angles du lit. Un autel avait été dressé dans la chambre et tous furent admis à venir saluer celui qui avait été le dernier Grand Duc d'Occident.

Le duc René vint à son tour, portant, selon l'usage des anciens preux, une barbe de fils d'or qui descendait jusqu'à sa ceinture, ultime marque de respect envers un adversaire vaincu. Il considéra un instant la dépouille mortelle, prit sa main droite et avec un soupir :

– A la mienne volonté, beau cousin, que votre malheur et le mien ne vous eût réduit en cet état...

Puis il s'inclina profondément et sortit pour aller rendre la vie à sa Lorraine martyrisée. Le lendemain, le Téméraire était inhumé dans la Collégiale Saint-Georges tendue de drap noir et en présence de tous les habitants de la ville portant à la main un cierge allumé[1]. Tout était bien fini...

Dans leur chambre que le feu réchauffait mal, Philippe et Fiora venaient de s'aimer. Étendus, épaule contre épaule et main dans la main, ils goûtaient le bienheureux anéantissement des corps que la grande vague du plaisir vient de rejeter sur la grève blanche des draps froissés, mais ils ne dormaient pas. Ils n'en avaient envie ni l'un ni l'autre car il leur semblait que jamais ils ne réussiraient à rattraper tout ce temps perdu. Ils avaient l'impression que, par leurs mains jointes, le même sang coulait de l'un à l'autre.

Se redressant sur un coude, Philippe caressa du bout du doigt le beau visage aux yeux clos, posa un baiser sur les pointes roses des seins et passa une main tendre sur la peau bien tendue du ventre plat :

– J'espère que tu me donneras bientôt un fils, murmura-t-il contre la conque fragile de l'oreille. Il est temps, ne crois-tu pas, que nous songions à fonder une famille?

Elle s'étira et bâilla puis, tournant la tête, colla ses lèvres à celles de son époux.

– Es-tu si pressé? fit-elle en reprenant son souffle. Ne pouvons-nous songer simplement à nous aimer? J'ai bien le temps d'avoir mal au cœur!... N'avons-nous pas toute la vie devant nous?

– Sans doute, mais quand je t'aurai ramenée à Selon-

1. Il est à présent à Bruges.

gey, j'aimerais savoir que, dans ce joli corps, une petite flamme s'est allumée. Quel homme amoureux ne souhaite se fondre avec la femme aimée pour donner le jour à un enfant. Et jamais femme ne fut aimée autant que je t'aime... Mon amour, ma douce, ma belle, quand je serai loin de toi il me serait si doux ..

Les derniers mots se fondirent dans un baiser ardent que Philippe prolongea le long du cou de Fiora en même temps que sa main écartait doucement ses jambes. Mais une sorte de signal d'alarme venait de s'allumer dans l'esprit de la jeune femme et, glissant hors du bras qui l'enserrait, elle s'éloigna un peu et demeura assise sur le pied du lit, les jambes repliées, considérant le grand corps étendu que de nouvelles cicatrices avaient marqué.

– Quand tu seras loin de moi? Qu'est-ce que cela veut dire? As-tu déjà l'intention de me quitter alors que nous venons seulement de nous retrouver?

– Il le faudra bien, mon cœur, soupira-t-il. Le duc est mort mais la Bourgogne existe encore. Elle porte un nom : la princesse Marie que la ville de Gand tient captive avec la duchesse Marguerite. C'est le devoir de ceux qui ont été les compagnons de son père d'aller lui offrir leurs bras et leurs épées...

– La princesse Marie? Mais elle n'a besoin de personne! N'est-elle pas fiancée au fils de l'empereur Frédéric? Je pense qu'il est tout de même assez grand pour veiller aux intérêts de sa future femme?

– Après ce qui vient de se passer, je ne suis pas certain que Frédéric considère toujours cette alliance comme profitable. La Bourgogne est exsangue... et les filles du roi de France sont fort riches. Ne te fâche pas, Fiora et reviens dans mes bras! J'ai un devoir à remplir et ma femme doit le comprendre.

Il tentait de l'attirer à lui, mais elle frappa sur les mains tendues vers elle et sauta du lit...

– Non, Philippe. Ne compte pas sur ma compréhension. Durant tout ce temps où nous avons été éloignés l'un de l'autre, j'ai trop souffert pour accepter une nouvelle séparation... Tu es décidément l'homme des amours brèves! Quand tu m'as épousée tu ne voulais de moi qu'une nuit d'amour et maintenant, après seulement trois nuits, tu ne songes déjà qu'à repartir? Mais je n'ai rien à faire de ta princesse! Elle a encore des palais, des gardes, un énorme héritage et un fiancé impérial par-dessus le marché. Et il faudrait que, moi, j'accepte d'aller m'enterrer dans un château perdu en compagnie d'une belle-sœur qui me détestera sans doute, pendant que tu iras caracoler en Flandres et jouer les preux chevaliers venus au secours de la veuve et de l'orpheline? Eh bien n'y compte pas!...

– Fiora, s'écria Philippe, tu ne comprends pas. Mon amour pour toi qui est ardent et profond n'est pas en jeu. Tu sais bien que toi seule comptes pour moi...

– Après la princesse Marie!

– Non, bien avant, mais nous devons à la mémoire de son père de tout faire pour la sauver des dangers qui la menacent. Je ne vais pas partir demain. Mais dans quelques jours nous irons à Selongey où je t'installerai en souveraine maîtresse. Et il se peut que je ne sois pas longtemps absent. Je reviendrai...

– Pour la naissance de ton premier enfant? Eh bien non, je ne suis pas d'accord. Emmène-moi!...

– C'est impossible. Tu n'en as pas encore assez de la guerre?

– Plus qu'assez car je n'ignore pas qu'elle fait beaucoup plus de veuves encore qu'elle ne fabrique de héros. Alors tu restes avec moi... ou je m'en vais!

Il se leva d'un bond, courut à elle et voulut la prendre dans ses bras.

– Folle que tu es, fit-il tendrement, où irais-tu?

– Chez moi. Agnolo Nardi, qui gère les intérêts français de la banque Beltrami, songeait à m'acheter un domaine. Bien mieux, le roi Louis m'a fait présent d'un château près de Plessis-lez-Tours. C'est là que je vais aller, Philippe... et c'est là que tu viendras me chercher quand tu auras décidé d'être pour moi un époux, un amant... enfin, autre chose qu'un courant d'air...

– Fiora! Tes conditions sont inacceptables. Je suis bourguignon et n'ai rien à faire en France. Jamais je n'irai!...

– Même pour me reprendre?

– Même pour te reprendre...

– Alors, adieu... car c'est la seule preuve d'amour que j'attends de toi.

Il avait pâli jusqu'aux lèvres mais ses yeux dorés flambaient de colère:

– Tu n'as pas le droit de faire cela. Tu es ma femme et tu dois m'obéir...

Elle le considéra un instant, luttant contre l'envie de mettre un terme à cette dispute, de se réfugier dans ses bras et de renouer avec lui le tendre duo interrompu, mais il avait malencontreusement prononcé le mot qu'il ne fallait pas dire: obéir!

– Mon père lui-même qui avait tous les droits n'a jamais réclamé de moi l'obéissance. Si être ta femme ne signifie que cela pour toi, mieux vaut nous séparer. Un mariage peut s'annuler, je ne le sais que trop, et dussé-je aller jusqu'à Rome, je ferai briser le nôtre... à moins que tu ne viennes à moi!

Arrachant du lit une couverture, Fiora y blottit sa nudité et se jeta hors de la chambre tiède en réprimant farouchement les sanglots qui montaient dans sa gorge.

Saint-Mandé, 12 août 1988.

Cet ouvrage a été réalisé par la
SOCIÉTÉ NOUVELLE FIRMIN-DIDOT
Mesnil-sur-l'Estrée
pour le compte de France Loisirs
en décembre 1990

Imprimé en France
Dépôt légal : décembre 1990
N° d'édition : 25301 – N° d'impression : 16688